VAMPIRE ACADEMY

ΠΑΓΩΜΕΝΑ ΧΕΙΛΗ

Τίτλος Πρωτοτύπου: Frostbite

Μετάφραση: Έλενα Τσουκαλά
Διόρθωση: Μαρία Κούρου
Σχεδιασμός εξωφύλλου: Λαυρέντης Χωραΐτης
Σχεδιασμός οπισθοφύλλου: Μυρτώ Γουδίνου

Δικαίωμα για την ελληνική γλώσσα:
Π Ανώνυμη Εκδοτική και Εμπορική Εταιρεία
Κατεχάκη 61Α, 115 25 Αθήνα
Τηλ. κέντρο: 210 330 7003 – Fax: 210 691 2023
E-mail: p-info@imako.gr

ISBN: 978-960-6680-64-9

Vampire Academy

Παγωμενα Χειλη

IntroBooks

Στην Kat Richardson, που είναι πολύ σοφή.

ΠΡΟΛΟΓΟΣ

Τα πράγματα πεθαίνουν, αλλά δεν μένουν πάντα πεθαμένα. Πιστέψτε με, το ξέρω καλά.

Υπάρχει ένα είδος βρικολάκων σε αυτή τη γη που είναι κυριολεκτικά ζωντανοί νεκροί. Ονομάζονται Στριγκόι, και αν δεν βλέπετε ήδη εφιάλτες με αυτά, καλά θα κάνετε να αρχίσετε να βλέπετε. Είναι δυνατά, γρήγορα και σκοτώνουν χωρίς έλεος ή δισταγμό. Επίσης, είναι αθάνατα, πράγμα που σε ζορίζει αρκετά αν θέλεις να τα εξολοθρεύσεις. Υπάρχουν μόνο τρεις τρόποι για να το καταφέρεις: ασημένιο κοντάρι στην καρδιά, αποκεφαλισμός και να τους βάλεις φωτιά. Κανείς από αυτούς τους τρόπους δεν είναι εύκολος, αλλά είναι καλύτερα από το να μην έχεις καμία απολύτως επιλογή.

Στον πλανήτη όμως ζούνε και καλοί βρικόλακες. Ονομάζονται Μορόι. Είναι ζωντανά και διαθέτουν την απίστευτα φοβερή ιδιότητα να ασκούν μαγεία σε καθένα από τα τέσσερα στοιχεία – γη, αέρας, νερό και φωτιά. (Εντάξει, τα περισσότερα Μορόι μπορούν να το κάνουν αυτό, αλλά περαιτέρω διευκρινίσεις για αυτές τις εξαιρέσεις θα δώσω αργότερα.) Ουσιαστικά τώρα πια δεν χρησιμοποιούν τη μαγεία για πολλά πράγματα, κάτι που είναι μάλλον λυπηρό. Θα ήταν φοβερό όπλο, αλλά τα Μορόι πιστεύουν ακράδαντα ότι η μαγεία πρέπει να χρησιμοποιείται μόνο για ειρηνικούς σκοπούς. Αυτός είναι ένας από τους πιο σημαντικούς κανόνες της κοινωνίας τους. Επίσης, τα Μορόι είναι ψηλά και λεπτά και δεν αντέχουν πολύ το φως του ήλιου. Ως αντιστάθμισμα, όμως, έχουν υπερφυσικές αισθήσεις: όραση, όσφρηση και ακοή.

Και τα δύο είδη βρικολάκων χρειάζονται αίμα. Άλλωστε αυτό είναι που τα κάνει βρικόλακες. Τα Μορόι ωστόσο δεν σκοτώνουν για το αίμα τους. Αντιθέτως, έχουν μαζί τους ανθρώπους οι οποίοι τους προσφέρουν οικειοθελώς μικρές ποσότητες αίματος. Προσφέρονται εθελοντικά επειδή το δάγκωμα των βρικολάκων εκκρίνει ορισμένες ενδορφίνες που σε κάνουν να νιώθεις πολύ, μα πάρα πολύ, ωραία και μπορούν να γίνουν εθιστικές. Το γνωρίζω από προσωπική πείρα. Αυτοί οι άνθρωποι ονομάζονται τροφοί και ουσιαστικά είναι πρεζάκια των δαγκωμάτων των βρικολάκων.

Όπως και να 'χει, το να χρησιμοποιείς τροφούς είναι καλύτερο από τον τρόπο με τον οποίο χειρίζονται τα πράγματα τα Στριγκόι, αφού, όπως ήδη φανταστήκατε, σκοτώνουν για το αίμα τους. Πιστεύω πως το απολαμβάνουν κιόλας. Αν ένα θηλυκό ή αρσενικό Μορόι σκοτώσει το θύμα του την ώρα που πίνει, τότε γίνεται Στριγκόι. Κάποια Μορόι επιλέγουν να το κάνουν αυτό και παραιτούνται από τη μαγεία και την ηθική τους για χάρη της αθανασίας. Ένα Στριγκόι μπορεί ακόμη να δημιουργηθεί διά της βίας. Αν ένα Στριγκόι πιει το αίμα ενός θύματος και στη συνέχεια το αναγκάσει να πιει με τη σειρά του αίμα Στριγκόι, τότε... το αποτέλεσμα είναι ένα καινούργιο Στριγκόι. Αυτό μπορεί να συμβεί στον καθένα: Μορόι, άνθρωπο ή νταμπίρ.

Νταμπίρ.

Αυτό είμαι εγώ. Τα νταμπίρ είναι μισά άνθρωποι, μισά Μορόι. Μου αρέσει να πιστεύω πως διαθέτουμε τα καλύτερα χαρακτηριστικά και από τα δύο είδη. Είμαι δυνατή και εύρωστη όπως τα Μορόι. Εκτός αυτού, εγώ μπορώ να μείνω όσο θέλω έξω στο φως του ήλιου. Αλλά, όπως και τα Μορόι, διαθέτω πολύ οξυμένες αισθήσεις και γρήγορα αντανακλαστικά. Συνέπεια αυτών είναι ότι τα νταμπίρ έχουν τα προσόντα του τέλειου σωματοφύλακα – και αυτό ακριβώς γινόμαστε οι περισσότεροι. Ονομαζόμαστε φύλακες.

Πέρασα ολόκληρη τη ζωή μου εκπαιδευόμενη για να προστατεύω τα Μορόι από τα Στριγκόι. Παρακολούθησα ολόκληρες σειρές ειδικών μαθημάτων και πρακτικής εξάσκησης στην Ακαδημία του Αγίου Βλαντιμίρ, μια ιδιωτική σχολή για Μορόι και νταμπίρ. Ξέρω να χειρίζομαι κάθε είδους όπλο και μπορώ να καταφέρω μερικές πολύ επώδυνες κλοτσιές. Έχω δείρει άντρες δυο φορές το μέγεθός μου – και στην τάξη και έξω από αυτήν. Και ουσιαστικά μόνο άντρες δέρνω, αφού στην τάξη μου υπάρχουν ελάχιστα κορίτσια.

Γιατί παρόλο που τα νταμπίρ έχουν κληρονομήσει ένα σωρό καταπληκτικά χαρακτηριστικά, υπάρχει ένα πράγμα που δεν πήραμε. Τα νταμπίρ δεν μπορούν να κάνουν παιδιά με άλλα νταμπίρ. Μη με ρωτήσετε γιατί. Δεν είμαι δα και επιστήμονας Γενετικής ή κάτι ανάλογο. Οι άνθρωποι συνευρίσκονται με τα Μορόι και κάνουν παιδιά· έτσι γεννιόμαστε εμείς τελικά. Αλλά αυτό δεν γίνεται τόσο συχνά· τώρα πια τα Μορόι έχουν την τάση να αποφεύγουν τους ανθρώπους. Μέσω μιας άλλης γενετικής ιδιοτροπίας όμως, από τη συνεύρεση Μορόι και νταμπίρ, προκύπτουν παιδιά νταμπίρ. Ξέρω, ξέρω. Είναι παλαβό. Θα σκεφτόταν κανείς πως το αποτέλεσμα θα ήταν ένα μωρό κατά τα τρία τέταρτα νταμπίρ, σωστά; Μπα. Μισό Μορόι, μισό άνθρωπος.

Τα περισσότερα από αυτά τα μωρά γεννιούνται από άντρες Μορόι και γυναίκες ανθρώπους. Οι γυναίκες Μορόι προτιμούν να κάνουν μωρά Μορόι. Πράγμα που σημαίνει ότι συνήθως οι άντρες Μορόι έχουν περιστασιακούς δεσμούς με γυναίκες νταμπίρ και μετά τις εγκαταλείπουν. Έτσι, προκύπτουν πολλές ανύπαντρες μητέρες νταμπίρ, και για αυτό επιλέγουν να μη γίνουν φύλακες. Προτιμούν να αφοσιωθούν στην ανατροφή των παιδιών τους.

Το αποτέλεσμα: μόνο οι άντρες και ελάχιστες γυναίκες αποφασίζουν να γίνουν φύλακες. Αλλά όσοι επιλέγουν να προστατεύουν τα Μορόι, παίρνουν τη δουλειά τους πολύ στα σοβαρά. Τα νταμπίρ χρειάζονται τα Μορόι για να συνεχίσουν να κάνουν παιδιά. Είμαστε αναγκασμένοι να τα προστατεύουμε. Επιπλέον είναι, ας πούμε... έντιμο να το κάνουμε. Τα Στριγκόι είναι σατανικά και αφύσικα. Δεν είναι σωστό να γίνονται οι αθώοι βορά τους. Τα νταμπίρ που εκπαιδεύονται για να γίνουν φύλακες το έχουν αυτό χαραγμένο στο μυαλό τους. Τα Στριγκόι είναι σατανικά. Τα Μορόι πρέπει να προστατεύονται. Οι φύλακες το πιστεύουν αυτό. Εγώ το πιστεύω αυτό.

Και υπάρχει ένα Μορόι το οποίο θέλω να προστατεύσω περισσότερο από οποιονδήποτε άλλο στον κόσμο: η καλύτερή μου φίλη μου, η Λίζα. Είναι μια πριγκίπισσα Μορόι. Τα Μορόι έχουν δώδεκα βασιλικές οικογένειες, και η Λίζα είναι η μοναδική που έχει απομείνει από τη δική της – τους Ντραγκομίρ. Υπάρχει, όμως, και κάτι άλλο που κάνει τη Λίζα μοναδική, εκτός από το ότι είναι η καλύτερή μου φίλη.

Θυμάστε που είπα ότι κάθε Μορόι ασκεί μαγεία σε ένα από τα τέσσερα στοιχεία; Ε, λοιπόν, η Λίζα κυριαρχεί σε ένα στοιχείο το οποίο κανείς δεν γνώριζε πως υπάρχει μέχρι σήμερα: το πνεύμα. Για χρόνια πιστεύαμε πως απλώς δεν επρόκειτο να αναπτύξει ποτέ τις μαγικές της ικανότητες, ώσπου παράξενα πράγματα άρχισαν να συμβαίνουν γύρω της. Για παράδειγμα, όλοι οι βρικόλακες διαθέτουν μια ιδιότητα που ονομάζεται υποβολή, η οποία τους επιτρέπει να επιβάλλουν τη θέλησή τους στους άλλους. Στα Στριγκόι είναι πολύ έντονη. Στα Μορόι είναι πιο αδύναμη και επίσης απαγορευμένη. Στη Λίζα όμως είναι το ίδιο έντονη με τα Στριγκόι. Απλώς κουνάει τα βλέφαρά της και οι άλλοι κάνουν ό,τι θέλει.

Και αυτό δεν είναι καν το πιο εντυπωσιακό πράγμα που μπορεί να κάνει.

Είπα προηγουμένως ότι μερικά πράγματα δεν μένουν πάντα

πεθαμένα. Λοιπόν εγώ είμαι ένα από αυτά. Μην αγχώνεστε – δεν είμαι σαν τα Στριγκόι. Αλλά και εγώ πέθανα κάποτε. (Δεν το συνιστώ, σε καμία περίπτωση.) Συνέβη όταν το αυτοκίνητο στο οποίο επέβαινα βγήκε από το δρόμο. Στο τροχαίο σκοτώθηκα εγώ, οι γονείς της Λίζα και ο αδελφός της. Κι όμως, μέσα στο γενικό πανικό –χωρίς καν να το συνειδητοποιήσει– η Λίζα χρησιμοποίησε το πνεύμα για να με φέρει πάλι πίσω. Αυτό δεν το γνωρίζαμε για πολύ καιρό. Στην πραγματικότητα, ούτε καν ξέραμε πως το πνεύμα υπήρχε.

Δυστυχώς όμως, όπως αποδείχτηκε, ένα άτομο γνώριζε πριν από μας για το πνεύμα. Ο Βίκτορ Ντάσκοφ, ένας ετοιμοθάνατος πρίγκιπας Μορόι, ανακάλυψε τις ικανότητες της Λίζα και αποφάσισε να τη φυλακίσει και να την κάνει προσωπική του θεραπεύτρια για το υπόλοιπο της ζωής της. Όταν συνειδητοποίησα ότι κάποιος την παρακολουθούσε, αποφάσισα να πάρω την κατάσταση στα χέρια μου. Το σκάσαμε από τη σχολή και πήγαμε να ζήσουμε με τους ανθρώπους. Είχε πλάκα –αλλά ταυτόχρονα και πολύ άγχος– να είμαστε συνέχεια φυγάδες. Τη γλιτώσαμε για δύο χρόνια σχεδόν, μέχρι που η διεύθυνση της Ακαδημίας του Αγίου Βλαντιμίρ μάς κυνήγησε και μας έσυρε με το ζόρι πίσω στη σχολή πριν από λίγους μήνες.

Και τότε ήταν που έκανε την αποφασιστική του κίνηση ο Βίκτορ, την απήγαγε και τη βασάνισε, μέχρι που εκείνη ενέδωσε στις απαιτήσεις του. Στην πορεία ο Βίκτορ έλαβε μερικά πολύ ακραία μέτρα, όπως το να δέσει εμένα και τον Ντιμίτρι, το μέντορά μου, με ένα ξόρκι ερωτικής επιθυμίας. (Θα επιστρέψω σε *αυτόν* αργότερα.) Ο Βίκτορ εκμεταλλεύτηκε επίσης το γεγονός ότι το πνεύμα έκανε τη Λίζα διανοητικά ασταθή. Αλλά ακόμη και αυτό δεν ήταν τόσο κακό όσο ό,τι έκανε στην ίδια του την κόρη Νάταλι. Έφτασε στο σημείο να την παροτρύνει να γίνει Στριγκόι για να τον βοηθήσει να καλύψει την απόδρασή του. Κατέληξε παλουκωμένη. Αλλά ακόμη και όταν τον συνέλαβαν για αυτό το γεγονός, ο Βίκτορ δεν φάνηκε να δείχνει μεγάλη μεταμέλεια για ό,τι της είχε ζητήσει να κάνει. Με κάνει να σκέφτομαι πως δεν έχασα και πολλά που μεγάλωσα χωρίς πατέρα.

Παρ' όλα αυτά, εγώ τώρα πρέπει να προστατεύσω τη Λίζα από τα Στριγκόι *και* τα Μορόι. Μόνο ελάχιστοι αξιωματούχοι γνωρίζουν τι μπορεί να κάνει, αλλά είμαι σίγουρη ότι εκεί έξω υπάρχουν και άλλοι Βίκτορ που θα ήθελαν να την εκμεταλλευτούν. Ευτυχώς έχω ένα επιπλέον όπλο που θα με βοηθήσει να την προστατεύσω. Κάποια στιγμή κατά τη διάρκεια της ανάρρωσής μου από το αυτοκινητικό ατύχημα, το πνεύμα δημιούργησε ένα μεταφυσικό δεσμό ανάμεσα σε μένα και εκείνη. Μπορώ να δω και να νιώσω ό,τι βιώνει. (Αυτή η «επικοινωνία» όμως δεν είναι αμφίδρομη. Δηλαδή η Λίζα δεν μπορεί να «νιώσει» εμένα.) Ο δεσμός με βοηθάει να την προσέχω και να ξέρω πότε βρίσκεται σε κίνδυνο, αν και μερικές φορές είναι αλλόκοτο να έχεις κάποιον άλλο μέσα στο κεφάλι σου. Είμαστε πολύ σίγουρες ότι το πνεύμα μπορεί να κάνει και πολλά άλλα πράγματα, αλλά δεν ξέρουμε ακόμα ποια είναι αυτά.

Στο μεταξύ, προσπαθώ να είμαι όσο καλύτερη φύλακας μπορώ. Όσο κρυβόμασταν, έμεινα πίσω στην εκπαίδευσή μου, έτσι τώρα πρέπει να κάνω επιπλέον μαθήματα για να αναπληρώσω το χαμένο χρόνο. Δεν υπάρχει τίποτα στον κόσμο που να θέλω περισσότερο από το να είναι η Λίζα ασφαλής. Δυστυχώς, είναι δύο πράγματα που δυσχεραίνουν την εκπαίδευσή μου και τώρα και τότε. Το ένα είναι ότι μερικές φορές ενεργώ πριν να σκεφτώ. Γίνομαι καλύτερη στο να το αποφεύγω αυτό, αλλά όταν τα παίρνω με κάτι, έχω την τάση πρώτα να ρίχνω μπουνιές και μετά να κοιτάζω ποιος είναι αυτός που χτύπησα. Όταν κινδυνεύουν εκείνοι που αγαπώ... ε, τότε, οι κανόνες μοιάζουν προαιρετικοί.

Το άλλο πρόβλημα της ζωής μου είναι ο Ντιμίτρι. Είναι εκείνος που σκότωσε τη Νάταλι και είναι πολύ ζόρικος τύπος. Είναι επίσης πολύ εμφανίσιμος. Εντάξει, κάτι περισσότερο από εμφανίσιμος. Είναι κούκλος – τόσο κούκλος όπως κάποιος που σε κάνει να σταματάς στο δρόμο για να τον κοιτάξεις και σε πατάνε τα αυτοκίνητα. Αλλά, όπως είπα, είναι ο εκπαιδευτής μου. Και είναι είκοσι τεσσάρων χρονών. Αυτοί είναι δύο καλοί λόγοι για τους οποίους δεν θα έπρεπε να τον ερωτευτώ. Αλλά, ειλικρινά, ο πιο σημαντικός λόγος είναι ότι αυτός και εγώ θα είμαστε οι φύλακες της Λίζα όταν εκείνη αποφοιτήσει. Αν αυτός και εγώ ασχολούμαστε ο ένας με τον άλλο, αυτό σημαίνει πως δεν θα την προσέχουμε όπως πρέπει.

Δεν τα κατάφερα και πολύ να τον ξεπεράσω και είμαι πολύ σίγουρη ότι και εκείνος νιώθει το ίδιο για μένα. Εν μέρει αυτό που κάνει τα πράγματα πιο δύσκολα είναι πως ήρθαμε πιο κοντά όταν μας χτύπησε εκείνο το ξόρκι ερωτικής επιθυμίας. Ο Βίκτορ ήθελε να μας αποπροσανατολίσει για να απαγάγει τη Λίζα και πέτυχε το σκοπό του. Ήμουν έτοιμη να απαρνηθώ την παρθενιά μου με τον Ντιμίτρι. Την τελευταία στιγμή, όμως, σπάσαμε το ξόρκι, αλλά εκείνες οι αναμνήσεις με στοιχειώνουν πάντα και με δυσκολεύουν να εστιάσω απόλυτα στις πολεμικές τέχνες κάποιες φορές.

Παρεμπιπτόντως, με λένε Ρόουζ Χάθαγουεϊ. Είμαι δεκαεφτά χρονών, εκπαιδεύομαι να προστατεύω *και* να σκοτώνω βρικόλακες, είμαι ερωτευμένη με έναν εντελώς ακατάλληλο τύπο και η καλύτερή μου φίλη διαθέτει μια αλλόκοτη μαγική ικανότητα που μπορεί να την τρελάνει.

Έι, κανείς δεν είπε πως το λύκειο είναι εύκολη υπόθεση.

1

ΔΕΝ ΠΙΣΤΕΥΑ ΠΩΣ Η ΜΕΡΑ ΜΟΥ θα μπορούσε να γίνει χειρότερη, μέχρι τη στιγμή που η κολλητή μου μου είπε ότι μάλλον έχανε τα λογικά της. Ξανά.

«Τι... τι είπες;»

Στεκόμουν στο λόμπι του κοιτώνα της, σκύβοντας στην μπότα μου για να τη βάλω καλύτερα. Τινάζοντας το κεφάλι μου, κάρφωσα το βλέμμα μου πάνω της μέσα από τις τούφες των σκούρων μαλλιών που κάλυπταν το μισό μου πρόσωπο. Με είχε πάρει ο ύπνος μετά το μάθημα και δεν είχα βουρτσίσει τα μαλλιά μου για να προλάβω να είμαι στην ώρα μου στην πόρτα. Τα πλατινένια μαλλιά της Λίζα, βέβαια, ήταν απαλά και τέλεια και έπεφταν στους ώμους της σαν νυφικό πέπλο. Εκείνη με κοίταξε διασκεδάζοντας με την αντίδρασή μου.

«Είπα πως τα χάπια μου μπορεί να μη με πιάνουν τόσο καλά πια».

Σηκώθηκα όρθια και τίναξα τα μαλλιά από το πρόσωπό μου. «Και τι σημαίνει αυτό;» ρώτησα. Γύρω μας τα Μορόι περνούσαν βιαστικά, πηγαίνοντας να συναντήσουν φίλους ή να βγουν έξω για φαγητό.

«Έχεις αρχίσει...» χαμήλωσα τον τόνο της φωνής μου. «Έχεις αρχίσει να αποκτάς πάλι τις δυνάμεις σου;»

Κούνησε αρνητικά το κεφάλι της και είδα μια στιγμιαία έκφραση θλίψης στα μάτια της. «Όχι... Νιώθω πιο *κοντά* στη μαγεία, αλλά εξακολουθώ να μην μπορώ να τη χρησιμοποιήσω. Βασικά αυτό που παρατηρώ τώρα τελευταία είναι λίγο από τα συνηθισμένα. Ξέρεις... νιώθω μεγαλύτερη κατάθλιψη πού και πού. Σε καμία περίπτωση στο βαθμό που την ένιωθα παλιά» πρόσθεσε βιαστικά βλέποντας την έκφρασή μου. Πριν αρχίσει να παίρνει τα χάπια της, η διάθεση της Λίζα γινόταν τόσο σκοτεινή που έκανε χαρακιές στον εαυτό της. «Είναι απλώς λίγο χειρότερα από πριν».

«Και όλα τα άλλα που ένιωθες; Άγχος; Παραισθήσεις;»

Η Λίζα γέλασε, ήταν φανερό πως δεν έπαιρνε τίποτα από όλα αυτά τόσο σοβαρά όσο εγώ. «Μιλάς σαν να περνάς τον ελεύθερο χρόνο σου διαβάζοντας εγχειρίδια Ψυχιατρικής».

Στην πραγματικότητα *όντως* τα διάβαζα. «Απλώς ανησυχώ για σένα. Αν πιστεύεις πως τα χάπια δεν σε πιάνουν πια, σε κάποιον πρέπει να το πούμε».

«Όχι, όχι» είπε βιαστικά. «Μια χαρά είμαι, αλήθεια. Εξακολουθούν να με πιάνουν... απλώς όχι τόσο πολύ πια. Δεν νομίζω πως πρέπει να μας πιάσει πανικός ακόμα. Ειδικά εσένα – όχι σήμερα τουλάχιστον».

Η αλλαγή θέματος έπιασε. Πριν από μια ώρα είχα μάθει πως σήμερα θα έδινα εξετάσεις για το Qualifier. Ήταν μια εξέταση –ή καλύτερα μια συνέντευξη– υποχρεωτική για όλους τους πρωτοετείς μαθητευόμενους φύλακες στην Ακαδημία του Αγίου Βλαντιμίρ. Αφού την προηγούμενη χρονιά το είχα σκάσει για να κρύψω τη Λίζα, είχα χάσει τη δική μου. Σήμερα θα με πήγαιναν σε ένα φύλακα, κάπου εκτός πανεπιστημιούπολης, ο οποίος θα μου έκανε το τεστ. Ευχαριστώ που με ειδοποιήσατε εγκαίρως, παιδιά.

«Μην ανησυχείς για μένα» επανέλαβε η Λίζα χαμογελώντας. «Θα σου πω αν χειροτερέψουν τα πράγματα».

«Εντάξει» είπα επιφυλακτικά.

Για να είμαι σίγουρη πάντως, άνοιξα τις αισθήσεις μου και άφησα τον εαυτό μου να τη νιώσει πραγματικά μέσα από το μεταφυσικό μας δεσμό. Ήταν ήρεμη και χαρούμενη αυτό το πρωινό, κανένας λόγος ανησυχίας. Αλλά πίσω στο βάθος του μυαλού της διαισθάνθηκα έναν κόμπο από σκοτεινά, δυσάρεστα συναισθήματα. Δεν την απασχολούσαν τόσο έντονα, αλλά έμοιαζαν με τα κύματα κατάθλιψης και οργής που ένιωθε παλιά. Ήταν μόνο ανεπαίσθητα, αλλά δεν ήθελα καθόλου να υπάρχουν εκεί. Δοκίμασα να διεισδύσω πιο βαθιά μέσα της για να νιώσω καλύτερα τα συναισθήματά της και άξαφνα είχα την περίεργη εμπειρία της αφής. Ένα αρρωστημένο αίσθημα με κυρίευσε και πετάχτηκα έξω από το κεφάλι της. Ένα μικρό ρίγος διέτρεξε το κορμί μου.

«Είσαι εντάξει;» ρώτησε συνοφρυωμένη. «Δείχνεις σαν να σε έπιασε ναυτία ξαφνικά».

«Μπα... απλώς λίγο αγχωμένη για το τεστ» είπα ψέματα. Διστακτικά έψαξα ξανά μες στο δεσμό. Το σκοτάδι είχε εξαφανιστεί εντελώς. Κανένα ίχνος. Την αγκάλιασα βιαστικά. «Τα λέμε αργότερα!»

«Καλή τύχη!» φώναξε.

Έφυγα τρέχοντας στην πανεπιστημιούπολη και βρήκα το μέντορά μου, τον Ντιμίτρι Μπελίκοφ, να περιμένει μέσα σε ένα Honda Pilot. Τι βαρετό. Μάλλον δεν θα έπρεπε να περιμένω πως θα τρέχαμε στους ορεινούς δρόμους της Μοντάνα μέσα σε Porsche, αλλά δεν θα ήταν άσχημα να ήμασταν σε ένα πιο μουράτο αμάξι.

«Ξέρω, ξέρω» είπα κοιτάζοντας το πρόσωπό του. «Συγνώμη για την αργοπορία».

Τότε θυμήθηκα πως με περίμενε ένα από τα πιο δύσκολα τεστ της ζωής μου και ξαφνικά ξέχασα τα πάντα για τη Λίζα και τα χάπια της, που μάλλον δεν την έπιαναν πια. Ήθελα πάρα πολύ να την προστατεύσω, αλλά αυτό δεν θα είχε καμία σημασία αν δεν κατάφερνα να βγάλω το λύκειο και να γίνω κανονικά ο φύλακάς της.

Ο Ντιμίτρι στεκόταν εκεί, πιο όμορφος από ποτέ. Το τεράστιο πλίνθινο κτίριο έριχνε τη βαριά σκιά του πάνω μας, δεσπόζοντας σαν ένα πελώριο τέρας στο μουντό φως πριν από την αυγή. Γύρω μας το χιόνι μόλις άρχιζε να πέφτει. Κοίταζα τις ανάλαφρες, κρυστάλλινες νιφάδες να πέφτουν αργά κάτω. Κάποιες προσγειώνονταν και έλιωναν γλυκά στα μαύρα μαλλιά του.«Ποιος άλλος θα έρθει μαζί μας;» τον ρώτησα.

Σήκωσε τους ώμους του. «Μόνο εγώ και εσύ».

Η διάθεσή μου εκτινάχτηκε αμέσως από το «πρόσχαρη» κατευθείαν στο «εκστατική». Εγώ και ο Ντιμίτρι. Μόνοι. Μέσα σε ένα αυτοκίνητο. Τελικά αυτό μπορεί να έκανε το αιφνίδιο τεστ να αξίζει τον κόπο.

«Πόσο μακριά είναι;» Από μέσα μου προσευχόμουν να είναι μια πολύ μακριά διαδρομή. Ας πούμε, να κράταγε καμιά βδομάδα. Και να έπρεπε να μείνουμε σε πολυτελή ξενοδοχεία. Ίσως και να αποκλειόμαστε από το χιόνι στην άκρη του δρόμου και να είχαμε μόνο τη ζέστη των κορμιών μας για να κρατηθούμε ζωντανοί.

«Πέντε ώρες».

«Α».

Κάπως λιγότερο από όσο έλπιζα. Παρ' όλα αυτά, πέντε ώρες ήταν καλύτερα από το τίποτα. Και δεν απέκλειε την πιθανότητα αποκλεισμού από το χιόνι.

Οι σκοτεινοί, χιονισμένοι δρόμοι θα μπορούσαν να δημιουργήσουν πρόβλημα στην οδήγηση στους ανθρώπους, αλλά όχι στα δικά μας μάτια ντάμπιρ. Κάρφωσα το βλέμμα ευθεία μπροστά μου, προσπαθώντας να μη σκέφτομαι το άφτερ σέιβ του Ντιμίτρι το οποίο πλημμύριζε τον αέρα με ένα καθαρό, έντονο άρωμα που με έκανε να λιώνω. Αντιθέτως, προσπάθησα να εστιάσω στο Qualifier.

Δεν ήταν από τα τεστ για τα οποία μπορούσες να προετοιμαστείς. Το συγκεκριμένο ή το περνούσες ή όχι. Οι υψηλόβαθμοι φύλακες επισκέπτονταν τους καινούργιους κατά τη διάρκεια του πρώτου χρόνου της σχολής και τους συναντούσαν κατ' ιδίαν για να συζητήσουν το βαθμό δέσμευσης των μαθητών στο στόχο τους να γίνουν φύλακες. Δεν ήξερα τι ακριβώς ρωτούσαν, αλλά κάποιες φήμες είχαν διαρρεύσει με το πέρασμα των χρόνων. Οι μεγαλύτεροι φύλακες εκτιμούσαν το σθένος χαρακτήρα και την αφοσίωση, και μερικοί πρωτοετείς είχαν κριθεί ακατάλληλοι να συνεχίσουν το δρόμο του φύλακα.

«Μα συνήθως δεν έρχονται αυτοί στη σχολή;» ρώτησα τον Ντιμίτρι. «Θέλω να πω, καθόλου δεν με χαλάει η εκδρομούλα, αλλά γιατί πάμε εμείς σ' αυτούς;»

«Στην πραγματικότητα πηγαίνεις σε *αυτόν*, όχι σε *αυτούς*». Μια ανάλαφρη ρωσική προφορά τύλιξε τις λέξεις του Ντιμίτρι, η μοναδική ένδειξη του τόπου όπου είχε μεγαλώσει. Κατά τα άλλα, ήμουν απολύτως σίγουρη ότι μιλούσε καλύτερα αγγλικά από μένα. «Μια που πρόκειται για ειδική περίπτωση και εκείνος μας κάνει τη χάρη, κάνουμε εμείς το ταξίδι».

«Ποιος είναι;»

«Ο Άρθουρ Σόενμπεργκ».

Τράβηξα απότομα το βλέμμα μου από το δρόμο και το κάρφωσα στον Ντιμίτρι.

«Τι;» τσίριξα.

Ο Άρθουρ Σόενμπεργκ ήταν θρύλος. Ήταν ένας από τους πιο σπουδαίους δολοφόνους Στριγκόι στην ιστορία των φυλάκων και παλιά ήταν ο επικεφαλής του Συμβουλίου των Φυλάκων – της ομάδας δηλαδή που ανέθετε φύλακες στα Μορόι και έπαιρνε τις αποφάσεις για όλους μας. Τελικά, πήρε σύνταξη και ξαναγύρισε στην παλιά του δουλειά, να προστατεύει μια από τις βασιλικές οικογένειες, τους Μπαντίκα. Ακόμη και συνταξιούχος, όμως, ήξερα ότι ήταν εξαιρετικά μάχιμος. Τα ανδραγαθήματά του ήταν μέρος της διδακτέας ύλης μου.

«Δεν... δεν ήταν διαθέσιμος κανείς άλλος;» ρώτησα σιγανά.

Είδα ότι ο Ντιμίτρι προσπαθούσε να κρύψει ένα χαμόγελο. «Μια χαρά θα τα πας. Εξάλλου, αν σε εγκρίνει ο Αρτ, θα είναι πολύ καλό για το φάκελό σου».

Αρτ. Ώστε ο Ντιμίτρι αποκαλούσε έναν από τους πιο ζόρικους φύλακες με το μικρό του όνομα. Φυσικά, και ο ίδιος ο Ντιμίτρι ήταν ζόρικος τύπος, επομένως δεν έπρεπε να μου προκαλεί έκπληξη το γεγονός.

Σιωπή έπεσε στο αυτοκίνητο. Δάγκωσα τα χείλη μου καθώς αναρωτήθηκα ξαφνικά αν θα κατάφερνα να αντεπεξέλθω στα στάνταρ του Άρθουρ Σόενμπεργκ. Οι βαθμοί μου ήταν καλοί, άλλα πράγματα όμως, όπως το να το σκάω και να μπλέκομαι σε καβγάδες στο σχολείο, πιθανόν να δημιουργούσαν αμφιβολίες για το πόσο σοβαρά έπαιρνα τη μελλοντική μου καριέρα.

«Μια χαρά θα είσαι» επανέλαβε ο Ντιμίτρι. «Τα καλά στο φάκελό σου υπερτερούν των αρνητικών».

Μερικές φορές ήταν σαν να μπορούσε να διαβάσει το μυαλό μου. Χαμογέλασα αχνά και τόλμησα να του ρίξω μια κρυφή ματιά. Λάθος μου. Ψηλό, λιγνό κορμί, ορατό ακόμη και όταν καθόταν. Απύθμενα σκούρα μάτια. Μαύρα μαλλιά μακριά μέχρι τους ώμους, πιασμένα πίσω αλογοουρά. Μαλλιά απαλά σαν το μετάξι. Το ήξερα αφού τα είχα χαϊδέψει, όταν ο Ντάσκοφ μας είχε παγιδέψει με εκείνο το ξόρκι ερωτικής επιθυμίας. Με μεγάλη αυτοσυγκέντρωση πίεσα τον εαυτό μου να αρχίσει να αναπνέει ξανά και να κοιτάξει αλλού.

«Ευχαριστώ, αρχηγέ» τον πείραξα καθώς βολευόμουν στο κάθισμά μου.

«Για να βοηθάω είμαι εδώ» απάντησε. Ο τόνος της φωνής του ήταν ανάλαφρος και χαλαρός – σπάνιο για εκείνον. Συνήθως ήταν σε εγρήγορση, έτοιμος για κάθε επίθεση. Μάλλον σκεφτόταν πως μέσα σε ένα Honda ήταν ασφαλής – τουλάχιστον όσο ασφαλής μπορούσε να είναι δίπλα μου. Δεν ήμουν η μόνη που δυσκολευόταν να αγνοήσει την ερωτική ένταση που υπήρχε ανάμεσά μας.

«Ξέρεις τι όντως θα βοηθούσε;» ρώτησα, αποφεύγοντας να τον κοιτάξω στα μάτια.

«Χμ;»

«Αν άλλαζες αυτή τη χάλια μουσική και έβαζες κάτι που κυκλοφόρησε μετά την πτώση του Τείχους του Βερολίνου».

«Το χειρότερό σου μάθημα είναι η Ιστορία και όμως γνωρίζεις τα πάντα για την Ανατολική Ευρώπη».

«Έι, πρέπει να έχω υλικό για τα αστεία μου, σύντροφε».

Καταλάβαινα πως πάλι ήταν έτοιμος να γελάσει. «Διάλεξε. Ή το ένα ή το άλλο».

Αναστέναξα. «Βάλε ξανά αυτά του '80».

Έψαξε το ραδιόφωνο, και εγώ σταύρωσα τα χέρια μου στο στήθος μου, ενώ ένα συγκρότημα με αμυδρά ευρωπαϊκή χροιά τραγουδούσε για το πώς το βίντεο είχε σκοτώσει το ραδιόφωνο. Ευχήθηκα κάποιος να σκότωνε το συγκεκριμένο ραδιοφωνικό παραγωγό.

Και ξαφνικά οι πέντε ώρες δεν μου φαίνονταν τόσο λίγες.

Ο Άρθουρ και η οικογένεια που προστάτευε έμεναν σε μια μικρή πόλη κατά μήκος του αυτοκινητόδρομου I-90, όχι πολύ μακριά από το Μπίλινγκς. Γενικά, οι απόψεις των Μορόι για τα μέρη όπου κατοικούσαν διχάζονταν. Κάποιοι υποστήριζαν πως οι μεγάλες πόλεις ήταν καλύτερες αφού επέτρεπαν στους βρικόλακες να χάνονται μέσα στην πολυκοσμία· η νυχτερινή δραστηριότητα δεν κινούσε πολλές υποψίες. Άλλοι πάλι, όπως αυτή η οικογένεια, προφανώς προτιμούσαν πόλεις με μικρότερο πληθυσμό, πιστεύοντας πως όπου υπήρχαν λιγότεροι άνθρωποι να σε προσέξουν, ήταν πιο πιθανό να περάσεις απαρατήρητος.

Είχα πείσει τον Ντιμίτρι να σταματήσουμε για φαγητό σε ένα εστιατόριο που συναντήσαμε στο δρόμο μας το οποίο έμενε ανοιχτό είκοσι τέσσερις ώρες το εικοσιτετράωρο, και με αυτό και μια στάση που κάναμε για βενζίνη είχε πάει πια μεσημέρι όταν φτάσαμε. Το σπίτι ήταν χτισμένο σε ένα επίπεδο, με ξύλινους τοίχους βαμμένους γκρίζους και μεγάλα παράθυρα που σχημάτιζαν κόγχες στους τοίχους – με σκέπαστρα για να προστατεύουν από το φως του ήλιου, φυσικά. Έδειχνε καινούργιο και ακριβό και, ακόμη και εδώ στη μέση του πουθενά, ήταν ό,τι περίμενα για τη διαμονή μελών μιας βασιλικής οικογένειας.

Κατέβηκα από το Pilot, οι μπότες μου βούλιαξαν σε δυόμισι εκατοστά μαλακού χιονιού και έτριξαν στο χαλίκι της αυλής. Η μέρα ήταν γαλήνια και ήσυχη, αν εξαιρέσεις ένα αεράκι που φυσούσε πού και πού. Ο Ντιμίτρι και εγώ περπατήσαμε προς το σπίτι ακολουθώντας ένα πέτρινο μονοπάτι που διέσχιζε την μπροστινή αυλή. Καταλάβαινα πως έπαιρνε το επαγγελματικό του ύφος, αλλά η γενική του συμπεριφορά ήταν ευχάριστη όσο και η δική μου. Είχαμε και οι δυο αποκομίσει μια ένοχη ικανοποίηση από την ευχάριστη διαδρομή με το αυτοκίνητο.

Το πόδι μου γλίστρησε στο καλυμμένο με πάγο πεζοδρόμιο, και ο Ντιμίτρι άπλωσε αστραπιαία το χέρι του για να με κρατήσει. Είχα ένα περίεργο στιγμιαίο déjà vu, με πήγε πίσω στη βραδιά που γνωριστήκαμε, τότε που με είχε σώσει από ένα παρόμοιο πέσιμο. Παρά τη χαμηλή θερμοκρασία, ένιωσα την παλάμη του ζεστή στο μπράτσο μου παρ' όλα τα στρώματα ρούχων κάτω από το παλτό μου.

«Είσαι εντάξει;» Άφησε το χέρι μου, προς μεγάλη μου δυσαρέσκεια.

«Ναι» είπα κατηγορώντας με το βλέμμα μου τον πάγο στο μονοπάτι. «Μα καλά, αυτοί οι άνθρωποι δεν έχουν ακούσει για το αλάτι;»

Αστειευόμουν, αλλά ο Ντιμίτρι σταμάτησε ξαφνικά να περπατάει. Αμέσως σταμάτησα και εγώ. Το πρόσωπό του σφίχτηκε, έδειχνε επαγρύπνηση. Γύρισε το κεφάλι του, τα μάτια του έψαξαν τις απλόχωρες, λευκές πεδιάδες που εκτείνονταν γύρω από το σπίτι. Ήθελα να κάνω ερωτήσεις, αλλά κάτι στη στάση του μου είπε να μείνω σιωπηλή. Μελέτησε το κτίριο για ένα ολόκληρο λεπτό περίπου, κοίταξε κάτω το παγωμένο πεζοδρόμιο, έπειτα ξανά το δρομάκι της εισόδου, το οποίο ήταν σκεπασμένο με ένα πέπλο χιονιού όπου διακρίνονταν μόνο οι δικές μας πατημασιές.

Προσεκτικά πλησίασε την εξώπορτα, και εγώ τον ακολούθησα. Σταμάτησε ξανά, αυτή τη φορά για να εξετάσει την πόρτα. Δεν ήταν ανοιχτή, αλλά ούτε και εντελώς κλειστή. Έμοιαζε σαν να την είχαν κλείσει βιαστικά, να μην την είχαν κλειδώσει. Μια πιο εξεταστική ματιά έδειξε γρατσουνιές από σκύλο στην άκρη της πόρτας, σαν να την είχαν παραβιάσει. Το παραμικρό άγγιγμα θα μπορούσε να την ανοίξει. Ο Ντιμίτρι ακούμπησε απαλά με τα δάχτυλά του το σημείο όπου η πόρτα ενωνόταν με το κούφωμά της, ενώ η ανάσα του έφτιαχνε συννεφάκια στον παγωμένο αέρα. Όταν άγγιξε το χερούλι, αναπήδησε λίγο, σαν να είχε σπάσει.

Στο τέλος, είπε χαμηλόφωνα: «Ρόουζ, πήγαινε να περιμένεις στο αυτοκίνητο».

«Αλλά τ–»

«Πήγαινε».

Μία μόνο λέξη – αλλά με πόση δύναμη. Αυτές οι τρεις συλλαβές μού θύμισαν τον άντρα που είχα δει να ρίχνει άντρες κάτω και να καρφώνει ένα κοντάρι στην καρδιά ενός Στριγκόι. Έκανα μεταβολή κα προχώρησα στο χιονισμένο γρασίδι, αντί να διακινδυνεύσω το γλιστερό πλακόστρωτο μονοπάτι. Ο Ντιμίτρι στάθηκε εκεί που ήταν, ακίνητος, μέχρι να γλιστρήσω ξανά μέσα στο αυτοκίνητο κλείνοντας την πόρτα όσο πιο σιγανά μπορούσα. Έπειτα με τις πιο ανάλαφρες κινήσεις έσπρωξε την πόρτα και εξαφανίστηκε μέσα.

Φλεγόμενη από περιέργεια, μέτρησα έως το δέκα και μετά πήδηξα έξω από το αμάξι.

Ήξερα πως ήταν λάθος μου να τον ακολουθήσω, αλλά έπρεπε οπωσδήποτε να μάθω τι δεν πήγαινε καλά σε εκείνο το σπίτι. Το παραμελημένο μονοπάτι και το δρομάκι της εισόδου μαρτυρούσαν πως κανένας δεν είχε έρθει στο σπίτι τουλάχιστον για δύο μέρες, αν και θα μπορούσε επίσης να σημαίνει πως οι Μπαντίκα απλώς δεν έβγαιναν από το σπίτι τους. Ήταν πιθανό, σκέφτηκα, να είχαν πέσει θύματα μιας συνηθισμένης διάρρηξης από ανθρώπους. Ή ίσως να τους είχε τρομάξει κάτι άλλο – για παράδειγμα, τα Στριγκόι. Ήξερα ότι αυτή η πιθανότητα ήταν που έκανε τον Ντίμιτρι να συνοφρυωθεί έτσι, αν και αυτό έμοιαζε μάλλον απίθανο με τον Άρθουρ Σόενμπεργκ να προστατεύει τους Μπαντίκα.

Στάθηκα στο δρομάκι της εισόδου και σήκωσα το βλέμμα μου στον ουρανό. Το φως ήταν ψυχρό και χλομό, αλλά τουλάχιστον υπήρχε. Μεσημέρι. Το ψηλότερο σημείο όπου θα έφτανε ο ήλιος σήμερα. Τα Στριγκόι δεν μπορούσαν να βγουν έξω στο φως του ήλιου. Δεν υπήρχε λόγος να φοβάμαι και αυτά, μόνο την οργή του Ντιμίτρι.

Έκανα μια βόλτα γύρω από τη δεξιά πλευρά του σπιτιού,

πατώντας σε ένα πολύ πιο βαθύ στρώμα χιονιού, σχεδόν μισό μέτρο. Δεν παρατήρησα τίποτα άλλο περίεργο στο σπίτι. Σταλακτίτες κρέμονταν από τις μαρκίζες και τα παράθυρα, μα τα σκούρα τζάμια δεν αποκάλυπταν κανένα μυστικό. Ξαφνικά το πόδι μου χτύπησε σε κάτι και κοίταξα κάτω. Εκεί, μισοθαμμένο στο χιόνι, υπήρχε ένα ασημένιο κοντάρι. Είχε χωθεί στο έδαφος. Το σήκωσα και τίναξα το χιόνι σμίγοντας τα φρύδια μου. Τι δουλειά είχε ένα ασημένιο κοντάρι εκεί έξω; Τα ασημένια κοντάρια ήταν πολύτιμα. Ήταν το πιο θανάσιμο όπλο ενός φύλακα, ικανό να σκοτώσει ένα Στριγκόι με ένα μοναδικό χτύπημα στην καρδιά. Όταν αναγκάζονταν, τέσσερα Μορόι μπορούσαν να τα μαγέψουν χρησιμοποιώντας τη μαγεία από τα τέσσερα στοιχεία. Δεν είχα ακόμα διδαχτεί να χρησιμοποιώ ασημένιο κοντάρι, αλλά σφίγγοντάς το τώρα στην παλάμη μου ένιωθα πιο ασφαλής και συνέχισα την έρευνά μου.

Μια μεγάλη πόρτα οδηγούσε από το πίσω μέρος του σπιτιού σε μια ξύλινη εξέδρα, όπου μάλλον θα ήταν απόλαυση να κάθεσαι το καλοκαίρι. Αλλά η τζαμαρία του αιθρίου ήταν σπασμένη, τόσο όσο θα ήταν αρκετό για ένα άτομο να περάσει από την ακανόνιστα σπασμένη τρύπα. Ανέβηκα αργά και προσεκτικά τα σκαλιά της εξέδρας για να μη γλιστρήσω στον πάγο, ξέροντας πως θα έμπλεκα άσχημα όταν ο Ντιμίτρι μάθαινε τι έκανα. Παρά το κρύο, ιδρώτας έτρεχε στο σβέρκο μου.

Το φως του ήλιου, το φως του ήλιου, υπενθύμισα στον εαυτό μου. Δεν υπάρχει λόγος να ανησυχείς. Έφτασα στο αίθριο και εξέτασα το σκούρο τζάμι. Δεν μπορούσα να καταλάβω τι το είχε σπάσει. Μέσα ακριβώς από την τρύπα, είχε πέσει χιόνι και είχε φτιάξει ένα μικρό στρώμα πάνω στο γαλάζιο χαλί. Τράβηξα το χερούλι της πόρτας, αλλά ήταν κλειδωμένη. Όχι πως είχε σημασία με μια τόσο μεγάλη τρύπα. Προσέχοντας τις κοφτερές άκρες, πέρασα μέσα από το άνοιγμα και έβγαλα το σύρτη της πόρτας από μέσα. Έβαλα το ίδιο προσεκτικά το χέρι μου και άνοιξα τη συρόμενη πόρτα. Έτριξε ελαφρά, ένας σιγανός ήχος που ωστόσο ακούστηκε δυνατά μέσα στην απόκοσμη ησυχία.

Μπήκα και στάθηκα στο κομμάτι που φωτιζόταν από τις ακτίνες του ήλιου μέσα από το άνοιγμα της πόρτας. Ο αέρας φύσηξε στο ανοιχτό αίθριο κάνοντας τις κουρτίνες γύρω μου να χορεύουν. Βρισκόμουν μέσα σε ένα καθιστικό. Διέθετε όλα τα συνηθισμένα αντικείμενα που θα περίμενε κανείς: καναπέδες, τηλεόραση, μια κουνιστή πολυθρόνα.

Και ένα πτώμα.

Ήταν μια γυναίκα. Ήταν ξαπλωμένη ανάσκελα μπροστά στην τηλεόραση, με τα σκούρα μαλλιά της απλωμένα στο πάτωμα γύρω της. Τα ανοιχτά μάτια της κοίταζαν απλανώς προς τα πάνω – το πρόσωπό της ήταν χλομό, υπερβολικά χλομό ακόμη και για Μορόι. Για μια στιγμή νόμισα πως τα μαλλιά της σκέπαζαν και το λαιμό της, μέχρι που κατάλαβα πως το σκοτεινό σημείο πάνω στο δέρμα της ήταν αίμα – ξεραμένο αίμα. Ο λαιμός της ήταν κομμένος.

Η φρικτή σκηνή ήταν τόσο σουρεαλιστική που στην αρχή ούτε καν συνειδητοποίησα τι κοίταζα. Με τη στάση που είχε το σώμα της, η γυναίκα θα μπορούσε κάλλιστα να κοιμάται. Τότε πρόσεξα το δεύτερο πτώμα: ένας άντρας ξαπλωμένος στο πλάι, μόλις ένα μέτρο μακριά, και σκούρο αίμα να λεκιάζει το χαλί γύρω του. Ένα ακόμη πτώμα ήταν σωριασμένο δίπλα στον καναπέ: μικρό, στο μέγεθος παιδιού. Στην άλλη άκρη του δωματίου ήταν άλλο ένα. Και άλλο ένα. Υπήρχαν πτώματα παντού, πτώματα και αίμα. Ξαφνικά συνειδητοποίησα την κλιμάκωση του θανάτου γύρω μου, και η καρδιά μου άρχισε να σφυροκοπάει. Όχι, όχι. Δεν ήταν δυνατόν. Ήταν μέρα. Τη μέρα δεν συνέβαιναν κακά πράγματα. Μια κραυγή ξεκίνησε να ανεβαίνει στο λαιμό μου, αλλά ξαφνικά σταμάτησε όταν ένα χέρι με γάντι ήρθε από πίσω μου και έκλεισε το στόμα μου. Άρχισα να παλεύω· τότε μύρισα το άφτερ σέιβ.

«Γιατί» ρώτησε «δεν ακούς ποτέ; Θα ήσουν νεκρή τώρα, αν εκείνοι ήταν ακόμα εδώ».

Δεν μπορούσα να μιλήσω, εξαιτίας του χεριού του και του σοκ μου. Είχα δει κάποιον να πεθαίνει κάποτε, αλλά τόσο θάνατο δεν είχα ξαναδεί ποτέ μου. Μετά από ένα λεπτό περίπου, ο Ντιμίτρι τράβηξε επιτέλους το χέρι του, αλλά παρέμεινε πολύ κοντά πίσω μου. Δεν ήθελα να κοιτάξω άλλο, αλλά μου ήταν αδύνατον να τραβήξω το βλέμμα μου από τη σκηνή μπροστά μου. Παντού πτώματα. Πτώματα και αίμα.

Τελικά στράφηκα προς εκείνον. «Είναι μέρα» ψιθύρισα. «Τα κακά πράγματα δεν συμβαίνουν τη μέρα». Άκουσα την απόγνωση στη φωνή μου, την παράκληση ενός μικρού κοριτσιού να πει κάποιος πως όλα ήταν ένα κακό όνειρο.

«Τα κακά πράγματα μπορούν να συμβούν οποιαδήποτε στιγμή» μου είπε. «Και αυτό εδώ δεν συνέβη τη μέρα. Πιθανότατα συνέβη πριν από δυο νύχτες».

Τόλμησα να κοιτάξω ξανά τα πτώματα και ένιωσα το στομάχι μου να ανακατεύεται. Δύο μέρες. Να είσαι νεκρός δύο μέρες, να έχει σβήσει η ζωή σου – χωρίς να ξέρει κανείς στον κόσμο ότι δεν υπάρχεις πια. Το βλέμμα μου έπεσε στο πτώμα ενός άντρα κοντά στην πόρτα του δωματίου που έβγαζε σε ένα διάδρομο. Ήταν ψηλός, πολύ γεροδεμένος για να είναι Μορόι. Ο Ντιμίτρι πρέπει να πρόσεξε πού κοίταζα.

«Ο Άρθουρ Σόενμπεργκ» είπε.

Κάρφωσα το βλέμμα μου στο ματωμένο λαιμό του Άρθουρ. «Είναι νεκρός» είπα, λες και το γεγονός δεν ήταν απόλυτα σαφές. «Πώς μπορεί να είναι νεκρός; Πώς κατάφερε ένα Στριγκόι να σκοτώσει τον Άρθουρ Σόενμπεργκ;» Μου φαινόταν αδύνατον. Δεν μπορούσες να σκοτώσεις ένα θρύλο.

Ο Ντιμίτρι δεν απάντησε. Αντί για αυτό, το χέρι του κατέβηκε και σφίχτηκε γύρω από δικό μου χέρι που κρατούσε το ασημένιο κοντάρι. Μαζεύτηκα.

«Πού το βρήκες αυτό;» ρώτησε. Χαλάρωσα τη λαβή μου και τον άφησα να πάρει το κοντάρι.

«Έξω, στο χώμα».

Το σήκωσε ψηλά και εξέτασε την επιφάνειά του που άστραφτε στο φως του ήλιου. «Αυτό έσπασε την ασπίδα».

Το μυαλό μου, ακόμα σαστισμένο, χρειάστηκε ένα λεπτό για να επεξεργαστεί τα λόγια του. Μετά κατάλαβα. Οι ασπίδες ήταν μαγικοί δακτύλιοι που τοποθετούσαν σε χώρους τα Μορόι. Όπως και τα κοντάρια, φτιάχνονταν από μαγεία που χρησιμοποιούσε και τα τέσσερα στοιχεία. Απαιτούσαν δυνατούς χρήστες μαγείας Μορόι, συχνά δύο για κάθε στοιχείο. Οι ασπίδες μπορούσαν να εμποδίσουν τα Στριγκόι γιατί η μαγική τους δύναμη ήταν φορτισμένη με ζωή, και τα Στριγκόι δεν είχαν καθόλου ζωή. Αλλά οι ασπίδες ατονούσαν γρήγορα και απαιτούσαν πολλή συντήρηση. Τα περισσότερα Μορόι δεν τις χρησιμοποιούσαν, αλλά σε κάποια συγκεκριμένα σημεία υπήρχαν ακόμα. Η Ακαδημία του Αγίου Βλαντιμίρ φυλασσόταν από αρκετές ασπίδες.

Εδώ πέρα υπήρχε μια ασπίδα, μα έγινε κομμάτια όταν κάποιος τη διαπέρασε με ένα κοντάρι. Οι μαγείες τους συγκρούστηκαν· το κοντάρι είχε νικήσει.

«Τα Στριγκόι δεν μπορούν να αγγίξουν τα κοντάρια» του είπα. Συνειδητοποίησα πως χρησιμοποιούσα πολλές προτάσεις με τις φράσεις *δεν* και *δεν μπορούν*. Δεν ήταν εύκολο να καταρρίπτονται οι βασικές σου πεποιθήσεις. «Και κανένα Μορόι ούτε νταμπίρ δεν θα το έκανε».

«Ένας άνθρωπος όμως ναι».

Συνάντησα το βλέμμα του. «Οι άνθρωποι δεν βοηθούν τα

Στριγκόι–» σταμάτησα. Να το πάλι. *Δεν*. Αλλά μου ήταν αδύνατον να το αποφύγω. Το μόνο πράγμα στο οποίο μπορούσαμε να στηριχτούμε στη μάχη με τα Στριγκόι ήταν οι περιορισμοί τους – το φως του ήλιου, οι φρουρές, η μαγική δύναμη των κονταριών κ.λπ. Χρησιμοποιούσαμε τις αδυναμίες τους εναντίον τους. Αν είχαν με το μέρος τους άλλους –τους ανθρώπους– οι οποίοι θα ήταν διατεθειμένοι να τους βοηθήσουν και δεν επηρεάζονταν από αυτούς τους περιορισμούς...

Το πρόσωπο του Ντιμίτρι ήταν βλοσυρό, παρ' όλα αυτά έτοιμο για όλα, αλλά μια απειροελάχιστη σπίθα συμπόνιας έλαμψε στα σκούρα μάτια του καθώς με έβλεπε να δίνω την εσωτερική μου μάχη.

«Αυτό αλλάζει τα πάντα, έτσι δεν είναι;» ρώτησα.

«Ναι» είπε. «Έτσι είναι».

2

ΟΝΤΙΜΙΤΡΙ ΕΚΑΝΕ ΕΝΑ ΤΗΛΕΦΩΝΗΜΑ, και μια πραγματική ομάδα άμεσης δράσης κατέφθασε.

Έκαναν δύο ώρες, όμως, και κάθε λεπτό που περάσαμε περιμένοντας μου φάνηκε σαν χρόνος. Στο τέλος δεν μπορούσα να το αντέξω άλλο και επέστρεψα στο αυτοκίνητο. Ο Ντιμίτρι εξέτασε κι άλλο το σπίτι και μετά ήρθε να κάτσει μαζί μου. Κανένας μας δεν είπε λέξη όσο περιμέναμε. Κάτι σαν προβολή με σλάιντ από τις μακάβριες εικόνες που είχα δει μέσα στο σπίτι στριφογύριζε συνεχώς στο μυαλό μου. Ένιωθα φοβισμένη και μόνη και ευχόμουν να με αγκάλιαζε ή να με παρηγορούσε με κάποιον τρόπο.

Αμέσως επέπληξα τον εαυτό μου που επιθυμούσε κάτι τέτοιο. Μου υπενθύμισα για χιλιοστή φορά πως ήταν ο εκπαιδευτής μου και δεν είχε καμία δουλειά να με αγκαλιάσει, όποια και αν ήταν η περίσταση. Εξάλλου, ήθελα να είμαι δυνατή. Δεν έπρεπε να τρέχω στην αγκαλιά κάποιου τύπου κάθε φορά που τα πράγματα αγρίευαν.

Όταν εμφανίστηκε η πρώτη ομάδα φυλάκων, ο Ντιμίτρι άνοιξε την πόρτα του αυτοκινήτου και με κοίταξε. «Καλό θα ήταν να δεις πώς γίνεται».

Δεν ήθελα καθόλου να δω τίποτε άλλο από εκείνο το σπίτι, ειλικρινά, αλλά τελικά τον ακολούθησα. Εκείνοι οι φύλακες μου ήταν άγνωστοι, αλλά ο Ντιμίτρι τους ήξερε. Πάντα φαινόταν να ξέρει τους πάντες. Η συγκεκριμένη ομάδα εξεπλάγη που έβλεπε μια μαθητευόμενη στον τόπο του εγκλήματος, αλλά κανείς τους δεν διαμαρτυρήθηκε για την παρουσία μου εκεί.

Περπατούσα πίσω τους ενώ εκείνοι ερευνούσαν το σπίτι. Κανείς τους δεν άγγιξε το παραμικρό, αλλά έσκυψαν πάνω από τα πτώματα, εξέτασαν τους λεκέδες του αίματος και τα σπασμένα παράθυρα. Από ό,τι φαινόταν, τα Στριγκόι δεν είχαν μπει στο σπίτι μόνο από την μπροστινή πόρτα και το πίσω αίθριο.

Οι φύλακες μιλούσαν σε τραχύ τόνο, χωρίς να δείχνουν τίποτα από την αηδία και το φόβο που ένιωθα εγώ. Ήταν σαν μηχανές. Μια από αυτούς, η μοναδική γυναίκα στο πλήθος, έσκυψε δίπλα στον Άρθουρ Σόενμπεργκ. Εξάφθηκε η περιέργειά μου, αφού οι γυναίκες φύλακες ήταν κάτι τόσο σπάνιο. Άκουσα τον Ντιμίτρι να την αποκαλεί Ταμάρα, και φαινόταν γύρω στα είκοσι πέντε. Τα μαύρα της μαλλιά μόλις που έφταναν στους ώμους της, κάτι συνηθισμένο για τις γυναίκες φύλακες.

Η θλίψη τρεμόπαιζε στα γκρίζα μάτια της την ώρα που εξέταζε το πρόσωπο του νεκρού φύλακα. «Ω Άρθουρ» αναστέναξε. Όπως και ο Ντιμίτρι, κατόρθωνε να εκφράσει εκατοντάδες πράγματα με δυο μόνο λέξεις. «Πότε δεν περίμενα πως θα έβλεπα αυτή τη μέρα. Ήταν ο μέντοράς μου». Με έναν ακόμη αναστεναγμό, η Ταμάρα σηκώθηκε.

Το πρόσωπό της πήρε ξανά επαγγελματική έκφραση, λες και ο τύπος που την εκπαίδευσε δεν ήταν ξαπλωμένος μπροστά στα πόδια της. Δεν πίστευα στα μάτια μου. Ήταν ο μέντοράς της. Πώς μπορούσε να έχει τέτοια αυτοσυγκράτηση; Για κλάσματα δευτερολέπτου φαντάστηκα πως έβλεπα τον Ντιμίτρι νεκρό στο πάτωμα αντί για τον Άρθουρ. Όχι. Σε καμία περίπτωση δεν θα μπορούσα να μείνω τόσο ψύχραιμη στη θέση της. Θα είχα πάθει κρίση. Θα ούρλιαζα και θα κλότσαγα πράγματα. Θα χτύπαγα οποιονδήποτε προσπαθούσε να με πείσει πως όλα θα πήγαιναν καλά.

Ευτυχώς, δεν πίστευα πως κανένας θα μπορούσε να σκοτώσει τον Ντιμίτρι. Τον είχα δει να σκοτώνει ένα Στριγκόι χωρίς να ιδρώσει το αφτί του. Ήταν ανίκητος. Ζόρικος. Θεός.

Βέβαια, το ίδιο ήταν και ο Άρθουρ Σόενμπεργκ.

«Πώς κατάφεραν να το κάνουν αυτό;» ξέσπασα. Έξι ζευγάρια μάτια καρφώθηκαν πάνω μου. Περίμενα ένα επιτιμητικό βλέμμα από τον Ντιμίτρι για το ξέσπασμά μου, αλλά εκείνος έδειχνε απλώς περίεργος. «Πώς κατάφεραν να σκοτώσουν *αυτόν* τον άνθρωπο;»

Η Ταμάρα ανασήκωσε ελαφρά τους ώμους της, ενώ το πρόσωπό της εξακολουθούσε να είναι συγκροτημένο. «Με τον ίδιο τρόπο που τους σκοτώνουν όλους. Είναι θνητός, όπως και εμείς οι υπόλοιποι».

«Ναι, αλλά αυτός είναι... ξέρεις, ο Άρθουρ Σόενμπεργκ».

«Εσύ πες μας, Ρόουζ» είπε ο Ντιμίτρι. «Εσύ έχεις δει το σπίτι. Πες μας πώς το έκαναν».

Καθώς τα μάτια όλων ήταν καρφωμένα πάνω μου, ξαφνικά συνειδητοποίησα ότι μπορεί τελικά να πέρναγα όντως ένα τεστ σήμερα. Σκέφτηκα όσα παρατήρησα και άκουσα. Ξεροκατάπια, προσπαθώντας να καταλάβω πώς το αδύνατο έγινε δυνατό. «Υπήρξαν τέσσερα σημεία εισόδου, πράγμα που σημαίνει πως ήταν τουλάχιστον τέσσερα Στριγκόι. Τα Μορόι ήταν εφτά...» Η οικογένεια που έμενε εδώ φιλοξενούσε κι άλλους, κάτι που έκανε το μακελειό ακόμη πιο μεγάλο. Τρία από τα θύματα ήταν παιδιά. «...και τρεις φύλακες. Πάρα πολλοί φόνοι. Τέσσερα μόνο Στριγκόι δεν θα μπορούσαν να σκοτώσουν τόσο πολλούς. Έξι πιθανώς να τα κατάφερναν, αν έβρισκαν πρώτα τους φύλακες και τους αιφνιδίαζαν. Η οικογένεια θα είχε πανικοβληθεί πάρα πολύ για να προβάλει αντίσταση».

«Και πώς αιφνιδίασαν τους φύλακες;» με παρότρυνε ο Ντιμίτρι.

Δίστασα. Οι φύλακες, κατά κανόνα, δεν αιφνιδιάζονταν. «Επειδή είχαν αχρηστευτεί οι ασπίδες. Σε ένα σπίτι χωρίς φρουρές πιθανόν ένας φύλακας να έκανε σκοπιά το βράδυ. Αλλά εδώ μάλλον δεν θα γινόταν κάτι τέτοιο».

Περίμενα για την επόμενη εύλογη ερώτηση, για το πώς είχαν καταστρέψει τις ασπίδες. Αλλά ο Ντιμίτρι δεν ρώτησε. Δεν ήταν ανάγκη. Όλοι ξέραμε. Όλοι είχαμε δει το κοντάρι. Ξανά ένα ρίγος διαπέρασε τη σπονδυλική μου στήλη. Άνθρωποι που συνεργάζονταν με Στριγκόι. Μια μεγάλη ομάδα Στριγκόι. Ο Ντιμίτρι απλώς κούνησε το κεφάλι του επιδοκιμάζοντας, και η ομάδα συνέχισε την έρευνά της. Όταν φτάσαμε σε ένα μπάνιο, απέστρεψα το βλέμμα μου. Είχα ήδη δει αυτό το δωμάτιο με τον Ντιμίτρι νωρίτερα και δεν είχα καμία όρεξη να ξαναζήσω την εμπειρία. Εκεί μέσα υπήρχε ένας νεκρός άντρας, και το ξεραμένο αίμα του έκανε φρικτή αντίθεση πάνω στα λευκά πλακάκια. Ακόμη, επειδή το δωμάτιο ήταν στο εσωτερικό του σπιτιού, δεν ήταν τόσο κρύο όσο ο χώρος του ανοιχτού αιθρίου. Καμία συντήρηση. Το αίμα δεν μύριζε άσχημα ακόμα, αλλά ούτε και ωραία πάντως.

Καθώς όμως στράφηκα για να φύγω, το βλέμμα μου έπιασε κάτι σκούρο κόκκινο –περισσότερο καφέ ουσιαστικά– πάνω στον καθρέφτη. Δεν το είχα προσέξει προηγουμένως γιατί το υπόλοιπο θέαμα είχε τραβήξει όλη την προσοχή μου. Κάτι ήταν γραμμένο στον καθρέφτη με αίμα.

Κακόμοιροι, κακόμοιροι Μπαντίκα. Μείνατε τόσο λίγοι. Μια βασιλική οικογένεια χάθηκε σχεδόν. Θα ακολουθήσουν κι άλλες.

Η Ταμάρα ξεφύσησε με αποστροφή και γύρισε την πλάτη της στον καθρέφτη παρατηρώντας άλλες λεπτομέρειες στο μπάνιο. Την ώρα που βγαίναμε, όμως, αυτές οι λέξεις ήχησαν ξανά στο μυαλό μου. Μια βασιλική οικογένεια χάθηκε σχεδόν. Θα ακολουθήσουν κι άλλες.

Όπως οι Ντραγκομίρ.

Η Λίζα ήταν η μόνη που είχε απομείνει.

Αν τα Στριγκόι ήθελαν να εξολοθρεύσουν ολόκληρες βασιλικές οικογένειες, δεν υπήρχε καλύτερη ευκαιρία από το να την κυνηγήσουν. Το αίμα των Μορόι δυνάμωνε τα Στριγκόι, έτσι κατανοούσα την επιθυμία τους για αυτό. Υπέθεσα πως το να στοχεύουν συγκεκριμένα σε γαλαζοαίματους αποτελούσε απλώς κομμάτι της σκληρής και σαδιστικής τους φύσης. Ήταν ειρωνεία πώς τα Στριγκόι επιδίωκαν να καταστρέψουν την κοινωνία των Μορόι, αφού πολλοί από αυτούς είχαν υπάρξει κάποτε μέλη της.

Ο καθρέφτης και η προειδοποίησή του απορρόφησαν τη σκέψη μου όση ώρα μείναμε στο σπίτι, και είδα το φόβο και το σοκ μου να γίνονται οργή. Πώς μπόρεσαν να το κάνουν αυτό; Πώς μπορούσε ένα πλάσμα να είναι τόσο διεστραμμένο, τόσο σατανικό ώστε να το κάνει αυτό σε μια οικογένεια – να θέλει να εξοντώσει όλους τους απογόνους της; Πώς μπορούσε να το κάνει αυτό ένα πλάσμα, όταν κάποτε ήταν σαν και εμένα και τη Λίζα;

Και η σκέψη της Λίζα –η σκέψη ενός Στριγκόι να θέλει να εξαφανίσει και τη δική της οικογένεια– αναμόχλευσε μια σκοτεινή οργή μέσα μου.

Η ένταση αυτού του συναισθήματος με κυρίευσε σχεδόν. Ήταν κάτι μαύρο και μιασματικό, φούσκωνε και αναδευόταν. Μια καταιγίδα έτοιμη να ξεσπάσει. Άξαφνα ήθελα να ξεσκίσω όποιο Στριγκόι μπορούσα να πιάσω στα χέρια μου.

Όταν τελικά μπήκα στο αυτοκίνητο για να γυρίσω πίσω στην Ακαδημία του Αγίου Βλαντιμίρ με τον Ντιμίτρι, έκλεισα την πόρτα με τόση δύναμη που ήταν θαύμα που δεν ξεκόλλησε.

Ο Ντιμίτρι με κοίταξε με έκπληξη. «Τι τρέχει;»

«Καλά, σοβαρολογείς;» αναφώνησα μην πιστεύοντας στα αφτιά μου. «Πώς μπορείς να με ρωτάς κάτι τέτοιο; Ήσουν εκεί. Τα είδες όλα».

«Πράγματι» συμφώνησε. «Αλλά εγώ δεν ξεσπάω στο αυτοκίνητο».

Έβαλα τη ζώνη μου και κοίταξα βλοσυρά. «Τους μισώ. Τους μισώ όλους! Μακάρι να ήμουν εγώ εδώ. Θα είχα κόψει τα δικά τους κεφάλια!»

Σχεδόν ούρλιαζα. Ο Ντιμίτρι με κοίταξε επίμονα, με ήρεμη έκφραση, αλλά ήταν ολοφάνερα σαστισμένος από το ξέσπασμά μου.

«Πιστεύεις πραγματικά πως αυτό είναι αλήθεια;» με ρώτησε. «Πιστεύεις πως εσύ θα τα είχες καταφέρει καλύτερα από τον Άρθουρ Σόενμπεργκ, έχοντας δει τι έκαναν τα Στριγκόι εκεί μέσα; Έχοντας δει τι έκανε σε σένα η Νάταλι;»

Δίστασα. Πάλεψα λιγάκι με την ξαδέλφη της Λίζα, τη Νάταλι, όταν είχε γίνει Στριγκόι, λίγο πριν εμφανιστεί ο Ντιμίτρι για να σώσει την κατάσταση. Ακόμη και ως νέα Στριγκόι –αδύναμη και ασυντόνιστη– με είχε κυριολεκτικά κάνει τόπι στο ξύλο.

Έκλεισα τα μάτια και πήρα μια βαθιά αναπνοή. Ξαφνικά ένιωσα ηλίθια. Είχα δει τι μπορούσαν να κάνουν τα Στριγκόι. Το να εισβάλω εγώ ορμητικά για να σώσω τον κόσμο θα είχε ως αποτέλεσμα ένα γρήγορο θάνατο. Εξελισσόμουν σε μια σκληρή φύλακα, αλλά είχα ακόμα πολλά να μάθω – και ένα δεκαεφτάχρονο κορίτσι δεν θα είχε καταφέρει να τα βγάλει πέρα με έξι Στριγκόι.

Άνοιξα τα μάτια μου. «Συγνώμη» είπα ανακτώντας τον έλεγχο του εαυτού μου. Η οργή που είχε εκραγεί μέσα μου καταλάγιασε. Δεν ήξερα από πού είχε προέλθει. Ήμουν ευέξαπτη και συχνά λειτουργούσα παρορμητικά, αλλά αυτό που είχε συμβεί ήταν πολύ έντονο και άσχημο, ακόμη και για μένα. Παράξενο.

«Δεν πειράζει» είπε ο Ντιμίτρι. Άπλωσε το χέρι του και άγγιξε το δικό μου για λίγα λεπτά. Έπειτα το τράβηξε και έβαλε μπρος το αυτοκίνητο. «Ήταν μια κουραστική μέρα για όλους μας».

Όταν γυρίσαμε στην Ακαδημία του Άγιου Βλαντιμίρ γύρω στα μεσάνυχτα, όλοι είχαν μάθει για το μακελειό. Η σχολική μέρα για τους βρικόλακες είχε μόλις τελειώσει, και εγώ δεν είχα κοιμηθεί για περισσότερες από είκοσι τέσσερις ώρες. Είχα τσίμπλες στα μάτια μου και ήμουν νωθρή, έτσι ο Ντιμίτρι με διέταξε να πάω αμέσως στον κοιτώνα μου και να πέσω για ύπνο. Εκείνος, φυσικά, έδειχνε σε εγρήγορση, έτοιμος για τα πάντα. Μερικές φορές αναρωτιόμουν αν κοιμόταν ποτέ. Πήγε να συμβουλευτεί τους άλλους φύλακες σχετικά με την επίθεση, και εγώ του υποσχέθηκα ότι θα πήγαινα κατευθείαν για ύπνο. Αντί για αυτό όμως, ξεκίνησα για τη βιβλιοθήκη αμέσως μόλις χάθηκε από τα μάτια μου. Έπρεπε να δω τη Λίζα, και ο δεσμός μού είπε πως ήταν εκεί.

Ήταν μαύρα σκοτάδια την ώρα που περπάτησα στο πέτρινο δρομάκι που συνέδεε τον κοιτώνα μου με το κεντρικό κτίριο του γυμνασίου. Το χιόνι κάλυπτε εντελώς το γρασίδι, αλλά το πεζοδρόμιο ήταν σχολαστικά καθαρισμένο από το χιόνι και τον πάγο. Μου θύμισε το παραμελημένο σπίτι των καημένων των Μπαντίκα.

Το κτίριο της τραπεζαρίας ήταν μεγάλο και σε γοτθικό στιλ, ταίριαζε περισσότερο σε σκηνικό μεσαιωνικής ταινίας παρά σε σχολείο. Στο εσωτερικό η μυστηριακή ατμόσφαιρα και η αρχαία ιστορία συνέχιζαν να δεσπόζουν: περίτεχνοι πέτρινοι τοίχοι και πίνακες-αντίκες συναγωνίζονταν με υπολογιστές και λάμπες φθορίου. Η σύγχρονη τεχνολογία είχε τη θέση της εδώ, αλλά ποτέ δεν θα κατόρθωνε να κυριαρχήσει.

Γλιστρώντας μέσα από την ηλεκτρονική πύλη της βιβλιοθήκης, κατευθύνθηκα σε μια από τις πίσω γωνίες όπου φυλάσσονταν τα βιβλία γεωγραφίας και ταξιδιών. Όπως ήμουν σίγουρη, βρήκα εκεί τη Λίζα καθισμένη στο πάτωμα, σκυμμένη πάνω από ένα ράφι με βιβλία.

«Έι» μου είπε σηκώνοντας το βλέμμα από ένα ανοιχτό βιβλίο που στήριζε πάνω στο ένα της γόνατο. Έσπρωξε μερικές τούφες ξανθών μαλλιών από το πρόσωπό της. Το αγόρι της, ο Κρίστιαν, ήταν ξαπλωμένος στο πάτωμα δίπλα της, με το κεφάλι του να γέρνει στο άλλο της γόνατο. Με χαιρέτησε με ένα νεύμα του κεφαλιού. Αν λάβει κανείς υπόψη του τον ανταγωνισμό που μερικές φορές φούντωνε ανάμεσά μας, αυτό ήταν σχεδόν σαν να με αγκάλιασε. Παρά το χαμογελάκι της, μπορούσα να νιώσω την ένταση και το φόβο μέσα της· κελαηδούσε μέσα από το δεσμό.

«Τα έμαθες» είπα ενώ καθόμουν σταυροπόδι στο πάτωμα.

Το χαμόγελό της χάθηκε, και τα αισθήματα φόβου και αγωνίας δυνάμωσαν μέσα της. Μου άρεσε που ο ψυχικός μας δεσμός μου επέτρεπε να την προστατεύω καλύτερα, αλλά πραγματικά δεν είχα καμία όρεξη να νιώθω τα δικά μου προβληματικά συναισθήματα να οξύνονται.

«Φρίκη» είπε με ένα ρίγος. Ο Κρίστιαν κουνήθηκε και έμπλεξε τα δάχτυλά του με τα δικά της. Έσφιξε το χέρι της. Έσφιξε και εκείνη το δικό του. Αυτοί οι δύο ήταν τόσο ερωτευμένοι και μέσα στα σιρόπια που ένιωθα την ανάγκη να πλύνω τα δόντια μου όταν βρισκόμουν γύρω τους. Αυτή τη στιγμή, βέβαια, αναμφίβολα είχαν χαμηλώσει τους τόνους χάρη στα νέα του μακελειού. «Λένε... λένε πως ήταν έξι ή εφτά Στριγκόι. Και πως τους βοήθησαν άνθρωποι να σπάσουν τις ασπίδες».

Έγειρα την πλάτη μου σε ένα ράφι. Τα νέα πραγματικά ταξίδευαν πολύ γρήγορα. Ξαφνικά ένιωσα να ζαλίζομαι. «Είναι αλήθεια».

«Σοβαρά;» ρώτησε ο Κρίστιαν. «Φαντάστηκα πως ήταν απλώς παρατραβηγμένη παράνοια».

«Όχι...» Συνειδητοποίησα ότι κανείς δεν ήξερε πού είχα βρεθεί σήμερα. «Ήμουν... ήμουν εκεί».

Τα μάτια της Λίζα μεγάλωσαν, το ίδιο και το σοκ της. Ακόμη και ο Κρίστιαν –το απόλυτο στερεότυπο του εξυπνάκια– φαινόταν προβληματισμένος. Αν δεν ήταν τόσο φρικαλέα όλα αυτά, θα είχα νιώσει ικανοποίηση που κάτι είχε καταφέρει να τον ταράξει.

«Είχα ραντεβού εκεί. Δεν ήταν μια από τις περιπτώσεις "λάθος μέρος τη λάθος στιγμή". Ο φύλακας που θα με εξέταζε έμενε εκεί. Εγώ και ο Ντιμίτρι μπήκαμε μέσα και...»

Δεν μπόρεσα να τελειώσω τη φράση μου. Εικόνες από το αίμα και το θάνατο που είχαν γεμίσει το σπίτι των Μπαντίκα άστραψαν ξανά στο μυαλό μου. Ανησυχία διαπέρασε τόσο το πρόσωπο της Λίζα όσο και το σύνδεσμό μας.

«Ρόουζ, είσαι καλά;» ρώτησε σιγανά.

Η Λίζα ήταν η καλύτερή μου φίλη, αλλά δεν ήθελα να μάθει πόσο με είχε τρομάξει και αναστατώσει το όλο θέμα. Ήθελα να μην την τρομάζει τίποτα.

«Μια χαρά» είπα με σφιγμένα δόντια.

«Πώς ήταν;» ρώτησε ο Κρίστιαν. Η φωνή του ήταν γεμάτη περιέργεια αλλά και ενοχή – σαν να ήξερε πως ήταν λάθος να θέλει να μάθει για ένα τόσο φρικτό πράγμα. Του ήταν αδύνατον να μη ρωτήσει όμως. Οι ανεξέλεγκτες παρορμητικές αντιδράσεις ήταν ένα από τα κοινά μας χαρακτηριστικά.

«Ήταν...» Κούνησα το κεφάλι μου. «Δεν θέλω να μιλήσω γι' αυτό».

Ο Κρίστιαν πήγε να διαμαρτυρηθεί και τότε η Λίζα πέρασε το χέρι της ανάμεσα στα στιλπνά σκούρα μαλλιά του. Αυτή η ήπια επίπληξη τον έκανε να σωπάσει. Μια στιγμή αμηχανίας πλανήθηκε στην ατμόσφαιρα. Διαβάζοντας το μυαλό της, ένιωσα την απεγνωσμένη προσπάθειά της να βρει καινούργιο θέμα συζήτησης.

«Λένε πως θα επηρεάσει αρνητικά όλες τις επισκέψεις για τις διακοπές» μου είπε μετά από αρκετά λεπτά. «Η θεία του Κρίστιαν επρόκειτο να έρθει, αλλά οι περισσότεροι δεν θέλουν να ταξιδέψουν και θέλουν να μείνουν τα παιδιά τους εδώ, όπου θα είναι ασφαλή. Φοβούνται πως αυτή η ομάδα των Στριγκόι θα συνεχίσει τη δράση της».

Δεν είχα σκεφτεί τις συνέπειες μιας τέτοιας επίθεσης. Βρισκόμασταν μια βδομάδα περίπου πριν από τα Χριστούγεννα.

Συνήθως υπήρχε ένας τεράστιος αριθμός ταξιδιωτών στον κόσμο των Μορόι αυτή την εποχή του χρόνου. Φοιτητές πήγαιναν να δουν τους γονείς τους στις γιορτές· γονείς έρχονταν να μείνουν στην πανεπιστημιούπολη και να επισκεφτούν τα παιδιά τους.

«Όλη αυτή η κατάσταση θα κρατήσει πολλές οικογένειες χωριστά» μουρμούρισα.

«Και θα χαλάσει πολλές δεξιώσεις των γαλαζοαίματων» είπε ο Κρίστιαν.

Το σύντομο χρονικό διάστημα σοβαρότητας είχε περάσει για εκείνον· το προσποιητό υφάκι του είχε επιστρέψει. «Ξέρετε δα πώς είναι όλοι αυτοί οι τύποι αυτή την εποχή του χρόνου. Συνεχώς συναγωνίζονται μεταξύ τους για το ποιος θα κάνει το μεγαλύτερο πάρτι. Τώρα δεν θα ξέρουν τι να κάνουν με την πάρτη τους».

Δεν το πίστευα. Η ζωή μου είχε να κάνει με τις μάχες, αλλά σίγουρα και τα Μορόι είχαν το μερίδιό τους σε εσωτερικές συγκρούσεις, ειδικά οι ευγενείς και οι βασιλικοί γόνοι. Έδιναν τις δικές τους μάχες με λόγια και πολιτικές συμμαχίες, και ειλικρινά εγώ προτιμούσα την πιο άμεση μέθοδο των κλοτσιών και των μπουνιών. Η Λίζα και ο Κρίστιαν πιο συγκεκριμένα έπρεπε να κολυμπήσουν σε τρικυμιώδη νερά. Προέρχονταν και οι δύο από βασιλικές οικογένειες, γεγονός που σήμαινε ότι τραβούσαν πολύ την προσοχή τόσο μέσα όσο και έξω από την Ακαδημία.

Τα πράγματα πήγαιναν χειρότερα για αυτούς από ό,τι για τους περισσότερους βασιλικούς Μορόι. Η οικογένεια του Κρίστιαν ζούσε στη σκιά των γονιών του. Είχαν γίνει οικειοθελώς Στριγκόι, ξεπουλώντας τη μαγεία και την ηθική τους για να γίνουν αθάνατοι και να τρέφονται σκοτώνοντας άλλους. Οι γονείς του είχαν πεθάνει τώρα πια, αλλά αυτό δεν έπαυε να κάνει τους ανθρώπους να μην τον εμπιστεύονται. Μάλλον πίστευαν πως από στιγμή σε στιγμή θα γινόταν Στριγκόι και θα έπαιρνε και όλους τους άλλους μαζί του. Επίσης, η τραχύτητα και το μαύρο χιούμορ του δεν βοηθούσαν καθόλου την κατάσταση.

Η προσοχή που δεχόταν η Λίζα προερχόταν από το γεγονός ότι ήταν η μοναδική απόγονος της οικογένειάς της. Κανένας άλλος Μορόι δεν είχε αρκετό αίμα Ντραγκομίρ στις φλέβες του για να διεκδικήσει το όνομα. Ο μελλοντικός της σύζυγος πιθανώς θα είχε κάτι κάπου στο γενεαλογικό του δέντρο ώστε να είναι σίγουρο ότι τα παιδιά της θα ήταν Ντραγκομίρ, αλλά προς το παρόν το γεγονός ότι ήταν η μοναδική την έκανε κάτι σαν διασημότητα.

Η σκέψη αυτή μου υπενθύμισε ξαφνικά την προειδοποίηση που ήταν γραμμένη στον καθρέφτη. Εκείνη η σκοτεινή οργή και απόγνωση αναδεύτηκαν ξανά μέσα μου, αλλά τα έκανα στην άκρη με ένα αστείο.

«Βρε παιδιά, πρέπει να προσπαθήσετε να λύσετε τα προβλήματά σας όπως εμείς. Λίγες μπουνιές μια στο τόσο θα μπορούσαν να κάνουν καλό και σε σας τους γαλαζοαίματους».

Η Λίζα και ο Κρίστιαν γέλασαν όταν το άκουσαν αυτό. Εκείνος της έριξε ένα βλέμμα και ένα πονηρό χαμόγελο δείχνοντας έτσι τους μυτερούς του κυνόδοντες. «Τι λες; Πιστεύω πως θα μπορούσα να σε νικήσω αν παλεύαμε οι δυο μας».

«Έτσι νομίζεις» τον πείραξε η Λίζα. Τα άσχημα αισθήματά της εξανεμίστηκαν.

«Κι όμως» επέμεινε εκείνος με το βλέμμα του στο δικό της.

Υπήρχε μια έντονα αισθησιακή νότα στη φωνή του που έκανε την καρδιά της να χτυπάει πιο γρήγορα. Η ζήλια φούντωσε μέσα μου. Ήμασταν φίλες ολόκληρη τη ζωή μας. Μπορούσα να διαβάσω το μυαλό της. Αλλά η πραγματικότητα παρέμενε η ίδια: ο Κρίστιαν αποτελούσε τεράστιο κομμάτι του κόσμου της τώρα και έπαιζε ένα ρόλο τον οποίο εγώ δεν θα μπορούσα ποτέ να παίξω – όπως και εκείνος δεν θα μπορούσε να συμμετέχει στο σύνδεσμο που είχα εγώ μαζί της. Και οι δυο το αποδεχόμασταν αλλά δεν μας άρεσε το γεγονός ότι έπρεπε να μοιραζόμαστε την προσοχή της και, κάποιες φορές, η ανακωχή που κρατούσαμε για χάρη της γινόταν λεπτή σαν χαρτί.

Η Λίζα χάιδεψε το μάγουλό του. «Ναι είσαι καλό παιδί».

«Μα είμαι» της είπε με φωνή ακόμα κάπως βραχνή. «Μερικές φορές. Αλλά είναι και φορές που ούτε εσύ θέλεις να είμαι...»

Βογκώντας με απόγνωση σηκώθηκα όρθια. «Ω Θεέ μου. Ε, εγώ να σας αφήσω μόνους σας τώρα, παιδιά».

Η Λίζα ανοιγόκλεισε τα βλέφαρά της και τράβηξε το βλέμμα της από τον Κρίστιαν δείχνοντας να ντρέπεται ξαφνικά.

«Συγνώμη» μουρμούρισε. Ένα ελαφρύ κοκκίνισμα απλώθηκε στα μάγουλά της. Μια και ήταν χλομή, όπως όλα τα Μορόι, αυτό ουσιαστικά την έκανε να φαίνεται ομορφότερη. Όχι πως χρειαζόταν ιδιαίτερη βοήθεια σε αυτόν τον τομέα. «Δεν είναι ανάγκη να φύγεις...»

«Μπα, κανένα πρόβλημα. Έτσι κι αλλιώς, είμαι πτώμα» τη διαβεβαίωσα. Ο Κρίστιαν δεν φάνηκε να ενοχλείται καθόλου που έφευγα. «Θα τα πούμε αύριο».

Γύρισα να φύγω, αλλά η Λίζα με φώναξε «Ρόουζ; Είσαι... είσαι σίγουρη πως θα είσαι καλά; Μετά από όλα αυτά που σου συνέβησαν;»

Κοίταξα τα πράσινα σαν νεφρίτη μάτια της. Το ενδιαφέρον της ήταν τόσο δυνατό και βαθύ που έκανε το στήθος μου να πονέσει. Μπορεί να ήμουν πιο κοντά της από οποιονδήποτε άλλο στον κόσμο, αλλά δεν ήθελα να ανησυχεί για μένα. Ήταν δική μου δουλειά να την προστατεύω. Σε καμία περίπτωση δεν έπρεπε εκείνη να ανησυχεί για τη δική μου προστασία – ειδικά αν τα Στριγκόι είχαν αποφασίσει να αρχίσουν να σκοτώνουν μέλη βασιλικών οικογενειών.

Της χάρισα ένα αυθάδικο χαμόγελο. «Μια χαρά είμαι. Δεν

χρειάζεται να ανησυχείς για τίποτε άλλο εκτός από το μήπως αρχίσετε να σκίζετε τα ρούχα σας πριν καν προλάβω να φύγω εγώ».

«Σε αυτή την περίπτωση, καλύτερα να φύγεις αμέσως» είπε ξερά ο Κρίστιαν.

Η Λίζα του έριξε μια αγκωνιά, και εγώ γύρισα τα μάτια μου προς τα πάνω. «Καληνύχτα» τους είπα.

Αλλά μόλις τους γύρισα την πλάτη μου, το χαμόγελό μου έσβησε. Γύρισα πίσω στον κοιτώνα μου με βαριά καρδιά ελπίζοντας πως δεν θα ονειρευόμουν τους Μπαντίκα απόψε.

3

ΣΤΗΝ ΑΙΘΟΥΣΑ ΥΠΟΔΟΧΗΣ του κοιτώνα μου γινόταν χαμός όταν κατέβηκα τρέχοντας για την προπόνησή μου πριν από τα μαθήματα. Η αναστάτωση δεν μου προκάλεσε έκπληξη. Ένας καλός ύπνος είχε καταφέρει να διώξει τις εικόνες της προηγούμενης νύχτας, αλλά ήξερα καλά πως ούτε εγώ ούτε οι συμμαθητές μου δεν θα κατάφερναν να ξεχάσουν εύκολα όσα είχαν συμβεί έξω από το Μπίλινγκς.

Παρ' όλα αυτά, καθώς παρατηρούσα τα πρόσωπα και τις παρέες των άλλων μαθητευόμενων, πρόσεξα κάτι παράξενο. Ο φόβος και η ένταση από το προηγούμενο βράδυ ήταν ακόμα εκεί, αλλά υπήρχε και κάτι καινούργιο: ενθουσιασμός. Δυο πρωτοετείς πήγαιναν κυριολεκτικά να σκάσουν από χαρά καθώς μιλούσαν χαμηλόφωνα. Δίπλα μια ομάδα αγοριών στην ηλικία μου χειρονομούσαν έντονα, με ενθουσιασμένα χαμόγελα στα πρόσωπά τους.

Κάτι πρέπει να μου είχε ξεφύγει εδώ πέρα – εκτός και αν τα χτεσινά γεγονότα δεν ήταν παρά ένας εφιάλτης. Χρειάστηκα ό,τι απόθεμα αυτοσυγκράτησης διέθετα για να μην πάω να ρωτήσω κάποιον τι συνέβαινε. Αν καθυστερούσα, θα αργούσα για την προπόνησή μου. Η περιέργεια με σκότωνε όμως. Μήπως είχαν βρει και είχαν σκοτώσει τα Στριγκόι και τους ανθρώπους που τους είχαν βοηθήσει; Αυτά σίγουρα θα ήταν καλά νέα, αλλά κάτι μου έλεγε πως δεν ήταν αυτό. Ανοίγοντας τις μπροστινές πόρτες γκρίνιαξα επειδή θα έπρεπε να περιμένω μέχρι το πρόγευμα για να μάθω.

«Στράτα-στρατούλα μην τρέχεις, μικρούλα» τραγούδησε μια φωνή.

Έριξα μια ματιά πίσω μου και χαμογέλασα. Ο Μέισον Άσφορντ, ένας άλλος μαθητευόμενος και καλός μου φίλος, έτρεξε και με πρόλαβε.

«Καλά, πόσο χρονών είσαι, δώδεκα;» είπα συνεχίζοντας να προχωράω προς το γυμναστήριο.

«Περίπου» απάντησε. «Μου έλειψε το χαμογελαστό προσωπάκι σου χτες. Πού ήσουν;»

Προφανώς η παρουσία μου στο σπίτι των Μπαντίκα δεν είχε γίνει γνωστή σε πολλούς. Δεν ήταν μυστικό, βέβαια, αλλά δεν ήθελα να συζητήσω τις μακάβριες λεπτομέρειες. «Είχα μια προπόνηση με τον Ντιμίτρι»

«Θεέ μου» μουρμούρισε ο Μέισον. «Όλο μαζί σου ασχολείται αυτός ο τύπος. Δεν καταλαβαίνει τέλος πάντων πως μας στερεί την ομορφιά και τη γοητεία σου;»

«Χαμογελαστό προσωπάκι; Ομορφιά και γοητεία; Έχεις ξεφύγει λίγο σήμερα ή είναι η ιδέα μου;»

«Έι, απλώς τα λέω όπως είναι. Χωρίς πλάκα τώρα, είσαι πολύ τυχερή που έχεις έναν τύπο τόσο καλλιεργημένο και πανέξυπνο όπως εγώ να σου δείχνει τόση προσοχή».

Συνέχιζα να χαμογελάω. Ο Μέισον ήταν μεγάλος κορτάκιας και του άρεσε πολύ να με φλερτάρει. Εν μέρει αυτό οφειλόταν στο γεγονός ότι ήμουν και εγώ πολύ καλή στο φλερτ και μου άρεσε να του το ανταποδίδω. Ήξερα, όμως, πως ένιωθε για μένα κάτι περισσότερο από απλή φιλία, αλλά δεν είχα ακόμα αποφασίσει τι αισθανόμουν γι' αυτόν. Είχαμε την ίδια αίσθηση του χιούμορ και συχνά δείχναμε ιδιαίτερη προσοχή ο ένας στον άλλο, στην τάξη ή όταν βρισκόμασταν με φίλους. Είχε υπέροχα γαλάζια μάτια και ατημέλητα κόκκινα μαλλιά που ποτέ δεν φαίνονταν να κάθονται φρόνιμα. Ήταν χαριτωμένο.

Αλλά το να βγαίνω με κάποιον καινούργιο θα ήταν μάλλον δύσκολο, αφού εξακολουθούσα να σκέφτομαι διαρκώς πως είχα βρεθεί μισόγυμνη στο κρεβάτι με τον Ντιμίτρι.

«Καλλιεργημένο και πανέξυπνο, ε;» κούνησα το κεφάλι μου. «Καλά, δεν νομίζω πως μου δείχνεις ούτε τη μισή προσοχή από όση δείχνεις στο εγώ σου. Κάποιος πρέπει να σε μαζέψει λίγο».

«Α, ναι;» ρώτησε. «Ε, τότε να κάνεις ό,τι καλύτερο μπορείς για να κατέβεις τις πλαγιές πιο γρήγορα από μένα».

Σταμάτησα να περπατάω. «Τις ποιες;»

«Τις πλαγιές». Έγειρε το κεφάλι του προς τη μια μεριά. «Ξέρεις, μωρέ. Στην εκδρομή του σκι».

«Ποια εκδρομή του σκι;» Προφανώς μου διέφευγε κάτι σημαντικό εδώ πέρα.

«Μα καλά, πού ήσουν σήμερα το πρωί;» είπε κοιτάζοντάς με σαν να ήμουν τρελή.

«Στο κρεβάτι μου! Τώρα μόλις σηκώθηκα, πριν από πέντε λεπτά. Λοιπόν, ξεκίνα από την αρχή και πες μου για ποιο πράγμα μιλάς». Έτρεμα επειδή είχα σταματήσει να κινούμαι. «Και να συνεχίσουμε να περπατάμε». Πράγμα που κάναμε.

«Ωραία. Ξέρεις, φαντάζομαι, πως όλοι φοβούνται να αφήσουν τα παιδιά τους να γυρίσουν σπίτι για Χριστούγεννα; Ε, λοιπόν, υπάρχει ένα *τεράστιο* χιονοδρομικό καταφύγιο στο Άινταχο, το οποίο χρησιμοποιείται αποκλειστικά από γαλαζοαίματους και πλούσιους Μορόι. Οι ιδιοκτήτες του το ανοίγουν για τους σπουδαστές της Ακαδημίας και τις οικογένειές τους – και όποιο άλλο Μορόι θέλει να πάει. Αν είμαστε όλοι στο ίδιο σημείο, θα έχουμε εκατομμύρια φύλακες να προσέχουν το μέρος, άρα θα είναι απόλυτα ασφαλές».

«Δεν παίζει να μιλάς σοβαρά» είπα. Φτάσαμε στο γυμναστήριο και μπήκαμε στη ζέστη.

Ο Μέισον κούνησε εμφατικά το κεφάλι του. «Είναι αλήθεια. Το μέρος πρέπει να είναι καταπληκτικό». Μου χάρισε εκείνο το πλατύ χαμόγελο που πάντα με έκανε να χαμογελάω επίσης. «Θα την περνάμε σαν βασιλιάδες, Ρόουζ. Για μια βδομάδα τουλάχιστον. Φεύγουμε την επομένη των Χριστουγέννων».

Στεκόμουν εκεί συνεπαρμένη και σύξυλη. Αυτό δεν το περίμενα. Ήταν μια πραγματικά καταπληκτική ιδέα, μια ιδέα που επέτρεπε στις οικογένειες να συναντηθούν για τις γιορτές των Χριστουγέννων. Και τι σημείο συνάντησης! Ένα βασιλικό χιονοδρομικό κέντρο. Περίμενα πως θα περνούσα το μεγαλύτερο μέρος των διακοπών εδώ, βλέποντας τηλεόραση με τη Λίζα και τον Κρίστιαν. Τώρα θα έμενα σε ένα θέρετρο πέντε αστέρων. Δείπνα με αστακούς. Μασάζ. Γλυκούληδες δάσκαλοι του σκι…

Ο ενθουσιασμός του Μέισον ήταν μεταδοτικός. Τον ένιωθα να φουντώνει μέσα μου, και μετά, ξαφνικά έπεσε κατακόρυφα.

Παρατηρώντας το πρόσωπό μου, ο Μέισον είδε αμέσως την αλλαγή. «Τι τρέχει; Μια χαρά είναι τα νέα».

«Είναι» παραδέχτηκα. «Και καταλαβαίνω γιατί όλοι χαίρονται, αλλά ο λόγος που πηγαίνουμε σε αυτό το υπέροχο μέρος είναι επειδή κάποιοι πέθαναν. Θέλω να πω, δεν είναι κάπως αλλόκοτα όλα αυτά;»

Το πρόσχαρο πρόσωπο του Μέισον σοβάρεψε λίγο. «Ναι, αλλά εμείς είμαστε ζωντανοί, Ρόουζ. Δεν γίνεται να σταματήσουμε να ζούμε επειδή κάποιοι πέθαναν. Και πρέπει να φροντίσουμε να μην πεθάνουν *περισσότεροι* άνθρωποι. Γι' αυτό είναι σπουδαία ιδέα αυτό το μέρος. Είναι ασφαλές». Τα μάτια του φουρτούνιασαν. «Θεούλη μου, ανυπομονώ να φύγουμε από τη σχολή. Από τη στιγμή που άκουσα τι έγινε, θέλω να πάω να τσακίσω κάποιο Στριγκόι. Μακάρι να μπορούσαμε να πάμε τώρα, καταλαβαίνεις; Δεν υπάρχει λογική. Οι φύλακες χρειάζονται βοήθεια, και εμείς γνωρίζουμε όλα σχεδόν όσα πρέπει να μάθουμε».

Η θέρμη στη φωνή του μου θύμισε το ξέσπασμά μου χτες, αν και δεν ήταν τόσο φορτισμένος όσο εγώ. Η προθυμία του να ενεργήσει ήταν παρορμητική και αφελής, ενώ τη δική μου είχε γεννήσει ένας παράξενος, σκοτεινός παραλογισμός που ακόμα δεν μπορούσα να κατανοήσω απόλυτα.

Επειδή δεν απάντησα αμέσως, ο Μέισον μου έριξε ένα προβληματισμένο βλέμμα. «Εσύ δεν το θέλεις;»

«Δεν ξέρω, Μέις». Κοίταξα το πάτωμα, αποφεύγοντας τα μάτια του, ενώ εξέταζα τις μύτες των παπουτσιών μου. Εννοώ πως δεν θέλω να επιτίθενται τα Στριγκόι στον κόσμο εκεί έξω. Και θεωρητικά θέλω να τα σταματήσω... αλλά, εντάξει, δεν είμαστε σε καμία περίπτωση έτοιμοι ακόμα. Έχω δει τι μπορούν να κάνουν... Δεν ξέρω. Οι βιαστικές κινήσεις σίγουρα δεν είναι η λύση». Κούνησα το κεφάλι μου και σήκωσα ξανά το βλέμμα μου. Θεός φυλάξοι. Ακούστηκα τόσο λογική και συγκρατημένη. Ακούστηκα σαν τον Ντιμίτρι. «Δεν έχει σημασία, αφού κάτι τέτοιο δεν πρόκειται να συμβεί ούτως ή άλλως. Υποθέτω πως θα έπρεπε να χαιρόμαστε για την εκδρομή, ε;»

Η διάθεση του Μέισον άλλαζε γρήγορα, και χαλάρωσε πάλι. «Ναι. Και καλά θα κάνεις να θυμηθείς να κάνεις σκι, γιατί εκεί θέλω να δοκιμάσεις να καταρρακώσεις το εγώ μου. Όχι πως έχεις καμία πιθανότητα».

Χαμογέλασα ξανά. «Αγόρι μου, σίγουρα θα είναι πολύ θλιβερό όταν θα σε κάνω να κλάψεις. Νιώθω από τώρα τύψεις».

Άνοιξε το στόμα του, σίγουρα για να ξεφουρνίσει καμιά εξυπνάδα, και τότε είδε κάτι –ή μάλλον κάποιον– πίσω μου. Κοίταξα και είδα την ψηλόλιγνη σιλουέτα του Ντιμίτρι να έρχεται από την άλλη άκρη του γυμναστηρίου.

Ο Μέισον υποκλίθηκε ευγενικά. «Ο κύριος και αφέντης σου. Τα λέμε αργότερα, Χάθαγουεϊ. Άρχισε να ετοιμάζεις τις στρατηγικές σου στο σκι». Άνοιξε την πόρτα και χάθηκε στο παγωμένο σκοτάδι. Στράφηκα και πήγα να βρω τον Ντιμίτρι.

Όπως και τα άλλα μαθητευόμενα νταμπίρ, περνούσα τη μισή σχολική μου μέρα με κάποια προπόνηση φυλάκων, είτε αυτή ήταν σωματική πάλη είτε γνώσεις για τα Στριγκόι και πώς μπορούσαμε να αμυνθούμε απέναντί τους. Εκτός από αυτά, οι μαθητευόμενοι κάποιες φορές είχαν προπόνηση και μετά τα μαθήματα. Εγώ, από την άλλη, ήμουν ειδική περίπτωση.

Εξακολουθούσα να εμμένω στην απόφασή μου να το σκάσω από την Ακαδημία του Άγιου Βλαντιμίρ. Ο Βίκτορ Ντάσκοφ είχε αποτελέσει μεγάλη απειλή για τη Λίζα. Αλλά η παρατεταμένη αποχή μας από τα μαθήματα είχε επιπτώσεις. Το γεγονός ότι έλειπα από τη σχολή για δύο χρόνια με είχε πάει πίσω στην εκπαίδευσή μου ως φύλακα, έτσι η διεύθυνση της Ακαδημίας είχε αποφασίσει ότι ήμουν υποχρεωμένη να αναπληρώσω τα κενά μου κάνοντας επιπλέον προπόνηση πριν και μετά τη σχολή.

Με τον Ντιμίτρι.

Πού να ξέρουν ότι έτσι μου έδιναν και μαθήματα αυτοσυγκράτησης. Αλλά αν εξαιρέσουμε την έλξη που ένιωθα για εκείνον, μάθαινα γρήγορα και με τη βοήθειά του είχα σχεδόν φτάσει τους άλλους τελειόφοιτους.

Αφού δεν φορούσε καμπαρντίνα, κατάλαβα πως σήμερα θα κάναμε εξάσκηση σε αίθουσα. Καλά νέα. Έξω έκανε ψόφο. Παρ' όλα αυτά, η χαρά που ένιωσα για αυτό δεν συγκρινόταν σε καμία περίπτωση με αυτό που ένιωσα όταν είδα τι είχε ετοιμάσει σε μια από τις αίθουσες προπόνησης.

Στον απέναντι τοίχο ήταν τοποθετημένα ομοιώματα ανθρώπων, ομοιώματα που έδειχναν απίστευτα ζωντανά. Ολοζώντανα, σας λέω. Άντρες και γυναίκες με συνηθισμένα ρούχα, με λαστιχένιο δέρμα και διαφορετικό χρώμα μαλλιών και ματιών. Οι εκφράσεις τους ποικίλλαν από χαρούμενη μέχρι τρομαγμένη και θυμωμένη. Είχα ξαναδουλέψει με τέτοια ομοιώματα σε άλλες προπονήσεις χρησιμοποιώντας τα για να εξασκηθώ στις κλοτσιές και τις γροθιές. Αλλά ποτέ δεν είχα εξασκηθεί κρατώντας εκείνο που κράταγε ο Ντιμίτρι: ένα ασημένιο κοντάρι.

«Μούρλια» μουρμούρισα.

Ήταν απαράλλακτο με εκείνο που είχα βρει στο σπίτι των Μπαντίκα. Είχε μια λαβή στο κάτω μέρος του, σαν αυτή ενός ξίφους αλλά χωρίς τα μικρά στολίδια στο πλάι. Και εκεί τελείωναν οι ομοιότητές του με ξίφος. Αντί για πλατιά λεπίδα, το κοντάρι είχε χοντρό, στρογγυλεμένο σώμα που στένευε στην άκρη, σαν παγοκόφτης περίπου. Ολόκληρο ήταν λίγο κοντύτερο από τον πήχη μου.

Ο Ντιμίτρι ακουμπούσε χαλαρός στον τοίχο, σε μια άνετη στάση που πάντα έπαιρνε με αξιοθαύμαστη ευκολία, παρότι ήταν σχεδόν δύο μέτρα. Με το ένα χέρι πέταξε το κοντάρι στον αέρα. Το κοντάρι τινάχτηκε με διπλή περιστροφή στον αέρα, έπειτα έπεσε κάτω. Ο Ντιμίτρι το έπιασε από τη λαβή.

«Σε παρακαλώ, πες μου πως δεν πρέπει να μάθω να το κάνω αυτό σήμερα» είπα.

Μια παιχνιδιάρικη λάμψη τρεμόπαιξε στο βάθος των σκούρων ματιών του. Νομίζω πως δυσκολευόταν να κρατηθεί σοβαρός όταν ήταν μαζί μου κάποιες φορές.

«Τυχερή θα είσαι αν σε αφήσω να το πιάσεις σήμερα» είπε. Πέταξε πάλι το κοντάρι στον αέρα. Τα μάτια μου τον ακολούθησαν με μεγάλη λαχτάρα. Πήγα να απαντήσω πως είχα ήδη κρατήσει ένα κοντάρι στα χέρια μου, αλλά ήξερα ότι αυτή η λογική δεν θα με έβγαζε πουθενά.

Έτσι, αντί για αυτό, πέταξα την τσάντα μου στο πάτωμα, έβγαλα το παλτό μου και σταύρωσα τα χέρια μου στο στήθος μου περιμένοντας. Φορούσα άνετη φόρμα γυμναστικής σφιγμένη με κορδόνι στη μέση και ένα μπλουζάκι με κουκούλα. Τα σκούρα μαλλιά μου ήταν πιασμένα αλογοουρά. Ήμουν έτοιμη για όλα.

«Προς το παρόν, θέλεις να μου πεις πώς δουλεύουν αυτά τα πράγματα και γιατί πρέπει να είμαι προσεκτική όταν βρίσκομαι γύρω τους» ανακοίνωσα.

Ο Ντιμίτρι σταμάτησε να παίζει με το κοντάρι και με κοίταξε έκπληκτος.

«Έλα τώρα» γέλασα. «Νομίζεις πως δεν σ' έχω μάθει πια; Το κάνουμε αυτό εδώ και τρεις μήνες. Πάντα με βάζεις να μιλήσω για ασφάλεια και υπευθυνότητα πριν κάνω οτιδήποτε έχει πλάκα».

«Μάλιστα» είπε εκείνος. «Εντάξει λοιπόν, υποθέτω πως τα έχεις καταλάβει όλα. Να μη σε κρατάω, ξεκίνα με το μάθημα. Εγώ θα περιμένω εδώ πέρα μέχρι να με χρειαστείς ξανά».

Έβαλε το κοντάρι σε μια δερμάτινη θήκη που κρεμόταν από τη ζώνη του και έπειτα ακούμπησε στον τοίχο με τα χέρια στις τσέπες. Περίμενα λίγο, αφού φαντάστηκα πως αστειευόταν, αλλά όταν έμεινε αμίλητος, συνειδητοποίησα ότι εννοούσε όσα είχε πει. Ανασηκώνοντας ελαφρά τους ώμους, ξεκίνησα με ό,τι ήξερα.

«Το ασήμι πάντα έχει σημαντική επίδραση σε όλα τα πλάσματα που έχουν σχέση με τη μαγεία – μπορεί να τα βοηθήσει ή να τους κάνει κακό αν βάλεις αρκετή δύναμη σε αυτό. Αυτά τα κοντάρια έχουν πραγματικά τεράστια δύναμη, αφού απαιτούνται τέσσερα διαφορετικά Μορόι για να τα φτιάξουν και χρησιμοποιούν καθένα από τα τέσσερα στοιχεία για να τα μαγέψουν». Ξαφνικά συνοφρυώθηκα καθώς σκέφτηκα κάτι. «Εντάξει, εκτός από το πνεύμα. Επομένως είναι υπερφορτισμένα και το μοναδικό όπλο που διαθέτουμε ενάντια στα Στριγκόι το οποίο δεν στοχεύει στον αποκεφαλισμό – αλλά για να τα σκοτώσει πρέπει να καρφωθεί στην καρδιά τους.

«Μπορούν τα κοντάρια να κάνουν κακό σε εσένα;»

Κούνησα αρνητικά το κεφάλι μου. «Όχι. Θέλω να πω, εντάξει, αν μου καρφώσεις ένα κοντάρι στην καρδιά, θα με πληγώσεις, αλλά δεν θα μου κάνει τόσο κακό όσο σε ένα Μορόι. Γρατσούνισε απλώς κάποιο Μορόι με ένα από αυτά, και θα το τραυματίσει σοβαρά – όχι όμως τόσο σοβαρά όσο ένα Στριγκόι. Ούτε στους ανθρώπους κάνουν τόσο κακό».

Σταμάτησα για μια στιγμή και κάρφωσα αφηρημένα το βλέμμα μου στο παράθυρο πίσω από τον Ντιμίτρι. Ο πάγος κάλυπτε το τζάμι με αστραφτερά, κρυστάλλινα σχέδια, αλλά ίσα που τα πρόσεξα. Η αναφορά των ανθρώπων σε σχέση με τα κοντάρια με ταξίδεψε πίσω στο σπίτι των Μπαντίκα. Αίμα και θάνατος πλημμύρισαν τη σκέψη μου.

Βλέποντας τον Ντιμίτρι να με παρατηρεί, έδιωξα αυτές τις αναμνήσεις και συνέχισα το μάθημα. Ο Ντιμίτρι έγνεφε πού και πού καταφατικά ή έκανε μια διευκρινιστική ερώτηση. Καθώς η ώρα περνούσε, ανυπομονούσα να μου πει πως είχα τελειώσει και πως μπορούσα τώρα να αρχίσω να χτυπάω τα ομοιώματα. Αντίθετα, περίμενε δέκα λεπτά πριν ολοκληρώσουμε τη συνεδρία μας για να με οδηγήσει σε ένα από αυτά – ήταν ένας άντρας με ξανθά μαλλιά και μουσάκι. Ο Ντιμίτρι τράβηξε το κοντάρι από τη θήκη του, αλλά δεν μου το έδωσε.

«Πού θα το βάλεις αυτό;» με ρώτησε.

«Στην καρδιά» απάντησα εκνευρισμένη. «Σου το έχω ήδη πει εκατό φορές. Μπορώ να το πάρω στα χέρια μου επιτέλους;»

Χαμογέλασε. «Και πού είναι η καρδιά;»

Του έριξα ένα βλέμμα τύπου «Καλά τώρα, με δουλεύεις;» Εκείνος απλώς ανασήκωσε τους ώμους του.

Με υπερβολική έμφαση, έδειξα την αριστερή πλευρά στο στήθος του ομοιώματος. Ο Ντιμίτρι τότε κούνησε αρνητικά το κεφάλι του.

«Δεν είναι εκεί η καρδιά» μου είπε.

«Και βέβαια είναι εκεί. Εκεί βάζει το χέρι του ο κόσμος όταν ορκίζεται ή όταν τραγουδάει τον εθνικό ύμνο».

Συνέχισε να με κοιτάζει με προσμονή.

Γύρισα ξανά στο ομοίωμα και το εξέτασα πιο προσεκτικά. Στο πίσω μέρος του μυαλού μου θυμήθηκα τότε που μάθαινα τεχνητή αναπνοή και πού έπρεπε να βάλουμε τα χέρια μας. Χτύπησα στο κέντρο του στήθους του ομοιώματος.

«Εδώ είναι;»

Σήκωσε το ένα φρύδι του. Συνήθως αυτό το έβρισκα σέξι. Σήμερα ήταν απλώς ενοχλητικό. «Δεν ξέρω» είπε. «Εκεί είναι;»

«Αυτό σε ρωτάω και εγώ!»

«Δεν θα έπρεπε να ρωτάς εμένα. Δεν είστε όλοι υποχρεωμένοι να κάνετε Φυσιολογία;»

«Ναι. Στο πρώτο έτος. Εγώ ήμουν "διακοπές", θυμάσαι;» Έδειξα το λαμπερό κοντάρι. «Μπορώ να το αγγίξω, σε παρακαλώ;»

Στριφογύρισε ξανά το κοντάρι, το έκανε να αστράψει στο φως και έπειτα το εξαφάνισε πίσω στη θήκη. «Την επόμενη φορά που θα συναντηθούμε θέλω να μου *πεις* πού βρίσκεται η καρδιά. Πού ακριβώς. Επίσης, θέλω να ξέρω τι την περικλείει».

Του έριξα το πιο άγριο βλέμμα μου, το οποίο –κρίνοντας από την έκφρασή του– δεν πρέπει να ήταν και τόσο άγριο. Εννιά φορές στις δέκα πίστευα πως ο Ντιμίτρι ήταν ό,τι πιο σέξι κυκλοφορούσε στον πλανήτη. Αλλά υπήρχαν και αυτές οι άλλες στιγμές...

Πήγα στο πρώτο μάθημα, προπόνηση για μάχη, με άσχημη διάθεση. Δεν μου άρεσε να δείχνω ανίκανη στον Ντιμίτρι και πραγματικά ήθελα να χρησιμοποιήσω ένα από εκείνα τα κοντάρια. Έτσι, στο μάθημα ξέσπασα σε οποιονδήποτε μπορούσα να κλοτσήσω ή να γρονθοκοπήσω. Μέχρι να τελειώσει το μάθημα, κανείς δεν ήθελε να προπονηθεί μαζί μου. Είχα κατά λάθος χτυπήσει τη Μέρεντιθ –ένα από τα ελάχιστα κορίτσια στην τάξη μου– τόσο δυνατά που πόνεσε ακόμη και μέσα από την περικνημίδα της. Θα έκανε μια άσχημη μελανιά σε εκείνο το σημείο και δεν σταματούσε να με κοιτάζει λες και το είχα κάνει επίτηδες. Ζήτησα συγνώμη αλλά χωρίς αποτέλεσμα.

Μετά με ξαναβρήκε ο Μέισον. «Οχ!» είπε μελετώντας το πρόσωπό μου. «Ποιος σε τσάντισε πάλι;»

Αμέσως ξεφούρνισα την ιστορία μου με το ασημένιο κοντάρι και τη θέση της καρδιάς.

Προς μεγάλη μου δυσφορία, εκείνος γέλασε. «Μα καλά, πώς γίνεται να μην ξέρεις πού βρίσκεται η καρδιά; Κυρίως αν αναλογιστεί κανείς πόσες καρδιές έχεις ήδη κάψει».

Του έριξα το ίδιο άγριο βλέμμα με το οποίο είχα κοιτάξει και τον Ντιμίτρι. Αυτή τη φορά έπιασε τόπο. Το πρόσωπο του Μέισον χλόμιασε.

«Ο Μπελίκοφ είναι ένας άρρωστος, πολύ άρρωστος, τύπος και θα έπρεπε να τον ρίξουν σε ένα λάκκο με λυσσασμένες οχιές για να πληρώσει την τεράστια προσβολή που σου έκανε σήμερα το πρωί».

«Ευχαριστώ πολύ» είπα χαριτωμένα. Ύστερα το ξανασκέφτηκα. «Παθαίνουν λύσσα οι οχιές;»

«Γιατί όχι; Όλα μπορεί να την πάθουν. Έτσι νομίζω τουλάχιστον». Κράτησε ανοιχτή την πόρτα του διαδρόμου για να περάσω. «Οι καναδέζικες χήνες μπορεί να είναι χειρότερες από οχιές, όμως».

Τον κοίταξα λοξά. «Οι καναδέζικες χήνες είναι πιο επικίνδυνες από τις οχιές;»

«Έχεις προσπαθήσει ποτέ να ταΐσεις αυτά τα καθαρματάκια;» ρώτησε ενώ προσπαθούσε να δείχνει σοβαρός – με παταγώδη όμως αποτυχία. «Είναι απίστευτα μοχθηρά. Αν σε πετάξουν στις οχιές, πεθαίνεις γρήγορα. Αλλά στις χήνες; Θα σε τρώνε μέρες ολόκληρες. Θα υποφέρεις πολύ περισσότερο».

«Ποπό! Δεν ξέρω αν πρέπει να εντυπωσιαστώ ή να ανησυχήσω που βρήκες χρόνο να τα σκεφτείς όλα αυτά» σχολίασα.

«Απλώς προσπαθώ να βρω δημιουργικούς τρόπους για να υπερασπιστώ την τιμή σου, αυτό είναι όλο».

«Δεν σε είχα για δημιουργικό τύπο, Μέις».

Στεκόμασταν έξω ακριβώς από την αίθουσα του δεύτερου μαθήματος. Η έκφραση του Μέισον εξακολουθούσε να είναι χαρωπή και αστεία, αλλά στη φωνή του υπήρχε μια νότα προκλητική όταν ξαναμίλησε. «Ρόουζ, όταν είμαι δίπλα σου, σκέφτομαι ένα σωρό δημιουργικά πράγματα που μπορώ να σου κάνω».

Εξακολουθούσα να χαχανίζω για τις οχιές και σταμάτησα απότομα κοιτάζοντάς τον με έκπληξη. Πάντα θεωρούσα τον Μέισον ομορφούλη, αλλά με εκείνη τη σοβαρή, σκοτεινή έκφραση άξαφνα και για πρώτη φορά μου φάνηκε και λιγάκι σέξι.

«Για δες» γέλασε βλέποντας πόσο με είχε αιφνιδιάσει. «Η Ρόουζ έμεινε άφωνη. Άσφορντ - Χάθαγουεϊ 1-0».

«Κοίτα, δεν θέλω να σε κάνω να κλάψεις πριν από την εκδρομή. Δεν θα έχει πλάκα να σου έχω σπάσει τον τσαμπουκά πριν ακόμα φτάσουμε στις πλαγιές».

Ο Μέισον γέλασε και μπήκαμε στην αίθουσα. Ήταν μάθημα πάνω στη θεωρία του σωματοφύλακα και γινόταν σε κανονική σχολική αίθουσα και όχι στο γυμναστήριο. Ήταν μια ευχάριστη αλλαγή από τη σωματική άσκηση. Σήμερα, μπροστά από τα θρανία στέκονταν τρεις φύλακες οι οποίοι δεν ανήκαν στο προσωπικό του σχολείου. Επισκέπτες των εορτών, σκέφτηκα. Οι γονείς και οι φύλακές τους είχαν ήδη αρχίσει να έρχονται στην πανεπιστημιούπολη για να συνοδεύσουν τα παιδιά τους στο χιονοδρομικό κέντρο. Αυτό μου κέντρισε αμέσως το ενδιαφέρον.

Ένας από τους επισκέπτες ήταν ένας ψηλός τύπος που έμοιαζε εκατό χρονών αλλά ικανός ακόμα να σπάσει κάποιον στο ξύλο. Ο άλλος τύπος ήταν περίπου στην ηλικία του Ντιμίτρι. Είχε βαθύ μαύρισμα και το σώμα του ήταν τόσο γυμνασμένο που πολλά κορίτσια της τάξης μου φαίνονταν έτοιμα να λιποθυμήσουν.

Ο τελευταίος επισκέπτης ήταν μια γυναίκα. Τα καστανοκόκκινα μαλλιά της ήταν κοντοκουρεμένα και σγουρά, ενώ είχε σοβαρό ύφος καθώς συλλογιζόταν. Όπως έχω ήδη αναφέρει, πολλές γυναίκες νταμπίρ προτιμούσαν να κάνουν παιδιά αντί να ακολουθήσουν την καριέρα του φύλακα. Αφού και εγώ ήμουν μια από τις ελάχιστες γυναίκες στο συγκεκριμένο επάγγελμα, πάντα χαιρόμουν να γνωρίζω κι άλλες τέτοιες γυναίκες, όπως η Ταμάρα.

Μόνο που αυτή δεν ήταν η Ταμάρα. Αυτή ήταν κάποια που γνώριζα εδώ και χρόνια, κάποια που δεν γεννούσε μέσα μου συναισθήματα περηφάνιας και ενθουσιασμού. Αντιθέτως, ένιωθα δυσφορία. Δυσφορία, θυμό και πυρετώδη μανία.

Η γυναίκα που στεκόταν μπροστά στην τάξη ήταν η μητέρα μου.

4

ΔΕΝ ΜΠΟΡΟΥΣΑ ΝΑ ΤΟ ΠΙΣΤΕΨΩ. Η Τζανίν Χάθαγουεϊ. Η μητέρα μου. Η απίστευτα διάσημη και εκπληκτικά απούσα μητέρα μου. Δεν ήταν της κλάσης του Άρθουρ Σόενμπεργκ βέβαια, αλλά είχε αξιόλογη φήμη στον κόσμο των φυλάκων. Είχα χρόνια να τη δω επειδή πάντα έλειπε σε κάποια απίθανη αποστολή. Και όμως... να που τώρα ήταν εδώ στην Ακαδημία, ακριβώς *μπροστά* μου, και δεν είχε καν μπει στον κόπο να με πληροφορήσει ότι θα ερχόταν. Η καρδιά της μάνας, σου λένε μετά.

Και τι στο διάβολο είχε έρθει να κάνει εδώ; Η απάντηση ήρθε γρήγορα. Όλα τα Μορόι που ήρθαν στην πανεπιστημιούπολη είχαν φέρει μαζί και τους φύλακές τους. Η μητέρα μου προστάτευε έναν ευγενή από την οικογένεια Σέλσκι. Επόμενο ήταν να έρθει εδώ μαζί του.

Γλίστρησα στην καρέκλα μου και ένιωσα κάτι να μαραίνεται μέσα μου. Ήξερα πως με είχε δει να μπαίνω, αλλά η προσοχή της ήταν στραμμένη αλλού. Φορούσε τζιν παντελόνι και μπεζ μπλουζάκι και από πάνω το πιο βαρετό τζιν μπουφάν που είχα δει στη ζωή μου. Με ύψος μόλις ένα και πενήντα δύο, ήταν κοντύτερη από τους άλλους φύλακες, αλλά το παράστημα και η στάση του σώματός της την έκαναν να φαίνεται ψηλότερη.

Ο εκπαιδευτής μας, ο Σταν, σύστησε τους επισκέπτες και

μας εξήγησε ότι θα μοιράζονταν μαζί μας εμπειρίες από τη ζωή τους. Βημάτιζε μπροστά από τα θρανία, με τα πυκνά φρύδια του να σμίγουν καθώς μιλούσε. «Ξέρω ότι δεν συνηθίζεται» εξήγησε. «Οι επισκέπτες φύλακες συνήθως δεν έχουν το χρόνο να έρθουν σε μια από τις τάξεις μας. Οι τρεις επισκέπτες μας, όμως, βρήκαν χρόνο να έρθουν να σας μιλήσουν σήμερα σχετικά με τα όσα συνέβησαν προσφάτως...» Έκανε μια παύση, και δεν χρειαζόταν κανείς να μας εξηγήσει πού ακριβώς αναφερόταν. Στην επίθεση στους Μπαντίκα. Ύστερα συνέχισε: «Υπό το φως των τελευταίων γεγονότων, λοιπόν, σκεφτήκαμε ότι θα ήταν καλύτερο για την εκπαίδευσή σας να διδαχτείτε από εκείνους που δουλεύουν ως φύλακες αυτή τη στιγμή».

Ενθουσιασμός διαπέρασε τους μαθητές. Το να ακούμε ιστορίες –ειδικά εκείνες που περιείχαν πολύ αίμα και δράση– ήταν πολύ πιο ενδιαφέρον από το να αναλύουμε θεωρίες από κάποιο εγχειρίδιο. Προφανώς κάποιοι φύλακες της σχολής είχαν την ίδια άποψη. Περνούσαν συχνά από τις αίθουσές μας, αλλά σήμερα η προσέλευση ήταν ασυνήθιστα μεγάλη. Ο Ντιμίτρι στεκόταν ανάμεσά τους στο πίσω μέρος της αίθουσας.

Ο γέρος άρχισε πρώτος. Ξεκίνησε την ιστορία του και αμέσως βρέθηκα καθηλωμένη. Μιλούσε για μια φορά που ο μικρότερος γιος της οικογένειας την οποία προστάτευε είχε ξεστρατίσει σε μια περιοχή όπου καραδοκούσαν Στριγκόι.

«Ο ήλιος ήταν έτοιμος να δύσει» μας είπε με βαθιά και σκληρή φωνή. Κούνησε τα χέρια του προς τα κάτω, προφανώς για να δείξει τι συνέβαινε κατά το ηλιοβασίλεμα. «Ήμασταν μόνο δύο και έπρεπε να πάρουμε μια γρήγορη απόφαση για το πώς θα ενεργούσαμε». Οι φύλακες δούλευαν συχνά σε ζευγάρια. Ο ένας –ο παράπλευρος φρουρός– συνήθως έμενε κοντά στο άτομο που φύλαγε, ενώ ο άλλος –ο επόπτης φρουρός– ερευνούσε την περιοχή. Ο επόπτης φρουρός εξακολουθούσε συνήθως να μένει σε κοντινή απόσταση, οπότε κατανοούσα το δίλημμα. Το σκέφτηκα και αποφάσισα πως αν βρισκόμουν εγώ στη συγκεκριμένη περίσταση, θα έβαζα τον παράπλευρο φρουρό να πάει την υπόλοιπη οικογένεια σε ένα ασφαλές μέρος, όσο ο άλλος φρουρός θα έψαχνε το αγόρι.

«Αφήσαμε την υπόλοιπη οικογένεια σε ένα εστιατόριο με το συνάδελφό μου, ενώ εγώ ανίχνευσα τη γύρω περιοχή» συνέχισε ο ηλικιωμένος φύλακας. Άπλωσε τα χέρια του με μια σαρωτική κίνηση, και εγώ ένιωσα περήφανη για τον εαυτό μου επειδή είχα κάνει τη σωστή επιλογή. Η ιστορία είχε ευτυχές τέλος, το αγόρι βρέθηκε και κανείς δεν συνάντησε Στριγκόι.

Η ιστορία του δεύτερου τύπου είχε να κάνει με το πώς σταμάτησε ένα Στριγκόι που καταδίωκε κάποια Μορόι.

«Ουσιαστικά ούτε καν ήμουν σε υπηρεσία εκείνη τη στιγμή» είπε. Ήταν ο πολύ σέξι τύπος, και το κορίτσι που καθόταν δίπλα μου τον κοιτούσε με διάπλατα μάτια, γεμάτα λατρεία. «Επισκεπτόμουν ένα φίλο και την οικογένεια που προστάτευε. Την ώρα που έφευγα από το διαμέρισμά τους, είδα ένα Στριγκόι να παραμονεύει κρυμμένο στις σκιές. Σε καμία περίπτωση δεν περίμενε να δει ένα φύλακα εκεί έξω. Έκανα τον κύκλο του τετραγώνου, βρέθηκα από πίσω του και...» Ο τύπος έκανε πως παλουκώνει κάποιον με κινήσεις πολύ πιο θεατρικές από εκείνες του γέρου φύλακα. Έφτασε στο σημείο να μιμηθεί πώς έστριψε το κοντάρι στην καρδιά του Στριγκόι.

Και έπειτα ήρθε η σειρά της μητέρας μου· ένα κατσούφιασμα απλώθηκε στο πρόσωπό μου πριν ακόμα προλάβει να αρθρώσει λέξη, ένα κατσούφιασμα που έγινε πιο έντονο καθώς εκείνη ξεκινούσε την ιστορία της. Ορκίζομαι πως αν δεν γνώριζα ότι δεν είχε την απαιτούμενη φαντασία για αυτό –και το βαρετό ντύσιμό της μαρτυρούσε πως όντως δεν διέθετε και μεγάλη φαντασία– θα πίστευα πως έλεγε ψέματα. Ήταν κάτι περισσότερο από μια απλή ιστορία. Ήταν ένα έπος από εκείνα που γίνονται ταινίες και κερδίζουν Όσκαρ.

Μίλησε για το πώς το άτομο το οποίο προστάτευε, ο λόρδος Σέλσκι δηλαδή, και η γυναίκα του είχαν παρευρεθεί σε ένα χορό τον οποίο παράθετε ένα άλλο επιφανές μέλος βασιλικής οικογένειας. Αρκετά Στριγκόι καραδοκούσαν. Η μητέρα μου εντόπισε ένα, του κάρφωσε αμέσως ένα κοντάρι στην καρδιά και στη συνέχεια ειδοποίησε τους υπόλοιπους παρόντες φύλακες. Με τη βοήθειά τους κυνήγησε τα άλλα Στριγκόι που παραμόνευαν εκεί γύρω και σκότωσε τα περισσότερα μόνη της.

«Δεν ήταν εύκολο» εξήγησε. Από κάποιον άλλο αυτή η δήλωση θα ακουγόταν σαν καυχησιά. Από εκείνην, όχι. Είχε μια ζωντάνια στον τρόπο με τον οποίο μιλούσε, ένα δυναμισμό στην παράθεση των γεγονότων που δεν άφηναν χώρο για φιοριτούρες. Είχε μεγαλώσει στη Γλασκόβη και μερικές από τις λέξεις της εξακολουθούσαν να έχουν σκοτσέζικο τόνο. «Υπήρχαν άλλοι τρεις στην περιοχή. Εκείνη την εποχή αυτός θεωρούνταν μεγάλος αριθμός φυλάκων που συνεργάζονταν. Αυτό δεν ισχύει αναγκαστικά πλέον, δεδομένου του μακελειού στο σπίτι των Μπαντίκα». Κάποιοι μόρφασαν για τον αδιάφορο τρόπο με τον οποίο αναφέρθηκε στην επίθεση. Για άλλη μια φορά είδα μπροστά μου τα πτώματα. «Αναγκαστήκαμε να αποτελειώσουμε το τελευταίο Στριγκόι όσο πιο γρήγορα και αθόρυβα μπορούσαμε για να μην προειδοποιήσει τα άλλα. Τώρα, αν διαθέτεις το πλεονέκτημα του αιφνιδιασμού, ο καλύτερος τρόπος για να εξοντώσεις ένα Στριγκόι είναι να πας από πίσω του, να σπάσεις το λαιμό του και να καρφώσεις ένα κοντάρι στην καρδιά του. Σπάζοντας το λαιμό του δεν το σκοτώνεις φυσικά, αλλά το ζαλίζεις και έτσι έχεις την ευκαιρία να το παλουκώσεις προτού κάνει τον παραμικρό θόρυβο. Το πιο δύσκολο κομμάτι είναι να πας κρυφά από πίσω τους, επειδή η ακοή τους είναι οξυμένη.

Μια που εγώ είμαι πιο μικρόσωμη και πιο ελαφριά από τους περισσότερους φύλακες, μπορώ να κινούμαι αρκετά αθόρυβα. Έτσι τελικά σκότωσα δύο από τα τρία μόνη μου».

Ξανά χρησιμοποίησε αυτόν το ρεαλιστικό τόνο ενώ περιέγραφε τις ίδιες της τις ικανότητες. Ήταν εκνευριστικό, περισσότερο από το να δείχνει ανοιχτά έπαρση για το πόσο καταπληκτική ήταν. Στα πρόσωπα των συμμαθητών μου έλαμπε ο θαυμασμός· προφανώς τους ενδιέφερε περισσότερο πώς να σπάσουν το λαιμό ενός Στριγκόι παρά μια λεπτομερή ανάλυση της αφηγητικής ικανότητας της μητέρας μου.

Συνέχισε την ιστορία της. Αφού η ίδια και οι άλλοι φύλακες είχαν σκοτώσει τα υπόλοιπα Στριγκόι, ανακάλυψαν ότι δύο Μορόι είχαν απαχθεί από το πάρτι. Μια τέτοια ενέργεια δεν ήταν ασυνήθιστη για τα Στριγκόι. Μερικές φορές ήθελαν να κρατήσουν τα Μορόι ως «μεζεδάκι» για αργότερα· άλλες πάλι φορές κατώτερα ιεραρχικά Στριγκόι εκτελούσαν εντολές άλλων, πιο ισχυρών να φέρουν πίσω λεία. Όπως και να είχε, δυο Μορόι έλειπαν από το χορό, και ο φύλακάς τους είχε τραυματιστεί.

«Φυσικά δεν μπορούσαμε να αφήσουμε εκείνα τα Μορόι στα νύχια των Στριγκόι» είπε. «Κυνηγήσαμε τα Στριγκόι μέχρι το κρησφύγετό τους, όπου βρήκαμε αρκετά από αυτά. Είμαι σίγουρη ότι αντιλαμβάνεστε πόσο σπάνια συμβαίνει κάτι τέτοιο».

Πράγματι ήταν. Η σατανική και εγωιστική φύση των Στριγκόι τα έκανε να στρέφονται το ένα ενάντια στο άλλο με την ίδια ευκολία που επιτίθεντο στα θύματά τους. Η οργανωμένη επίθεση –όταν είχαν κατά νου έναν άμεσο και αιματηρό στόχο– ήταν το καλύτερο που μπορούσαν να καταφέρουν. Αλλά να ζουν πολλά μαζί; Όχι. Αυτό ήταν σχεδόν αδύνατον να το φανταστώ.

«Καταφέραμε να ελευθερώσουμε τα δυο αιχμάλωτα Μορόι και διαπιστώσαμε ότι κρατούσαν και άλλους φυλακισμένους» είπε η μητέρα μου. «Δεν μπορούσαμε όμως να αφήσουμε εκείνους που είχαμε σώσει να γυρίσουν πίσω μόνοι τους, έτσι οι φύλακες που ήταν μαζί μου τους συνόδευσαν και άφησαν εμένα να πάρω τους άλλους».

Αλίμονο, σκέφτηκα. Η μητέρα μου πήγε γενναία μόνη της μέσα. Στην πορεία την έπιασαν αιχμάλωτη, αλλά κατάφερε να δραπετεύσει και να σώσει τους φυλακισμένους. Για να το επιτύχει αυτό, κατόρθωσε να κάνει αυτό που πρέπει να ήταν το χατ τρικ του αιώνα, να σκοτώσει Στριγκόι και με τους τρεις τρόπους: να τα παλουκώσει, να τα αποκεφαλίσει και να τους βάλει φωτιά.

«Είχα μόλις παλουκώσει ένα Στριγκόι, όταν μου επιτέθηκαν άλλα δυο» εξήγησε. «Δεν είχα χρόνο να βγάλω το κοντάρι από την καρδιά του Στριγκόι όταν πήδηξαν πάνω μου τα άλλα. Ευτυχώς υπήρχε ένα αναμμένο τζάκι εκεί κοντά και έσπρωξα μέσα το ένα Στριγκόι. Το τελευταίο με κυνήγησε μέχρι έξω, σε μια παλιά παράγκα. Εκεί μέσα βρήκα ένα τσεκούρι, το οποίο χρησιμοποίησα για να του κόψω το κεφάλι. Έπειτα πήρα ένα μπιτόνι με βενζίνη και επέστρεψα στο σπίτι. Εκείνο που είχα ρίξει μέσα στο τζάκι δεν είχε καεί εντελώς, αλλά μόλις το περιέλουσα με βενζίνη πήρε πολύ γρήγορα φωτιά».

Η τάξη είχε μείνει άφωνη από το δέος. Όλοι την κοίταζαν με ανοιχτό το στόμα και γουρλωμένα μάτια. Δεν ακουγόταν ο παραμικρός ήχος. Ρίχνοντας μια ματιά ολόγυρα, είδα πως ο χρόνος είχε παγώσει για όλους – εκτός από μένα. Φαινόμουν να είμαι η μοναδική που δεν είχε εντυπωσιαστεί από την ισοπεδωτική ιστορία της, και το να βλέπω τέτοιο δέος στα πρόσωπα όλων με εξόργιζε. Όταν ολοκλήρωσε την αφήγηση, μια ντουζίνα χέρια σηκώθηκαν, καθώς η τάξη τη βομβάρδιζε με ερωτήσεις για τεχνικές, αν ένιωθε ποτέ φόβο και τα λοιπά.

Μετά τη δέκατη περίπου ερώτηση, δεν άντεξα άλλο. Σήκωσα και εγώ το χέρι μου. Της πήρε λίγη ώρα να με προσέξει και να μου δώσει το λόγο. Έδειχνε να διασκεδάζει λίγο που με έβλεπε στη συγκεκριμένη τάξη. Θεώρησα τον εαυτό μου τυχερό και που με αναγνώρισε μόνο.

«Λοιπόν, φύλακα Χάθαγουεϊ» άρχισα. «Γιατί δεν ασφαλίσατε απλώς το μέρος;»

Συνοφρυώθηκε. Νομίζω πως είχε γίνει επιφυλακτική από τη στιγμή που μου έδωσε την άδεια να μιλήσω. «Τι εννοείς;»

Ανασήκωσα τους ώμους και έγειρα πίσω στο κάθισμά μου προσπαθώντας να έχω ύφος άνετο και διαλεκτικό. «Δεν ξέρω. Μου φαίνεται πως τα θαλασσώσατε τελικά. Γιατί δεν ερευνήσατε το μέρος ώστε να βεβαιωθείτε ότι δεν υπήρχαν εκεί Στριγκόι εξαρχής; Νομίζω πως έτσι θα είχατε γλιτώσει από πολλούς μπελάδες».

Όλα τα μάτια στην αίθουσα στράφηκαν πάνω μου. Προς στιγμήν, η μητέρα μου δεν είχε τι να πει. «Αν δεν είχαμε μπει σε τόσους "μπελάδες", θα υπήρχαν ακόμα εφτά Στριγκόι στον κόσμο και εκείνα τα Μορόι θα ήταν νεκρά ή θα είχαν τώρα γίνει και εκείνα Στριγκόι».

«Ναι, ναι, το καταλαβαίνω πως τελικά σώσατε την κατάσταση και τα λοιπά, απλώς αναφέρομαι στους βασικούς κανόνες. Θέλω να πω, θεωρία κάνουμε εδώ πέρα, έτσι δεν είναι;» Στράφηκα στον Σταν ο οποίος με κοιτούσε με πολύ άγριο ύφος. Εγώ και αυτός είχαμε ένα μακρύ και δυσάρεστο ιστορικό συγκρούσεων στην τάξη, και υποπτευόμουν πως ήμασταν έτοιμοι να αρχίσουμε άλλη μία. «Θέλω λοιπόν να καταλάβω τι δεν πήγε καλά από την αρχή».

Αυτό μπορούσα να της το αναγνωρίσω – η μητέρα μου είχε πολύ περισσότερο αυτοέλεγχο από ό,τι εγώ. Αν οι ρόλοι μας αντιστρέφονταν, αυτή τη στιγμή θα είχα πάει μέχρι τη θέση της και θα την είχα χαστουκίσει. Το πρόσωπό της όμως παρέμενε απόλυτα ήρεμο και ένα ανεπαίσθητο σφίξιμο στα χείλη της ήταν το μοναδικό σημάδι πως είχα αρχίσει να της τη σπάω.

«Δεν είναι τόσο απλά τα πράγματα» απάντησε. «Το κτίριο είχε μια εξαιρετικά περίπλοκη διαρρύθμιση. Αρχικά μπήκαμε μέσα και δεν βρήκαμε το παραμικρό. Πιστεύεται πως τα Στριγκόι μπήκαν αφότου άρχισε ο χορός – ή πως υπήρχαν είσοδοι και κρυφά δωμάτια για τα οποία εμείς δεν γνωρίζαμε».

Η τάξη άρχισε τα οχ και τα αχ στην αναφορά των κρυφών δωματίων, αλλά εγώ έμεινα ασυγκίνητη.

«Επομένως, αυτό που λέτε είναι ότι είτε αποτύχατε να τους εντοπίσετε την πρώτη φορά που ελέγξατε το χώρο είτε κατάφεραν να διεισδύσουν παρά την "ασφάλεια" που είχατε οργανώσει κατά τη διάρκεια του πάρτι. Και στις δυο περιπτώσεις φαίνεται πως κάποιος τα θαλάσσωσε».

Το σφίξιμο στα χείλη της έγινε πιο έντονο και η φωνή της παγερή. «Κάναμε ό,τι καλύτερο μπορούσαμε, υπό ασυνήθιστες συνθήκες. Κατανοώ πως κάποιος στο δικό σου επίπεδο ίσως δεν αντιλαμβάνεται τις περιπλοκές που περιγράφω, αλλά όταν θα έχεις μάθει αρκετά ώστε να προχωράς πέρα από τη *θεωρία*, θα δεις πόσο διαφορετικά είναι τα πράγματα όταν βρίσκεσαι εκεί έξω και κρατάς ζωές άλλων στα χέρια σου».

«Αναμφίβολα» είπα. «Ποια είμαι εγώ που θα αμφισβητήσω τις μεθόδους σας; Θέλω να πω, όλα είναι καλά, αρκεί να εξασφαλίζουν σύμβολα *molnija*, σωστά;»

«Δεσποινίς Χάθαγουεϊ». Η βαθιά φωνή του Σταν ήχησε βροντερή μέσα στην αίθουσα. «Μάζεψε, σε παρακαλώ, τα πράγματά σου και πήγαινε να περιμένεις έξω μέχρι να τελειώσει το μάθημα».

Τον κοίταξα σαστισμένη. «Σοβαρολογείς; Από πότε είναι κακό να κάνει κανείς ερωτήσεις;»

«Η συμπεριφορά σου είναι κακή». Έδειξε την πόρτα. «Πέρασε έξω».

Μια σιωπή πιο βαθιά και πιο βαριά από όταν η μητέρα μου

άρχισε να λέει την ιστορία της έπεσε παντού. Έβαλα τα δυνατά μου να μη δειλιάσω μπροστά στα βλέμματα των φυλάκων και των μαθητευόμενων. Δεν ήταν η πρώτη φορά που με πέταγαν έξω από το μάθημα του Σταν. Ούτε καν η πρώτη φορά που με πέταγαν έξω από το μάθημα του Σταν μπροστά στον Ντιμίτρι. Κρεμώντας το σακίδιό μου στον ώμο, διάνυσα τη μικρή απόσταση μέχρι την πόρτα –απόσταση που μου φάνηκε χιλιόμετρα ολόκληρα– και απέφυγα να κοιτάξω τη μητέρα μου στα μάτια καθώς περνούσα.

Πέντε λεπτά περίπου πριν τελειώσει το μάθημα, γλίστρησε έξω από την αίθουσα και ήρθε εκεί που καθόμουν. Χαμηλώνοντας πάνω μου το βλέμμα της, έβαλε τα χέρια της στους γοφούς της με εκείνο τον ενοχλητικό τρόπο που την έκανε να φαίνεται ψηλότερη από ό,τι ήταν. Δεν ήταν δίκαιο που κάποια δέκα εκατοστά πιο κοντή από εμένα με έκανε να νιώθω τόσο μικρόσωμη.

«Μάλιστα, βλέπω πως οι τρόποι σου δεν έχουν βελτιωθεί με τα χρόνια».

Σηκώθηκα πάνω και την αγριοκοίταξα. «Και εγώ χαίρομαι πολύ που σε βλέπω. Εκπλήσσομαι που με αναγνώρισες. Εδώ που τα λέμε, δεν φανταζόμουν καν πως με θυμόσουν, αφού ούτε που μπήκες στον κόπο να μου πεις πως θα ερχόσουν στην πανεπιστημιούπολη».

Πήρε τα χέρια της από τους γοφούς της, τα σταύρωσε μπροστά στο στήθος της δείχνοντας –αν ήταν ποτέ δυνατόν– ακόμη πιο απαθής. «Δεν μπορούσα να παραμελήσω τα καθήκοντά μου για να έρθω να σε παραχαϊδέψω».

«Να με παραχαϊδέψεις;» ρώτησα. Αυτή η γυναίκα δεν με είχε παραχαϊδέψει ποτέ στη ζωή της. Δεν μπορούσα να πιστέψω πως ήξερε καν τη λέξη αυτή.

«Δεν περιμένω πως θα καταλάβεις. Από ό,τι μαθαίνω, ουσιαστικά δεν ξέρεις τι θα πει "καθήκον"».

«Ξέρω πολύ καλά τι σημαίνει» απάντησα. Η φωνή μου ήταν επίτηδες αλαζονική. «Καλύτερα από τους περισσότερους».

Τα μάτια της άνοιξαν διάπλατα με προσποιητή έκπληξη. Μεταχειριζόμουν και εγώ αυτό το ύφος σε πολλούς ανθρώπους και δεν μου άρεσε καθόλου όταν το έκαναν σε μένα. «Α, αλήθεια; Και πού ήσουν τα τελευταία δύο χρόνια;»

«Πού ήσουν εσύ τα τελευταία πέντε;» ζήτησα να μάθω. «Θα ήξερες ότι είχα φύγει, αν δεν σου το είχε πει κάποιος;»

«Μην αλλάζεις θέμα. Έλειπα γιατί έπρεπε να λείπω. Εσύ, από την άλλη, έλειπες γιατί ήθελες να πηγαίνεις για ψώνια και να ξενυχτάς».

Η λύπη και η ντροπή μου έγιναν ατόφια οργή. Προφανώς δεν επρόκειτο να σβήσω ποτέ τον απόηχο της φυγής μου με τη Λίζα.

«Δεν έχεις την παραμικρή ιδέα γιατί έφυγα» είπα, με τον τόνο της φωνής μου να δυναμώνει. «Και δεν έχεις κανένα δικαίωμα να βγάζεις συμπεράσματα για τη ζωή μου από τη στιγμή που δεν ξέρεις τίποτα για αυτήν».

«Έχω διαβάσει αναφορές για όσα έγιναν. Είχες λόγο να ανησυχείς, αλλά ενέργησες λανθασμένα». Τα λόγια της ήταν τυπικά και ψυχρά. Θα μπορούσε να διδάσκει κάποιο από τα μαθήματα στην τάξη μου. «Έπρεπε να είχες ζητήσει βοήθεια από κάποιον άλλο».

«Δεν μπορούσα να στραφώ σε κανέναν. Όχι χωρίς απτές αποδείξεις, τουλάχιστον. Εξάλλου, μας έχουν μάθει να αναλαμβάνουμε πρωτοβουλίες».

«Μάλιστα» απάντησε. «Έμφαση στη μάθηση. Κάτι που έχασες για δυο χρόνια. Δεν είσαι σε θέση να μου κάνεις κήρυγμα για τα πρωτόκολλα των φυλάκων».

Έμπλεκα συνεχώς σε καβγάδες· κάτι στη φύση μου το έκανε αναπόφευκτο. Έτσι ήμουν συνηθισμένη να υπερασπίζομαι τον εαυτό μου και να δέχομαι προσβολές. Ήμουν σκληρόπετση.

Αλλά, δεν ξέρω πώς, κοντά της –τις ελάχιστες φορές που είχα βρεθεί κοντά της– πάντα ένιωθα λες και ήμουν τριών χρονών. Η συμπεριφορά της με ταπείνωνε και η αναφορά στα μαθήματα που είχα χάσει –ένα ούτως ή άλλως ενοχλητικό θέμα– με έκανε απλώς να νιώθω χειρότερα. Σταύρωσα τα χέρια μου στο στήθος μου, μιμούμενη τη δική της στάση, και πήρα αυτάρεσκη έκφραση.

«Α, ναι; Ε, λοιπόν, δεν σκέφτονται το ίδιο και οι καθηγητές μου. Παρόλο που έχασα τόσα μαθήματα, έχω καταφέρει να φτάσω τους πάντες στην τάξη μου».

Δεν απάντησε αμέσως. Στο τέλος, με ανέκφραστη φωνή, είπε: «Αν δεν το είχες σκάσει, τώρα θα τους είχες ξεπεράσει».

Έκανε μεταβολή σε στρατιωτικό στιλ και έφυγε. Ένα λεπτό μετά, χτύπησε το κουδούνι και η υπόλοιπη τάξη του Σταν ξεχύθηκε στο διάδρομο.

Ακόμη και ο Μέισον δεν κατόρθωσε να με ευθυμήσει. Πέρασα την υπόλοιπη μέρα μου θυμωμένη και ενοχλημένη, σίγουρη πως όλοι κουτσομπόλευαν εμένα και τη μητέρα μου. Δεν πήγα για μεσημεριανό φαγητό, αλλά στη βιβλιοθήκη για να διαβάσω ένα βιβλίο Φυσιολογίας και Ανατομίας.

Όταν έφτασε η ώρα για την προπόνησή μου με τον Ντιμίτρι, κυριολεκτικά έτρεξα στο ομοίωμα. Με σφιγμένη τη γροθιά, χτύπησα το στήθος του, ελάχιστα προς τα αριστερά, αλλά κυρίως στο κέντρο.

«Εδώ» του είπα. «Η καρδιά είναι εδώ και γύρω της, στο στέρνο και τα πλευρά. Μπορώ να έχω το κοντάρι τώρα;»

Σταυρώνοντας τα χέρια μου μπροστά στο στήθος, τον κοίταξα θριαμβευτικά περιμένοντας να με λούσει με επαίνους για το μαθησιακό μου επίτευγμα. Αντιθέτως, εκείνος με κοίταξε με έναν τρόπο που δήλωνε ότι έπρεπε να το ξέρω ήδη αυτό. Και ναι, θα έπρεπε.

«Και πώς διαπερνάς το στέρνο και τα πλευρά;» ρώτησε.

Αναστέναξα. Είχα βρει την απάντηση σε μια ερώτηση μόνο και μόνο για να μου δώσει την επόμενη. Κλασικό.

Αφιερώσαμε την περισσότερη ώρα της προπόνησης σε αυτό το θέμα, και μου έδειξε πολλές τεχνικές που θα επέφεραν πιο γρήγορα το θάνατο. Το έκανε να φαίνεται εύκολο, αλλά εγώ ήξερα καλύτερα.

Όταν ξαφνικά άπλωσε το χέρι του και μου πρόσφερε το κοντάρι, στην αρχή δεν κατάλαβα. «Τι, μου το δίνεις;»

Τα μάτια του σπινθήρισαν. «Απορώ πώς κρατιέσαι τόση ώρα. Φανταζόμουν πως θα το είχες πάρει και θα είχες φύγει προ πολλού».

«Μα καλά, εσύ δεν με έχεις μάθει να κρατιέμαι;» ρώτησα.

«Όχι σε όλα τα πράγματα»

«Σε *μερικά* πράγματα όμως ναι».

Άκουσα τη διπλή ερμηνεία στα λόγια μου και αναρωτήθηκα από πού είχε προκύψει. Πριν από λίγο σκεφτόμουν πως υπήρχαν πάρα πολλοί λόγοι για να μην τον σκέφτομαι ερωτικά πια. Ακόμα, κάπου κάπου, παρασυρόμουν λιγάκι και ευχόμουν να με σκεφτόταν έτσι και εκείνος. Ωραία θα ήταν να ήξερα πως με ήθελε ακόμα, πως εξακολουθούσα να τον τρελαίνω. Παρατηρώντας τον τώρα, συνειδητοποίησα ότι εκείνος μπορεί να μην παρασυρόταν επειδή *δεν* τον τρέλαινα πια. Η σκέψη ήταν καταθλιπτική.

«Φυσικά» είπε, χωρίς να αφήνει καμία ένδειξη πως μιλούσαμε για οτιδήποτε εκτός του μαθήματος. «Είναι όπως όλα τα άλλα. Ισορροπία. Να ξέρεις ποια πράγματα να κυνηγάς – και ποια να αφήνεις στην ησυχία τους». Τόνισε ιδιαίτερα τις τελευταίες λέξεις του.

Τα μάτια μας συναντήθηκαν στιγμιαία, και ένιωσα να με διαπερνάει ηλεκτρικό ρεύμα. Όντως *ήξερε* γιατί πράγμα μιλούσα. Και όπως πάντα το αγνοούσε και ήταν απλώς ο δάσκαλός μου – αυτό ακριβώς που έπρεπε να είναι. Με έναν αναστεναγμό έδιωξα από το μυαλό μου τα αισθήματά μου για αυτόν και προσπάθησα να εστιάσω στο ότι ήμουν έτοιμη να αγγίξω το όπλο που λαχταρούσα από παιδί. Οι αναμνήσεις από το σπίτι των Μπαντίκα επέστρεψαν άλλη μια φορά. Τα Στριγκόι ήταν εκεί έξω. Έπρεπε να συγκεντρωθώ.

Διστακτικά, ευλαβικά σχεδόν, άπλωσα το χέρι μου και τύλιξα τα δάχτυλά μου γύρω από τη λαβή. Το μέταλλο ήταν δροσερό και τσίμπησε το δέρμα μου. Ήταν χαραγμένο κατά μήκος της λαβής για να πιάνεται καλύτερα, αλλά όταν διέτρεξα με τα δάχτυλα την υπόλοιπη επιφάνεια, διαπίστωσα πως ήταν λεία σαν γυαλί. Το σήκωσα από το χέρι του Ντιμίτρι και το έφερα μπροστά μου, αφιερώνοντας πολλή ώρα για να το εξετάσω και να συνηθίσω το βάρος του. Ένα ανυπόμονο κομμάτι μέσα μου ήθελε να γυρίσω και να παλουκώσω όλα τα ομοιώματα, αλλά αντί για αυτό στράφηκα στον Ντιμίτρι και ρώτησα: «Τι να κάνω πρώτα;».

Με το χαρακτηριστικό του στιλ, κάλυψε πρώτα τα βασικά, διορθώνοντας τον τρόπο με τον οποίο κρατούσα και κινούμουν με το κοντάρι. Όταν αργότερα μου επέτρεψε επιτέλους να επιτεθώ σε ένα ομοίωμα, είχα πλέον διαπιστώσει πως *δεν* ήταν καθόλου εύκολο. Η εξέλιξη του ανθρώπου είχε κάνει έξυπνη κίνηση προστατεύοντας την καρδιά με το στέρνο και το θώρακα. Παρ' όλα αυτά, ο Ντιμίτρι πάντα με φιλοπονία και υπομονή με καθοδηγούσε σε κάθε μου βήμα διορθώνοντας και τις πιο ανεπαίσθητες λεπτομέρειες.

«Γλίστρησε το κοντάρι προς τα πάνω, μέσα από τα πλευρά» μου εξήγησε παρακολουθώντας με να προσπαθώ να χωρέσω τη μύτη του όπλου μέσα από ένα κενό στα κόκαλα. «Θα είναι πιο εύκολο για σένα, μια που είσαι πιο κοντή από τους περισσότερους αντιπάλους σου. Ακόμη, μπορείς να χτυπήσεις κατά μήκος της άκρης του κατώτερου πλευρού».

Όταν η προπόνηση τελείωσε, πήρε το κοντάρι και κούνησε το κεφάλι επιδοκιμαστικά.

«Καλά. Πολύ καλά».

Τον κοίταξα έκπληκτη. Συνήθως δεν μοίραζε απλόχερα τους επαίνους.

«Σοβαρολογείς;»

«Το κάνεις λες και το κάνεις χρόνια».

Ένιωσα ένα πλατύ χαμόγελο ικανοποίησης να απλώνεται στο πρόσωπό μου καθώς ξεκινήσαμε να φύγουμε από την αίθουσα προπόνησης. Τη στιγμή που φτάσαμε στην πόρτα, πρόσεξα ένα ομοίωμα με κόκκινα σγουρά μαλλιά. Ξαφνικά όλα όσα συνέβησαν στο μάθημα του Σταν ξαναγύρισαν ορμητικά στο μυαλό μου. Κατσούφιασα.

«Μπορώ να εξασκηθώ σε αυτό εδώ την επόμενη φορά;»

Πήρε την καμπαρντίνα του και τη φόρεσε. Ήταν μακριά και καφετιά, από καστόρινο δέρμα. Έμοιαζε πάρα πολύ με ξεσκονιστήρι καουμπόη, αν και ο ίδιος δεν θα το παραδεχόταν ποτέ. Είχε μια κρυφή λατρεία για την Άγρια Δύση. Δεν την καταλάβαινα και πολύ, αλλά πάλι ούτε τις αλλόκοτες μουσικές του προτιμήσεις καταλάβαινα.

«Δεν νομίζω πως θα ήταν υγιές κάτι τέτοιο» είπε.

«Πιο υγιές από το να το κάνω στην ίδια πάντως» γκρίνιαξα περνώντας το σακίδιό μου στον ώμο. Βγήκαμε από το γυμναστήριο.

«Η βία δεν είναι η λύση στα προβλήματά σου» είπε σοφά.

«Εκείνη έχει το πρόβλημα. Και είχα την εντύπωση πως βάση της εκπαίδευσής μου είναι ότι η λύση είναι η βία».

«Μόνο για όσους σου ασκούν βία πρώτοι. Η μητέρα σου δεν βιαιοπραγεί εναντίον σου. Εσείς ο δύο μοιάζετε πάρα πολύ, αυτό είναι όλο».

Σταμάτησα να περπατάω. «Καθόλου δεν της μοιάζω! Δηλαδή... έχουμε περίπου τα ίδια μάτια. Αλλά εγώ είμαι πολύ ψηλότερη. Και τα μαλλιά μου είναι εντελώς διαφορετικά». Έδειξα την αλογοουρά μου, για την περίπτωση που δεν είχε προσέξει ότι τα στιλπνά καστανόμαυρα μαλλιά μου δεν είχαν καμία σχέση με τις κοκκινόξανθες μπούκλες της μητέρας μου.

Η έκφρασή του εξακολουθούσε να δείχνει πως το διασκέδαζε, αλλά στα μάτια του υπήρχε και κάτι σκοτεινό. «Δεν μιλάω για την εξωτερική εμφάνιση, και το ξέρεις».

Έστρεψα το βλέμμα μου από εκείνα τα έξυπνα μάτια. Η έλξη που ένιωθα για τον Ντιμίτρι είχε αρχίσει από την πρώτη στιγμή που τον γνώρισα – και δεν οφειλόταν μόνο στο ότι ήταν τόσο σέξι. Ένιωθα πως καταλάβαινε κάποιο κομμάτι του εαυτού μου που ακόμη και εγώ δεν καταλάβαινα, και κάποιες φορές ήμουν πολύ σίγουρη ότι και εγώ καταλάβαινα κομμάτια του που εκείνος δεν μπορούσε να καταλάβει.

Το μοναδικό πρόβλημα ήταν ότι είχε την ενοχλητική τάση να τονίζει πράγματα για μένα τα οποία εγώ δεν ήθελα να καταλάβω.

«Νομίζεις πως ζηλεύω;»

«Ζηλεύεις;» ρώτησε. Μου την έδινε όταν απαντούσε στις ερωτήσεις μου με ερωτήσεις. «Και αν ναι, τι ακριβώς ζηλεύεις;»

Γύρισα το βλέμμα μου στον Ντιμίτρι. «Δεν ξέρω. Ίσως ζηλεύω τη φήμη της. Ίσως ζηλεύω επειδή αφιέρωσε περισσότερο χρόνο στη φήμη της από ό,τι σε μένα. Δεν ξέρω».

«Δεν πιστεύεις πως όσα κατόρθωσε είναι καταπληκτικά;»

«Ναι. Όχι. Δεν ξέρω. Απλώς ακουγόταν σαν... δεν ξέρω, σαν να καυχιόταν. Σαν να τα έκανε όλα για τη δόξα». Έκανα μια γκριμάτσα. «Για τα σύμβολα». Οι βαθμοί molnija ήταν τατουάζ που δίνονταν στους φύλακες ως επιβράβευση όταν σκότωναν Στριγκόι. Καθένα από αυτά έμοιαζε σαν μικροσκοπικό Χ φτιαγμένο από κεραυνούς. Γίνονταν στο σβέρκο μας και έδειχναν πόσο έμπειρος ήταν κάποιος φύλακας.

«Πιστεύεις πως μερικοί βαθμοί αξίζουν να αντιμετωπίζεις ένα Στριγκόι; Νόμιζα πως είχες μάθει κάτι στο σπίτι των Μπαντίκα».

Ένιωσα ηλίθια. «Δεν είναι αυτό που–»

«Έλα».

Σταμάτησα να περπατάω. «Τι;»

Κατευθυνόμασταν προς τον κοιτώνα μου, αλλά τώρα ένευσε προς την αντίθεση μεριά της πανεπιστημιούπολης. «Θέλω να σου δείξω κάτι».

«Τι είναι;»

«Δεν είναι όλοι οι βαθμοί σύμβολα τιμής».

5

ΔΕΝ ΕΙΧΑ ΙΔΕΑ ΓΙΑ ΠΟΙΟ ΠΡΑΓΜΑ μιλούσε ο Ντιμίτρι, αλλά τον ακολούθησα πειθήνια.

Προς μεγάλη μου έκπληξη, με οδήγησε έξω από τα όρια της πανεπιστημιούπολης, στις γύρω δασώδεις εκτάσεις. Πολλή γη ανήκε στην Ακαδημία και δεν χρησιμοποιούνταν όλη για εκπαιδευτικούς σκοπούς. Βρισκόμασταν σε μια απομακρυσμένη περιοχή της Μοντάνα και, μερικές φορές, η σχολή έμοιαζε να κρατάει με δυσκολία την άγρια φύση μακριά.

Περπατήσαμε σιωπηλοί για λίγο, με τα πόδια μας να τρίζουν πάνω στο παχύ, απάτητο στρώμα του χιονιού. Λίγα πουλιά φτερούγισαν από πάνω μας, κελαηδώντας τα χαιρετίσματά τους στον ανατέλλοντα ήλιο, αλλά κυρίως έβλεπα ασύμμετρα, αειθαλή δέντρα φορτωμένα με χιόνι. Χρειάστηκε να βάλω τα δυνατά μου για να προφταίνω το μεγάλο βηματισμό του Ντιμίτρι, ειδικά αφού το χιόνι με καθυστερούσε λίγο. Σύντομα διέκρινα ένα μεγάλο, σκοτεινό σχήμα μπροστά μας. Κάποιο είδος κτιρίου.

«Τι είναι αυτό;» ρώτησα. Πριν προλάβει να μου απαντήσει, συνειδητοποίησα ότι ήταν μια μικρή καλύβα, φτιαγμένη από κορμούς δέντρων και τα συναφή. Μια πιο επισταμένη εξέταση έδειξε πως οι κορμοί φαίνονταν φθαρμένοι και σάπιοι σε κάποια σημεία. Η οροφή ήταν λίγο βουλιαγμένη.

«Παλιό παρατηρητήριο» είπε ο Ντιμίτρι. «Παλιά έμεναν φύλακες στα σύνορα της πανεπιστημιούπολης και φρουρούσαν για Στριγκόι».

«Και γιατί όχι πια;»

«Δεν διαθέτουμε αρκετούς φύλακες για να το επανδρώσουμε. Εξάλλου τα Μορόι έχουν ασφαλίσει την πανεπιστημιούπολη με αρκετή προστατευτική μαγεία, ώστε οι περισσότεροι δεν θεωρούν πως είναι απαραίτητο να έχουμε και έμψυχο δυναμικό να τη φυλάσσει». Υπό την προϋπόθεση βέβαια να μη διαρρήξουν άνθρωποι τις ασπίδες με κοντάρια, σκέφτηκα.

Για λίγα λεπτά είχα την ελπίδα πως ο Ντιμίτρι με είχε φέρει εδώ για ένα ρομαντικό τετ α τετ. Έπειτα άκουσα φωνές από την απέναντι μεριά του κτιρίου. Ένα γνώριμο βουητό αισθημάτων κατέκλυσε το μυαλό μου. Η Λίζα ήταν εδώ.

Ο Ντιμίτρι και εγώ κάναμε το γύρο του κτιρίου για να δούμε μια εκπληκτική σκηνή: Μια μικρή παγωμένη λιμνούλα βρισκόταν εκεί, και ο Κρίστιαν με τη Λίζα έκαναν πατινάζ στην επιφάνειά της. Μαζί τους ήταν και μια γυναίκα την οποία δεν γνώριζα, με γυρισμένη την πλάτη της. Το μόνο που μπορούσα να διακρίνω ήταν μια χαίτη από κατάμαυρα μαλλιά που σχημάτισαν ένα τόξο γύρω της καθώς σταμάτησε με χάρη να πατινάρει.

Η Λίζα χαμογέλασε πλατιά μόλις με είδε. «Ρόουζ!» Ο Κρίστιαν με κοίταξε όταν μου μίλησε εκείνη, και αποκόμισα την ξεκάθαρη εντύπωση ότι ένιωθε πως παραβίαζα με την παρουσία μου τη ρομαντική τους στιγμή.

Η Λίζα προχώρησε με αδέξια βήματα μέχρι την άκρη της λιμνούλας. Δεν ήταν και τόσο καλή στο πατινάζ.

Έμεινα να κοιτάζω με απορία – και ζήλια. «Ευχαριστώ πολύ που με καλέσατε στο πάρτι σας».

«Φαντάστηκα πως θα ήσουν απασχολημένη». «Και, ούτως ή

άλλως, αυτό εδώ είναι μυστικό. Δεν πρέπει να βρισκόμαστε εδώ». Καλά, αυτό θα μπορούσα να τους έχω πει και εγώ.

Ο Κρίστιαν ήρθε πίσω της πατινάροντας, και αμέσως μετά ακολούθησε και η άγνωστη γυναίκα. «Φέρνεις απρόσκλητους στην παρέα μας, Ντίμκα;» ρώτησε. Αναρωτήθηκα σε ποιον απευθυνόταν, μέχρι που άκουσα τον Ντιμίτρι να γελάει. Δεν ήταν κάτι που έκανε συχνά, και έτσι η έκπληξή μου μεγάλωσε. «Είναι αδύνατον να κρατήσω τη Ρόουζ μακριά από κάποια μέρη. Άλλωστε, στο τέλος τα βρίσκει και μόνη της».

Η γυναίκα χαμογέλασε πλατιά και γύρισε, τινάζοντας τα μαλλιά της στη μια πλευρά του προσώπου της. Έτσι ξαφνικά την είδα ολόκληρη. Χρειάστηκα κάθε απόθεμα του έτσι κι αλλιώς αμφισβητήσιμου αυτοελέγχου μου για να μην αντιδράσω. Το σε σχήμα καρδιάς πρόσωπό της είχε μεγάλα μάτια στην ίδια ακριβώς απόχρωση με του Κρίστιαν, ένα χλομό, ψυχρό γαλάζιο. Τα χείλη που μου χαμογελούσαν ήταν ντελικάτα και ελκυστικά, γυάλιζαν με μια απόχρωση του ροζ που αναδείκνυε τα υπόλοιπα χαρακτηριστικά της.

Αλλά το αριστερό της μάγουλο ήταν παραμορφωμένο και αντί για απαλή, λευκή επιδερμίδα υπήρχαν ανάγλυφες, μελανές ουλές. Το σχήμα και η υφή τους έδειχναν σαν να είχε χώσει κάποιος μέσα τα δόντια του και είχε ξεσκίσει κομμάτι από το δέρμα της. Πράγμα που, όπως κατάλαβα τουλάχιστον, πρέπει να ήταν ό,τι ακριβώς συνέβη.

Ξεροκατάπια. Άξαφνα ήξερα ποια ήταν αυτή η γυναίκα. Ήταν η θεία του Κρίστιαν. Όταν οι γονείς του έγιναν Στριγκόι, είχαν γυρίσει να τον πάρουν ελπίζοντας να καταφέρουν να τον κρύψουν κάπου και να τον κάνουν και εκείνον Στριγκόι όταν θα μεγάλωνε. Δεν ήξερα όλες τις λεπτομέρειες, αλλά ήξερα πως η θεία του τους είχε απωθήσει. Είχε δημιουργήσει αντιπερισπασμό μέχρι να έρθουν οι φύλακες, αλλά δεν είχε κατορθώσει να βγει αλώβητη από την περιπέτεια αυτή.

Μου άπλωσε ένα γαντοφορεμένο χέρι. «Τάσα Οζέρα» είπε. «Έχω ακούσει πολλά για σένα, Ρόουζ».

Έριξα ένα δολοφονικό βλέμμα στον Κρίστιαν, και η Τάσα γέλασε.

«Μην ανησυχείς» είπε. «Ήταν όλα καλά».

«Όχι, δεν ήταν» αντέδρασε εκείνος.

Η Τάσα κούνησε το κεφάλι της απηυδισμένη. «Ειλικρινά, δεν γνωρίζω πώς έγινε τόσο αντικοινωνικό αυτό το παιδί. Δεν το πήρε από μένα πάντως». Αυτό ήταν προφανές, σκέφτηκα.

«Και τι κάνετε εδώ, παιδιά;» ρώτησα.

«Ήθελα να περάσω λίγο χρόνο με αυτούς τους δύο». Ένα ελαφρύ σκυθρώπιασμα ζάρωσε το μέτωπό της. «Αλλά δεν μου αρέσει να μένω στην πανεπιστημιούπολη. Δεν είναι και τόσο φιλόξενη πάντα...»

Αυτό δεν το έπιασα με τη μία. Συνήθως οι διευθυντές της σχολής υπερέβαιναν εαυτόν όταν φιλοξενούσαν γαλαζοαίματους. Μετά κατάλαβα.

«Εξαιτίας... εξαιτίας όσων συνέβησαν...»

Δεδομένου του τρόπου με τον οποίο συμπεριφέρονταν όλοι στον Κρίστιαν λόγω των γονιών του, δεν θα έπρεπε να με εκπλήσσει που και η θεία του αντιμετώπιζε την ίδια προκατάληψη.

Η Τάσα ανασήκωσε τους ώμους της. «Έτσι έχουν τα πράγματα». Έτριψε τα χέρια της ενώ η ανάσα της δημιούργησε ένα παγωμένο συννεφάκι στον αέρα. «Μα μη στεκόμαστε εδώ έξω, ενώ μπορούμε να ανάψουμε φωτιά μέσα».

Έριξα μια τελευταία, γεμάτη καημό ματιά στην παγωμένη λίμνη και ακολούθησα τους άλλους μέσα στην καλύβα. Το εσωτερικό της ήταν σχεδόν γυμνό, καλυμμένο με στρώματα σκόνης και βρομιάς. Αποτελούνταν από ένα μόνο δωμάτιο. Υπήρχε ένα στενό κρεβάτι χωρίς σεντόνια σε μια γωνία και μερικά ράφια όπου παλιά θα αποθηκεύονταν τρόφιμα. Υπήρχε, όμως, ένα τζάκι, και σύντομα ανάψαμε μια φωτιά που ζέστανε το μικρό χώρο. Καθίσαμε και οι πέντε στο πάτωμα μαζεμένοι γύρω από τη θαλπωρή της φωτιάς, ενώ η Τάσα έβγαλε μια σακούλα ζαχαρωτά.

Ενώ απολαμβάναμε εκείνες τις λιχουδιές, η Λίζα και ο Κρίστιαν μιλούσαν μεταξύ τους με εκείνο το χαλαρό, άνετο τρόπο που πάντα είχαν. Προς έκπληξή μου, και ο Ντιμίτρι με την Τάσα μιλούσαν με έναν ανάλαφρο, φιλικό τρόπο. Προφανώς γνωρίζονταν από παλιά. Ουσιαστικά δεν τον είχα δει ποτέ τόσο ζωηρό. Ακόμη και όταν ήταν τρυφερός μαζί μου, πάντα είχε κάτι σοβαρό στο φέρσιμό του. Με την Τάσα αστειευόταν και γελούσε. Όσο περισσότερο την άκουγα, τόσο περισσότερο τη συμπαθούσα. Στο τέλος, μην μπορώντας να μείνω άλλο έξω από τη συζήτηση, ρώτησα: «Και έχεις έρθει για την εκδρομή στο χιονοδρομικό θέρετρο;».

Κούνησε το κεφάλι της. Πνίγοντας ένα χασμουρητό, τεντώθηκε σαν γάτα. «Αιώνες έχω να κάνω σκι. Δεν είχα χρόνο. Φύλαγα όλα τα ρεπό μου για αυτή την εκδρομή».

«Ρεπό;» της έριξα ένα βλέμμα γεμάτο περιέργεια. «Δηλαδή… δηλαδή… δουλεύεις;»

«Δυστυχώς, ναι» απάντησε η Τάσα, αν και δεν έδειχνε πολύ δυστυχισμένη για το γεγονός. «Διδάσκω πολεμικές τέχνες». Έμεινα να κοιτάζω αποσβολωμένη. Δεν θα είχα νιώσει μεγαλύτερη έκπληξη ακόμη και αν είχα ακούσει πως ήταν αστροναύτης ή μέντιουμ τηλεφωνικής γραμμής.

Οι περισσότεροι ευγενείς απλώς δεν δούλευαν καθόλου – και αν το έκαναν, συνήθως η δουλειά τους είχε να κάνει με επενδύσεις ή άλλες χρηματοοικονομικές επιχειρήσεις που μεγάλωναν τις οικογενειακές τους περιουσίες. Και όσοι δούλευαν σε καμία περίπτωση δεν ασχολούνταν με τις πολεμικές τέχνες, ούτε με οποιαδήποτε άλλη εργασία απαιτούσε σωματικό κόπο.

Τα Μορόι διέθεταν πολλές και σπουδαίες ιδιότητες: εξαιρετικές αισθήσεις –όσφρηση, όραση και ακοή– και την ικανότητα να ασκούν μαγεία. Μα από σωματικής άποψης, ήταν ψηλοί και λιγνοί, με ντελικάτο σκελετό συνήθως. Ήταν επίσης αδύναμα, αφού δεν έβγαιναν στο φως του ήλιου. Λοιπόν, όλα αυτά τα πράγματα δεν είναι από μόνα τους λόγοι για να αποτρέψουν κάποιον από το να κάνει πολεμικές τέχνες, αλλά σίγουρα το έκαναν μεγαλύτερη πρόκληση. Μια άποψη είχε εδραιωθεί στα Μορόι με τον καιρό, πως η καλύτερη επίθεση είναι η άμυνα, και οι περισσότεροι απέφευγαν και τη σκέψη ακόμη της σωματικής πάλης. Κρύβονταν σε καλά προστατευμένες περιοχές όπως η Ακαδημία και για την ασφάλειά τους στηρίζονταν σε δυνατότερα, πιο σκληραγωγημένα νταμπίρ.

«Τι λες, Ρόουζ;» Ο Ντιμίτρι έδειχνε να διασκεδάζει απίστευτα με την έκπληξή μου. «Την έχεις;»

«Δύσκολο να πω» είπα.

Η Τάσα μου χαμογέλασε. «Είσαι μετριόφρων. Αλλά έχω δει τι μπορείτε να κάνετε εσείς, παιδιά. Για μένα, είναι απλώς ένα χόμπι που απέκτησα».

Ο Ντιμίτρι χαχάνισε. «Τώρα *εσύ* γίνεσαι μετριόφρων. Θα μπορούσες να διδάσκεις τα μισά από τα μαθήματα εδώ».

«Δεν νομίζω» είπε. «Θα πρέπει να είναι μεγάλο ρεζιλίκι να σε δέρνουν ένα μάτσο έφηβοι».

«Δεν πιστεύω πως θα γινόταν ποτέ κάτι τέτοιο. Εγώ πάντως θυμάμαι ότι έκανες μεγάλη ζημιά στον Νιλ Σέλσκι» είπε ο Ντιμίτρι.

Η Τάσα σήκωσε τα μάτια της. «Δεν νομίζω πως το να χύσω το ποτό μου στα μούτρα του ήταν και τόσο μεγάλη ζημιά – εκτός αν θεωρείς ζημιά αυτό που έπαθε το κοστούμι του. Όλοι ξέρουμε πώς κάνει για τα ρούχα του».

Γέλασαν και οι δύο για κάποιο προσωπικό αστείο, στο οποίο

οι υπόλοιποι δεν συμμετείχαμε, αλλά δεν άκουγα και πολύ. Εξακολουθούσε να με ενδιαφέρει περισσότερο η σχέση της με τα Στριγκόι.

Η αυτοσυγκράτηση που είχα προσπαθήσει να δείξω, τελικά τσάκισε. «Και έμαθες πολεμικές τέχνες πριν ή μετά που έπαθες αυτό στο πρόσωπο;»

«Ρόουζ!» αποδοκίμασε η Λίζα.

Αλλά την Τάσα δεν φάνηκε να τη νοιάζει. Ούτε τον Κρίστιαν· και εκείνος συνήθως ένιωθε άβολα όταν αναφερόταν η ιστορία με τους γονείς του. Με κοίταξε με σταθερό, σκεπτικό βλέμμα. Μου θύμισε εκείνο που κάποιες φορές μου έριχνε ο Ντιμίτρι αν έκανα κάτι εκπληκτικό το οποίο επιδοκίμαζε.

«Μετά» είπε. Δεν χαμήλωσε το βλέμμα της ούτε έδειξε να νιώθει αμηχανία, αν και ένιωθα τη θλίψη μέσα της. «Πόσα ξέρεις;»

Κοίταξα τον Κρίστιαν.

«Τα βασικά» απάντησα.

Κούνησε το κεφάλι της. «Ήξερα… ήξερα τι είχαν γίνει ο Λούκας και η Μόιρα, αλλά παρ' όλα αυτά δεν ήμουν προετοιμασμένη. Διανοητικά, σωματικά ή ψυχολογικά. Πιστεύω πως και αν ακόμη χρειαζόταν να το ζήσω ξανά, και πάλι δεν θα ήμουν έτοιμη. Αλλά μετά από εκείνη τη νύχτα, κοίταξα τον εαυτό μου –μεταφορικά– και είδα πόσο ανυπεράσπιστη ήμουν. Είχα περάσει ολόκληρη τη ζωή μου περιμένοντας από τους φύλακες να με προστατεύουν και να με φροντίζουν.

»Και με αυτό δεν θέλω να πω πως οι φύλακες δεν είναι ικανοί. Όπως είπα, θα μπορούσατε να με νικήσετε αν πάλευα μαζί σας. Αλλά εκείνοι –η Μόιρα και ο Λούκας– σκότωσαν δυο από τους φύλακές μας πριν καν καταλάβουμε εμείς τι έγινε. Τους καθυστέρησα για να μην πάρουν τον Κρίστιαν, αλλά ίσα που πρόλαβα. Αν δεν είχαν έρθει οι άλλοι, εγώ θα ήμουν νεκρή και αυτός θα–» Σταμάτησε, συνοφρυώθηκε και συνέχισε. «Αποφάσισα πως δεν ήθελα να πεθάνω έτσι, χωρίς καν να παλέψω για τη ζωή μου, χωρίς να κάνω ό,τι περνούσε από το χέρι μου για να προστατεύσω τον εαυτό μου και εκείνους που αγαπώ. Έτσι έμαθα κάθε μορφή αυτοάμυνας. Και μετά από λίγο, δεν κόλλαγα και πολύ στην υψηλή κοινωνία εδώ πέρα. Έτσι, μετακόμισα στη Μινεάπολις και άρχισα να κερδίζω τον επιούσιο διδάσκοντας άλλους».

Δεν είχα καμία αμφιβολία ότι ζούσαν και άλλα Μορόι στη Μινεάπολις –αν και ένας θεός ξέρει γιατί– αλλά έπιασα το υπονοούμενο. Είχε πάει να μείνει εκεί και είχε ενταχθεί στην κοινωνία των ανθρώπων, μένοντας μακριά από τα βαμπίρ, όπως είχαμε κάνει η Λίζα και εγώ για δυο χρόνια. Άρχισα να αναρωτιέμαι επίσης αν υπήρχε και κάποιο άλλο υπονοούμενο που δεν είχα πιάσει. Είχε πει πως είχε μάθει «κάθε μορφή αυτοάμυνας» – προφανώς κάτι περισσότερο από απλές πολεμικές τέχνες. Εμμένοντας στις θέσεις τους περί επίθεσης-άμυνας, τα Μορόι δεν πίστευαν πως η μαγεία θα έπρεπε να χρησιμοποιείται ως όπλο. Πριν από πολύ καιρό χρησιμοποιούνταν για αυτό, και κρυφά κάποια Μορόι εξακολουθούσαν να τη χρησιμοποιούν έτσι και σήμερα. Ο Κρίστιαν, το ήξερα, ήταν ένας από αυτούς. Ξαφνικά έπαψα να αναρωτιέμαι πού μπορεί να είχε μάθει να το κάνει.

Έπεσε σιωπή. Ήταν δύσκολο να πει κανείς κάτι μετά από μια τόσο λυπητερή ιστορία. Αλλά η Τάσα, συνειδητοποίησα, ήταν από εκείνους που πάντα κατόρθωναν να φτιάξουν την ατμόσφαιρα. Αυτό με έκανε να τη συμπαθώ ακόμη περισσότερο. Όλη την υπόλοιπη ώρα μάς έλεγε αστείες ιστορίες. Δεν είχε τη συνηθισμένη επιτήδευση άλλων γαλαζοαίματων και είχε πολλά ράμματα για τη γούνα πολλών. Ο Ντιμίτρι ήξερε πολλούς από εκείνους για τους οποίους μιλούσε η Τάσα. Αλήθεια, πώς κάποιος τόσο αντικοινωνικός έδειχνε να γνωρίζει τους πάντες στην κοινωνία των Μορόι και των φυλάκων – και μάλιστα σε ορισμένες περιπτώσεις ήταν σε θέση να προσθέσει κάποια λεπτομέρεια; Μας έκαναν να κλαίμε από τα γέλια, μέχρι που στο τέλος η Τάσα κοίταξε το ρολόι της.

«Ποιο είναι το καλύτερο μέρος για να κάνει ένα κορίτσι τα ψώνια του εδώ γύρω;» ρώτησε.

Η Λίζα και εγώ ανταλλάξαμε βλέμματα. «Η Μισούλα» φωνάξαμε με μια φωνή.

Η Τάσα αναστέναξε. «Αυτό είναι δυο ώρες μακριά, αλλά αν φύγω σύντομα, μάλλον προλαβαίνω να φτάσω εγκαίρως για να κάνω τα ψώνια μου πριν κλείσουν τα μαγαζιά. Έχω μείνει απελπιστικά πίσω στις χριστουγεννιάτικες αγορές μου».

Βόγκηξα. «Φόνο θα έκανα για να πάω για ψώνια».

«Το ίδια και εγώ» είπε η Λίζα.

«Ίσως θα μπορούσαμε να το σκάσουμε μαζί σου...» Έριξα στον Ντιμίτρι ένα βλέμμα γεμάτο ελπίδα.

«Όχι» είπε εκείνος κοφτά. Αναστέναξα και εγώ.

Η Τάσα χασμουρήθηκε ξανά. «Πρέπει να πάρω καφέ, αλλιώς θα κοιμηθώ στο τιμόνι».

«Καλά, δεν μπορεί να οδηγήσει ένας από τους φύλακές σου;»

Κούνησε αρνητικά το κεφάλι της. «Δεν έχω φύλακες».

«Δεν έχεις...» Έσμιξα τα φρύδια μου ζυγίζοντας τα λόγια της. «Δεν έχεις φύλακες;»

«Μπα».

Πετάχτηκα όρθια. «Αυτό δεν είναι δυνατόν! Είσαι από βασιλική οικογένεια. Θα έπρεπε να έχεις τουλάχιστον έναν. Δύο, εδώ που τα λέμε».

Οι φύλακες μοιράζονταν στα Μορόι με ένα μυστικό, μπερδεμένο σύστημα από το Συμβούλιο των Φυλάκων. Το σύστημα ήταν μάλλον άδικο, αν σκεφτεί κανείς την αναλογία φυλάκων και Μορόι. Οι μη ευγενείς τούς έπαιρναν αν ήταν τυχεροί, ενώ οι ευγενείς τούς έπαιρναν πάντα. Οι ανώτεροι ιεραρχικά ευγενείς έπαιρναν συνήθως περισσότερους από έναν, αλλά ακόμη και οι κατώτεροι δεν γινόταν να μην έχουν ούτε έναν.

«Οι Οζέρα δεν είναι από τους πρώτους στη λίστα όσον αφορά τη διανομή φυλάκων» είπε πικρόχολα ο Κρίστιαν. «Από τότε που... πέθαναν οι γονείς μου... φαίνεται να υπάρχει μια έλλειψη προσωπικού».

Η οργή μου φούντωσε. «Μα αυτό δεν είναι δίκαιο. Δεν μπορούν να τιμωρούν εσάς για όσα έκαναν οι γονείς σου».

«Δεν είναι τιμωρία, Ρόουζ». Η Τάσα δεν έδειχνε όσο εξαγριωμένη θα έπρεπε να είναι, κατά την άποψή μου. «Είναι απλώς... ανακατάταξη προτεραιοτήτων».

«Μα σε αφήνουν ανυπεράσπιστη. Δεν μπορείς να βγεις εκεί έξω ολομόναχη!»

«Δεν είμαι ανυπεράσπιστη, Ρόουζ. Σ' το είπα ήδη αυτό. Και αν πραγματικά ήθελα ένα φύλακα, θα έκανα μόνη μου φασαρία, αλλά είναι μεγάλος μπελάς. Μια χαρά είμαι έτσι προς το παρόν».

Ο Ντιμίτρι την κοίταξε. «Θέλεις να έρθω μαζί σου;»

«Και να σε κρατήσω άυπνο όλο το βράδυ;» Η Τάσα κούνησε αρνητικά το κεφάλι της. «Δεν θα μπορούσα να σ' το κάνω αυτό, Ντίμκα».

«Δεν τον πειράζει» πετάχτηκα ενθουσιασμένη με αυτή τη λύση.

Ο Ντιμίτρι φάνηκε να βρίσκει αστείο το ότι μίλησα εγώ αντί για εκείνον, αλλά δεν με διάψευσε. «Πραγματικά δεν με πειράζει».

Η Τάσα δίστασε. «Εντάξει, λοιπόν. Αλλά πρέπει να ξεκινήσουμε σύντομα».

Η παράνομη παρέα μας σκορπίστηκε. Τα Μορόι πήγαν από τη μια· ο Ντιμίτρι και εγώ από την άλλη. Κανόνισε με την Τάσα να συναντηθούν σε μισή ώρα.

«Λοιπόν, πώς σου φάνηκε;» με ρώτησε όταν μείναμε μόνοι μας.

«Μου αρέσει. Σούπερ είναι». Τη σκέφτηκα για λίγο. «Και καταλαβαίνω τώρα τι ήθελες να πεις για τα σημάδια».

«Α;»

Κούνησα καταφατικά το κεφάλι μου, προσέχοντας τα βήματά μου καθώς προχωρούσαμε στο μονοπάτι. Παρόλο που είχαν ρίξει αλάτι και είχαν φτυαρίσει το χιόνι, μπορεί να υπήρχαν κρυμμένα κομμάτια πάγου.

«Δεν έκανε ό,τι έκανε για τη δόξα. Το έκανε γιατί έπρεπε να το κάνει. Όπως… όπως και η μαμά μου». Δεν μου άρεσε καθόλου που το παραδεχόμουν, αλλά ήταν αλήθεια. Η Τζανίν Χάθαγουεϊ μπορεί να ήταν η χειρότερη μητέρα στον κόσμο, αλλά ήταν φανταστική φύλακας. «Τα σημάδια δεν μετράνε, *molnija* ή ουλές».

«Μαθαίνεις γρήγορα».

Φούσκωσα από περηφάνια με τον έπαινό του. «Γιατί σε λέει Ντίμκα;»

Γέλασε σιγανά. Είχα ακούσει πολλές φορές το γέλιο του απόψε και είχα αποφασίσει πως θα ήθελα να το ακούω συχνότερα.

«Είναι υποκοριστικό για το Ντιμίτρι».

«Μα δεν έχει λογική. Δεν ακούγεται καθόλου σαν το Ντιμίτρι. Θα έπρεπε να σε φωνάζουν Ντίμι ή κάτι τέτοιο τέλος πάντων».

«Έτσι έχουν τα πράγματα στα ρώσικα».

«Παράξενα τα ρώσικα». Στα ρώσικα το υποκοριστικό για το Βασίλισσα ήταν Βάσια, κάτι που δεν έβγαζε κανένα νόημα για μένα.

«Το ίδιο και τα αγγλικά».

Τον κοίταξα πονηρά. «Αν με μάθεις να βρίζω στα ρωσικά, μπορεί να μάθω να τα εκτιμώ».

«Πολύ βρίζεις, έτσι κι αλλιώς».

«Θέλω απλώς να εκφράζομαι ελεύθερα».

«Αχ, βρε Ρόζα». Αναστέναξα και ένιωσα μια ανατριχίλα να με γαργαλάει. «Ρόζα» ήταν το όνομά μου στα ρώσικα. Σπάνια το χρησιμοποιούσε. «Εκφράζεσαι πιο ελεύθερα από οποιονδήποτε ξέρω».

Χαμογέλασα και προχώρησα για λίγο χωρίς να πω τίποτα άλλο. Η καρδιά μου χτυπούσε περίεργα, ήμουν τόσο χαρούμενη που ήταν δίπλα μου. Υπήρχε κάτι ζεστό και σωστό στο να είμαστε μαζί.

Ακόμη και την ώρα που πετούσα στα σύννεφα, το μυαλό μου επεξεργαζόταν κάτι που είχα σκεφτεί προηγουμένως. «Ξέρεις, τα σημάδια της Τάσα έχουν κάτι παράξενο».

«Τι πράγμα;» ρώτησε εκείνος.

«Τα σημάδια… χαλάνε το πρόσωπό της» άρχισα αργά. Δυσκολευόμουν να εκφράσω τις σκέψεις μου με λέξεις. «Δηλαδή είναι ολοφάνερο πως παλιά ήταν πανέμορφη. Αλλά ακόμη και τώρα, με τα σημάδια… δεν ξέρω. Είναι όμορφη με διαφορετικό τρόπο. Είναι σαν… είναι σαν να αποτελούν κομμάτι της. Την ολοκληρώνουν».

Ακούστηκε ανόητο, αλλά ήταν αλήθεια.

Ο Ντιμίτρι δεν είπε τίποτα, μα μου έριξε μια πλάγια ματιά. Του την ανταπόδωσα και, τη στιγμή που τα βλέμματά μας συναντήθηκαν, είδα μια φευγαλέα λάμψη εκείνης της παλιάς έλξης. Ήταν αστραπιαία και χάθηκε αμέσως, αλλά εγώ την είδα. Την αντικατέστησαν η περηφάνια και η επιδοκιμασία, και ένιωσα το ίδιο καλά.

Όταν μίλησε ξανά, ακούστηκε σαν ηχώ στις προηγούμενες σκέψεις του. «Μαθαίνεις γρήγορα, Ρόζα».

6

ΑΙΣΘΑΝΟΜΟΥΝ ΠΟΛΥ ΚΑΛΑ για τη ζωή μου την επόμενη μέρα όταν ξεκίνησα για την προπόνηση πριν από τα μαθήματά μου. Η μυστική συγκέντρωση το προηγούμενο βράδυ ήταν σούπερ απολαυστική, και ένιωθα περήφανη που τα είχα βάλει με το σύστημα και είχα ενθαρρύνει τον Ντιμίτρι να συνοδεύσει την Τάσα. Και ακόμη πιο σημαντικό, χτες είχα κάνει την πρώτη μου επαφή με ένα ασημένιο κοντάρι και είχα αποδείξει ότι μπορούσα να το χειριστώ. Σίγουρη για τον εαυτό μου, λοιπόν, ανυπομονούσα να δοκιμάσω ξανά.

Μόλις φόρεσα τα συνηθισμένα ρούχα προπόνησης, κυριολεκτικά πέταξα μέχρι το γυμναστήριο. Όταν όμως έβαλα το κεφάλι μου στην αίθουσα προπόνησης, τη βρήκα σκοτεινή και ήσυχη. Ανάβοντας το φως, έψαξα πιο προσεκτικά μήπως ήταν εκεί ο Ντιμίτρι και έκανε κάποια παράξενη, κρυφή άσκηση. Μπα. Κανείς. Δεν θα έπαιζε παλούκωμα σήμερα.

«Σκατά» μουρμούρισα.

«Δεν είναι εδώ».

Ούρλιαξα και πετάχτηκα σχεδόν πέντε μέτρα στον αέρα. Γυρίζοντας, βρέθηκα να κοιτάζω μέσα στα μάτια της μητέρας μου. «Τι κάνεις εσύ εδώ;» Μόλις τα λόγια βγήκαν από το στόμα μου, συνειδητοποίησα την παρουσία της. Μια ελαστική μπλούζα με κοντά μανίκια. Φαρδιά φόρμα γυμναστικής παρόμοια με εκείνη που φορούσα και εγώ. «Σκατά» είπα ξανά.

«Πρόσεξε το στόμα σου» αρπάχτηκε. «Μπορεί να συμπεριφέρεσαι σαν να μην έχεις τρόπους, αλλά τουλάχιστον προσπάθησε να μην ακούγεσαι έτσι».

«Πού είναι ο Ντιμίτρι;» ρώτησα.

«Ο φύλακας Μπελίκοφ κοιμάται. Μόλις επέστρεψε, πριν από δύο μόνο ώρες, και έπρεπε να κοιμηθεί».

Άλλο ένα... κοσμητικό έφτασε στα χείλη. Και βέβαια ο Ντιμίτρι κοιμόταν τώρα. Είχε πάει με την Τάσα στη Μισούλα όσο ήταν μέρα, για να είναι εκεί τις ώρες που ψώνιζαν οι άνθρωποι. Ουσιαστικά είχε μείνει ξύπνιος όλη τη νύχτα και μάλλον μόλις είχε γυρίσει. Ααα. Δεν θα είχα φανεί τόσο πρόθυμη να τον παροτρύνω να το κάνει αν ήξερα πως η κατάληξη θα ήταν αυτή.

«Ωραία λοιπόν» είπα βιαστικά. «Απ' ό,τι φαίνεται, η προπόνηση αναβάλλεται–»

«Σιωπή, και φόρεσε αυτά εδώ». Μου έδωσε κάτι γάντια προπόνησης. Έμοιαζαν με γάντια του μποξ, μόνο που δεν ήταν τόσο χοντρά και ογκώδη. Εξυπηρετούσαν τον ίδιο σκοπό όμως: να προστατεύουν τα χέρια σου και να σε εμποδίσουν να βγάλεις το μάτι του αντιπάλου με τα νύχια σου.

«Ναι, καλά. Εμείς είχαμε αρχίσει την προπόνηση με ασημένια κοντάρια» είπα μουτρωμένη χώνοντας τα χέρια μου στα γάντια.

«Θαυμάσια. Σήμερα όμως θα κάνουμε αυτό. Πάμε».

Μακάρι να με είχε πατήσει λεωφορείο καθώς ερχόμουν από τον κοιτώνα σήμερα, σκέφτηκα ενώ την ακολουθούσα στο κέντρο του γυμναστηρίου. Τα σγουρά μαλλιά της ήταν μαζεμένα για να μην την ενοχλούν και φαινόταν ο σβέρκος της. Το δέρμα εκεί ήταν καλυμμένο με τατουάζ. Το πρώτο ήταν μια φιδίσια γραμμή, ήταν το σημάδι της υπόσχεσης, το έκαναν στους φύλακες όταν αποφοιτούσαν από ακαδημίες όπως αυτή του Αγίου

Βλαντιμίρ και ορκίζονταν να υπηρετήσουν. Κάτω από αυτό, υπήρχαν τα σύμβολα molnija, ένα για κάθε Στριγκόι που σκότωνε ο φύλακας. Είχαν το σχήμα κεραυνού, από όπου είχαν πάρει και το όνομά τους. Δεν μπορούσα να διακρίνω τον ακριβή αριθμό, αλλά ας πούμε πως ήταν θαύμα που η μαμά μου είχε θέση για άλλο τατουάζ στο σβέρκο της. Είχε προκαλέσει πολύ θάνατο στον καιρό της.

Όταν έφτασε στο σημείο που ήθελε, έκανε μεταβολή και πήρε στάση επίθεσης. Περιμένοντας σχεδόν πως θα ερχόταν κατά πάνω μου, αντέδρασα ανάλογα.

«Μα τι κάνεις;» ρώτησα.

«Βασική επιθετική και αμυντική πάλη σε ζευγάρια. Χρησιμοποίησε τις κόκκινες γραμμές».

«Αυτό μόνο;»

Πήδηξε κατά πάνω μου. Την απέφυγα –μόλις που πρόλαβα– και μπέρδεψα μόνη μου τα βήματά μου στην πορεία. Ανέκτησα βιαστικά την ισορροπία μου.

«Μάλιστα» είπε με φωνή που ακούστηκε σχεδόν σαρκαστική. «Όπως δεν χάνεις την ευκαιρία να μου υπενθυμίζεις, δεν σε έχω δει εδώ και πέντε χρόνια. Δεν έχω ιδέα τι μπορείς να κάνεις».

Όρμησε πάλι κατά πάνω μου, και πάλι μόλις που κατάφερα να μείνω μέσα στις κόκκινες γραμμές για να της ξεφύγω. Σύντομα αυτό έγινε το μοτίβο. Δεν μου άφησε ποτέ την ευκαιρία να επιτεθώ. Ίσως πάλι να μην είχα τις ικανότητες να περάσω στην επίθεση. Περνούσα όλη την ώρα της προπόνησης μαθαίνοντας να αμύνομαι – σωματικά τουλάχιστον. Με μαύρη καρδιά, ήμουν αναγκασμένη να παραδεχτώ ότι ήταν καλή. Πολύ καλή. Αλλά αυτό βέβαια δεν επρόκειτο να της το πω.

«Τι έγινε;» ρώτησα. «Έτσι επανορθώνεις που με παραμέλησες ως μητέρα;»

«Έτσι προσπαθώ να σε κάνω να απαλλαγείς από το προκλητικό υφάκι σου. Μόνο απαράδεκτη διαγωγή είχες να μου δείξεις από τότε που πάτησα το πόδι μου εδώ. Θέλεις να παλέψουμε;» Άπλωσε αστραπιαία το χέρι της και έπιασε το μπράτσο μου. «Ας παλέψουμε λοιπόν. Πόντος».

«Πόντος» συμφώνησα υποχωρώντας στο πλάι. «Δεν θέλω να παλέψουμε. Να σου μιλήσω θέλω μόνο».

«Με το να με κάνεις ρεζίλι μέσα στην τάξη δεν μου μιλάς, σωστά; Πόντος».

Μούγκρισα από το χτύπημα. Όταν είχα αρχίσει να προπονούμαι με τον Ντιμίτρι, είχα παραπονεθεί πως δεν ήταν δίκαιο να παλεύω με κάποιον τριάντα εκατοστά πιο ψηλό από μένα. Μου είχε τονίσει ότι θα ήμουν υποχρεωμένη να παλέψω με πολλά Στριγκόι ψηλότερα από μένα. Και ότι εδώ ίσχυε το παλιό γνωμικό: το μέγεθος δεν μετράει. Μερικές φορές ένιωθα πως μου έδινε ψεύτικες ελπίδες, αλλά κρίνοντας τώρα από τις επιδόσεις της μητέρας μου, άρχισα να τον πιστεύω. Ουσιαστικά δεν είχα βρει ποτέ κάποιον πιο μικρόσωμο από μένα. Ως ένα από τα ελάχιστα κορίτσια στην τάξη των μαθητευόμενων, είχα αποδεχτεί ότι σχεδόν πάντα θα ήμουν πιο κοντή και πιο λεπτή από τους περισσότερους αντιπάλους μου. Μα η μητέρα μου ήταν πιο κοντή από μένα και σαφώς είχε μόνο μυς στο μινιόν κορμί της.

«Απλώς έχω έναν ξεχωριστό τρόπο επικοινωνίας, αυτό είναι όλο» είπα.

«Έχεις μια μικροπρεπή, εφηβική εμμονή πως κατά κάποιον τρόπο σε έχουν αδικήσει τα τελευταία δεκαεφτά χρόνια». Το πόδι της χτύπησε το μηρό μου. «Πόντος. Ενώ στην πραγματικότητα δεν σου φέρθηκαν καθόλου διαφορετικά από κάθε άλλο νταμπίρ. Καλύτερα, στην ουσία. Θα μπορούσα να σε είχα στείλει να μείνεις με τα ξαδέλφια μου. Θα ήθελες να γίνεις πόρνη αίματος; Αυτό θα ήθελες;»

Ο όρος «πόρνη αίματος» πάντα με έκανε να μορφάζω. Ήταν

ένας όρος που συνήθως αναφερόταν στις ανύπαντρες μητέρες νταμπίρ οι οποίες αποφάσιζαν να μεγαλώσουν τα παιδιά τους αντί να γίνουν φύλακες. Οι γυναίκες αυτές συχνά είχαν σύντομες ερωτικές περιπέτειες με άντρες Μορόι και τις περιφρονούσαν για αυτό – παρόλο που δεν είχαν και πολλές άλλες επιλογές, αφού οι άντρες Μορόι συνήθως παντρεύονταν γυναίκες Μορόι. Ο όρος «πόρνη αίματος» προερχόταν από το γεγονός ότι ορισμένες γυναίκες Μορόι άφηναν τους άντρες να πίνουν το αίμα τους κατά τη διάρκεια της σεξουαλικής πράξης. Στον κόσμο μας μόνο οι άνθρωποι έδιναν αίμα. Όταν το έκανε ένα νταμπίρ, ήταν μια πράξη βρόμικη και διεστραμμένη. Υποψιαζόμουν πως ελάχιστες μόνο γυναίκες νταμπίρ το έκαναν, αλλά εντελώς άδικα ο όρος χρησιμοποιούνταν για όλες. Είχα δώσει το αίμα μου στη Λίζα όταν το είχαμε σκάσει από την Ακαδημία και, παρόλο που ήταν απαραίτητο, το στίγμα δεν έπαυε να με λεκιάζει.

«Όχι. Και βέβαια δεν θέλω να γίνω πόρνη αίματος». Η αναπνοή μου γινόταν πιο βαθιά. «Και δεν είναι όλες έτσι. Μόνο λίγες είναι πραγματικά».

«Μόνες τους φτιάχνουν αυτή τη φήμη» μούγκρισε. Απέφυγα το χτύπημά της. «Θα έπρεπε να κάνουν το καθήκον τους ως φύλακες, αντί να συνεχίζουν να φέρονται ανόητα και να ξεκινάνε ιστορίες με Μορόι».

«Μεγαλώνουν τα παιδιά τους» γρύλισα. Ήθελα να ουρλιάξω, αλλά έπρεπε να κάνω οικονομία στο οξυγόνο. «Κάτι για το οποίο εσύ δεν έχεις ιδέα. Εξάλλου, και εσύ το ίδιο δεν είσαι; Δεν βλέπω βέρα στο χέρι σου. Και ο μπαμπάς μου περαστική περιπέτεια δεν ήταν;»

Τα χαρακτηριστικά της σκλήρυναν, κάτι που είναι σημαντικό όταν ήδη δέρνεις την κόρη σου. «*Αυτό*» είπε σφιγμένη «είναι κάτι για το οποίο *εσύ* δεν ξέρεις τίποτα απολύτως.

Πόντος». Μόρφασα από το χτύπημα, αλλά χάρηκα που είχα χτυπήσει ένα ευαίσθητο νεύρο της. Δεν είχα την παραμικρή ιδέα ποιος ήταν ο πατέρας μου. Η μοναδική πληροφορία που είχα για εκείνον ήταν ότι ήταν Τούρκος. Μπορεί να πήρα τις καμπύλες και το όμορφο πρόσωπο της μητέρας μου –αν και θα μπορούσα να πω αυτάρεσκα πως το δικό μου ήταν πολύ ομορφότερο από το δικό της τώρα πια–, αλλά τα χρώματά μου τα είχα πάρει από τον πατέρα μου. Ελαφρώς μελαψό δέρμα και σκούρα μάτια και μαλλιά.

«Πώς έγινε» ρώτησα. «Είχες καμία αποστολή στην Τουρκία; Τον γνώρισες σε κάποιο ντόπιο παζάρι; Ή μήπως ήταν ακόμη πιο φτηνό από αυτό; Την είδες Δαρβινικά και αποφάσισες να διαλέξεις τον τύπο που θα περνούσε τα καλύτερα γονίδια πολεμιστή στο βλαστάρι σου; Θέλω να πω, ξέρω ότι με έκανες μόνο και μόνο επειδή ήταν καθήκον σου, άρα υποθέτω πως έπρεπε να είσαι σίγουρη ότι θα έδινες στους φύλακες το καλύτερο δυνατό δείγμα».

«Ρόζμαρι» με προειδοποίησε μέσα από σφιγμένα δόντια «βούλωσέ το για μια φορά στη ζωή σου».

«Γιατί; Μήπως λερώνω την πολύτιμη υπόληψή σου; Τα πράγματα είναι όπως ακριβώς είπες: ούτε εσύ διαφέρεις και τόσο από τα άλλα νταμπίρ. Απλώς τον πήδηξες και–»

Υπάρχει λόγος που λένε «Μετά την υπερηφάνεια, έρχεται η πτώση». Είχα τόσο πολύ χαθεί μέσα στο δικό μου αλαζονικό θρίαμβο που σταμάτησα να προσέχω τα πόδια μου. Βρισκόμουν πολύ κοντά στην κόκκινη γραμμή. Αν την περνούσα, η μητέρα μου έπαιρνε κι άλλο πόντο, έτσι πάλεψα να μείνω στα όρια και να την αποφύγω ταυτόχρονα. Δυστυχώς μόνο ένα από τα δύο μπορούσα να καταφέρω. Η γροθιά της ήρθε με φόρα κατά πάνω μου, γρήγορη και δυνατή – και ίσως, ακόμη πιο σημαντικό, λίγο πιο ψηλά από το επιτρεπτό σύμφωνα με τους κανόνες της συγκεκριμένης άσκησης. Με χτύπησε στο πρόσωπο με τη δύναμη ενός μικρού φορτηγού, και έπεσα προς τα πίσω χτυπώντας στο σκληρό πάτωμα του γυμναστηρίου, πρώτα με την πλάτη και μετά με το κεφάλι. Και είχα βγει έξω από τις γραμμές. Γαμώ το!

Ο πόνος χτύπησε το πίσω μέρος του κεφαλιού μου, και η όρασή μου έγινε θολή, έβλεπα αστεράκια. Σε κλάσματα δευτερολέπτου η μητέρα μου είχε σκύψει πάνω μου.

«Ρόουζ; Ρόουζ; Είσαι καλά;» Η φωνή της ακούστηκε βραχνή και πανικόβλητη. Ο κόσμος βούλιαξε.

Κάποια στιγμή μετά από αυτά ήρθε κόσμος, και εγώ με κάποιον τρόπο κατέληξα στην κλινική της Ακαδημίας. Εκεί κάποιος έριξε ένα φως στα μάτια μου και άρχισε να με ρωτάει εξαιρετικά ηλίθιες ερωτήσεις.

«Πώς σε λένε;»

«Τι;» είπα μισοκλείνοντας τα μάτια μου στο φως.

«Ποιο είναι το όνομά σου;» Αναγνώρισα τη Δρ. Ολέντζκι να σκύβει από πάνω μου.

«Ξέρετε ποιο είναι το όνομά μου».

«Θέλω να μου το πεις εσύ».

«Ρόουζ. Ρόουζ Χάθαγουεϊ».

«Ξέρεις πότε είναι τα γενέθλιά σου;»

«Και βέβαια ξέρω. Μα γιατί μου κάνετε τόσο ανόητες ερωτήσεις; Μήπως χάσατε το φάκελό μου;»

Η Δρ. Ολέντζκι άφησε έναν αναστεναγμό απόγνωσης και έφυγε παίρνοντας μαζί της και εκείνο το ενοχλητικό φως. «Νομίζω πως είναι μια χαρά» την άκουσα να λέει σε κάποιον. «Θα την κρατήσω εδώ σήμερα για να βεβαιωθώ απλώς πως δεν έχει πάθει διάσειση. Σε καμία περίπτωση δεν θέλω να πάει σε κάποιο μάθημα».

Όλη την υπόλοιπη μέρα αποκοιμιόμουν και ξυπνούσα γιατί η

Δρ. Ολέντζκι με ξυπνούσε συνεχώς για να κάνει τις εξετάσεις της. Μου έδωσε και μια παγοκύστη και μου είπε να τη βάλω στο κεφάλι μου. Όταν τελείωσαν τα μαθήματα της Ακαδημίας, έκρινε πως ήμουν αρκετά καλά για να με αφήσει να φύγω.

«Στο λόγο μου, Ρόουζ, νομίζω πως πρέπει να πάρεις κάρτα μέλους για την κλινική μας». Στο πρόσωπό της έλαμψε ένα μικρό χαμόγελο. «Αν εξαιρέσεις τους μαθητές με αλλεργίες ή άσθμα, δεν πιστεύω πως έχω δει κάποιον άλλο πιο συχνά σε τόσο σύντομο χρονικό διάστημα».

«Ευχαριστώ» της είπα, αν και δεν ήμουν σίγουρη πως ήθελα έναν τέτοιον έπαινο. «Δηλαδή δεν έχω διάσειση;»

Κούνησε το κεφάλι της αρνητικά. «Όχι. Θα πονάς λίγο όμως. Θα σου δώσω κάτι για τον πόνο πριν φύγεις». Το χαμόγελό της έσβησε και ξαφνικά έδειχνε νευρική. «Ειλικρινά, Ρόουζ, νομίζω πως η μεγαλύτερη ζημιά έγινε στο πρόσωπό σου».

Πετάχτηκα από το κρεβάτι. «Τι εννοείτε "η μεγαλύτερη ζημιά έγινε στο πρόσωπό μου";»

Έδειξε τον καθρέφτη πάνω από το νιπτήρα στην άλλη άκρη του δωματίου. Έτρεξα εκεί και κοίταξα το είδωλό μου στον καθρέφτη.

«Γαμώ το κέρατό μου!»

Μελανές κόκκινες κηλίδες κάλυπταν το πάνω μέρος της αριστερής πλευράς του προσώπου μου, κοντά στο μάτι κυρίως. Απελπισμένα γύρισα προς το μέρος της.

«Αυτά θα φύγουν γρήγορα, έτσι δεν είναι; Αν αφήσω πάνω τους τον πάγο;»

Κούνησε πάλι το κεφάλι της. «Ο πάγος μπορεί να βοηθήσει... αλλά πολύ φοβάμαι πως θα έχεις ένα άσχημα μαυρισμένο μάτι. Πιθανόν αύριο να είναι στα χειρότερά του, αλλά θα περάσει σε καμιά βδομάδα περίπου. Πριν περάσει πολύς καιρός, θα είσαι πάλι μια χαρά».

Έφυγα από την κλινική με μια ζαλάδα που δεν είχε τίποτα να κάνει με το τραύμα στο κεφάλι μου. Θα περάσει σε καμιά βδομάδα περίπου; Πώς μπορούσε η Δρ. Ολέντζκι να μιλάει έτσι απλά για αυτό; Δεν συνειδητοποιούσε τι σήμαινε αυτό; Θα περνούσα τα Χριστούγεννα και το μεγαλύτερο μέρος της εκδρομής με την εμφάνιση μεταλλαγμένου. Είχα μαυρισμένο μάτι. Ένα γαμώ τα μαυρισμένα μάτια.

Και μου το είχε μαυρίσει η μητέρα μου.

7

ΕΣΠΡΩΞΑ ΘΥΜΩΜΕΝΗ ΤΙΣ ΔΙΠΛΕΣ πόρτες που οδηγούσαν στον κοιτώνα των Μορόι. Το χιόνι στροβιλίστηκε πίσω μου, και λίγοι μαθητές που άραζαν στον κάτω όροφο σήκωσαν το βλέμμα τους μόλις μπήκα. Όπως ήταν φυσιολογικό, αρκετοί μου έριξαν και δεύτερη ματιά. Ξεροκαταπίνοντας, ανάγκασα τον εαυτό μου να μην αντιδράσει. Όλα θα πήγαιναν καλά. Δεν ήταν ανάγκη να φρικάρω. Οι μαθητευόμενοι τραυματίζονταν όλη την ώρα. Εδώ που τα λέμε, ήταν πιο σπάνιο να μην τραυματιστούν. Ομολογουμένως, αυτός ο τραυματισμός ήταν πιο οφθαλμοφανής από άλλους, αλλά μπορούσα να τον αντέξω μέχρι να περάσει, σωστά; Άλλωστε κανείς δεν επρόκειτο να μάθει πώς τον 'κονόμησα.

«Έι, Ρόουζ, είναι αλήθεια πως η ίδια σου η μητέρα σου έριξε μπουνιά;»

Πάγωσα. Κάπου την ήξερα εκείνη τη σαρκαστική, σοπράνο φωνή. Γυρίζοντας αργά, κοίταξα μέσα στα βαθιά γαλάζια μάτια της Μία Ρινάλντι. Σγουρά, ξανθά μαλλιά πλαισίωναν ένα πρόσωπο που θα ήταν χαριτωμένο αν δεν είχε εκείνο το μοχθηρό χαμόγελο.

Ένα χρόνο μικρότερη από μας, η Μία είχε κηρύξει πόλεμο στη Λίζα (και σε μένα κατά συνέπεια) με στόχο ποιος θα καταστρέψει τη ζωή του άλλου πιο γρήγορα – έναν πόλεμο, οφείλω να προσθέσω, που εκείνη άρχισε. Είχε να κάνει με το πρώην αγόρι της Λίζα –παρά το γεγονός ότι η Λίζα αποφάσισε πως δεν τον ήθελε τελικά– και διάφορα κουτσομπολιά σχετικά.

Ομολογουμένως, το μίσος της Μία δεν ήταν εντελώς αδικαιολόγητο. Ο μεγαλύτερος αδελφός της Λίζα, ο Αντρέ –ο οποίος είχε σκοτωθεί στο ίδιο αυτοκινητικό δυστύχημα που τυπικά τουλάχιστον είχε «σκοτώσει» και μένα–, είχε χρησιμοποιήσει πολύ άσχημα τη Μία όταν εκείνη ήταν πρωτοετής. Αν δεν είχε γίνει τόσο σκύλα τώρα, ίσως τη λυπόμουν. Ήταν λάθος του και, παρόλο που μπορούσα να κατανοήσω την οργή της, δεν ξέρω κατά πόσο ήταν σωστό εκ μέρους της να ξεσπάει έτσι στη Λίζα.

Τελικά, η Λίζα και εγώ είχαμε νικήσει, αλλά η Μία είχε απροσδόκητα ορθοποδήσει μετά την ήττα της. Δεν έκανε πια παρέα με την ελίτ, όπως παλιά, αλλά είχε δημιουργήσει ξανά ένα μικρό κύκλο φίλων. Μοχθηροί ή όχι, οι σπουδαίοι ηγέτες κατορθώνουν να έχουν πάντα οπαδούς.

Είχα μάθει πως τις ενενήντα από τις εκατό φορές ήταν καλύτερα να την αγνοώ. Αλλά μόλις είχαμε περάσει στο δέκα τοις εκατό, αφού είναι αδύνατον να αγνοήσεις κάποια που ανακοινώνει σε όλο τον κόσμο ότι μόλις σου έριξε μπουνιά η μητέρα σου – ακόμη κι αν είναι αλήθεια. Σταμάτησα να περπατάω και έκανα μεταβολή. Η Μία στεκόταν δίπλα σε ένα αυτόματο μηχάνημα, ξέροντας καλά ότι θα με έκανε να αντιδράσω. Δεν μπήκα στον κόπο να ρωτήσω πώς είχε μάθει ότι η μητέρα μου μου είχε μαυρίσει το μάτι. Σπάνια έμενε κάτι κρυφό εδώ μέσα.

Όταν είδε καλά το πρόσωπό μου, τα μάτια της άνοιξαν από αβίαστη ευχαρίστηση. «Ποπό! Τέτοια φάτσα μόνο μια μητέρα θα μπορούσε να αγαπήσει».

Χα. Χαριτωμένο. Αν προερχόταν από οποιονδήποτε άλλο, θα είχα χειροκροτήσει το συγκεκριμένο αστείο.

«Ε, καλά, εσύ είσαι η ειδικός στα τραυματισμένα πρόσωπα» είπα. «Αλήθεια, πώς είναι η μύτη σου;»

Το παγερό χαμόγελο της Μία συσπάστηκε λίγο, αλλά εκείνη δεν έκανε πίσω. Της είχα σπάσει τη μύτη πριν από ένα μήνα –και μάλιστα στο χορό της σχολής, αν ήταν ποτέ δυνατόν– και παρόλο που η μύτη της είχε γίνει καλά, εξακολουθούσε να είναι λίγο στραβή. Με μια πλαστική εγχείρηση θα μπορούσε μάλλον να τη διορθώσει, αλλά, από όσο ήξερα, η οικογένειά της δεν είχε προς το παρόν χρήματα για κάτι τέτοιο.

«Καλύτερα είναι» απάντησε αξιοπρεπώς. «Ευτυχώς, μου την έσπασε μια ψυχοπαθής πόρνη και όχι κάποιος συγγενής μου».

Της χάρισα το καλύτερο ψυχοπαθές χαμόγελό μου. «Κρίμα. Οι συγγενείς σου συνήθως σε χτυπούν κατά λάθος. Οι ψυχοπαθείς πόρνες συνήθως έρχονται και για δεύτερο γύρο».

Οι απειλές για σωματική βία συνήθως ήταν αρκετά σοφή τακτική, αλλά τώρα είχαμε αρκετούς γύρω μας ώστε να μην αγχώνεται και τόσο. Και η Μία το ήξερε. Όχι πως εγώ θα δίσταζα να επιτεθώ σε κάποιον υπό τις παρούσες συνθήκες –αλίμονο, το είχα κάνει πολλές φορές– αλλά τελευταία όντως προσπαθούσα να δυναμώσω τον αυτοέλεγχό μου.

«Εμένα δεν μου φαίνεται και πολύ για κατά λάθος» είπε. «Δεν έχετε κανόνες για τα χτυπήματα στο πρόσωπο, βρε παιδιά; Θέλω να πω, αυτό φαίνεται να είναι πολύ πέρα από τα όρια».

Άνοιξα το στόμα μου για να της την πω, αλλά δεν βγήκαν λέξεις. Είχε δίκιο. Η μελανιά μου ήταν όντως πέρα από κάθε όριο· σε αυτού του είδους την πάλη υποτίθεται πως δεν χτυπάς πάνω από το λαιμό. Το δικό μου χτύπημα ήταν πολύ πιο πάνω από την απαγορευτική γραμμή.

Η Μία είδε το δισταγμό μου, και ήταν λες και είχαν έρθει τα Χριστούγεννα μια βδομάδα νωρίτερα για εκείνη. Μέχρι τώρα δεν νομίζω να είχε ποτέ υπάρξει φορά που να με είχε αφήσει άφωνη η Μία.

«Κυρίες μου» ακούστηκε μια αυστηρή, γυναικεία φωνή. Το

Μορόι που καθόταν πίσω από τον πάγκο της ρεσεψιόν, έγειρε πάνω του και με κάρφωσε με το βλέμμα της. «Εδώ είναι ρεσεψιόν σχολής, όχι σαλόνι. Πηγαίνετε πάνω ή βγείτε έξω».

Για ένα δευτερόλεπτο το να σπάσω ξανά τη μύτη της Μία μου φάνηκε η καλύτερη ιδέα στον κόσμο – σκασίλα μου για την τιμωρία ή την αποβολή. Μετά από μια βαθιά αναπνοή, αποφάσισα πως η υποχώρηση ήταν ό,τι πιο αξιοπρεπές τη δεδομένη στιγμή. Προχώρησα προς τις σκάλες που έβγαζαν στους γυναικείους κοιτώνες. Πίσω μου άκουσα τη Μία να φωνάζει: «Μην ανησυχείς, Ρόουζ. Θα περάσει. Εξάλλου δεν είναι το πρόσωπό σου που ενδιαφέρει τα αγόρια».

Τριάντα δευτερόλεπτα αργότερα, χτυπούσα τόσο δυνατά την πόρτα της Λίζα που ήταν θαύμα πώς η γροθιά μου δεν τρύπησε το ξύλο. Η Λίζα άνοιξε αργά και κοίταξε έξω.

«Μόνη σου είσαι; Νόμισα πως ήταν ολόκληρος στρατός που – Θεέ μου». Με κοίταξε έκπληκτη όταν πρόσεξε την αριστερή μεριά του προσώπου μου. «Τι έγινε;»

«Δεν τα έχεις μάθει ακόμα; Πρέπει να είσαι η μόνη στη σχολή που δεν άκουσε τα νέα» γκρίνιαξα. «Άσε με να περάσω».

Ξαπλωμένη στο κρεβάτι της, της αφηγήθηκα τα γεγονότα της ημέρας. Ένιωσε την ανάλογη φρίκη.

«Άκουσα πως είχες χτυπήσει, αλλά φαντάστηκα πως ήταν κάτι συνηθισμένο» είπε.

Κάρφωσα το βλέμμα μου στο ασπρισμένο ταβάνι νιώθοντας δυστυχισμένη. «Το χειρότερο είναι πως η Μία είχε δίκιο. Δεν ήταν ατύχημα».

«Ορίστε; Δηλαδή λες πως η μητέρα σου το έκανε επίτηδες;» Όταν είδε ότι δεν απαντούσα, η φωνή της Λίζα έδειξε δυσπιστία. «Έλα τώρα. Δεν θα μπορούσε να το κάνει αυτό. Με τίποτα».

«Γιατί; Επειδή είναι η τέλεια Τζανίν Χάθαγουεϊ, εξπέρ στο να συγκρατεί το θυμό της; Το θέμα είναι ότι είναι επίσης η τέλεια Τζανίν Χάθαγουεϊ, εξπέρ στην πάλη και στο να ελέγχει τα αντανακλαστικά της. Όπως και να έχει, κάτι της ξέφυγε αυτή τη φορά».

«Ναι, εντάξει» είπε η Λίζα «πιστεύω πως είναι πιο πιθανό να παραπάτησε και να αστόχησε στο χτύπημά της παρά να το έκανε επίτηδες. Θα έπρεπε να είχε ξεφύγει τελείως από τα νεύρα της».

«Μα, μιλούσε με εμένα. Αυτό είναι αρκετό για να κάνει οποιονδήποτε να ξεφύγει από τα νεύρα του. Επιπλέον, την κατηγόρησα πως κοιμήθηκε με τον πατέρα μου γιατί ήταν η πιο συνετή γενετική κίνηση».

«Ρόουζ» βόγκηξε η Λίζα. «Αυτό το άφησες έξω από την περιγραφή σου. Γιατί πήγες και της είπες κάτι τέτοιο;»

«Επειδή πιθανότατα είναι αλήθεια».

«Ναι, αλλά το ήξερες πως θα την κάνει έξαλλη. Γιατί συνεχίζεις να την προκαλείς; Γιατί δεν μπορείς απλώς να τα βρεις μαζί της;»

Ανακάθισα. «Να τα βρω μαζί της; Μου μαύρισε το μάτι. Πιθανότατα επίτηδες! Πώς να τα βρω με κάποιον έτσι απλά;»

Η Λίζα κούνησε το κεφάλι της και πήγε στον καθρέφτη να ελέγξει το μακιγιάζ της. Τα συναισθήματα που διέτρεξαν το δεσμό μας ήταν απογοήτευση και εκνευρισμός. Στο βάθος υπήρχε και κάποιο ίχνος προσμονής. Είχα το χρόνο να κοιτάξω τη φίλη μου πιο προσεκτικά τώρα που είχα τελειώσει την αφήγησή μου. Φορούσε μια λιλά μπλούζα και μια μαύρη φούστα μέχρι το γόνατο. Τα μακριά μαλλιά της είχαν μια τέλεια απαλότητα που επιτυγχανόταν μόνο με μισή ώρα πιστολάκι και χτένισμα.

«Στις ομορφιές σου είσαι. Τι τρέχει;»

Τα συναισθήματά της άλλαξαν κάπως, η αγανάκτηση που της είχα προκαλέσει ατόνησε λίγο. «Έχω ραντεβού με τον Κρίστιαν σε λίγο».

Για λίγα λεπτά ήταν όπως παλιά με τη Λίζα. Μόνο οι δυο μας, να αράζουμε και να τα λέμε. Μόλις ανέφερε τον Κρίστιαν, όπως και όταν συνειδητοποίησα πως σε λίγο θα με παρατούσε για χάρη του, σκοτεινά αισθήματα ξύπνησαν μέσα στο στήθος μου… αισθήματα που, όφειλα απρόθυμα να παραδεχτώ, ήταν ζήλια. Φυσικά, δεν της ομολόγησα κάτι τέτοιο.

«Ποπό! Και τι καλό έκανε για να αξίζει όλο αυτό; Μήπως έσωσε ορφανά από κάποιοι φλεγόμενο κτίριο; Και αν ναι, καλά θα κάνεις να σιγουρευτείς πως δεν έβαλε ο ίδιος τη φωτιά». Το στοιχείο του Κρίστιαν ήταν η φωτιά. Του ταίριαζε γάντι, αφού ήταν το πιο καταστροφικό από όλα τα στοιχεία.

Γελώντας γύρισε από τον καθρέφτη και πρόσεξε ότι άγγιζα ελαφρά το πρησμένο μου πρόσωπο με τα δάχτυλά μου. Το χαμόγελό της γλύκανε. «Δεν δείχνει και τόσο άσχημο».

«Μάλιστα. Καταλαβαίνω πότε λες ψέματα, ξέρεις. Και η Δρ. Ολέντζκι λέει ότι θα είναι χειρότερο αύριο». Ξάπλωσα πίσω στο κρεβάτι. «Μάλλον δεν υπάρχει αρκετό κονσίλερ στον κόσμο για να κρύψει αυτό εδώ, έτσι δεν είναι; Εγώ και η Τάσα πρέπει να επενδύσουμε σε μάσκες τύπου *Φάντασμα της Όπερας*».

Αναστέναξε και κάθισε δίπλα μου. «Κρίμα που ούτε και εγώ μπορώ να το θεραπεύσω».

Χαμογέλασα. «Καλά θα ήταν».

Η υποβολή και η μαγνητική έλξη που της χάριζε το πνεύμα ήταν θαυμάσιες, αλλά πραγματικά η ικανότητα να θεραπεύει ήταν η πιο φοβερή. Το φάσμα των πραγμάτων που μπορούσε να επιτύχει ήταν εκπληκτικό.

Μα και η Λίζα σκεφτόταν όσα μπορούσε να κάνει το πνεύμα. «Μακάρι να υπήρχε κάποιος άλλος τρόπος να ελέγξω το πνεύμα… ένας τρόπος που να μου επιτρέπει να χρησιμοποιώ ταυτόχρονα και τη μαγεία».

«Ναι» είπα. Κατανοούσα τη διακαή επιθυμία της να κάνει σπουδαία πράγματα και να βοηθήσει τους άλλους. Ακτινοβολούσε από την επιθυμία αυτή. Και εγώ θα ήθελα να ξεφορτωθώ το μαυρισμένο μάτι σε ένα δευτερόλεπτο, αντί να περιμένω μέρες. «Και εγώ το ίδιο εύχομαι».

Αναστέναξε ξανά. «Εύχομαι να μπορούσα να κάνω και άλλα, εκτός από το να θεραπεύω μόνο, με το πνεύμα. Μου λείπει... μου λείπει η μαγεία. Εξακολουθεί να υπάρχει κάπου εκεί· απλώς έχει μπλοκαριστεί από τα χάπια. Καίει μέσα μου. Με θέλει και τη θέλω και εγώ. Αλλά υπάρχει ένας τοίχος ανάμεσά μας. Δεν μπορείς να το φανταστείς».

«Και όμως, μπορώ».

Ήταν αλήθεια. Εκτός από το ότι διαισθανόμουν πολλά από τα συναισθήματά της, μερικές φορές μπορούσα να «γλιστρήσω μέσα της». Ήταν δύσκολο να το εξηγήσω και ακόμη πιο δύσκολο να το αντέξω. Όταν συνέβαινε, μπορούσα κυριολεκτικά να βλέπω μέσα από τα μάτια της και να αισθάνομαι ό,τι βίωνε εκείνη. Εκείνες τις φορές ήμουν εκείνη. Πολλές φορές είχα βρεθεί μέσα στο μυαλό της ενώ λαχταρούσε τη μαγεία και είχα νιώσει τη φλογερή επιθυμία για την οποία μιλούσε τώρα. Συχνά ξυπνούσε μέσα στη νύχτα ποθώντας τη δύναμη που δεν μπορούσε πλέον να αδράξει.

«Α, ναι» είπε μελαγχολικά. «Αυτό το ξεχνάω μερικές φορές».

Ένα αίσθημα πικρίας γεννήθηκε μέσα της. Δεν στρεφόταν σε εμένα, αλλά στην αδυναμία της να κερδίσει σε αυτή την περίπτωση. Δεν της άρεσε να νιώθει ανίσχυρη, ούτε σε μένα άρεσε αυτό. Ο θυμός και η απογοήτευση δυνάμωσαν και έγιναν κάτι πιο σκοτεινό και πιο άσχημο, κάτι που δεν μου άρεσε καθόλου.

«Έι» είπα αγγίζοντας το μπράτσο της. «Είσαι καλά;»

Έκλεισε για λίγο τα μάτια της, μετά τα άνοιξε ξανά. «Μου τη δίνει απλώς».

Η ένταση των συναισθημάτων της μου θύμισε εκείνη τη συζήτηση που κάναμε λίγο πριν πάω στο σπίτι των Μπαντίκα.

«Εξακολουθείς να νιώθεις πως η επίδραση από τα χάπια σου ίσως έχει εξασθενήσει;»

«Δεν ξέρω. Λίγο».

«Χειροτερεύει;»

Κούνησε αρνητικά το κεφάλι της. «Όχι. Ακόμα δεν μπορώ να χρησιμοποιήσω τη μαγεία. Νιώθω πιο κοντά της... μα είναι ακόμα μπλοκαρισμένη».

«Αλλά ακόμα... θέλω να πω η διάθεσή σου...»

«Ναι. Αλλάζει απότομα... Μην ανησυχείς, όμως» είπε βλέποντας το πρόσωπό μου. «Δεν βλέπω πράγματα, ούτε προσπαθώ να κάνω κακό στον εαυτό μου».

«Ωραία». Χαιρόμουν που το άκουγα αυτό, αλλά συνέχιζα να ανησυχώ. Ακόμη και αν εξακολουθούσε να μην μπορεί να αγγίξει τη μαγεία, δεν μου πολυάρεσε η ιδέα πως έχανε ξανά τη διανοητική της ισορροπία. Ευχήθηκα απεγνωσμένα να σταθεροποιηθεί η κατάσταση από μόνη της. «Εδώ είμαι εγώ» της είπα σιγανά κρατώντας το βλέμμα μου στο δικό της. «Αν συμβεί κάτι περίεργο... θα μου το πεις, εντάξει;»

Έτσι ξαφνικά, τα σκοτεινά αισθήματα χάθηκαν από μέσα της. Την ώρα που έφευγαν, ένιωσα ένα αλλόκοτο κύμα στο δεσμό. Δεν μπορώ να εξηγήσω τι ακριβώς ήταν, αλλά ανατρίχιασα από την έντασή του. Η Λίζα δεν το πρόσεξε. Η διάθεσή της έφτιαξε ξανά και μου χαμογέλασε.

«Σ' ευχαριστώ» είπε. «Θα σου το πω».

Χαμογέλασα χαρούμενη που είχε ξαναγίνει φυσιολογική. Σιωπή έπεσε και, για ελάχιστα δευτερόλεπτα, ήθελα να της ανοίξω την καρδιά μου. Τελευταία είχα τόσο πολλά στο μυαλό μου: τη μητέρα μου, τον Ντιμίτρι και το σπίτι των Μπαντίκα. Είχα κρατήσει αυτά τα συναισθήματα κλειδωμένα και με έτρωγαν μέσα μου. Τώρα, νιώθοντας τόσο άνετα με τη Λίζα, όσο δεν είχα νιώσει εδώ και καιρό, αισθανόμουν πως μπορούσα να την αφήσω να νιώσει εκείνη μερικά από τα δικά μου συναισθήματα για αλλαγή.

Πριν προλάβω όμως να ανοίξω το στόμα μου, ένιωσα τα αισθήματά της να αλλάζουν. Έγιναν ανυπόμονα και ανήσυχα. Υπήρχε κάτι που ήθελε να μου πει, κάτι που την απασχολούσε πολύ. Δεν θα έπαιζε και πολύ άνοιγμα καρδιάς από μέρους μου τελικά. Αν εκείνη ήθελε να μιλήσει, δεν μπορούσα να τη βαρύνω με τα δικά μου προβλήματα, έτσι τα έκανα στην άκρη και περίμενα να μου μιλήσει.

«Βρήκα κάτι περίεργο ψάχνοντας στοιχεία για την εργασία μου για την κα Κάρμακ. Κάτι παράξενο…»

«Ε;» είπα γεμάτη περιέργεια αμέσως.

Τα Μορόι συνήθως αναπτύσσουν το προσωπικό τους στοιχείο κατά τη διάρκεια της εφηβείας τους. Μετά από αυτό, τους βάζουν σε ξεχωριστές τάξεις για να ειδικευτούν στο στοιχείο αυτό. Αλλά ως το μοναδικό άτομο με στοιχείο το πνεύμα (στην ιστορία) προς το παρόν, η Λίζα δεν είχε τάξη να παρακολουθήσει. Οι άλλοι πίστευαν πως δεν είχε εξειδικευτεί, αλλά η Λίζα και η κα Κάρμακ –η δασκάλα μαγείας στην Ακαδημία του Αγίου Βλαντιμίρ– συναντιούνταν κατ' ιδίαν για να μάθουν ό,τι μπορούσαν για το πνεύμα. Ερευνούσαν παλιά και καινούργια αρχεία, έψαχναν στοιχεία που θα μπορούσαν να τις οδηγήσουν σε άλλους χρήστες του πνεύματος τώρα που γνώριζαν κάποια από τα ενδεικτικά χαρακτηριστικά: μια ικανότητα να εξειδικεύεις, διανοητική αστάθεια κ.λπ.

«Δεν βρήκα αποδείξεις για άλλους χρήστες πνεύματος, αλλά βρήκα μαρτυρίες για, χμ, ανεξήγητα φαινόμενα».

Ανοιγόκλεισα έκπληκτη τα βλέφαρα. «Τι είδους μαρτυρίες;» ρώτησα ενώ αναλογιζόμουν τι θα μπορούσε να θεωρηθεί «ανεξήγητο φαινόμενο» για τους βρικόλακες. Όταν η Λίζα και εγώ ζούσαμε με τους ανθρώπους, εμείς θα μπορούσαμε να είχαμε θεωρηθεί ανεξήγητα φαινόμενα.

«Είναι σκόρπιες αναφορές... αλλά σε μια από αυτές διάβασα για έναν τύπο ο οποίος μπορούσε να κάνει τον κόσμο να βλέπει πράγματα που δεν υπήρχαν πραγματικά. Μπορούσε να τους κάνει να πιστέψουν πως έβλεπαν τέρατα ή άλλα άτομα ή οτιδήποτε τέλος πάντων».

«Μα αυτό δεν είναι υποβολή;»

«*Εξαιρετικά* δυνατή υποβολή. Εγώ δεν μπόρεσα να το κάνω και είμαι δυνατότερη –ήμουν τουλάχιστον– από όσους γνωρίζουμε. Και αν αυτή η δύναμη προέρχεται από τη χρήση πνεύματος...»

«Επομένως» συνέχισα «πιστεύεις πως αυτός ο τύπος με τις παραισθήσεις μπορεί να είναι χρήστης πνεύματος;» Κούνησε καταφατικά το κεφάλι της. «Γιατί δεν επικοινωνείς μαζί του για να βεβαιωθείς;»

«Μα δεν υπάρχουν προσωπικά δεδομένα στην αναφορά. Είναι μυστικό. Και δεν είναι ο μόνος παράξενος. Για παράδειγμα, υπήρχε κάποιος άλλος ο οποίος μπορούσε να σε στραγγίσει ψυχικά. Όσοι ήταν δίπλα του γίνονταν αδύναμοι και έχαναν όλη τους την ενέργεια. Λιποθυμούσαν. Και υπήρχε κι ένας άλλος ο οποίος μπορούσε να σταματήσει στον αέρα τα αντικείμενα που του πετούσαν». Ενθουσιασμός φώτισε τα χαρακτηριστικά της.

«Θα μπορούσε να είναι χρήστης αέρα» επισήμανα.

«Ίσως» είπε η Λίζα. Ένιωθα την περιέργεια και τον ενθουσιασμό να στροβιλίζονται μέσα της. Ήθελε απελπισμένα να πιστέψει πως υπήρχαν και άλλοι σαν και εκείνη εκεί έξω.

Χαμογέλασα. «Ποιος ξέρει; Στα Μορόι συμβαίνουν πράγματα τύπου Ρόζγουελ – και Τομέας 51. Θαύμα είναι που δεν με μελετούν κάπου για να δουν τι μπορούν να μάθουν για το δεσμό.»

Η περιέργεια της Λίζα έγινε διάθεση για πειράγματα. «Μερικές φορές εύχομαι να μπορούσα να δω και εγώ μέσα στο δικό σου μυαλό. Θα ήθελα να δω τι νιώθεις για τον Μέισον».

«Είναι φίλος μου» είπα κατηγορηματικά, έκπληκτη από την απότομη αλλαγή στο θέμα της συζήτησης.

Έκανε «τσ τσ τσ». «Παλιά έκανες καμάκι –και διάφορα άλλα– σε οποιονδήποτε τύπο σού γυάλιζε».

«Έι!» είπα προσβεβλημένη. «Δεν ήμουν και τόσο κακή».

«Εντάξει… μπορεί να έχεις δίκιο. Απλώς δεν φαίνεται να ενδιαφέρεσαι πια για τα αγόρια».

Και βέβαια ενδιαφερόμουν για τα αγόρια – εντάξει, για έναν τύπο τουλάχιστον.

«Ο Μέισον είναι πολύ καλός» συνέχισε. «Και τρελός και παλαβός μαζί σου».

«Είναι» συμφώνησα. Σκέφτηκα τον Μέισον έξω από την τάξη του Σταν, εκείνη τη σύντομη στιγμή που μου φάνηκε σέξι. Επιπλέον, ήταν πραγματικά αστείος και τα πηγαίναμε θαυμάσια. Δεν ήταν και άσχημος υποψήφιος για γκόμενος.

«Μοιάζετε πολύ εσείς οι δύο. Κάνετε και οι δύο πράγματα που δεν θα έπρεπε να κάνετε».

Γέλασα. Και αυτό επίσης ήταν αλήθεια. Θυμήθηκα την πρεμούρα του Μέισον να τα βάλει με όλα τα Στριγκόι του κόσμου. Εγώ μπορεί να μην ήμουν έτοιμη ακόμα για κάτι τέτοιο –παρά το ξέσπασμά μου στο αυτοκίνητο– αλλά μοιραζόμουν λίγο από το θράσος του. Είχε πλάκα να φλερτάρω μαζί του, και είχε περάσει πολύ καιρός από τότε που φίλησα κάποιον. Ο Ντιμίτρι έκανε την καρδιά μου να πονάει… αλλά, εντάξει, δεν είχα και πολλές άλλες επιλογές αυτόν τον καιρό.

Η Λίζα με κοίταζε εξεταστικά, σαν να ήξερε τι σκεφτόμουν – εντάξει, όχι αυτά που σκεφτόμουν για τον Ντιμίτρι. «Άκουσα τη Μέρεντιθ να λέει πως είσαι ηλίθια που δεν τα φτιάχνεις μαζί του. Λέει πως αυτό συμβαίνει γιατί νομίζεις πως του πέφτεις πολλή».

«Τι; Αυτό δεν είναι αλήθεια».

«Έλα, δεν το είπα εγώ. Τέλος πάντων, λέει ότι σκέφτεται να του την πέσει αυτή».

«Ο Μέισον με τη Μέρεντιθ;» χλεύασα. «Καταστροφή. Δεν έχουν τίποτα κοινό».

Ήταν μικροπρεπές, αλλά είχα συνηθίσει να κυνηγάει πάντα εμένα ο Μέισον. Ξαφνικά η σκέψη να τον έχει κάποια άλλη με ενοχλούσε.

«Γίνεσαι κτητική» είπε η Λίζα μαντεύοντας τη σκέψη μου. Δεν είναι να απορείς που ενοχλούνταν όταν εγώ διάβαζα το μυαλό της.

«Λιγάκι μόνο».

Γέλασε. «Ρόουζ, ακόμη κι αν δεν είναι ο Μέισον, με κάποιον πρέπει να ξαναρχίσεις να βγαίνεις επιτέλους. Υπάρχουν ένα σωρό αγόρια που θα σκότωναν για να τα έχουν μαζί σου – μια χαρά παιδιά».

Δεν είχα κάνει πάντα τις καλύτερες επιλογές όσον αφορά τους άντρες. Για άλλη μια φορά με κυρίευσε η παρόρμηση να της εξομολογηθώ όλες τις ανησυχίες μου. Τόσο καιρό δίσταζα να της μιλήσω για τον Ντιμίτρι, αν και το μυστικό με έκαιγε μέσα μου. Έτσι που καθόμουν δίπλα της, θυμήθηκα πως αυτή ήταν η καλύτερή μου φίλη. Μπορούσα να της πω τα πάντα, και εκείνη δεν θα με έκρινε. Αλλά, όπως και προηγουμένως, έχασα την ευκαιρία να της πω τι είχα στο μυαλό μου.

Κοίταξε πάνω από το κεφάλι μου το ξυπνητήρι και ξαφνικά τινάχτηκε από το κρεβάτι.

«Έχω αργήσει! Πρέπει να πάω να βρω τον Κρίστιαν».

Γέμισε χαρά, με μια νότα νευρικής ανυπομονησίας. Έρωτας. Τι μπορούσε να πει κανείς; Κατάπια τη ζήλια που άρχιζε να ορθώνει το άσχημο κεφάλι της. Για άλλη μια φορά ο Κρίστιαν την είχε πάρει από μένα. Δεν επρόκειτο να ξαλαφρώσω απόψε.

Η Λίζα και εγώ φύγαμε από τον κοιτώνα, και εκείνη κυριολεκτικά έγινε καπνός, με την υπόσχεση πως θα τα λέγαμε αύριο. Περπάτησα μέχρι τον κοιτώνα μου. Όταν έφτασα στο δωμάτιό μου, πέρασα μπροστά από τον καθρέφτη μου και βόγκηξα όταν είδα το πρόσωπό μου. Σκούρο μαβί γύρω από το μάτι μου. Μιλώντας με τη Λίζα, είχα σχεδόν ξεχάσει το επεισόδιο με τη μητέρα μου. Σταματώντας για να ρίξω μια καλύτερη ματιά, κάρφωσα το βλέμμα μου στο πρόσωπό μου. Ίσως ήταν εγωιστικό, αλλά ήξερα ότι είμαι όμορφη. Φορούσα C-cup σουτιέν και είχα ένα σώμα με καμπύλες, σε ένα σχολείο όπου τα περισσότερα κορίτσια ήταν σκελετωμένα σαν σούπερ μόντελ. Και όπως έχω ήδη αναφέρει, το πρόσωπό μου ήταν εξίσου όμορφο. Μια συνηθισμένη μέρα ήμουν ένα εννιά εδώ μέσα – δέκα στα καλύτερά μου.

Σήμερα όμως; Μάλιστα. Μιλάμε για αρνητικά νούμερα. Κούκλα θα ήμουν στην εκδρομή στο χιονοδρομικό.

«Η μαμά μου με δέρνει» πληροφόρησα το είδωλό μου. Μου ανταπόδωσε το βλέμμα με αρκετή συμπόνια.

Με έναν αναστεναγμό αποφάσισα ότι καλά θα έκανα να πέσω για ύπνο. Δεν ήθελα να κάνω τίποτα άλλο εκείνο το βράδυ, και ίσως λίγο παραπάνω ύπνος να επιτάχυνε τη διαδικασία επούλωσης. Βγήκα στο διάδρομο για να πάω στο μπάνιο, να πλύνω το πρόσωπό μου και να λούσω τα μαλλιά μου. Όταν γύρισα στο δωμάτιό μου, φόρεσα τις αγαπημένες μου πιτζάμες, και η αίσθηση της απαλής φανέλας μού έφτιαξε κάπως το κέφι.

Ετοίμαζα την τσάντα μου για την άλλη μέρα όταν μια έκρηξη συναισθημάτων διέτρεξε απότομα το δεσμό μου με τη Λίζα. Με βρήκε απροετοίμαστη και δεν μου άφησε καμία ευκαιρία να την αντιμετωπίσω. Ήταν σαν να με πέταξε κάτω ένας τυφώνας. Άξαφνα δεν έβλεπα πια μέσα στην τσάντα μου, βρισκόμουν μέσα στη Λίζα, βιώνοντας το δικό της κόσμο από πρώτο χέρι.

Και εκεί ήταν που τα πράγματα έγιναν περίεργα.

Γιατί η Λίζα ήταν με τον Κρίστιαν.

Και η ατμόσφαιρα ανάμεσά τους… ζεσταινόταν.

8

ΟΚΡΙΣΤΙΑΝ ΤΗ ΦΙΛΟΥΣΕ. Και, Θεέ μου, αυτό κι αν ήταν φιλί. Ο τύπος δεν αστειευόταν. Ήταν το είδος του φιλιού που δεν επιτρεπόταν να το δει μικρό παιδί. Εδώ που τα λέμε, ήταν το είδος του φιλιού που κανονικά κανένας δεν επιτρεπόταν να δει – πόσο μάλλον να το βιώσει μέσα από έναν υπερφυσικό δεσμό.

Όπως ανέφερα και προηγουμένως, κάποια έντονα συναισθήματα της Λίζα μπορούσαν να κάνουν αυτό το φαινόμενο να συμβεί – εκείνο που με τραβούσε μέσα στο κεφάλι της. Αλλά πάντα, πάντα, συνέβαινε λόγω αρνητικών συναισθημάτων. Αν ταραζόταν ή θύμωνε ή μελαγχολούσε, αυτό περνούσε σε μένα. Αυτή τη φορά όμως; Δεν ήταν ταραγμένη.

Ήταν χαρούμενη. Πολύ χαρούμενη.

Ποπό, φίλε μου! Έπρεπε να βγω από εδώ μέσα.

Ήταν στη σοφίτα στο εκκλησάκι της σχολής ή, αλλιώς, όπως μου άρεσε να το αποκαλώ, στην ερωτική φωλίτσα τους. Το μέρος αυτό είχε γίνει το στέκι τους από τότε που ο καθένας του ένιωθε κάπως αντικοινωνικός και ήθελε να ξεφύγει. Μετά αποφάσισαν να είναι αντικοινωνικοί μαζί, και το ένα οδήγησε στο άλλο. Από τότε που άρχισαν να βγαίνουν και επίσημα μαζί, δεν ήξερα πως περνάνε ακόμα τόσο χρόνο εδώ. Ίσως είχαν απλώς επιστρέψει για χάρη του παλιού καλού καιρού.

Και όντως, πρέπει να γιόρταζαν κάτι. Μικρά αρωματικά κεριά ήταν αναμμένα ολόγυρα στο σκονισμένο παλιό μέρος, κεριά που γέμιζαν τον αέρα με άρωμα πασχαλιάς. Εγώ θα αγχωνόμουν λίγο αν άναβα αυτά τα κεριά σε περιορισμένο χώρο, γεμάτο με εύφλεκτα κουτιά και βιβλία, αλλά ο Κρίστιαν μάλλον πίστευε πως μπορούσε να ελέγξει πιθανές πύρινες κολάσεις.

Επιτέλους διέκοψαν εκείνο το ατελείωτο φιλί και τραβήχτηκαν για να κοιτάξει ο ένας τον άλλο. Ήταν ξαπλωμένοι στο πλάι, στο πάτωμα. Είχαν απλώσει αρκετές κουβέρτες από κάτω τους.

Το πρόσωπο του Κρίστιαν ήταν δεκτικό και στοργικό· καθώς κοιτούσε τη Λίζα, τα ανοιχτά γαλάζια μάτια του φωτίζονταν από ένα βαθύ συναίσθημα. Διαφορετικό από εκείνο με το οποίο με κοίταζε ο Μέισον. Υπήρχε αρκετή λατρεία σε αυτό, αλλά του Μέισον έμοιαζε πολύ με ό,τι νιώθεις όταν μπαίνεις σε μια εκκλησία και πέφτεις στα γόνατα με δέος και φόβο για κάτι που λατρεύεις, αλλά ουσιαστικά δεν καταλαβαίνεις απόλυτα. Ο Κρίστιαν προφανώς λάτρευε τη Λίζα με τον τρόπο του, αλλά στα μάτια του υπήρχε μια λάμψη οικειότητας, η αίσθηση ότι ήξερε ο ένας τον άλλον τόσο απόλυτα και τέλεια που δεν χρειάζονταν καν λέξεις για να εκφραστούν.

«Πιστεύεις πως θα πάμε στην κόλαση γι' αυτό;» ρώτησε η Λίζα.

Ο Κρίστιαν άπλωσε το χέρι του και άγγιξε το πρόσωπό της, διατρέχοντας με τα δάχτυλά του την απόσταση από το μάγουλό της, το λαιμό της μέχρι την άκρη της μεταξωτής μπλούζας της. Εκείνη ανάσανε βαθιά σε αυτό το άγγιγμα, στο πώς μπορούσε να είναι τόσο ανάλαφρο και απαλό, κι όμως να ξυπνάει τόσο δυνατό πάθος μέσα της.

«Για' αυτό;» Έπαιξε με την άκρη της μπλούζας της αφήνοντας το δάχτυλο να αγγίξει ανεπαίσθητα μέσα από το ύφασμα.

«Όχι» γέλασε η Λίζα. «Για' αυτό». Έδειξε με το χέρι της τη

σοφίτα γύρω τους. «Βρισκόμαστε μέσα σε μια εκκλησία. Δεν θα έπρεπε να κάνουμε τέτοια πράγματα εδώ μέσα».

«Δεν είναι αλήθεια» διαφώνησε ο Κρίστιαν. Απαλά την έσπρωξε ανάσκελα και έγειρε από πάνω της. «Η εκκλησία είναι κάτω. Εδώ είναι απλώς ένας αποθηκευτικός χώρος. Τον Θεό δεν Τον πειράζει».

«Μα εσύ δεν πιστεύεις στον Θεό» τον πείραξε. Τα χέρια της κατέβηκαν στο στήθος του. Οι κινήσεις ήταν ανάλαφρες και αργές, όπως οι δικές του, κι όμως προκαλούσαν την ίδια δυνατή αντίδραση και σε εκείνον.

Ο Κρίστιαν αναστέναξε ευτυχισμένος καθώς το χέρι της περνούσε μέσα από το πουκάμισό του, πάνω στο στομάχι του. «Σου κάνω το χατίρι, όμως».

«Θα έλεγες οτιδήποτε αυτή τη στιγμή» τον κατηγόρησε. Τα δάχτυλά της έπιασαν την άκρη του πουκαμίσου του και την τράβηξαν προς τα πάνω. Εκείνος μετακινήθηκε για να μπορέσει η Λίζα να το βγάλει και μετά έγειρε πάνω της, γυμνός από τη μέση και πάνω.

«Έχεις δίκιο» συμφώνησε. Ξεκούμπωσε προσεκτικά ένα κουμπί από την μπλούζα της. Ένα μόνο. Έπειτα έσκυψε ξανά και της έδωσε ένα ακόμη από εκείνα τα δυνατά, βαθιά φιλιά. Όταν ξανασηκώθηκε για να πάρει αέρα, συνέχισε σαν να μην είχε γίνει τίποτα. «Πες μου τι θέλεις να ακούσεις και θα το πω». Ξεκούμπωσε άλλο ένα κουμπί.

«Δεν υπάρχει τίποτα που να θέλω να ακούσω» γέλασε εκείνη. Άλλο ένα κουμπί απελευθερώθηκε. «Μπορείς να μου πει ό,τι θέλεις εσύ – απλώς θα ήταν ωραία αν ήταν αλήθεια».

«Αλήθεια, ε; Κανείς δεν θέλει να ακούσει την αλήθεια. Η αλήθεια ποτέ δεν είναι σέξι. Αλλά εσύ…»

Ξεκουμπώθηκε και το τελευταίο κουμπί, και η μπλούζα άνοιξε. «Είσαι πολύ διαβολεμένα σέξι για να είσαι αληθινή».

Οι λέξεις του είχαν το χαρακτηριστικό αλαζονικό τόνο του, μα τα μάτια του έστελναν ένα εντελώς διαφορετικό μήνυμα. Βίωνα τη σκηνή μέσα από τα μάτια της Λίζα, αλλά μπορούσα να φανταστώ τι έβλεπε ο Κρίστιαν. Το απαλό, άσπρο δέρμα της. Λεπτή μέση και μηροί. Ένα δαντελένιο λευκό σουτιέν. Μέσα από εκείνη μπορούσα να νιώσω πως το σουτιέν τής προκαλούσε μια ελαφριά φαγούρα, αλλά δεν την ένοιαζε.

Συναισθήματα στοργής και πείνας απλώθηκαν στα χαρακτηριστικά του. Μέσα από τη Λίζα ένιωθα την καρδιά της να χτυπάει γρήγορα και την αναπνοή της να επιταχύνεται. Συναισθήματα παρόμοια με εκείνα του Κρίστιαν τύλιγαν ασυνάρτητες σκέψεις. Μετατοπίζοντας το βάρος του ξάπλωσε πάνω της, πιέζοντας τα δυο τους σώματα μαζί. Το στόμα του έψαξε το δικό της ξανά και, καθώς τα χείλη και οι γλώσσες τους ενώνονταν, ήξερα ότι έπρεπε να φύγω από εκεί.

Επειδή τώρα καταλάβαινα. Καταλάβαινα για ποιο λόγο είχε βάλει η Λίζα τα καλά της και γιατί είχε φωταγωγηθεί τόσο ρομαντικά η ερωτική τους φωλίτσα. Αυτό ήταν. Η στιγμή. Μετά από ένα μήνα που τα είχαν φτιάξει, επρόκειτο να κάνουν σεξ. Η Λίζα, το ήξερα, το είχε ξανακάνει με ένα προηγούμενο αγόρι της. Δεν γνώριζα το ερωτικό παρελθόν του Κρίστιαν, αλλά ειλικρινά αμφέβαλλα για το αν είχαν πέσει πολλά κορίτσια θύματα της τραχιάς γοητείας του.

Νιώθοντας όμως ό,τι ένιωθε η Λίζα, καταλάβαινα πως τίποτα από αυτά δεν είχε σημασία. Όχι αυτή τη στιγμή τουλάχιστον. Αυτή τη στιγμή υπήρχαν μόνο οι δυο τους και το πώς ένιωθαν ο ένας για τον άλλο τώρα. Και σε μια ζωή γεμάτη με περισσότερες έγνοιες από όσες θα έπρεπε να έχει κάποιος στην ηλικία της, η Λίζα ένιωθε απόλυτα σίγουρη για αυτό που έκανε τώρα. Ότι το ήθελε εδώ και πολύ καιρό μαζί του.

Και εγώ *δεν* είχα κανένα δικαίωμα να το ζήσω.

Ποιον κορόιδευα όμως; Δεν *ήθελα* να το ζήσω. Δεν έπαιρνα καμία ευχαρίστηση από το να βλέπω κάποιους να το κάνουν και σίγουρα δεν ήθελα να βιώσω το σεξ με τον Κρίστιαν. Θα ήταν σαν να έχανα την παρθενιά μου εικονικά.

Αλλά, Χριστέ μου, η Λίζα δεν το έκανε καθόλου εύκολο να φύγω. Δεν είχε την παραμικρή επιθυμία να αποστασιοποιηθεί από τα συναισθήματα και τις ορμές της – και όσο πιο δυνατά γίνονταν αυτά, τόσο πιο δυνατά με κρατούσαν. Προσπαθώντας να κρατήσω μια απόσταση από εκείνη, εστίασα την προσοχή μου στο να κάνω την ενέργειά μου να επιστρέψει πίσω σε μένα. Συγκεντρώθηκα όσο πιο πολύ μπορούσα.

Κι άλλα ρούχα βγήκαν.

Έλα τώρα, έλα, είπα αυστηρά στον εαυτό μου.

Βγήκε το προφυλακτικό… Μπλιαχ.

Είσαι ένα άλλο, διαφορετικό άτομο, Ρόουζ. Ξαναγύρισε στο κεφάλι σου.

Τα μέλη τους μπλέχτηκαν, τα κορμιά τους κινήθηκαν μαζί…

Γαμώ το–

Βγήκα ορμητικά από μέσα της, αλλά είχα χάσει πια το ενδιαφέρον μου για την τσάντα μου. Ολόκληρος ο κόσμος μου είχε στραβώσει. Ένιωθα παράξενα, βιασμένη – δεν ήμουν πια σίγουρη αν ήμουν η Ρόουζ ή η Λίζα. Επίσης, ένιωθα ξανά εκείνη την απέχθεια για τον Κρίστιαν. Σε καμία περίπτωση δεν ήθελα να κάνω σεξ με τη Λίζα, αλλά μέσα μου ένιωθα την ίδια σουβλιά, εκείνο το αίσθημα απογοήτευσης που μου έλεγε πως δεν ήμουν πια το κέντρο του κόσμου της.

Αφήνοντας ανέγγιχτη την τσάντα μου, έπεσα για ύπνο και, τυλίγοντας τα χέρια μου γύρω από το κορμί μου, κουλουριάστηκα σε μια μπάλα προσπαθώντας να ησυχάσω τον πόνο μέσα στο στήθος μου.

Αποκοιμήθηκα γρήγορα και έτσι ξύπνησα νωρίς. Συνήθως

έπρεπε να βάλω τα δυνατά μου για να ξεκολλήσω από το κρεβάτι και να πάω να συναντήσω τον Ντιμίτρι, αλλά σήμερα έφτασα αρκετά γρήγορα, πριν από αυτόν στο γυμναστήριο. Ενώ περίμενα, είδα τον Μέισον να περνάει απέναντι μπροστά από ένα κτίριο με αίθουσες.

«Έι» φώναξα. «Από πότε σηκώνεσαι τόσο νωρίς;»

«Από τότε που πρέπει να ξαναδώσω εξετάσεις στα Μαθηματικά» είπε καθώς ερχόταν προς το μέρος μου. Μου χάρισε το γνωστό του σκανταλιάρικο χαμόγελο. «Ίσως, όμως, αξίζει τον κόπο να κάνω κοπάνα για να σου κάνω παρέα».

Γέλασα καθώς θυμήθηκα τη συζήτηση που είχα με τη Λίζα. Μάλιστα, σίγουρα υπήρχαν χειρότερα πράγματα από το να φλερτάρω με τον Μέισον και να αρχίσω μια ιστορία μαζί του.

«Μπα. Θα έχεις φασαρίες και μετά δεν θα υπάρχει καμία πρόκληση για μένα στο σκι».

Σήκωσε τα μάτια του προς τα πάνω με απόγνωση. «Εγώ είμαι εκείνος που δεν έχει να αντιμετωπίσει καμία πρόκληση, το ξέχασες;»

«Είσαι έτοιμος να βάλεις στοίχημα; Ή φοβάσαι ακόμα;»

«Πρόσεξε» με προειδοποίησε. «Μπορεί να μη σου δώσω το χριστουγεννιάτικο δώρο σου».

«Μου έχεις πάρει δώρο;» Αυτό δεν το περίμενα.

«Μάλιστα. Αλλά αν συνεχίσεις να μου αντιμιλάς, μπορεί να το δώσω σε κάποιαν άλλη».

«Στη Μέρεντιθ, παραδείγματος χάριν;» τον πείραξα.

«Ούτε στο δαχτυλάκι σου δεν φτάνει, και το ξέρεις».

«Ακόμη και με μαυρισμένο μάτι;» μόρφασα.

«Ακόμη και με δύο μαυρισμένα μάτια».

Το βλέμμα που μου έριξε δεν ήταν πειραχτικό ούτε καν υπαινικτικό. Ήταν απλώς ωραίο. Ωραίο, φιλικό, δήλωνε ενδιαφέρον. Σαν να νοιαζόταν πραγματικά. Μετά από όλο το στρες των τελευταίων ημερών, αποφάσισα πως ήταν ωραίο να νοιάζονται για μένα. Και με την παραμέληση που είχα αρχίσει να νιώθω από τη Λίζα, συνειδητοποίησα ότι ήθελα και εγώ να μου δείχνει κάποιος τόση προσοχή.

«Τι θα κάνεις τα Χριστούγεννα;» ρώτησα.

Ανασήκωσε τους ώμους του. «Τίποτα. Ήταν να έρθει η μητέρα μου, αλλά το ακύρωσε τελευταία στιγμή... ξέρεις, με όλα αυτά που έγιναν».

Η μητέρα του Μέισον δεν ήταν φύλακας. Ήταν ένα νταμπίρ που είχε επιλέξει να γίνει νοικοκυρά και να κάνει παιδιά. Κατά συνέπεια, ήξερα ότι την έβλεπε συχνά. Ήταν ειρωνεία, σκέφτηκα, που η δική μου μαμά ήταν ουσιαστικά εδώ, αλλά όπως είχαν τα πράγματα θα μπορούσε να είναι οπουδήποτε αλλού.

«Έλα να αράξουμε μαζί» είπα αυθόρμητα. «Θα είμαι με τη Λίζα, τον Κρίστιαν και τη θεία του. Θα έχει πλάκα».

«Σοβαρά τώρα;»

«Πολλή πλάκα».

«Δεν εννοούσα αυτό».

Χαμογέλασα πλατιά. «Το κατάλαβα. Απλώς έλα, εντάξει;»

Μου έκανε μια από τις ιπποτικές υποκλίσεις που τόσο του άρεσαν. «Οπωσδήποτε».

Ο Μέισον έφυγε τη στιγμή που ερχόταν ο Ντιμίτρι για την προπόνησή μας. Όσο μίλαγα με τον Μέισον, είχα νιώσει ξένοιαστη και χαρούμενη· δεν είχα σκεφτεί καθόλου το πρόσωπό μου. Αλλά με τον Ντιμίτρι, ξαφνικά είχα απόλυτη επίγνωση της εμφάνισής μου. Μαζί του δεν ήθελα να είμαι τίποτα λιγότερο από τέλεια. Έτσι ενώ μπαίναμε μέσα στο γυμναστήριο έκανα ό,τι περνούσε από το χέρι μου για να κρύψω το πρόσωπό μου για να μην το βλέπει ολόκληρο. Το άγχος μου για αυτό έριξε τη διάθεσή μου και μαζί της έπεσαν πάνω μου και όλα τα άλλα που με απασχολούσαν.

Επιστρέψαμε στην αίθουσα προπόνησης με τα ομοιώματα και μου είπε απλά πως ήθελε να με δει να εξασκούμαι στις κινήσεις που είχα μάθει πριν από δυο μέρες. Χαρούμενη που δεν σκόπευε να αναφέρει τον καβγά με τη μητέρα μου, ξεκίνησα την προπόνησή μου με διακαή ζήλο, δείχνοντας στα ομοιώματα τι τα περίμενε αν θα τολμούσαν να τα βάλουν με τη Ρόουζ Χάθαγουεϊ. Ήξερα πως η αγωνιστική μου μανία είχε γεννηθεί από κάτι παραπάνω από την απλή επιθυμία να τα πάω καλά. Τα συναισθήματά μου ήταν εκτός ελέγχου αυτό το πρωινό, ωμά και έντονα, τόσο από τον καβγά με τη μητέρα μου όσο και από όσα είχα βιώσει με τη Λίζα και τον Κρίστιαν το προηγούμενο βράδυ. Ο Ντιμίτρι κάθισε και με κοίταζε, κριτικάροντας πού και πού την τεχνική μου και προτείνοντας άλλες τακτικές.

«Τα μαλλιά σου είναι μες στη μέση» είπε κάποια στιγμή. «Όχι μόνο εμποδίζουν την περιφερειακή σου όραση, αλλά δίνουν στον αντίπαλό σου την ευκαιρία να σε πιάσει από κάπου».

«Αν βρεθώ σε πραγματική πάλη, θα τα μαζέψω» μούγκρισα καθώς έχωνα υποδειγματικά το κοντάρι ανάμεσα στα πλευρά του ομοιώματος. Δεν ήξερα από τι ήταν φτιαγμένα εκείνα τα τεχνητά πλευρά, αλλά ήταν ζόρικο να τα τρυπήσεις. Σκέφτηκα πάλι τη μαμά μου και έβαλα λίγο παραπάνω δύναμη στο χτύπημά μου. «Απλώς τα έχω αφήσει κάτω σήμερα, αυτό είναι όλο».

«Ρόουζ» μου είπε προειδοποιητικά. Αγνοώντας τον, χτύπησα ξανά. Η φωνή του ακούστηκε πιο απότομη την επόμενη φορά που μίλησε. «Ρόουζ. Σταμάτα».

Οπισθοχώρησα από το ομοίωμα, έκπληκτη που η αναπνοή μου είχε κοπεί. Δεν είχα συνειδητοποιήσει ότι πάλευα τόσο δυνατά. Η πλάτη μου χτύπησε στον τοίχο. Μην έχοντας πού να πάω, τράβηξα το βλέμμα μου από εκείνον και το κάρφωσα στο πάτωμα.

«Κοίταξέ με» πρόσταξε.

«Ντιμίτρι–»

«*Κοίταξέ με*».

Άσχετα από την ιστορία που είχαμε οι δυο μας, εξακολουθούσε να είναι ο εκπαιδευτής μου. Δεν μπορούσα να αγνοήσω τη διαταγή του. Αργά, επιφυλακτικά στράφηκα προς το μέρος του, κρατώντας ακόμα το κεφάλι μου σκυμμένο για να πέφτουν τα μαλλιά μου στο πλάι του προσώπου μου. Σηκώθηκε από το κάθισμά του, με πλησίασε και στάθηκε μπροστά μου.

Απέφυγα τα μάτια του, αλλά είδα το χέρι που άπλωσε για να παραμερίσει τα μαλλιά μου. Μετά σταμάτησε. Όπως και η αναπνοή μου. Η σύντομη έλξη που είχαμε νιώσει ο ένας για τον άλλο ήταν γεμάτη ερωτήσεις και επιφυλάξεις, αλλά για ένα πράγμα ήμουν σίγουρη: ο Ντιμίτρι είχε λατρέψει τα μαλλιά μου. Ίσως να τα λάτρευε ακόμα. Ήταν καταπληκτικά μαλλιά, αυτό όφειλα να το παραδεχτώ. Μακριά και μεταξένια και σκούρα. Συνήθιζε να βρίσκει αφορμές για να τα αγγίξει και με συμβούλευε να μην τα κόψω όπως τόσες άλλες γυναίκες φύλακες.

Το χέρι του έμεινε μετέωρο, και ο κόσμος ακίνητος καθώς περίμενα να δω τι θα έκανε. Μετά από ένα χρονικό διάστημα που μου φάνηκε σαν αιωνιότητα, άφησε το χέρι του να πέσει αργά στο πλευρό του. Οδυνηρή απογοήτευση φούντωσε μέσα μου, αλλά την ίδια στιγμή είχα μάθει κάτι. Είχε διστάσει. Είχε φοβηθεί να με αγγίξει, πράγμα που ίσως –ίσως μόνο– να σήμαινε πως ακόμα ήθελε να το κάνει. Είχε αναγκαστεί να κρατηθεί.

Έκανα πίσω το κεφάλι μου για να κοιταχτούμε στα μάτια. Τα περισσότερα μαλλιά μου τραβήχτηκαν από το πρόσωπό μου – αλλά όχι όλα. Το χέρι του άρχισε να τρέμει ξανά, και πάλι είχα την ελπίδα πως θα το απλώσει προς το μέρος μου. Το χέρι σταθεροποιήθηκε. Η συγκίνησή μου έσβησε.

«Πονάει;» με ρώτησε. Το άρωμα εκείνου του άφτερ σέιβ,

ανακατεμένο με τον ιδρώτα του, πλημμύρισε τα ρουθούνια μου. Θεέ μου, μακάρι να με είχε αγγίξει.

«Όχι» είπα ψέματα.

«Δεν φαίνεται και τόσο άσχημο» μου είπε. «Θα περάσει».

«Τη μισώ» είπα, έκπληκτη από το πόσο δηλητήριο είχαν μέσα τους αυτές οι λέξεις. Παρόλο που ξαφνικά ένιωθα ερεθισμένη και ήθελα τον Ντιμίτρι, εξακολουθούσα να μην μπορώ να ξεπεράσω το άχτι που ένιωθα για τη μητέρα μου.

«Όχι, δεν τη μισείς» είπε μαλακά.

«Τη *μισώ*».

«Δεν έχεις χρόνο να μισείς κανέναν τώρα πια» με συμβούλευσε. Η φωνή του ήταν ακόμα γλυκιά. «Όχι στο επάγγελμά μας. Πρέπει να τα βρεις μαζί της».

Η Λίζα είχε πει το ίδιο ακριβώς πράγμα. Η οργή ενώθηκε με τα υπόλοιπα συναισθήματά μου. Εκείνο το σκοτάδι μέσα μου άρχισε να ξεδιπλώνεται. «Να τα βρω μαζί της; Αφού μου μαύρισε το μάτι *επίτηδες*; Γιατί είμαι η μόνη που βλέπει πόσο παλαβά είναι όλα αυτά;»

«Σε καμία περίπτωση *δεν* το έκανε επίτηδες» είπε με σκληρή φωνή. «Όσο και αν την αντιπαθείς, πρέπει να το πιστέψεις αυτό. Δεν θα το έκανε ποτέ αυτό. Και όπως και να έχει, την είδα αργότερα εκείνη τη μέρα. Ανησυχούσε για σένα».

«Πιθανότατα φοβήθηκε μήπως τη μηνύσουν για κακοποίηση παιδιού» μουρμούρισα.

«Δεν νομίζεις πως αυτές είναι μέρες συγχώρησης;»

Αναστέναξα δυνατά. «Δεν μιλάμε για ένα χριστουγεννιάτικο σπέσιαλ σόου στην τηλεόραση! Μιλάμε για τη ζωή μου. Στον πραγματικό κόσμο τα θαύματα και η καλοσύνη δεν υπάρχουν».

Εξακολουθούσε να με κοιτάζει ήρεμα στα μάτια. «Στον πραγματικό κόσμο τα θαύματα τα φτιάχνεις μόνος σου».

Η απογοήτευσή μου τελικά έφτασε στα όριά της και έπαψα

να προσπαθώ να έχω τον έλεγχο. Είχα τόσο πολύ βαρεθεί να μου αραδιάζουν λογικά, πρακτικά επιχειρήματα κάθε φορά που κάτι δεν πήγαινε καλά στη ζωή μου. Κάτι μέσα μου ήξερε ότι ο Ντιμίτρι να βοηθήσει ήθελε μόνο, αλλά απλώς δεν μπορούσα να αντέξω άλλες «καλές προθέσεις» πίσω από κοινότοπες λέξεις. Ήθελα να με παρηγορήσουν. Δεν ήθελα να ακούσω πώς θα γινόμουν καλύτερο άτομο. Ήθελα μόνο να με πάρει αγκαλιά και να μου πει πως όλα θα πήγαιναν καλά.

«Ωραία, μπορείς να το σταματήσεις αυτό για λίγο;» απαίτησα με τα χέρια στους γοφούς μου.

«Ποιο να σταματήσω;»

«Όλες αυτές τις βαθυστόχαστες ζεν μαλακίες. Δεν μου μιλάς σαν να είμαι πραγματικό πρόσωπο. Όλα όσα μου λες δεν είναι παρά σοφά κηρύγματα που θα με βοηθήσουν σ' όλη μου τη ζωή. Αλήθεια, ακούγεσαι σαν χριστουγεννιάτικο πρόγραμμα στην τηλεόραση». Ήξερα ότι δεν ήταν και πολύ δίκαιο να ξεφορτώνω πάνω του όλη την οργή μου, αλλά βρέθηκα να ουρλιάζω σχεδόν. «Στο λόγο μου, κάποιες στιγμές είναι λες και μιλάς μόνο για να ακούς τον εαυτό σου να μιλάει. Και ξέρω πως δεν είσαι έτσι πάντα. Μια χαρά φυσιολογικός ήσουν με την Τάσα. Αλλά μαζί μου; Κάνεις απλώς ό,τι πρέπει να κάνεις. Δεν νοιάζεσαι για μένα. Έχεις κολλήσει στον ανόητο ρόλου του μέντορα».

Με κοιτούσε επίμονα, ασυνήθιστα έκπληκτος. «Εγώ δεν νοιάζομαι για σένα;»

«Καθόλου». Ήμουν μικροπρεπής – πολύ, μα πολύ, μικροπρεπής. Και ήξερα την *αλήθεια*, ότι πραγματικά νοιαζόταν – και όχι μόνο ως μέντορας. Χτύπησα το στήθος του με το δάχτυλό μου. «Μια ακόμη μαθήτρια είμαι για σένα. Συνεχίζεις ασταμάτητα τα ηλίθια μαθήματά σου για να–»

Το χέρι που ήθελα τόσο πολύ να αγγίξει τα μαλλιά μου απλώθηκε και έπιασε το τεντωμένο δάχτυλό μου. Το κόλλησε στον τοίχο, και είδα έκπληκτη μια αναλαμπή συναισθημάτων στα μάτια του. Δεν ήταν ακριβώς θυμός… ήταν μια διαφορετικού είδους απογοήτευση.

«*Δεν* θα μου πεις εσύ πώς αισθάνομαι!» μούγκρισε.

Τότε ξαφνικά είδα πως τα μισά από όσα είχα πει ήταν αλήθεια. Ήταν πάντα ήρεμος, πάντα είχε τον έλεγχο, ακόμη και όταν πάλευε. Αλλά μου είχε πει πως είχε ξεφύγει και είχε χτυπήσει τον Μορόι πατέρα του. Ουσιαστικά κάποτε ήταν σαν εμένα – πάντοτε στα όρια του να ενεργήσει πριν να σκεφτεί, να κάνει πράγματα που ήξερε ότι δεν θα έπρεπε να κάνει.

«Αυτό είναι, σωστά;» ρώτησα.

«Ποιο;»

«Αγωνίζεσαι να έχεις πάντα τον έλεγχο. Το ίδιο με μένα είσαι και εσύ».

«Όχι» είπε σαφώς εκνευρισμένος ακόμα. «Εγώ έχω μάθει να κρατάω τον έλεγχό μου».

Κάτι σε αυτή την καινούργια διαπίστωση με παρότρυνε. «Όχι» τον πληροφόρησα. «Δεν έχεις μάθει. Προσποιείσαι, και τις περισσότερες φορές έχεις τον έλεγχο. Κάποιες άλλες όμως, όχι. Και άλλες…» Έγειρα μπροστά χαμηλώνοντας τη φωνή μου. «Άλλες φορές δεν θέλεις να τον έχεις».

«Ρόουζ…»

Έβλεπα την ανάσα του κομμένη και ήξερα ότι η καρδιά του χτυπούσε το ίδιο δυνατά με τη δική μου. Και δεν τραβιόταν μακριά. Ήξερα ότι αυτό ήταν λάθος – ήξερα όλους τους λόγους για τους οποίους έπρεπε να είμαστε χωριστά. Εκείνη, όμως, τη στιγμή δεν με ένοιαζε καθόλου. Δεν ήθελα να συγκρατήσω τον εαυτό μου. Δεν ήθελα να είμαι καλό κορίτσι.

Πριν συνειδητοποιήσει τι γινόταν, τον φίλησα. Τα χείλη μας συναντήθηκαν και, όταν ένιωσα να ανταποκρίνεται, ήξερα ότι είχα δίκιο. Έσπρωξε το βάρος του, με πίεσε ανάμεσα στο κορμί του και τον τοίχο. Εξακολουθούσε να κρατάει το χέρι μου, αλλά το άλλο τρύπωσε πίσω από το κεφάλι μου, γλίστρησε μέσα στα μαλλιά μου. Το φιλί ήταν γεμάτο με τόση ένταση· είχε μέσα οργή, πάθος, ανακούφιση…

Εκείνος το τελείωσε πρώτος. Τινάχτηκε μακριά μου και έκανε αρκετά βήματα πίσω, δείχνοντας ταραγμένος.

«Μην το ξανακάνεις αυτό ποτέ» είπε απότομα.

«Να μην ανταποκρίνεσαι τότε» ανταπόδωσα.

Κάρφωσε το βλέμμα του πάνω μου για μια στιγμή που κράτησε για πάντα. «Δεν κάνω "μαθήματα ζεν" μόνο και μόνο για να ακούω τον εαυτό μου να μιλάει. Δεν τα κάνω επειδή είσαι απλώς μία ακόμη μαθήτρια. Τα κάνω για να σου μάθω αυτοέλεγχο».

«Καλά τα καταφέρνεις» είπα πικρόχολα.

Έκλεισε τα μάτια του για ένα δευτερόλεπτο, εξέπνευσε βαριά και ψιθύρισε κάτι στα ρώσικα. Χωρίς να μου ρίξει ούτε ματιά, στράφηκε και βγήκε από το δωμάτιο.

9

ΔΕΝ ΕΙΔΑ ΤΟΝ ΝΤΙΜΙΤΡΙ ΓΙΑ κάποιο διάστημα μετά από αυτά. Μου είχε στείλει ένα μήνυμα αργότερα την ίδια μέρα που έλεγε ότι έπρεπε να ακυρώσουμε τις επόμενες δύο συνεδρίες μας, λόγω των σχεδίων για εσπευσμένη αποχώρηση από την πανεπιστημιούπολη. Τα μαθήματα θα σταματούσαν ούτως ή άλλως, είπε· το λογικό ήταν να διακόψουμε και την προπόνηση.

Η δικαιολογία ήταν σαχλή και ήξερα πως δεν ήταν αυτός ο λόγος που ακύρωνε τις προπονήσεις μας. Αν ήθελε να με αποφύγει, θα προτιμούσα να είχε προφασιστεί πως ο ίδιος και οι άλλοι φύλακες έπρεπε να ενισχύσουν την προστασία των Μορόι ή να εξασκηθούν σε κρυφές πρακτικές νίντζα.

Ανεξάρτητα από το παραμύθι του όμως, εγώ ήξερα ότι με απέφευγε εξαιτίας του φιλιού. Εκείνου του αναθεματισμένου φιλιού. Δεν το μετάνιωνα, όχι ακριβώς δηλαδή. Ένας θεός ήξερε πόσο καιρό περίμενα να τον φιλήσω. Αλλά το είχα κάνει για λάθος λόγους. Το είχα κάνει επειδή ήμουν εκνευρισμένη και απογοητευμένη και ήθελα απλώς να αποδείξω πως μπορούσα. Είχα τόσο πολύ κουραστεί να κάνω το σωστό, το λογικό. Τελευταία προσπαθούσα να έχω τον έλεγχο, αλλά, από ό,τι φαινόταν, είχα ξεφύγει.

Είχα ξεχάσει την προειδοποίηση που μου είχε κάνει κάποτε – ότι ο λόγος για τον οποίο δεν μπορούσαμε να είμαστε μαζί δεν είχε να κάνει με την ηλικία μου. Είχε να κάνει με τη δουλειά μας. Το να τον σπρώξω σε ένα φιλί... είχε υποδαυλίσει τις στάχτες μιας κατάστασης που τελικά θα έβλαπτε τη Λίζα. Δεν έπρεπε να το είχα κάνει. Χτες δεν είχα καταφέρει να συγκρατηθώ. Σήμερα μπορούσα να δω πιο καθαρά και δεν το πίστευα πως είχα κάνει ό, τι είχα κάνει.

Ο Μέισον με συνάντησε το πρωί των Χριστουγέννων και πήγαμε να βρούμε τους άλλους. Ήταν μια καλή ευκαιρία για να βγάλω τον Ντιμίτρι από το μυαλό μου. Μου άρεσε ο Μέισον – πολύ. Και δεν ήταν πως σκόπευα να το σκάσω μαζί του και να τον παντρευτώ. Όπως είχε πει και η Λίζα, καλό θα μου έκανε να αρχίσω πάλι να βγαίνω με κάποιον.

Η Τάσα ήταν η οικοδέσποινα στο κομψό τραπέζι μας, σε έναν από τους ξενώνες της Ακαδημίας. Πολλές ομαδικές δραστηριότητες και πάρτι λάβαιναν χώρα στη σχολή, αλλά σύντομα διαπίστωσα πως η παρουσία της Τάσα πάντα ενοχλούσε. Ο κόσμος είτε κοίταζε επίμονα στα κρυφά είτε έκανε ό,τι περνούσε από το χέρι του για να την αποφύγει. Μερικές φορές εκείνη τους προκαλούσε. Άλλες πάλι κρατούσε χαμηλό προφίλ. Σήμερα είχε αποφασίσει να μείνει μακριά από τα πόδια των βασιλικών γόνων και να απολαύσει απλώς την προσωπική παρέα εκείνων που δεν τη σνόμπαραν.

Ο Ντιμίτρι είχε προσκληθεί στο τραπέζι, για αυτό αρκετή από τη θέλησή μου χάθηκε όταν τον είδα. Μέχρι που είχε βάλει τα καλά του για την περίσταση. Εντάξει, «τα καλά του» ίσως ήταν υπερβολή, αλλά ήταν ό,τι πιο κοντά σε αυτό το χαρακτηρισμό. Συνήθως έδειχνε κάπως σκληροτράχηλος... λες και ήταν έτοιμος να μπλέξει σε καβγά από λεπτό σε λεπτό. Σήμερα τα σκούρα μαλλιά του ήταν πιασμένα αλογοουρά, έδειχναν σαν να είχε πραγματικά προσπαθήσει να τα φτιάξει. Φορούσε το συνηθισμένο τζιν και τις δερμάτινες μπότες του και, αντί για T-shirt ή κολεγιακή μπλούζα, ένα καλοπλεγμένο μαύρο πουλόβερ. Ήταν ένα απλό πουλόβερ, όχι κάποιου γνωστού σχεδιαστή ούτε τίποτα ακριβό, μα του πρόσθετε μια νότα στιλ που δεν έβλεπα συνήθως πάνω του και, Θεούλη μου, του πήγαινε μούρλια!

Ο Ντιμίτρι δεν μου φέρθηκε άσχημα ή κάτι τέτοιο, αλλά σίγουρα δεν επιδίωξε να μου πιάσει κουβέντα. Μιλούσε, όμως, με την Τάσα και εγώ κοίταζα με θαυμασμό ενώ συζητούσαν με την άνεση που είχαν μεταξύ τους. Είχα μάθει πως ένας καλός του φίλος ήταν μακρινός ξάδελφος της Τάσα· και από εκεί γνωρίζονταν.

«Πέντε;» ρώτησε ο Ντιμίτρι έκπληκτος. Μιλούσαν για τα παιδιά του φίλου. «Δεν το είχα μάθει αυτό».

Η Τάσα κούνησε καταφατικά το κεφάλι της. «Μάλιστα. Είναι παράλογο. Στο λόγο μου, πιστεύω πως η γυναίκα του δεν πέρασε ούτε έξι μήνες ανάμεσα στις εγκυμοσύνες της. Είναι και κοντή – έτσι γίνεται όλο και πιο φαρδιά».

«Όταν τον γνώρισα δεν πίστευα καν πως ήθελε να κάνει παιδιά».

Τα μάτια της πλάτυναν από ενθουσιασμό. «Το ξέρω! Δεν μπορώ να το πιστέψω. Πρέπει να τον δεις τώρα. Λιώνει όταν είναι μαζί τους. Σου ορκίζομαι, μιλάει περισσότερο μωρουδίστικα παρά αγγλικά».

Ο Ντίμιτρι έσκασε ένα από τα σπάνια χαμόγελά του. «Καλά... τα παιδιά το κάνουν αυτό στους ανθρώπους».

«Ναι, αλλά δεν μπορώ να φανταστώ να το παθαίνεις *εσύ*» γέλασε η Τάσα. «Εσύ είσαι πάντα τόσο προσγειωμένος. Φυσικά... υποθέτω πως εσύ θα μιλούσες μωρουδίστικα στα ρώσικα, επομένως ποιος ξέρει;»

Γέλασαν και οι δυο με αυτό το σχόλιο, και εγώ έστρεψα αλλού το βλέμμα μου, ευγνώμων που είχα εκεί κάποιον να μιλήσω, τον Μέισον. Η παρουσία του βοηθούσε να ξεχαστώ από όλα όσα είχαν συμβεί, αφού εκτός από τον Ντιμίτρι που με αγνοούσε, η Λίζα και ο Κρίστιαν ήταν στο δικό τους μικρό κόσμο επίσης. Το σεξ φαινόταν να τους έχει κάνει ακόμη πιο ερωτευμένους, και αναρωτήθηκα αν θα περνούσα καθόλου χρόνο μαζί της στην εκδρομή του σκι. Επιτέλους, ξεκόλλησε από πάνω του για να μου δώσει το χριστουγεννιάτικο δώρο μου.

Άνοιξα το κουτί και κοίταξα μέσα. Είδα ένα κολιέ με καφέ χάντρες, ενώ άρωμα από τριαντάφυλλο αναδύθηκε από το εσωτερικό.

«Τι στο... »

Έβγαλα έξω τις χάντρες, και ένας βαρύς χρυσός σταυρός φάνηκε στην άκρη τους. Μου είχε χαρίσει ένα *κομποσκοίνι*. Έμοιαζε με ροζάριο, αλλά ήταν μικρότερο. Στο μέγεθος βραχιολιού.

«Προσπαθείς να με προσηλυτίσεις;» ρώτησα καχύποπτα. Η Λίζα δεν ήταν μανιακή με τη θρησκεία ή τίποτα τέτοιο, αλλά πίστευε στον Θεό και πήγαινε συχνά στην εκκλησία. Όπως και πολλές άλλες οικογένειες Μορόι οι οποίες προέρχονταν από τη Ρωσία και την Ανατολική Ευρώπη, ήταν χριστιανή ορθόδοξη.

Εγώ; Εγώ είμαι αυτό που λέμε ορθόδοξη αθεΐστρια. Πίστευα πως ο Θεός μάλλον υπήρχε, αλλά δεν είχα χρόνο ούτε ενέργεια να το ψάξω περισσότερο. Η Λίζα το σεβόταν αυτό και ποτέ δεν προσπάθησε να μου επιβάλει την πίστη της, γεγονός που έκανε το δώρο ακόμη πιο παράξενο.

«Γύρνα το από την άλλη» είπε, διασκεδάζοντας ολοφάνερα από το σοκ μου.

Το έκανα. Στην πίσω πλευρά του σταυρού ένας δράκος τυλιγόταν γύρω από λουλούδια χαραγμένα στο χρυσό. Το έμβλημα των Ντραγκομίρ. Σήκωσα σαστισμένη το βλέμμα μου πάνω της.

«Είναι οικογενειακό κειμήλιο» είπε. «Ένας καλός φίλος του πατέρα μου φύλαγε μερικά κουτιά με τα πράγματά του. Αυτό βρισκόταν μέσα σε ένα από αυτά. Ανήκε στο φύλακα της προγιαγιάς μου».

«Λιζ...» είπα. Το κομποσκοίνι αποκτούσε τώρα άλλη σημασία. «Δεν μπορώ... δεν μπορείς να μου χαρίσεις κάτι τέτοιο».

«Ναι, αλλά σίγουρα δεν μπορώ να το κρατήσω. Φτιάχτηκε για ένα φύλακα. Το δικό μου φύλακα».

Τύλιξα τις χάντρες στον έναν καρπό μου. Ένιωσα το σταυρό δροσερό πάνω στο δέρμα μου.

«Ξέρεις κάτι;» αστειεύτηκα. «Υπάρχει μεγάλη πιθανότητα να με πετάξουν με τις κλοτσιές από τη σχολή, πριν προλάβω να γίνω φύλακάς σου».

Χαμογέλασε πλατιά. «Καλά, λοιπόν. Σε αυτή την περίπτωση, θα μου το δώσεις πίσω».

Όλοι γέλασαν. Η Τάσα άρχισε να λέει κάτι, μετά σταμάτησε όταν κοίταξε την πόρτα.

«Τζανίν!»

Εκεί στεκόταν η μητέρα μου, αλύγιστη και ανέκφραστη όπως πάντα.

«Συγνώμη που άργησα» είπε. «Είχα κάτι δουλειές».

Δουλειές. Όπως πάντα. Ακόμη και τη μέρα των Χριστουγέννων.

Ένιωσα το στομάχι μου να σφίγγεται και ζέστη να ανεβαίνει στα μάγουλά μου καθώς οι λεπτομέρειες του καβγά μας έτρεξαν στο μυαλό μου. Δεν είχε δώσει σημεία ζωής από τότε που συνέβη, πριν από δυο μέρες, ούτε καν όταν ήμουν στο αναρρωτήριο. Καμία συγνώμη. Τίποτα. Έτριξα τα δόντια μου.

Κάθισε μαζί μας και σύντομα μπήκε στη συζήτηση. Από καιρό είχα ανακαλύψει πως ουσιαστικά μπορούσε να μιλάει μόνο για ένα θέμα: τους φύλακες. Αναρωτήθηκα αν είχε κανένα χόμπι. Η επίθεση των Μπαντίκα βρισκόταν στο μυαλό όλων μας, και αυτό την οδήγησε σε μια συζήτηση για μια παρόμοια μάχη στην οποία είχε πάρει μέρος. Προς μεγάλη μου φρίκη, ο Μέισον κρεμόταν από τα χείλη της.

«Λοιπόν, οι αποκεφαλισμοί δεν είναι τόσο εύκολοι όσο φαίνονται» είπε με το ρεαλιστικό της τρόπο. Ποτέ δεν είχα σκεφτεί πως ήταν εύκολοι, μα ο τόνος της υπαινισσόταν ότι πραγματικά πίστευε πως όλοι τους θεωρούσαν παιχνιδάκι. «Πρέπει να διαπεράσεις τη σπονδυλική στήλη και τους τένοντες».

Μέσα από το δεσμό, ένιωθα πως τη Λίζα την έπιανε ναυτία. Δεν ήταν για μακάβριες συζητήσεις.

Τα μάτια του Μέισον φωτίστηκαν. «Ποιο είναι το καλύτερο όπλο για να τους κάνεις;»

Η μητέρα μου το σκέφτηκε. «Ένα τσεκούρι. Μπορείς να ρίξεις περισσότερο βάρος πάνω του». Έκανε μια φιδογυριστή κίνηση για να αναπαραστήσει την πράξη.

«Σούπερ» είπε ο Μέισον. «Φίλε μου, ελπίζω να μου επιτρέψουν να κουβαλάω τσεκούρι. Ήταν μια κωμική και γελοία ιδέα, αφού τα τσεκούρια δεν είναι σε καμία περίπτωση ό,τι καλύτερο να κουβαλάς μαζί σου. Για ένα κλάσμα του δευτερολέπτου η εικόνα του Μέισον να περπατάει στο δρόμο με ένα τσεκούρι κρεμασμένο στον ώμο του μου έφτιαξε λιγάκι τη διάθεση. Αλλά γρήγορα μου πέρασε αυτή η σκέψη.

Ειλικρινά δεν μπορούσα να πιστέψω πως κάναμε αυτή τη συζήτηση χριστουγεννιάτικα. Η παρουσία της τα είχε χαλάσει όλα. Ευτυχώς, η παρέα μας σύντομα διαλύθηκε. Ο Κρίστιαν και η Λίζα έφυγαν για να μείνουν μόνοι τους, και ο Ντιμίτρι με την Τάσα προφανώς είχαν να πουν τα δικά τους. Ο Μέισον και εγώ είχαμε ήδη ξεκινήσει για τον κοιτώνα των νταμπίρ, όταν μας ακολούθησε και η μητέρα μου.

Κανείς μας δεν είπε λέξη. Ο μαύρος ουρανός ήταν διάστικτος από το έντονο και λαμπερό φως των άστρων, με μια λάμψη που συναγωνιζόταν εκείνη του πάγου και του χιονιού που μας περιτύλιγαν. Φορούσα το κρεμ μπουφάν μου με την επένδυση από ψεύτικη γούνα. Έκανε καλή δουλειά στο να με κρατάει ζεστή, αν και δεν έκανε τίποτα για τις παγωμένες ριπές αέρα που μαστίγωναν το πρόσωπό μου. Όση ώρα περπατούσαμε, συνεχώς περίμενα πως η μητέρα μου θα έστριβε σε κάποια από τις αίθουσες για τους φύλακες, μα εκείνη ήρθε μέσα στον κοιτώνα μαζί μας.

«Ήθελα να σου μιλήσω» είπε τελικά. Η προσοχή μου τεντώθηκε. Τι στο καλό είχα κάνει πάλι;

Αυτό είπε μόνο, αλλά ο Μέισον έπιασε αμέσως τον υπαινιγμό. Ούτε ηλίθιος ήταν ούτε άσχετος από καλούς τρόπους, αν και προς στιγμήν ευχήθηκα να ήταν. Επίσης, βρήκα κάπως ειρωνικό το γεγονός ότι ήταν πρόθυμος να σκοτώσει όλα τα Στριγκόι του πλανήτη, αλλά μπροστά στη μητέρα μου στεκόταν σούζα.

Μου έριξε μια απολογητική ματιά, σήκωσε τους ώμους του και είπε: «Ε, έχω μια δουλειά. Θα τα πούμε μετά».

Κοίταζα με θλίψη καθώς έφευγε, ευχόμενη να μπορούσα να τρέξω πίσω του. Αλλά μάλλον η μαμά μου θα με πέταγε κάτω και θα μου μαύριζε και το άλλο μάτι αν προσπαθούσα να το σκάσω. Καλύτερα να έκανα ό,τι ήθελε για να ξεμπερδεύω. Κινήθηκα αμήχανα, κοίταξα οπουδήποτε αλλού εκτός από εκείνη και περίμενα να μιλήσει. Με την άκρη του ματιού μου έβλεπα κάποιους να μας κοιτάζουν. Καθώς θυμήθηκα ότι όλος ο κόσμος φαινόταν να ξέρει πως μου μαύρισε το μάτι, ξαφνικά σκέφτηκα πως δεν ήθελα μάρτυρες στο κήρυγμα που είχε σκοπό να εξαπολύσει.

«Θέλεις να πάμε στο δωμάτιό μου;» τη ρώτησα.

Φάνηκε έκπληκτη, αβέβαιη σχεδόν. «Βέβαια».

Την οδήγησα στον πάνω όροφο κρατώντας μια απόσταση ασφαλείας όσο προχωρούσαμε. Μια αμήχανη ένταση δημιουργήθηκε ανάμεσά μας. Δεν είπε τίποτα όταν φτάσαμε στο δωμάτιό μου, αλλά την είδα να εξετάζει και την παραμικρή λεπτομέρεια προσεκτικά, σαν να παραμόνευε εκεί μέσα ένα Στριγκόι. Κάθισα στο κρεβάτι και περίμενα ενώ εκείνη βημάτιζε πάνω-κάτω, χωρίς να ξέρω τι έπρεπε να κάνω. Πέρασε τα δάχτυλά της από μια στοίβα με βιβλία με θέμα τη συμπεριφορά των ζώων και την εξέλιξη.

«Αυτά είναι για κάποια εργασία σου;» ρώτησε.

«Όχι. Απλώς με ενδιαφέρει το θέμα, αυτό είναι όλο».

Συνοφρυώθηκε ελαφρώς. Δεν το ήξερε αυτό. Και πώς να το ξέρει άλλωστε; Δεν ήξερε τίποτα για μένα. Συνέχισε την αποτίμησή της σταματώντας για να εξετάσει κάποια μικροπράγματα που ξαφνικά της προκαλούσαν έκπληξη για το άτομό μου. Μια φωτογραφία με μένα και τη Λίζα ντυμένες νεράιδες για τις απόκριες. Μια σακούλα ζαχαρωτά. Ήταν λες και η μητέρα μου με έβλεπε για πρώτη φορά.

Ξαφνικά στράφηκε και μου άπλωσε το χέρι. «Να».

Ξαφνιασμένη έσκυψα μπροστά και έβαλα την παλάμη μου κάτω από τη δική της. Κάτι μικρό και δροσερό έπεσε μέσα στο χέρι μου. Ήταν ένα στρογγυλό μενταγιόν, μικρό, με διάμετρο όχι πολύ μεγαλύτερη από αυτή μιας πεντάρας. Μια ασημένια βάση συγκρατούσε έναν επίπεδο δίσκο από γυάλινους πολύχρωμους κύκλους. Διέτρεξα την επιφάνειά του με τον αντίχειρά μου. Ήταν παράξενο, αλλά οι κύκλοι το έκαναν να μοιάζει με μάτι. Ο εσωτερικός ήταν μικρός σαν κόρη ματιού. Ήταν τόσο σκούρος μπλε που έμοιαζε μαύρος. Γύρω του υπήρχε ένας μεγαλύτερος κύκλος σε ανοιχτό γαλάζιο, ο οποίος με τη σειρά του περικλειόταν σε έναν άλλο λευκό. Ένα πολύ, πολύ λεπτό περίγραμμα από σκούρο μπλε τύλιγε το εξωτερικό.

«Ευχαριστώ» είπα. Δεν περίμενα να μου πάρει τίποτα. Το

δώρο ήταν αλλόκοτο –πώς στο διάβολο της είχε έρθει να μου δώσει ένα μάτι;– αλλά, όπως και να το κάνουμε, *ήταν* δώρο. «Εγώ… εγώ δεν σου πήρα τίποτα».

Η μητέρα μου κούνησε το κεφάλι της, πρόσωπο ανέκφραστο και αδιάφορο. «Δεν πειράζει. Δεν χρειάζομαι τίποτα».

Γύρισε ξανά και άρχισε να περπατάει γύρω στο δωμάτιο. Δεν είχε και πολύ χώρο στη διάθεσή της για να το κάνει αυτό, αλλά το κοντό της ανάστημα της χάριζε μικρότερο διασκελισμό. Κάθε φορά που περνούσε μπροστά από το παράθυρο πάνω από το κρεβάτι μου, το φως έπεφτε στα καστανοκόκκινα μαλλιά της και τα έκανε να λάμπουν. Την παρακολουθούσα περίεργη και συνειδητοποίησα πως ήταν το ίδιο νευρική με μένα.

Σταμάτησε να βηματίζει και μου έριξε μια ματιά. «Πώς είναι το μάτι σου;»

«Καλύτερα πάει».

«Καλώς». Άνοιξε το στόμα της και για μια στιγμή είχα την αίσθηση πως θα ζητούσε συγγνώμη. Δεν το έκανε, όμως.

Όταν ξανάρχισε να βηματίζει, συνειδητοποίησα πως δεν άντεχα άλλο αυτή την απραξία. Άρχισα να τακτοποιώ τα δώρα μου. Αυτό το πρωί είχα πάρει αρκετά όμορφα πράγματα. Ένα μεταξωτό φόρεμα από την Τάσα, κόκκινο και με κεντημένα λουλούδια. Η μητέρα μου με παρακολουθούσε να το κρεμάω στη μικροσκοπική ντουλάπα του δωματίου.

«Πολύ ευγενικό εκ μέρους της Τάσα».

«Ναι» συμφώνησα. «Δεν είχα ιδέα πως μου είχε πάρει κάτι. Τη συμπαθώ πολύ».

«Και εγώ το ίδιο».

Έκπληκτη στράφηκα από την ντουλάπα και κάρφωσα το βλέμμα μου στη μητέρα μου. Το σάστισμά της καθρέφτιζε το δικό μου. Αν δεν την ήξερα καλύτερα, θα έλεγα πως μόλις είχαμε συμφωνήσει σε κάτι. Ίσως τελικά να συνέβαιναν πραγματικά τα θαύματα των Χριστουγέννων.

«Ο φύλακας Μπελίκοφ της ταιριάζει πολύ».

«Εγώ–» Ανοιγόκλεισα τα βλέφαρά μου καθόλου σίγουρη πως ήξερα γιατί πράγμα μιλούσε. «Ο Ντιμίτρι;»

«Ο φύλακας Μπελίκοφ» με διόρθωσε αυστηρά, εξακολουθώντας να μην εγκρίνει τον οικείο τρόπο με τον οποίο απευθυνόμουν σε εκείνον.

«Τι... τι εννοείς της ταιριάζει;» ρώτησα.

Ανασήκωσε το ένα φρύδι της. «Δεν τα έμαθες; Του ζήτησε να γίνει φύλακάς της αφού δεν έχει κανέναν».

Ένιωσα λες και μου είχε ξαναρίξει μπουνιά. «Μα η θέση του είναι εδώ. Με τη Λίζα».

«Αυτό μπορεί να κανονιστεί. Και ανεξάρτητα από τη φήμη των Οζέρα... η Τάσα δεν παύει να είναι βασιλική γόνος».

Κοίταζα με παγωμένο βλέμμα το κενό. «Εντάξει, υποθέτω πως είναι φίλοι και τα λοιπά».

«Κάτι περισσότερο – ή ίσως κάτι περισσότερο μπορεί να προκύψει».

Μπαμ! Μπουνιά πάλι.

«*Τι* πράγμα;»

«Μμμ; Α, η Τάσα... *ενδιαφέρεται* για αυτόν». Από τον τόνο της φωνής της ήταν σαφές πως οι ρομαντικές ιστορίες ποσώς την ενδιέφεραν. «Είναι διατεθειμένη να κάνει παιδιά νταμπίρ, οπότε είναι πιθανό στο τέλος να, εμ, γινόταν κάτι μεταξύ τους αν γινόταν ο φύλακάς της».

Οχ, Θεέ μου!

Ο χρόνος πάγωσε.

Η καρδιά μου σταμάτησε να χτυπάει.

Αντιλήφθηκα ότι η μητέρα μου περίμενε μια απάντηση. Έγερνε πάνω στο γραφείο μου κοιτάζοντάς με. Ίσως μπορούσε να κυνηγάει άψογα τα Στριγκόι, αλλά δεν διέθετε καμία διαίσθηση όσον αφορούσε τα αισθήματά μου.

«Και… και θα το κάνει; Να γίνει φύλακάς της, εννοώ» ρώτησα αδύναμα.

Η μητέρα μου σήκωσε τους ώμους της. «Δεν νομίζω πως έχει συμφωνήσει ήδη, αλλά φυσικά θα το κάνει. Πρόκειται για σπουδαία ευκαιρία».

«Φυσικά» συμφώνησα. Για ποιο λόγο θα αρνιόταν ο Ντιμίτρι να γίνει φύλακας σε μια φίλη του και να κάνει μωρό μαζί της;

Νομίζω πως η μαμά μου είπε κάτι μετά από αυτό, αλλά εγώ δεν το άκουσα. Δεν άκουγα τίποτα πια. Σκεφτόμουν διαρκώς τον Ντιμίτρι να αφήνει την Ακαδημία, να αφήνει εμένα. Σκεφτόμουν πως εκείνος και η Τάσα τα πήγαιναν τόσο καλά. Και τότε, μετά από εκείνες τις αναμνήσεις, η φαντασία μου άρχισε να αυτοσχεδιάζει μελλοντικά σενάρια. Η Τάσα και ο Ντιμίτρι μαζί. Να αγγίζονται. Να φιλιούνται. Γυμνοί. Και άλλα πράγματα…

Έκλεισα σφιχτά τα μάτια μου για μισό δευτερόλεπτο και μετά τα άνοιξα.

«Είμαι πολύ κουρασμένη».

Η μητέρα μου σταμάτησε τη φράση της στη μέση. Δεν είχα ιδέα τι έλεγε πριν τη διακόψω.

«Είμαι πολύ κουρασμένη» επανέλαβα. Άκουγα το κενό στη φωνή μου. Άδειο. Κανένα συναίσθημα. «Σ' ευχαριστώ για το θέμα με το, εμ, μάτι, αλλά αν δεν σε πειράζει…»

Η μητέρα μου έμεινε να με κοιτάζει έκπληκτη, τα χαρακτηριστικά της ανοιχτά και συγχυσμένα. Έπειτα, έτσι ξαφνικά, ύψωσε ξανά τη χαρακτηριστική της ασπίδα ψυχρού επαγγελματισμού. Μέχρι εκείνη τη στιγμή δεν είχα συνειδητοποιήσει πόσο πολύ την είχε κάνει στην άκρη. Μα το είχε κάνει. Για ελάχιστη ώρα είχε αφεθεί να γίνει ευάλωτη μαζί μου. Εκείνη η αδυναμία τώρα είχε χαθεί.

«Φυσικά» είπε στεγνά. «Δεν θέλω να σε κουράσω άλλο».

Ήθελα να της πω ότι δεν ήταν αυτό. Ήθελα να της πω ότι δεν την πετούσα έξω για τους γνωστούς προσωπικούς μας λόγους. Και ήθελα να της πω ότι θα ήθελα να ήταν μια από εκείνες τις στοργικές, γεμάτες κατανόηση μητέρες για τις οποίες ακούς διαρκώς, μια μητέρα στην οποία θα μπορούσα να ανοίξω την καρδιά μου. Ίσως μια μητέρα στην οποία θα μπορούσα να μιλήσω για την προβληματική ερωτική ζωή μου.

Θεέ μου. Εδώ που τα λέμε, μακάρι να μπορούσα να μιλήσω σε οποιονδήποτε. Ιδίως αυτή τη στιγμή.

Αλλά ήμουν πολύ απορροφημένη από το προσωπικό μου δράμα για να πω έστω και μια λέξη. Ένιωθα σαν να είχε ξεριζώσει κάποιος την καρδιά μου και να την είχε πετάξει στην άλλη άκρη του δωματίου. Στο στήθος μου έκαιγε ένας φρικτός πόνος και δεν είχα ιδέα πώς θα μπορούσα να τον σταματήσω. Άλλο ήταν να αποδεχτώ το γεγονός ότι εγώ δεν μπορούσα να έχω ποτέ τον Ντιμίτρι. Και εντελώς διαφορετικό να συνειδητοποιώ ότι κάποια άλλη μπορούσε.

Δεν της είπα τίποτα άλλο γιατί οι λεκτικές μου δεξιότητες με είχαν εγκαταλείψει. Αγανάκτηση έλαμψε στα μάτια της και τα χείλη της σφίχτηκαν σε εκείνη την αυστηρή έκφραση δυσαρέσκειας που έπαιρνε συχνά. Χωρίς άλλη λέξη, έκανε μεταβολή και έφυγε κλείνοντας με πάταγο πίσω της την πόρτα. Εκείνο το ηχηρό κλείσιμο πόρτας ήταν κάτι που θα μπορούσα να είχα κάνει και εγώ, εδώ που τα λέμε. Τελικά όντως είχαμε κοινά γονίδια.

Αλλά την ξέχασα αμέσως σχεδόν. Απλώς έμεινα να κάθομαι εκεί και να σκέφτομαι. Να σκέφτομαι και να φαντάζομαι.

Πέρασα την υπόλοιπη μέρα κάνοντας ελάχιστα παραπάνω από αυτά. Δεν πήγα για βραδινό φαγητό. Έχυσα μερικά δάκρυα. Κυρίως όμως απλώς καθόμουν στο κρεβάτι μου, σκεφτόμουν και μελαγχολούσα όλο και πιο πολύ. Ανακάλυψα επίσης πως το μόνο χειρότερο πράγμα που μπορούσα να σκεφτώ εκτός από τον Ντιμίτρι μαζί με την Τάσα ήταν οι αναμνήσεις από τότε που εκείνος και εγώ ήμασταν μαζί. Δεν θα με άγγιζε ποτέ ξανά έτσι, δεν θα με ξαναφιλούσε ποτέ...

Αυτά ήταν τα χειρότερα Χριστούγεννα της ζωής μου.

10

Η ΕΚΔΡΟΜΗ ΤΟΥ ΣΚΙ ΔΕΝ ΘΑ μπορούσε να είχε έρθει πιο κατάλληλη στιγμή. Ήταν αδύνατον να βγάλω τον Ντιμίτρι και την Τάσα από το μυαλό μου, αλλά τουλάχιστον οι ετοιμασίες και το πακετάρισμα φρόντιζαν να μην είναι το εκατό τοις εκατό του εγκεφάλου μου αφοσιωμένο σε εκείνον. Γύρω στο ενενήντα πέντε τοις εκατό μόνο.

Είχα και άλλα πράγματα να αποσπούν την προσοχή μου. Μπορεί η Ακαδημία –και δικαιολογημένα– να ήταν υπερπροστατευτική με εμάς, μερικές φορές αυτό μεταφραζόταν σε διάφορες σούπερ καταστάσεις. Παράδειγμα: Η Ακαδημία είχε πρόσβαση σε δύο ιδιωτικά τζετ. Αυτό σήμαινε πως κανένα Στριγκόι δεν μπορούσε να μας επιτεθεί σε αεροδρόμιο και επίσης ότι θα ταξιδεύαμε στιλάτα. Και τα δύο τζετ ήταν μικρότερα από ένα επιβατικό αεροπλάνο, αλλά τα καθίσματα ήταν άνετα και είχαν πολύ χώρο για τα πόδια σου. Έπεφταν τελείως πίσω και γίνονταν κρεβάτι. Στις μεγάλες πτήσεις έβαζαν μικρές κονσόλες μπροστά από τα καθίσματά μας για βλέπουμε ταινίες. Κάποιες φορές ως και γκουρμέ πιάτα σερβίριζαν. Στοιχημάτιζα, όμως, πως αυτή η πτήση θα ήταν πολύ σύντομη για ταινίες και φαγητό.

Φύγαμε αργά, στις 26 του μήνα. Όταν επιβιβάστηκα στο τζετ, έψαξα γύρω τη Λίζα για να της μιλήσω. Ουσιαστικά δεν τα είχαμε πει από το χριστουγεννιάτικο μεσημεριανό τραπέζι. Δεν ένιωσα έκπληξη όταν την είδα να κάθεται δίπλα στον Κρίστιαν, και δεν έδειχναν να θέλουν να τους διακόψουν. Δεν μπορούσα να ακούσω τη συζήτησή τους, αλλά είχε τυλίξει το χέρι του γύρω από τη μέση της και είχε τη χαλαρή, ερωτιάρικη έκφραση που μόνο εκείνη μπορούσε να του προκαλέσει. Εξακολουθούσα να πιστεύω ότι ποτέ δεν θα μπορούσε να την προσέχει τόσο καλά όσο εγώ, αλλά προφανώς την έκανε ευτυχισμένη. Φόρεσα ένα χαμόγελο και τους χαιρέτησα ενώ προχωρούσα στο διάδρομο προς τον Μέισον, που μου κουνούσε το χέρι του. Στην πορεία, είδα και τον Ντιμίτρι να κάθεται με την Τάσα. Τους αγνόησα επιδεικτικά.

«Έι» είπα γλιστρώντας στο κάθισμα δίπλα στον Μέισον.

Μου χαμογέλασε. «Έι. Είσαι έτοιμη για τη δοκιμασία στο σκι;»

«Ετοιμότατη».

«Μην ανησυχείς» είπε. «Δεν θα σε ζορίσω πολύ».

Κάγχασα και έγειρα το κεφάλι μου στο κάθισμα. «Πολλές ψευδαισθήσεις έχεις».

«Τα λογικά αγόρια είναι βαρετά».

Προς μεγάλη μου έκπληξη, γλίστρησε το χέρι του πάνω στο δικό μου. Το δέρμα του ήταν ζεστό και ένιωσα το δικό μου να ανατριχιάζει στο σημείο που με άγγιξε. Ξαφνιάστηκα. Είχα πείσει τον εαυτό μου πως μόνο στον Ντιμίτρι μπορούσα να ανταποκριθώ.

Καιρός να πας παρακάτω, σκέφτηκα. *Ο Ντιμίτρι το έχει ήδη κάνει προφανώς. Θα έπρεπε να το έχεις κάνει και εσύ προ πολλού.*

Έμπλεξα τα δάχτυλά μου με του Μέισον πιάνοντάς τον απροετοίμαστο. «Μάλιστα. Καλά θα περάσουμε, μου φαίνεται».

Και είχα δίκιο.

Προσπάθησα να μου υπενθυμίσω ότι βρισκόμασταν εδώ

εξαιτίας μιας τραγωδίας, ότι εκεί έξω κάποιοι άνθρωποι συνεργάζονταν με Στριγκόι και ίσως ετοιμάζονταν να χτυπήσουν ξανά. Κανείς άλλος δεν φαινόταν να το θυμάται αυτό, αλλά και εγώ, ομολογουμένως, δυσκολευόμουν.

Το θέρετρο ήταν φανταστικό. Ήταν χτισμένο ώστε να δίνει την εντύπωση ξύλινης καλύβας, αλλά καμία τέτοια καλύβα δεν θα μπορούσε να φιλοξενήσει εκατοντάδες άτομα, ούτε διέθετε τόσο πολυτελείς εγκαταστάσεις. Τρεις όροφοι από αστραφτερό ξύλο σε χρυσαφί χρώμα ορθώνονταν ανάμεσα σε ψηλά πεύκα. Τα παράθυρα ήταν ψηλά, με κομψές αψίδες και φιμέ τζάμια για την προστασία των Μορόι. Κρυστάλλινα φανάρια –ηλεκτρικά, αλλά στο σχήμα δαυλών– ήταν κρεμασμένα στις εισόδους, κάνοντας το κτίριο να λάμπει σαν πολύτιμο κόσμημα.

Τα βουνά –τα οποία μετά βίας ξεχώριζα μες στο σκοτάδι παρά την οξυμένη όρασή μου– μας περιτριγύριζαν και στοιχημάτισα πως όταν ξημέρωνε, η θέα θα σου έκοβε την ανάσα. Η μια πλευρά της έκτασης οδηγούσε στις πίστες του σκι, με απότομα κατεβάσματα, λιφτ και γερανούς διάσωσης. Σε μια άλλη πλευρά υπήρχε ένα παγοδρόμιο, πράγμα που με χαροποίησε, αφού δεν είχα καταφέρει να κάνω πατινάζ εκείνη τη μέρα στη λίμνη. Δίπλα, ομαλοί λόφοι για βόλτες με τα έλκηθρα.

Και αυτά μόνο έξω.

Μέσα η διαρρύθμιση εξυπηρετούσε τις ανάγκες των Μορόι. Υπήρχαν τροφοί σε άμεση διάθεση είκοσι τέσσερις ώρες το εικοσιτετράωρο. Οι πίστες δούλευαν με νυχτερινό ωράριο. Οι ασπίδες και οι φύλακες φρουρούσαν περιμετρικά το χώρο. Ό,τι μπορούσε να επιθυμήσει ένας ζωντανός βρικόλακας.

Η κεντρική ρεσεψιόν είχε ταβάνι καθεδρικού ναού και έναν τεράστιο πολυέλαιο. Το πάτωμα ήταν από μάρμαρο, με περίπλοκα σχέδια, και το γραφείο της έμενε ανοιχτό όλη τη μέρα, με προσωπικό πρόθυμο να εκπληρώσει κάθε επιθυμία μας.

Οι υπόλοιποι κοινόχρηστοι χώροι, διάδρομοι και σαλόνια, ήταν διακοσμημένοι σε κόκκινο, μαύρο και χρυσό χρώμα. Το βαθύ κόκκινο επικρατούσε όλων των άλλων χρωμάτων και αναρωτήθηκα αν η ομοιότητά του με το χρώμα του αίματος ήταν απλή σύμπτωση. Καθρέφτες και έργα τέχνης κοσμούσαν τους τοίχους και εδώ και εκεί υπήρχαν μικρά διακοσμητικά τραπέζια. Πάνω τους υπήρχαν βάζα με ορχιδέες με αχνό πράσινο χρώμα και μαβιές κηλίδες, οι οποίες πλημμύριζαν το χώρο με ένα πιπεράτο άρωμα.

Το δωμάτιο που μοιραζόμουν με τη Λίζα ήταν μεγαλύτερο και από τις δυο κρεβατοκάμαρές μας στη σχολή μαζί και είχε τα ίδια πολυτελή χρώματα που κυριαρχούσαν και στο υπόλοιπο θέρετρο. Το χαλί ήταν τόσο πλούσιο και παχύ που αμέσως, στην πόρτα κιόλας, πέταξα τα παπούτσια μου και περπάτησα ξυπόλητη απολαμβάνοντας τον τρόπο με τον οποίο τα πόδια μου βυθίζονταν σε εκείνη την απαλότητα. Είχαμε κρεβάτια κινγκ-σάιζ, με πουπουλένια παπλώματα και τόσο πολλά μαξιλάρια που ήμουν σίγουρη ότι κάποιος θα μπορούσε να χαθεί για πάντα ανάμεσά τους. Γαλλικά παραθυρόφυλλα οδηγούσαν σε ένα ευρύχωρο μπαλκόνι όπου, αν σκεφτεί κανείς πως ήμασταν στον πάνω όροφο, θα ήταν άψογο να αράζεις αν δεν έκανε τόσο κρύο αυτή την εποχή. Υπέθεσα πως η δύο ατόμων μπανιέρα-τζακούζι στην άλλη άκρη του θα ζέσταινε κάπως τα πράγματα.

Πνιγμένη σε τόση πολυτέλεια, βυθίστηκα στην τρυφηλή αίσθηση όλων εκείνων των ανέσεων. Του μαρμάρινου τζακούζι. Της τηλεόρασης με οθόνη plasma. Του καλαθιού με τα σοκολατάκια και τις άλλες λιχουδιές. Όταν επιτέλους αποφασίσαμε να κάνουμε σκι, αναγκάστηκα να πιέσω τον εαυτό μου για να βγω από το δωμάτιο. Πιθανότατα θα μπορούσα να περάσω όλες τις διακοπές μου εκεί μέσα και θα ήμουν απολύτως ευχαριστημένη.

Αλλά τελικά βγήκαμε έξω και, όταν κατάφερα να βγάλω τον

Ντιμίτρι και τη μητέρα μου από το κεφάλι μου, άρχισα να περνάω όμορφα. Βοήθησε και το γεγονός ότι το θέρετρο ήταν τεράστιο· δεν υπήρχαν πολλές πιθανότητες να πέσω πάνω τους.

Για πρώτη φορά μετά από εβδομάδες κατάφερα να συγκεντρώσω την προσοχή μου στον Μέισον και διαπίστωσα πόσο καλά περνούσα μαζί του. Επίσης, πέρασα περισσότερο χρόνο με τη Λίζα από όσο εδώ και καιρό, κι αυτό μου έφτιαξε τη διάθεση.

Η Λίζα, ο Κρίστιαν, ο Μέισον και εγώ ήμασταν σε φάση διπλού ραντεβού. Περάσαμε ολόκληρη σχεδόν την πρώτη μέρα κάνοντας σκι, αν και τα δύο Μορόι δυσκολεύτηκαν να ακολουθήσουν τους δικούς μας ρυθμούς. Δεδομένων όσων ο Μέισον και εγώ περνούσαμε καθημερινά μέσα στην τάξη, δεν φοβόμασταν να ρισκάρουμε καινούργιες μανούβρες. Η ανταγωνιστική φύση και των δυο μας μας έκανε να βάζουμε τα δυνατά μας για να ξεπεράσουμε ο ένας τον άλλο.

«Παιδιά, έχετε τάσεις αυτοκτονίας και οι δυο» σχολίασε κάποια στιγμή ο Κρίστιαν. Έξω είχε σκοτάδι και ψηλές λάμπες φώτιζαν το πρόσωπό του, που έδειχνε να το διασκεδάζει.

Εκείνος και η Λίζα περίμεναν στους πρόποδες του γιγάντιου λόφου, παρακολουθώντας τον Μέισον και εμένα να κατεβαίνουμε την πλαγιά. Κινούμασταν με εξωπραγματικές ταχύτητες. Το κομμάτι μέσα μου που πάσχιζε να διδαχτεί αυτοέλεγχο και σοφία από τον Ντιμίτρι ήξερε ότι αυτό ήταν επικίνδυνο, αλλά το υπόλοιπο απολάμβανε την αίσθηση του παράτολμου. Εκείνη η σκοτεινή έκρηξη επαναστατικότητας δεν με είχε ακόμα αφήσει ήσυχη.

Ο Μέισον χαμογελούσε πλατιά ενώ πηγαίναμε με τα σκι μας μέχρι το διάδρομο, σηκώνοντας ένα σύννεφο χιονιού. «Μπα, απλό ζέσταμα ήταν αυτό. Θέλω να πω, η Ρόουζ κατάφερε να με ακολουθήσει σ' όλη τη διαδρομή. Για παιδάκια ήταν η κατάβαση».

Η Λίζα κούνησε αποδοκιμαστικά το κεφάλι της. «Βρε παιδιά, δεν νομίζετε πως το παρατραβάτε λίγο;»

Ο Μέισον και εγώ κοιταχτήκαμε. «Όχι».

Η Λίζα κούνησε πάλι το κεφάλι της. «Εντάξει, εμείς πάμε μέσα. Κοιτάξτε να μη σκοτωθείτε».

Έφυγε με τον Κρίστιαν χεράκι χεράκι. Τους κοίταζα που έφευγαν, μετά γύρισα ξανά στον Μέισον. «Εγώ κάνω λίγο ακόμα. Εσύ;»

«Εννοείται».

Πήραμε πάλι το λιφτ προς την κορυφή του λόφου. Όταν ήμασταν έτοιμοι να ξεκινήσουμε την κατάβαση, ο Μέισον έδειξε. «Τι λες, να περάσουμε εκείνα τα βράχια, να πηδήξουμε από εκείνη την κορυφή, να ακολουθήσουμε εκείνη την κλειστή στροφή, να αποφύγουμε τα δέντρα και να καταλήξουμε εκεί;»

Ακολούθησα το δάχτυλό του στην ελικοειδή πορεία που χάραξε σε μια από τις πιο μεγάλες πλαγιές. Συνοφρυώθηκα.

«Αυτή η κατάβαση είναι πραγματικά θεότρελη, Μέις».

«Α» είπε θριαμβευτικά. «Επιτέλους, λύγισε».

Τον κοίταξα βλοσυρά. «Και βέβαια όχι». Μετά από άλλη μια ματιά στην επικίνδυνη διαδρομή, συμφώνησα. «Εντάξει, ας το κάνουμε».

Ο Μέισον άπλωσε το χέρι του. «Εσύ πρώτη».

Πήρα βαθιά ανάσα και πήδηξα. Τα σκι μου γλίστρησαν επιδέξια πάνω στο χιόνι, έπειτα ο τσουχτερός αέρας μαστίγωσε το πρόσωπό μου. Έκανα το πρώτο άλμα προσεκτικά και με ακρίβεια, αλλά καθώς έτρεχα την υπόλοιπη διαδρομή, διαπίστωσα πόσο επικίνδυνη πραγματικά ήταν. Σε εκείνο το κλάσμα του δευτερολέπτου έπρεπε να πάρω μια απόφαση. Αν δεν το έκανα, ο Μέισον δεν θα σταματούσε ποτέ να με κοροϊδεύει – και στ' αλήθεια ήθελα να του αποδείξω πως ήμουν καλύτερη. Αν τελικά τα κατάφερνα, θα είχα την αδιάσειστη σιγουριά του μεγαλείου μου. Αλλά αν το επιχειρούσα και έκανα κάποια βλακεία... μπορούσα να σπάσω το λαιμό μου. Κάπου μέσα στο κεφάλι μου μια φωνή που ακουγόταν ύποπτα σαν εκείνη του Ντιμίτρι είπε κάτι για επιλογές και ότι πρέπει να ξέρουμε να συγκρατούμε τον εαυτό μας.

Αγνόησα εκείνη τη φωνή και αποφάσισα να συνεχίσω.

Η διαδρομή ήταν τόσο δύσκολη όσο είχα υποψιαστεί, αλλά κατάφερα να τη βγάλω χωρίς κανένα λάθος, κάνοντας τον ένα σχιζοφρενικό ελιγμό μετά τον άλλο. Το χιόνι σηκώθηκε πίσω μου καθώς έπαιρνα μια απότομη, επικίνδυνη στροφή. Όταν έφτασα σώα κάτω, σήκωσα το βλέμμα μου και είδα τον Μέισον να χειρονομεί έντονα. Δεν μπορούσα να διακρίνω την έκφρασή του, ούτε τι έλεγε, μπορούσα όμως να μαντέψω τις επευφημίες του. Του κούνησα και εγώ το χέρι και περίμενα να αρχίσει και εκείνος την κατάβαση.

Αλλά δεν τα κατάφερε. Όταν ο Μέισον είχε φτάσει κάπου στη μέση, δεν μπόρεσε να κάνει ένα από τα άλματα, τα σκι του πιάστηκαν κάπου και τα πόδια του γύρισαν και εκείνος έπεσε κάτω.

Έφτασα κοντά του την ίδια στιγμή με το προσωπικό του χιονοδρομικού. Προς ανακούφιση όλων μας, ο Μέισον δεν είχε σπάσει το λαιμό του ή κάτι ανάλογο. Φαινόταν να έχει στραμπουλίξει άσχημα τον αστράγαλό του, κάτι όμως που θα περιόριζε τις επιδόσεις του στο σκι για το υπόλοιπο της εκδρομής.

Μια από τις εκπαιδεύτριές μας που επιτηρούσε τις χιονοδρομικές πίστες κατέβηκε τρέχοντας, με οργή να ζωγραφίζεται στο πρόσωπό της.

«Μα τι έχετε στο κεφάλι σας, βρε παιδιά;» αναφώνησε. Στράφηκε σε μένα. «Δεν πίστευα στα μάτια μου όταν έκανες εκείνους τους ανόητους ελιγμούς!» Το βλέμμα της μετά καρφώθηκε στον Μέισον. «Και μετά *εσύ* έπρεπε να πας να την ακολουθήσεις!»

Ήθελα να διαμαρτυρηθώ πως όλα ήταν δική του ιδέα, αλλά εκείνη τη στιγμή δεν είχε νόημα να βρούμε ποιος έφταιγε. Χαιρόμουν απλώς που ήταν καλά. Όταν όμως μπήκαμε όλοι μέσα, άρχισαν να με τρώνε οι τύψεις. Όντως είχα ενεργήσει απερίσκεπτα. Και αν είχε τραυματιστεί σοβαρά; Φρικτές εικόνες ήρθαν στο μυαλό μου. Ο Μέισον με σπασμένο πόδι... με σπασμένο λαιμό...

Μα πού είχα αλήθεια το μυαλό μου; Κανείς δεν με είχε αναγκάσει να κάνω εκείνη την κατάβαση. Ο Μέισον το είχε προτείνει... αλλά εγώ δεν είχα προβάλει καμία αντίρρηση. Πολύ πιθανό να είχα εισακουστεί, αν είχα διαφωνήσει. Θα έπρεπε μάλλον να αντέξω λίγες κοροϊδίες. Άλλωστε ο Μέισον μου είχε αρκετή αδυναμία ώστε να επικρατήσει η γυναικεία πονηριά και να καταφέρει τελικά να σταματήσει τη συγκεκριμένη τρέλα. Είχα τόσο χαθεί μέσα στη συγκίνηση και τον κίνδυνο –όπως τότε που φίλησα τον Ντιμίτρι– που δεν σκέφτηκα καθόλου τις συνέπειες, αφού μέσα μου καραδοκούσε η παρορμητική επιθυμία να ζήσω ξέφρενα. Την είχε και ο Μέισον, και εκείνη μίλησε μέσα μου.

Εκείνη η φανταστική φωνή του Ντιμίτρι μέσα στο κεφάλι μου με επέπληξε άλλη μια φορά.

Αφού ο Μέισον γύρισε με ασφάλεια στο θέρετρο και του έβαλαν πάγο στον αστράγαλο, εγώ έβαλα τον εξοπλισμό μας σε έναν από τους αποθηκευτικούς χώρους. Όταν ξαναμπήκα μέσα, πέρασα από μια διαφορετική πόρτα από εκείνη που χρησιμοποιούσα συνήθως. Αυτή η είσοδος βρισκόταν πίσω από μια τεράστια, ανοιχτή βεράντα με περίτεχνα ξύλινα κάγκελα. Η βεράντα ήταν χτισμένη μέσα στην πλαγιά του βουνού και πρόσφερε μαγευτική θέα στις άλλες κορυφές και τις κοιλάδες γύρω μας – αν άντεχες να κάτσεις αρκετή ώρα σε τόσο παγωμένες θερμοκρασίες για να την απολαύσεις. Και οι περισσότεροι δεν το έκαναν.

Ανέβηκα τις σκάλες της βεράντας χτυπώντας κάτω τα παπούτσια μου για να φύγει το χιόνι. Μια πηχτή μυρωδιά, αψιά όσο και γλυκιά, πλανιόταν στην ατμόσφαιρα. Είχε κάτι οικείο, αλλά πριν προλάβω να το εντοπίσω, μια φωνή μου μίλησε από τις σκιές.

«Γεια σου, μικρούλα νταμπίρ».

Ξαφνιασμένη, αντιλήφθηκα ότι κάποιος όντως στεκόταν στη βεράντα. Ένας τύπος –Μορόι– έγερνε στον τοίχο που βρισκόταν κοντά στην πόρτα. Έβαλε ένα τσιγάρο στο στόμα του, πήρε μια βαθιά ρουφηξιά και μετά το πέταξε στο πάτωμα. Πάτησε τη γόπα για να σβήσει και μου έσκασε χαμόγελο. Αυτό λοιπόν ήταν η μυρωδιά, σκέφτηκα. Τσιγάρα με γαρίφαλο. Επιφυλακτικά σταμάτησα και σταύρωσα τα χέρια μου στο στήθος μου ενώ τον παρατηρούσα. Ήταν λίγο πιο κοντός από τον Ντιμίτρι, αλλά δεν ήταν τόσο αδύνατος όσο κάποια άλλα Μορόι. Ένα μακρύ, γκρίζο παλτό –μάλλον φτιαγμένο από κάποιο εξαιρετικά ακριβό κασμίρι– τύλιγε το σώμα του εξαίσια, ενώ τα δερμάτινα παπούτσια του μαρτυρούσαν ακόμη περισσότερα χρήματα. Είχε καστανά μαλλιά που έδειχναν χτενισμένα επιμελώς ατημέλητα και τα μάτια του ήταν γαλάζια ή πράσινα – το φως δεν ήταν αρκετά δυνατό για να πω με σιγουριά. Το πρόσωπό του ήταν όμορφο, θα έλεγα, και υπολόγισα πως θα ήταν δυο χρόνια μεγαλύτερός μου. Έμοιαζε να γύριζε μόλις από κάποιο δείπνο.

«Ναι;» ρώτησα.

Τα μάτια του διέτρεξαν το κορμί μου. Είχα συνηθίσει να μου δείχνουν προσοχή τα αρσενικά Μορόι. Απλώς συνήθως δεν ήταν τόσο απροκάλυπτη. Και συνήθως δεν ήμουν αμπαλαρισμένη σε χειμωνιάτικα ρούχα και με μαυρισμένο μάτι.

Ανασήκωσε τους ώμους του. «Είπα απλώς να πω ένα γεια, αυτό είναι όλο».

Περίμενα κάτι περισσότερο, αλλά το μόνο που έκανε ήταν να βάλει τα χέρια του στις τσέπες του παλτού του. Ανασηκώνοντας τους δικούς μου ώμους, έκανα δυο βήματα προς τα εμπρός.

«Μυρίζεις ωραία, το ξέρεις;» είπε άξαφνα.

Σταμάτησα ξανά να περπατάω και του έριξα ένα μπερδεμένο βλέμμα, κάτι που απλώς έκανε το πονηρό του χαμόγελο ακόμη πιο πλατύ.

«Εγώ… εμ, ορίστε;»

«Μυρίζεις ωραία» επανέλαβε.

«Σοβαρολογείς; Ίδρωνα όλη μέρα. Αηδιαστική είμαι». Ήθελα να φύγω, αλλά κάτι στον τύπο με τραβούσε παράξενα, σαν ένα σαραβαλιασμένο βαγόνι τρένου. Δεν τον έβρισκα γοητευτικό με όλη τη σημασία της λέξης· απλώς ξαφνικά με ενδιέφερε να του μιλήσω.

«Ο ιδρώτας δεν είναι κακό πράγμα» είπε ακουμπώντας το κεφάλι του στον τοίχο και σηκώνοντας σκεφτικός το βλέμμα του. «Κάποια από τα πιο ενδιαφέροντα πράγματα στη ζωή συμβαίνουν ενώ ιδρώνεις. Ναι, αν υπάρχει πολύς και είναι μπαγιάτικος, γίνεται αηδιαστικός. Σε μια όμορφη γυναίκα, όμως; Μεθυστικός. Αν μπορούσες να μυρίσεις τα πράγματα όπως ένας βρικόλακας, θα καταλάβαινες τι θέλω να πω. Οι περισσότεροι τα ανακατεύουν και πνίγονται μέσα σε αρώματα. Το άρωμα μπορεί να είναι κάτι καλό… ειδικά αν καταφέρεις να βρεις εκείνο που ταιριάζει με τη δική σου χημεία. Αλλά χρειάζεσαι ελάχιστο. Αν αναμείξεις είκοσι τοις εκατό του αρώματός σου με ογδόντα τοις εκατό του ιδρώτα σου… μμμ». Έγειρε το κεφάλι του στο πλάι και με κοίταξε. «Διαβολεμένα σέξι».

Ξαφνικά θυμήθηκα τον Ντιμίτρι και το άφτερ σέιβ του. Μάλιστα. *Αυτό* ήταν διαβολεμένα σέξι, αλλά σίγουρα δεν σκόπευα να μιλήσω στον τύπο για αυτό.

«Λοιπόν, ευχαριστώ για το μάθημα υγιεινής» είπα. «Αλλά δεν έχω άρωμα *και* πάω να κάνω ένα ντους για να φύγει όλη αυτή η... σέξι ιδρωτίλα από πάνω μου. Με συγχωρείς».

Έβγαλε ένα πακέτο τσιγάρα και μου πρόσφερε. Έκανε μόνο ένα βήμα προς το μέρος μου, αλλά μου ήταν αρκετό για να μυρίσω κάτι άλλο πάνω του. Αλκοόλ. Κούνησα αρνητικά το κεφάλι μου στα τσιγάρα και εκείνος έβγαλε ένα από το πακέτο για τον εαυτό του.

«Κακή συνήθεια» είπα κοιτώντας τον να το ανάβει.

«Μία από τις πολλές» απάντησε. Πήρε βαθιά εισπνοή. «Είσαι εδώ με την Ακαδημία του Αγίου Βλαντιμίρ;».

«Μάλιστα».

«Άρα θα γίνεις φύλακας όταν μεγαλώσεις».

«Προφανώς».

Έβγαλε τον καπνό και εγώ τον κοίταζα να χάνεται μέσα στη νύχτα. Οξυμένες αισθήσεις βρικόλακα ή όχι, θαύμα ήταν που κατάφερνε να μυρίσει οτιδήποτε άλλο εκτός από εκείνα τα γαρίφαλα.

«Πόσο θα σου πάρει να μεγαλώσεις;» με ρώτησε. «Χρειάζομαι φύλακα».

«Την άνοιξη αποφοιτώ. Αλλά είμαι ήδη λογοδοσμένη. Λυπάμαι».

Έκπληξη άστραψε στα μάτια του. «Αλήθεια; Ποιος είναι;»

«Είναι *η* πριγκίπισσα Ντραγκομίρ».

«Α». Ένα πλατύ χαμόγελο φώτισε το πρόσωπό του. «Το ήξερα πως είσαι μπελάς από την πρώτη στιγμή που σε είδα. Είσαι η κόρη της Τζανίν Χάθαγουεϊ».

«Είμαι η Ρόουζ Χάθαγουεϊ» τον διόρθωσα. Μου άπλωσε ένα γαντοφορεμένο χέρι και εγώ το έσφιξα διστακτικά. «Άντριαν Ιβάσκοφ».

«Και λες πως *εγώ* είμαι μπελάς» μουρμούρισα. Οι Ιβάσκοφ ήταν βασιλική οικογένεια, από τις πιο πλούσιες και ισχυρές.

Ήταν από εκείνους που πίστευαν πως μπορούσαν να κάνουν ό,τι ήθελαν και να πατήσουν επί πτωμάτων για να το καταφέρουν. Δεν ήταν να απορεί κανείς που ήταν τόσο αλαζόνας.

Γέλασε. Είχε ωραίο γέλιο, πλούσιο, σχεδόν μελωδικό. Με έκανε να σκεφτώ ζεστή καραμέλα να στάζει από κουτάλι. «Βολικό, έτσι; Η φήμη μας προηγείται της παρουσίας μας».

Κούνησα το κεφάλι μου. «Δεν ξέρεις τίποτα για μένα. Και εγώ ξέρω μόνο για την *οικογένειά* σου. Για σένα δεν ξέρω τίποτα».

«Θέλεις να μάθεις;» ρώτησε σαρκαστικά.

«Λυπάμαι. Δεν με ενδιαφέρουν οι μεγαλύτεροι».

«Είμαι είκοσι ενός. Όχι και τόσο μεγαλύτερος λοιπόν».

«Έχω αγόρι». Αυτό ήταν ψεματάκι. Εντάξει, ο Μέισον δεν ήταν το αγόρι μου ακόμα, αλλά έλπιζα πως ο Άντριαν θα με άφηνε ήσυχη αν μάθαινε πως είμαι πιασμένη.

«Αστείο είναι που το ανέφερες τώρα αυτό» είπε συλλογισμένος ο Άντριαν. «Δεν σου μαύρισε εκείνος το μάτι, έτσι;»

Ένιωσα να κοκκινίζω παρά το κρύο. Έλπιζα πως δεν θα πρόσεχε το μαυρισμένο μου μάτι, κάτι που ήταν μάλλον ανόητο. Με τα μάτια βρικόλακα που διέθετε, μάλλον θα το είχε παρατηρήσει από τη στιγμή που πάτησα το πόδι μου στη βεράντα.

«Δεν θα ζούσε τώρα αν το είχε κάνει. Το έπαθα στην… προπόνηση. Δηλαδή εκπαιδεύομαι να γίνω φύλακας. Τα μαθήματά μας είναι πάντα σκληρά».

«Αυτό ακούγεται πολύ σέξι» είπε. Πέταξε κάτω το δεύτερο τσιγάρο του και το έσβησε με το πόδι.

«Που έφαγα μπουνιά στο μάτι;»

«Ε, όχι. Όχι βέβαια. Εννοώ πως η ιδέα του να γίνεται κάποιος σκληρός μαζί σου ακούγεται πολύ σέξι. Είμαι φανατικός των σπορ που έχουν πλήρη σωματική επαφή».

«Γι' αυτό είμαι σίγουρη» είπα ξερά. Ήταν αλαζόνας και υπερόπτης, κι όμως δεν μπορούσα να ξεκολλήσω από δίπλα του.

Ήχος από βήματα με έκανε να στραφώ. Η Μία ήρθε από το μονοπάτι και ανέβηκε τα σκαλιά. Όταν μας είδε, σταμάτησε ξαφνικά.

«Έι, Μία».

Κοίταξε μια τον έναν και μια τον άλλο.

«Κι *άλλος* τύπος;» Από τον τόνο της φωνής της μπορούσες να συμπεράνεις πως είχα το προσωπικό μου χαρέμι από άντρες.

Ο Άντριαν μου έριξε ένα ερωτηματικό βλέμμα διασκεδάζοντας. Έσφιξα τα δόντια μου και αποφάσισα να μην τιμήσω το συγκεκριμένο σχολιάκι απλώς με μια απάντηση. Επέλεξα μια ασυνήθιστη ευγένεια.

«Μία, αυτός είναι ο Άντριαν Ιβάσκοφ».

Ο Άντριαν υιοθέτησε την ίδια γοητεία που είχε χρησιμοποιήσει και σε μένα. Έσφιξε το χέρι της. «Πάντα είναι ευχαρίστησή μου να γνωρίζω φίλες της Ρόουζ, ειδικά αν είναι τόσο όμορφες». Μιλούσε κάπως σαν να ήμασταν φιλαράκια από το δημοτικό.

«Δεν είμαστε φίλες» είπα. Και πάει η ευγένεια.

«Η Ρόουζ κάνει παρέα μόνο με αγόρια και ψυχοπαθείς» είπε η Μία. Η φωνή της εξέφραζε την ίδια απέχθεια που έτρεφε πάντα για μένα, αλλά το πρόσωπό της έδειχνε πως ο Άντριαν είχε κερδίσει το ενδιαφέρον της.

«Λοιπόν» είπε πρόσχαρα ο Άντριαν «αφού εγώ είμαι γνωστός ψυχοπαθής και αγόρι, αυτό εξηγεί πολύ καλά τους λόγους για τους οποίους είμαστε τόσο καλοί φίλοι».

«Ούτε εμείς είμαστε φίλοι» του είπα.

Γέλασε. «Εξακολουθείς να το παίζεις δύσκολη, έτσι;»

«Δεν είναι και τόσο δύσκολη» είπε η Μία, ολοφάνερα εκνευρισμένη που ο Άντριαν έδινε περισσότερη προσοχή σε μένα. «Δεν έχεις παρά να ρωτήσεις τα μισά αγόρια στο σχολείο μας».

«Μάλιστα» αρπάχτηκα «και τα υπόλοιπα για να μάθεις για τη Μία. Αν κάνεις μια χάρη στη Μία, να είσαι σίγουρος ότι και εκείνη θα κάνει πολλές χάρες για σένα». Όταν είχε κηρύξει τον πόλεμο σε μένα και τη Λίζα, η Μία είχε καταφέρει να κάνει δυο αγόρια από το σχολείο να πουν σε όλους πως είχα κάνει μερικά πολύ σιχαμερά πράγματα μαζί τους. Η ειρωνεία ήταν πως για να τους καταφέρει να πουν ψέματα για χάρη της, είχε κοιμηθεί εκείνη μαζί τους.

Μια υποψία αμηχανίας πέρασε από το πρόσωπο της Μία, αλλά δεν έχασε την ψυχραιμία της.

«Ε, καλά» είπε «τουλάχιστον εγώ δεν το κάνω μαζί τους δωρεάν».

Ο Άντριαν έκανε ήχους γάτας.

«Τελείωσες;» ρώτησα. «Έχει περάσει η ώρα που πρέπει να πας στο κρεβάτι σου, και οι μεγάλοι θέλουν να τα πουν μεταξύ τους λίγο». Η Μία φαινόταν πολύ μικρή, κι αυτό ήταν ένα από τα σημεία που συχνά εκμεταλλευόμουν όταν κοντραριζόμασταν.

«Βεβαίως» είπε ξερά. Τα μάγουλά της βάφτηκαν κόκκινα, κάνοντας πιο έντονη την εμφάνιση πορσελάνινης κούκλας που τη χαρακτήριζε. «Έχω καλύτερα πράγματα να κάνω, ούτως ή άλλως». Στράφηκε προς την πόρτα, έπειτα στάθηκε με το χέρι της στο πόμολο. Κοίταξε τον Άντριαν. «Το ξέρεις βέβαια πως η μαμά της της μαύρισε το μάτι;».

Μπήκε μέσα. Οι εντυπωσιακές γυάλινες πόρτες έκλεισαν πίσω της.

Εγώ και ο Άντριαν μείναμε σιωπηλοί. Στο τέλος, έβγαλε πάλι τα τσιγάρα του και άναψε άλλο ένα. «Η μαμά σου;»

«Σκάσε».

«Είσαι από εκείνες που είτε έχεις φίλους καρδιακούς είτε άσπονδους εχθρούς, έτσι; Όχι ενδιάμεσες καταστάσεις. Εσύ και η βασίλισσα πρέπει να είστε σαν αδελφές, σωστά;»

«Έτσι λέω».

«Πώς είναι;»

«Ορίστε; Τι εννοείς;»

Σήκωσε τους ώμους του – και αν τον ήξερα καλύτερα, θα έλεγα πως το είχε παρακάνει με την οικειότητα. «Δεν ξέρω. Δηλαδή τότε που το σκάσατε... και εκείνη η ιστορία με την οικογένειά της και τον Βίκτορ Ντάσκοφ...»

Σφίχτηκα στην αναφορά του Βίκτορ. «Και;»

«Δεν ξέρω. Φαντάζομαι πως πρέπει να της έπεσαν πολλά μαζεμένα».

Τον παρατήρησα προσεκτικά καθώς αναρωτιόμουν πού το πήγαινε. Είχε υπάρξει μια σχετική διαρροή κουτσομπολιών για την εύθραυστη ψυχική υγεία της Λίζα, αλλά είχε ελεγχθεί. Οι περισσότεροι το είχαν ξεχάσει ή συμπέραναν πως επρόκειτο για ψέματα.

«Πρέπει να φύγω». Σκέφτηκα πως η καλύτερη τακτική ήταν να τον αποφύγω.

«Είσαι σίγουρη;» Δεν ακουγόταν και πολύ απογοητευμένος. Βασικά φαινόταν αλαζονικός όπως πριν, έδειχνε να σπάει πλάκα. Κάτι πάνω του εξακολουθούσε να μου κεντρίζει το ενδιαφέρον, αλλά ό,τι κι αν ήταν, δεν αρκούσε για να καταπνίξω ό,τι άλλο αισθανόμουν ή να διακινδυνεύσω μια συζήτηση για τη Λίζα. «Νόμιζα πως ήταν ώρα να μιλήσουν οι ενήλικες. Έχουμε πολλά ενήλικα πράγματα να συζητήσουμε εμείς οι δύο».

«Είναι αργά, είμαι κουρασμένη και τα τσιγάρα σου μου έφεραν πονοκέφαλο» γκρίνιαξα.

«Υποθέτω πως έχεις δίκιο». Πήρε μια ρουφηξιά και άφησε τον καπνό να βγει. «Κάποιες γυναίκες, όμως, τα βρίσκουν πολύ σέξι».

«Εγώ πιστεύω πως τα καπνίζεις για να έχεις κάτι να κάνεις όσο σκέφτεσαι την επόμενη πνευματώδη σου ατάκα».

Πνίγηκε με τον καπνό, κάπου ανάμεσα στην εισπνοή και το γέλιο. «Ρόουζ Χάθαγουεϊ, ανυπομονώ να τα ξαναπούμε. Αν είσαι τόσο χαριτωμένη όντας κουρασμένη και εκνευρισμένη και τόσο πανέμορφη με μαυρισμένο μάτι και ρούχα του σκι, στα καλύτερά σου σίγουρα θα είσαι… σαρωτική».

«Αν με το “σαρωτική” εννοείς πως καλό θα ήταν να φοβάσαι για τη ζωή σου, τότε ναι. Έχεις δίκιο». Άνοιξα διάπλατα την πόρτα. «Καλό βράδυ, Άντριαν».

«Θα τα πούμε σύντομα».

«Δεν νομίζω. Όπως σου είπα, δεν με ενδιαφέρουν τα μεγαλύτερα αγόρια».

Μπήκα μέσα στο ξενοδοχείο. Την ώρα που έκλεινε η πόρτα, τον άκουσα να φωνάζει πίσω μου: «Και βέβαια δεν σε ενδιαφέρουν».

11

Η ΛΙΖΑ ΕΙΧΕ ΞΥΠΝΗΣΕΙ ΚΑΙ είχε φύγει πριν σηκωθώ εγώ το επόμενο πρωί, πράγμα που σήμαινε ότι είχα το μπάνιο όλο για τον εαυτό μου για να ετοιμαστώ με την ησυχία μου. Το λάτρευα εκείνο το μπάνιο. Ήταν τεράστιο: το κινγκ-σάιζ κρεβάτι μου θα μπορούσε άνετα να χωρέσει εκεί μέσα. Ένα καυτό ντους από τρεις διαφορετικές βρύσες με ξύπνησε, παρόλο που οι μύες μου πονούσαν από την προηγούμενη μέρα. Την ώρα που στεκόμουν μπροστά στον ολόσωμο καθρέφτη και χτένιζα τα μαλλιά μου, είδα με απογοήτευση πως η μελανιά ήταν ακόμα εκεί. Φαινόταν πολύ λιγότερο τώρα, βέβαια, και είχε γίνει πιο κίτρινη. Λίγο καλυπτικό και πούδρα σχεδόν την κάλυψαν εντελώς.

Πήγα προς τα κάτω, σε αναζήτηση φαγητού. Η τραπεζαρία εκείνη τη στιγμή έκλεινε, αλλά μια σερβιτόρα μου έδωσε δύο χωνάκια από ζαχαρωτό ροδάκινο στο χέρι. Μασουλώντας το ένα ενώ έφευγα, ενέτεινα τις αισθήσεις μου για να πιάσω κάποιο σήμα από τη Λίζα. Μετά από δυο λεπτά, την αισθάνθηκα στην άλλη άκρη του θέρετρου, μακριά από τα δωμάτια των μαθητών. Ακολούθησα τα ίχνη, μέχρι που έφτασα σε ένα δωμάτιο στον τρίτο όροφο. Χτύπησα την πόρτα.

Ο Κρίστιαν άνοιξε την πόρτα. «Καλώς την Ωραία Κοιμωμένη» μου είπε.

Με έσπρωξε μέσα. Η Λίζα καθόταν σταυροπόδι στο κρεβάτι του δωματίου και χαμογέλασε μόλις με είδε. Το δωμάτιο ήταν το ίδιο πολυτελές με το δικό μου, αλλά τα περισσότερα έπιπλα είχαν τραβηχτεί στην άκρη για να δημιουργηθεί χώρος, στη μέση του οποίου στεκόταν τώρα η Τάσα.

«Καλημέρα» είπε.

«Έι» είπα. Ωραία την απέφευγα.

Η Λίζα χτύπησε με το χέρι της το κρεβάτι δίπλα της. «Αυτό πρέπει να το δεις».

«Τι κάνετε;» Κάθισα στο κρεβάτι και τελείωσα το χωνάκι.

«Κακά πράγματα» μου χαμογέλασε πονηρά. «Θα εγκρίνεις».

Ο Κρίστιαν προχώρησε στον άδειο χώρο και στάθηκε αντιμέτωπος με την Τάσα. Χαιρέτησαν ο ένας τον άλλο, ξεχνώντας εμένα και τη Λίζα. Προφανώς είχα διακόψει κάτι.

«Λοιπόν, γιατί δεν μπορώ απλώς να χρησιμοποιήσω το ξόρκι ανάλωσης;» ρώτησε ο Κρίστιαν.

«Γιατί απαιτεί πολλή ενέργεια» του είπε. Ακόμη και με τζιν *και* αλογοουρά –και το σημάδι– κατάφερνε να δείχνει εξωφρενικά χαριτωμένη. «Επιπλέον, το πιθανό είναι πως θα σκότωνε τον αντίπαλό σου».

Ο Κρίστιαν κάγχασε. «Και γιατί να μη θέλω να σκοτώσω ένα Στριγκόι;»

«Μπορεί να μην παλεύεις πάντα με ένα Στριγκόι. Ή μπορεί να χρειάζεσαι κάποιες πληροφορίες από αυτά. Όπως και να 'χει, εσύ πρέπει να είσαι έτοιμος για κάθε περίπτωση».

Ασκούνταν στην επιθετική μαγεία, συνειδητοποίησα. Ενθουσιασμός και ενδιαφέρον αντικατέστησαν την κακοκεφιά που με είχε πιάσει από τη στιγμή που αντίκρισα την Τάσα. Η Λίζα δεν έκανε πλάκα όταν μίλησε για «κακά πράγματα». Πάντα υποψιαζόμουν πως κάποιοι ασχολούνταν με την επιθετική μαγεία, αλλά… ποπό! Άλλο να το σκέφτεσαι κι άλλο να το βλέπεις μπροστά σου. Απαγορευόταν να χρησιμοποιείς τη μαγεία ως επιθετικό όπλο. Είναι κολάσιμο παράπτωμα. Ένας σπουδαστής που θα το έκανε, ίσως τη γλίτωνε με μια απλή επίπληξη, αλλά ένας ενήλικος να διδάσκει ένα μικρότερο… μάλιστα. Αυτό θα *έμπλεκε* άσχημα την Τάσα. Για κλάσματα δευτερολέπτου έπαιξα με την ιδέα να την καρφώσω. Αμέσως, όμως, την έδιωξα. Μπορεί να μου την έδινε που την έπεφτε στον Ντιμίτρι, αλλά ένα κομμάτι μου πίστευε σε ό,τι έκανε εκείνη και ο Κρίστιαν. Επιπλέον, ήταν απλώς συναρπαστικό.

«Ένα ξόρκι αντιπερισπασμού είναι το ίδιο αποτελεσματικό» συνέχισε.

Τα μάτια της εστίαζαν με την προσήλωση που είχα δει και σε άλλα Μορόι όταν εφάρμοζαν μαγεία. Το χέρι της έδειξε προς τα εμπρός και μια δέσμη φωτιάς πέρασε ξυστά από το κεφάλι του Κρίστιαν. Δεν τον άγγιξε, αλλά από τον τρόπο με τον οποίο μόρφασε, υποψιάστηκα πως πέρασε αρκετά κοντά του ώστε να νιώσει τη θερμότητά της.

«Δοκίμασέ το» του είπε.

Ο Κρίστιαν δίστασε για μια στιγμή και μετά έκανε με το χέρι του την ίδια κίνηση με εκείνη. Φωτιά τινάχτηκε, αλλά δεν είχε τίποτα από το συντονισμένο έλεγχο που είχε ασκήσει η Τάσα. Ούτε τόσο καλό σημάδι με εκείνη είχε. Πήγε κατευθείαν στο πρόσωπό της, αλλά πριν ακόμα την αγγίξει, χωρίστηκε και άνοιξε στα δυο γύρω της, σαν να είχε ακουμπήσει σε μια αόρατη ασπίδα. Η Τάσα την είχε απωθήσει με τη δική της μαγεία.

«Όχι και άσχημα, αν εξαιρέσεις βέβαια ότι παραλίγο να μου κάψεις το πρόσωπο».

Ακόμη και εγώ δεν θα ήθελα να καεί το πρόσωπό της. Τα μαλλιά της όμως… α, αυτά μάλιστα. Θα βλέπαμε πόσο όμορφη θα ήταν χωρίς την κατάμαυρη χαίτη της.

Εκείνη και ο Κρίστιαν εξασκήθηκαν λίγο ακόμα. Ο Κρίστιαν

βελτιώθηκε αρκετά, αν και ολοφάνερα είχε ακόμα πολύ δρόμο να κάνει προκειμένου να αποκτήσει τη δική της ικανότητα. Το ενδιαφέρον μου μεγάλωνε ολοένα καθώς συνέχιζαν και έπιασα τον εαυτό μου να αναλογίζεται τις δυνατότητες που είχε να προσφέρει αυτού του είδους η μαγεία.

Τελείωσαν την εξάσκηση όταν η Τάσα είπε πως έπρεπε να φύγει. Ο Κρίστιαν αναστέναξε, φανερά αποκαρδιωμένος που δεν είχε καταφέρει να επιτύχει το ξόρκι μέσα σε μια ώρα. Η ανταγωνιστική του φύση ήταν το ίδιο δυνατή με τη δική μου σχεδόν.

«Εξακολουθώ να πιστεύω πως είναι ευκολότερο να τους καις απλώς ολόκληρους» διαφώνησε.

Η Τάσα χαμογέλασε ενώ έπιανε τα μαλλιά της σε σφιχτότερη αλογοουρά. Μάλιστα. Θα έπρεπε *σίγουρα* να χάσει όλο εκείνο το μαλλί, ιδίως εφόσον ο Ντιμίτρι λάτρευε τα μακριά μαλλιά.

«Ευκολότερο επειδή απαιτεί λιγότερη αυτοσυγκέντρωση. Είναι άτσαλο. Μακροπρόθεσμα η μαγεία σου θα γίνει δυνατότερη, αν καταφέρεις να το μάθεις αυτό. Και, όπως είπα, έχει τη χρησιμότητά του».

Δεν ήθελα να συμφωνήσω μαζί της, αλλά δεν γινόταν διαφορετικά. «Θα ήταν πολύ χρήσιμο αν πάλευες μαζί με ένα φύλακα» είπα με ενθουσιασμό. «Το να κάψεις ένα Στριγκόι απαιτεί τόση ενέργεια. Με αυτόν τον τρόπο χρησιμοποιείς γρήγορα ένα μικρό ποσοστό της δύναμής σου για να αποσυντονίσεις το Στριγκόι. Και όντως μπορείς να του αποσπάσεις την προσοχή, αφού μισούν τόσο πολύ τη φωτιά. Και την κατάλληλη στιγμή χρειάζεται ένας φύλακας για να τα παλουκώσει. Με αυτόν τον τρόπο μπορείς να εξοντώσεις ένα σωρό Στριγκόι».

Η Τάσα μου χαμογέλασε πλατιά. Κάποια Μορόι –όπως ο Άντριαν και η Λίζα– χαμογελούσαν χωρίς να δείχνουν τα δόντια τους. Η Τάσα πάντα έδειχνε τα δικά της, ακόμη και τους κυνόδοντές της.

«Ακριβώς. Εσύ και εγώ πρέπει να πάμε να κυνηγήσουμε Στριγκόι μαζί κάποια μέρα» με πείραξε.

«Δεν νομίζω» είπα εγώ.

Οι λέξεις από μόνες τους δεν ήταν τόσο άσχημες, αλλά ο τόνος με τον οποίο τις πρόφερα σίγουρα ήταν. Ψυχρός. Επιθετικός. Η Τάσα φάνηκε για μια στιγμή έκπληκτη από την ξαφνική αλλαγή της συμπεριφοράς μου, αλλά σύντομα το ξεπέρασε. Το σοκ της Λίζα ήρθε σε εμένα μέσα από το δεσμό μας.

Η Τάσα ωστόσο δεν φάνηκε να ενοχλείται. Φλυάρησε μαζί μας λίγο ακόμα και κανόνισε με τον Κρίστιαν να τα πούνε στο βραδινό φαγητό. Η Λίζα μου έριξε ένα δηκτικό βλέμμα την ώρα που εκείνη, ο Κρίστιαν και εγώ κατεβαίναμε την περίτεχνη, ελικοειδή σκάλα για να πάμε στη ρεσεψιόν.

«Τι ήταν όλο *αυτό*;» ρώτησε.

«Τι ήταν όλο αυτό;» ρώτησα αθώα.

«Ρόουζ» είπε με νόημα. Ήταν δύσκολο να το παίζεις χαζή όταν η φίλη σου ήξερε πως μπορούσες να διαβάσεις το μυαλό της. Ήξερα ακριβώς για ποιο πράγμα μιλούσε. «Φέρθηκες σαν σκύλα στην Τάσα».

«Ε, καλά, δεν ήμουν και τόσο σκύλα».

«Ήσουν αγενής» αναφώνησε, κάνοντας στην άκρη καθώς ένα τσούρμο από παιδιά Μορόι έμπαιναν εκείνη τη στιγμή στη ρεσεψιόν. Ήταν τυλιγμένα με παλτά και ένα Μορόι εκπαιδευτής του σκι με κουρασμένο ύφος τα ακολουθούσε.

Έβαλα τα χέρια στους γοφούς μου. «Κοίτα, απλώς έχω τα νεύρα μου, εντάξει; Δεν κοιμήθηκα αρκετά. Εξάλλου, εγώ δεν είμαι σαν εσένα. Δεν είναι ανάγκη να είμαι ευγενική όλη την ώρα».

Όπως συνέβαινε συχνά τον τελευταίο καιρό, δεν πίστευα αυτό που είχα μόλις ξεστομίσει. Η Λίζα με κοίταζε περισσότερο σαστισμένη παρά πληγωμένη. Ο Κρίστιαν κοίταζε βλοσυρά, έτοιμος να μου την πει, όταν ευτυχώς μας πλησίασε ο Μέισον. Δεν χρειαζόταν μπαστούνι ή κάτι τέτοιο, αλλά κούτσαινε ελαφρά.

«Γεια σου, κουτσούλη» είπα γλιστρώντας το χέρι μου στο δικό του.

Ο Κρίστιαν έβαλε σε αναμονή το θυμό του για μένα και στράφηκε στον Μέισον. «Είναι αλήθεια πως τελικά οι αυτοκαταστροφικές σου τάσεις σου την έφεραν;»

Τα μάτια του Μέισον καρφώθηκαν πάνω μου. «Είναι αλήθεια πως κάνεις παρέα με τον Άντριαν Ιβάσκοφ;»

«Τι πράγμα;»

«Άκουσα πως μεθύσατε παρέα χτες το βράδυ».

«Είναι αλήθεια;» ρώτησε η Λίζα ξαφνιασμένη.

Κοίταξα ανάμεσα από τα πρόσωπά τους. «Όχι, και βέβαια όχι! Τον ξέρω ελάχιστα».

«Ναι, αλλά τον ξέρεις» με πίεσε ο Μέισον.

«Ελάχιστα».

«Έχει πολύ κακή φήμη» με προειδοποίησε η Λίζα.

«Ναι» είπε ο Κρίστιαν. «Αλλάζει τα κορίτσια σαν τα πουκάμισα».

Δεν το πίστευα. «Θα χαλαρώσετε, παιδιά; Του μίλησα για, τι να λέμε, πέντε λεπτά! Και αυτό μόνο και μόνο επειδή μου έκλεινε το δρόμο προς την πόρτα. Πού το πάτε με όλα αυτά;» Και αμέσως απάντησα μόνη μου. «Η Μία».

Ο Μέισον κούνησε καταφατικά το κεφάλι του και είχε το φιλότιμο να δείξει πως ντρεπόταν.

«Από πότε της μιλάς;» ρώτησα.

«Απλώς έτυχε να τη συναντήσω, αυτό είναι όλο» μου είπε.

«Και εσύ την πίστεψες; Μα το ξέρεις ότι τις περισσότερες φορές λέει ψέματα».

«Ναι, αλλά συνήθως υπάρχει κάποια αλήθεια στα ψέματά της. Και τελικά όντως του μίλησες».

«Ναι. Του μίλησα. Ακριβώς».

Πραγματικά είχα αρχίσει να σκέφτομαι σοβαρά να τα φτιάξω με τον Μέισον, γι' αυτό δεν μου άρεσε καθόλου που δεν με πίστευε τώρα. Νωρίτερα στη σχολική χρονιά με είχε βοηθήσει να ξεσκεπάσω τα ψέματα της Μία, έτσι τώρα ένιωθα έκπληξη που ήταν τόσο παρανοϊκός για κάτι τέτοιο. Ίσως τα αισθήματα που έτρεφε για μένα να είχαν δυναμώσει, να είχε γίνει πιο επιρρεπής στη ζήλια.

Περιέργως, ήταν ο Κρίστιαν που έσπευσε να με σώσει και άλλαξε το θέμα της συζήτησης. «Υποθέτω πως σήμερα δεν θα πάμε για σκι, έτσι;» Έδειξε τον αστράγαλο του Μέισον προκαλώντας μια θυμωμένη απάντηση.

«Τι, πιστεύεις πως αυτό θα με σταματήσει;» ρώτησε ο Μέισον.

Η οργή του εξαφανίστηκε, δίνοντας τη θέση της σε μια έντονη επιθυμία να αποδείξει την αξία του – μια επιθυμία που είχα και εγώ. Η Λίζα και ο Κρίστιαν τον κοίταξαν σαν να ήταν τρελός, αλλά εγώ ήξερα πως οτιδήποτε κι αν λέγαμε δεν θα τον σταματούσε.

«Θέλετε να έρθετε μαζί μας;» ρώτησα τη Λίζα και τον Κρίστιαν.

Η Λίζα κούνησε αρνητικά το κεφάλι της. «Δεν μπορούμε. Πρέπει να πάμε σε ένα τραπέζι, το κάνουν οι Κόντα».

Ο Κρίστιαν βόγκηξε. «Εδώ που τα λέμε, *εσύ* πρέπει να πας».

Του έριξε μια αγκωνιά. «Και εσύ το ίδιο. Η πρόσκληση έλεγε να φέρω και κάποιον άλλο. Εξάλλου αυτό δεν είναι παρά ζέσταμα για τη μεγάλη φάση».

«Που είναι;» ρώτησε ο Μέισον.

«Το μέγα δείπνο της Πρισίλα Βόντα» αναστέναξε ο Κρίστιαν. Βλέποντάς τον να υποφέρει έτσι δεν άντεξα και χαμογέλασα. «Της καλύτερης φίλης της βασίλισσας. Όλοι οι σνομπ γαλαζοαίματοι θα είναι εκεί και εγώ πρέπει να φορέσω κοστούμι».

Ο Μέισον μου έσκασε χαμόγελο. Η προηγούμενη ανταγωνιστική του διάθεση πέρασε. «Το σκι ακούγεται καλύτερο όσο περνάει η ώρα, έτσι; Λιγότερο ενδυματολογικό άγχος».

Αφήσαμε πίσω μας τα Μορόι και βγήκαμε έξω. Ο Μέισον δεν μπορούσε να με συναγωνιστεί όπως χτες· οι κινήσεις του ήταν αργές και αδέξιες. Παρ' όλα αυτά, τα πήγε εξαιρετικά καλά, δεδομένων των συνθηκών. Ο τραυματισμός του δεν ήταν τόσο άσχημος όσο φανταζόμασταν, αλλά είχε τη σύνεση να μένει στις εύκολες διαδρομές.

Η Πανσέληνος κρεμόταν μέσα στο σκοτάδι, μια λαμπερή σφαίρα από ασημένιο λευκό. Ο ηλεκτρικός φωτισμός υποσκίαζε το φως της στη γη, αλλά σε κάποια σημεία, στις σκιές, το φεγγάρι κατόρθωνε να ρίχνει τις ακτίνες του. Ευχήθηκα να ήταν αρκετά δυνατό ώστε να φωτίζει τις γύρω βουνοκορφές που έμεναν κρυμμένες στο σκοτάδι. Είχα ξεχάσει να τις κοιτάξω όταν ήταν ακόμα μέρα.

Οι διαδρομές ήταν πολύ εύκολες για μένα, αλλά έμεινα με τον Μέισον και περιστασιακά μόνο τον πείραζα πως το ανάπηρο σκι του μου είχε φέρει νύστα. Βαρετές διαδρομές ή όχι, ήταν όμορφο να βρίσκομαι εκεί έξω με τους φίλους μου, και η κίνηση ανέβαζε τη θερμοκρασία του σώματός μου προστατεύοντάς με από τον παγωμένο αέρα. Οι λάμπες φώτιζαν το χιόνι μετατρέποντάς το σε μια αχανή λευκή θάλασσα, με κρυστάλλους από νιφάδες να στραφταλίζουν αχνά. Και όταν κατάφερνα να γυρίζω και να εμποδίζω τα φώτα από το οπτικό μου πεδίο, κοίταζα πάνω και έβλεπα τα αστέρια να λάμπουν στον ουρανό. Μείναμε ξανά έξω για το μεγαλύτερο μέρος της μέρας, αλλά αυτή τη φορά είπα να σταματήσουμε πιο νωρίς: προφασίστηκα ότι είμαι κουρασμένη για να αφήσω τον Μέισον να ξεκουραστεί. Μπορεί να τα κατάφερνε να κάνει σκι στις εύκολες πίστες παρά το χτυπημένο του αστράγαλο, αλλά καταλάβαινα πως είχε αρχίσει να τον πονάει.

Ο Μέισον και εγώ ξεκινήσαμε για το ξενοδοχείο περπατώντας πολύ κοντά ο ένας με τον άλλο, γελώντας για κάτι που είχαμε δει νωρίτερα. Ξαφνικά έπιασα κάτι άσπρο με την περιφερειακή μου όραση, και μια μικρή χιονόμπαλα έσκασε στο πρόσωπο του Μέισον. Αμέσως πήρα αμυντική στάση, πηδώντας προς τα πίσω και ελέγχοντας την περιοχή. Κραυγές και ξεφωνητά ακούστηκαν από μια περιοχή του θέρετρου όπου υπήρχαν αποθηκευτικοί χώροι μέσα σε ψηλά πεύκα.

«Αργείς πολύ, Άσφορντ» φώναξε κάποιος. «Ο έρωτας δεν σου βγαίνει σε καλό».

Κι άλλα γέλια. Ο καλύτερος φίλος του Μέισον, ο Έντι Καστίλ, και κάποιοι άλλοι μαθητευόμενοι από τη σχολή εμφανίστηκαν πίσω από μια συστάδα δέντρων. Πίσω τους άκουσα κι άλλες φωνές.

«Σε δεχόμαστε ακόμα, αν βέβαια θέλεις να μπεις στην ομάδα μας» είπε ο Έντι. «Παρόλο που σκύβεις να αποφύγεις τις χιονόμπαλες σαν κοριτσάκι».

«Ομάδα;» ρώτησα ενθουσιασμένη.

Πίσω στην Ακαδημία, ο χιονοπόλεμος απαγορευόταν αυστηρά. Οι διευθυντές της σχολής για κάποιον ανεξήγητο λόγο φοβούνταν πως θα πετάγαμε χιονόμπαλες με κρυμμένα κομματάκια γυαλιού ή ξυραφάκια, αν και δεν έχω ιδέα πώς πίστευαν ότι θα βρίσκαμε τέτοια πράγματα ούτως ή άλλως.

Όχι πως ο χιονοπόλεμος ήταν κάτι τόσο επαναστατικό, αλλά μετά από όλο το στρες που είχα περάσει τελευταία, το να πετάω αντικείμενα στους άλλους ξαφνικά μου φάνηκε η καλύτερη ιδέα που είχα ακούσει εδώ και καιρό. Ο Μέισον και εγώ τρέξαμε μαζί με τους άλλους, με την προοπτική της απαγορευμένης μάχης να του δίνει καινούργια ενέργεια και να τον κάνει να ξεχνάει τον πόνο στον αστράγαλό του. Πέσαμε στη... μάχη με πρωτοφανή ζήλο.

Η μάχη σύντομα εξελίχτηκε σε προσπάθεια να πετύχεις όσο το δυνατόν περισσότερους, ενώ ταυτόχρονα έπρεπε να αποφύγεις τις δικές τους βολές. Ήμουν εξαιρετική και στα δύο και επέτεινα την ανωριμότητα της κατάστασης ξεφωνίζοντας αποδοκιμασίες και ανόητες προσβολές στα θύματά μου.

Μέχρι να καταλάβει κάποιος τι κάναμε και να μας βάλει τις φωνές, όλοι γελούσαμε και ήμασταν σκεπασμένοι με χιόνι. Ο Μέισον και εγώ ξεκινήσαμε ξανά για το ξενοδοχείο και τα κέφια μας ήταν τόσο ανεβασμένα που ήξερα ότι το «θέμα Άντριαν» είχε ξεχαστεί εντελώς.

Πράγματι, ο Μέισον με κοίταξε λίγο πριν μπούμε μέσα. «Συγνώμη που, εμ, στην είπα για τον Άντριαν προηγουμένως».

Έσφιξα το χέρι του. «Δεν έγινε τίποτα. Ξέρω ότι η Μία μπορεί να λέει πολύ πειστικές ιστορίες».

«Ναι... αλλά ακόμη και αν ήσουν μαζί του... εγώ δεν έχω κανένα δικαίωμα να...»

Τον κοίταξα επίμονα, ξαφνιασμένη που είδα την αυθάδικη αυτοκυριαρχία του να γίνεται ξαφνικά αμηχανία. «Ώστε δεν έχεις κανένα δικαίωμα;» ρώτησα.

Ένα χαμόγελο εμφανίστηκε στα χείλη του. «Έχω;»

Ανταποδίδοντάς του το χαμόγελο, έκανα ένα βήμα μπροστά και τον φίλησα. Τα χείλη του ήταν απίστευτα ζεστά στον παγωμένο αέρα. Δεν ήταν το συνταρακτικό φιλί που μοιράστηκα με τον Ντιμίτρι λίγο πριν από την εκδρομή, αλλά ήταν γλυκό και όμορφο – ένα φιλικό φιλί που ίσως να μπορούσε να εξελιχτεί σε κάτι περισσότερο. Έτσι τουλάχιστον το είδα εγώ. Από την έκφραση του Μέισον κατάλαβα πως για εκείνον είχαν έρθει τα πάνω-κάτω.

«Ουάου» είπε με διάπλατα μάτια. Το φεγγαρόφωτο έκανε τα μάτια του ασημένια και γαλάζια μαζί.

«Βλέπεις;» είπα. «Δεν χρειάζεται να ανησυχείς για τίποτα. Ούτε για τον Άντριαν ούτε για κανέναν άλλο».

Φιληθήκαμε ξανά –με μεγαλύτερη διάρκεια αυτή τη φορά– πριν χωριστούμε τελικά. Ο Μέισον είχε ολοφάνερα καλύτερη διάθεση, όπως και θα έπρεπε άλλωστε, και εγώ έπεσα στο κρεβάτι μου με ένα χαμόγελο στο πρόσωπό μου. Τυπικά δεν ήμουν σίγουρη αν ο Μέισον και εγώ ήμασταν ζευγάρι τώρα πια, αλλά σίγουρα ήμασταν πολύ κοντά σε κάτι τέτοιο.

Αλλά όταν κοιμήθηκα, ονειρεύτηκα τον Άντριαν Ιβάσκοφ.

Στεκόμουν μαζί του στην ίδια βεράντα, μόνο που ήταν καλοκαίρι. Ο αέρας ήταν απαλός και ζεστός και ο ήλιος κρεμόταν λαμπερός στον ουρανό λούζοντας τα πάντα με ένα χρυσό φως. Από τότε που ζούσαμε με τους ανθρώπους είχα να δω τόση λιακάδα. Γύρω μας τα βουνά ήταν γεμάτα πράσινο και ζωή. Παντού κελαηδούσαν πουλιά.

Ο Άντριαν έγερνε στα κάγκελα της πόρτας, ατένιζε τη θέα και με κοίταξε δυο φορές όταν με πρόσεξε. «Α, για φαντάσου, δεν περίμενα να δω εσένα εδώ πέρα». Χαμογέλασε. «Είχα δίκιο. Είσαι πραγματικά σαρωτική τώρα που καθάρισε το πρόσωπό σου».

Αντανακλαστικά, άγγιξα το δέρμα γύρω από το μάτι μου.

«Έχει φύγει» είπε.

Παρόλο που δεν μπορούσα να το δω, με κάποιον τρόπο ήξερα ότι είχε δίκιο. «Δεν καπνίζεις».

«Κακή συνήθεια» είπε. Έδειξε προς το μέρος μου. «Φοβάσαι; Πολλά φυλακτά φοράς σήμερα».

Συνοφρυώθηκα, μετά χαμήλωσα το βλέμμα μου. Δεν είχα προσέξει τα ρούχα μου. Φορούσα ένα κεντημένο τζιν που είχα δει κάποτε, αλλά δεν είχα αρκετά χρήματα για να το αγοράσω. Το μπλουζάκι μου ήταν κομμένο στο στρίφωμα, αφήνοντας να φαίνεται ο αφαλός μου, όπου φορούσα σκουλαρίκι. Πάντα ήθελα να κάνω τρύπα στον αφαλό μου, αλλά ποτέ δεν μου έφταναν τα λεφτά. Τώρα φορούσα μια λεπτή ασημένια αλυσίδα από όπου κρεμόταν το παράξενο μενταγιόν με το γαλάζιο μάτι που μου είχε δώσει η μητέρα μου. Το κομποσκοίνι της Λίζα κρεμόταν από τον καρπό μου.

Σήκωσα το βλέμμα μου στον Άντριαν, προσέχοντας τον τρόπο με τον οποίο ο ήλιος έλαμπε στα καστανά μαλλιά του. Εδώ, στο άπλετο φως του ήλιου, μπόρεσα να διαπιστώσω ότι τα μάτια του ήταν όντως πράσινα – ένα βαθύ σμαραγδί σε αντίθεση με το ανοιχτό πράσινο της Λίζα. Ξαφνικά κάτι περίεργο με ενόχλησε.

«Δεν σε πειράζει όλος αυτός ο ήλιος;»

Σήκωσε τεμπέλικα τους ώμους του. «Μπα. Είμαστε στο όνειρό μου».

«Όχι, στο *δικό* μου όνειρο είμαστε».

«Είσαι σίγουρη;» Το χαμόγελό του επέστρεψε.

Ένιωσα σύγχυση. «Δεν… δεν ξέρω».

Χαχάνισε, αλλά ένα λεπτό αργότερα το γέλιο του έσβησε. Για πρώτη φορά από τότε που τον είχα γνωρίσει, φάνηκε σοβαρός. «Γιατί έχεις τόσο σκοτάδι γύρω σου;»

Συνοφρυώθηκα. «Ορίστε;»

«Είσαι τυλιγμένη μέσα στο σκοτάδι». Τα μάτια του με εξέτασαν προσεκτικά, όχι σαν να τσέκαρε αν ήμουν ωραία. «Ποτέ μου δεν έχω ξαναδεί κάποιαν σαν εσένα. Σκιές παντού. Δεν θα το φανταζόμουν ποτέ. Ακόμη και καθώς στέκεσαι εκεί, οι σκιές πυκνώνουν».

Κοίταξα τα χέρια μου, αλλά δεν είδα τίποτα ασυνήθιστο. Τον ξανακοίταξα. «Είμαι νυχτοφιλημένη…»

«Τι σημαίνει αυτό;»

«Έχω πεθάνει μία φορά». Ποτέ δεν είχα μιλήσει για αυτό σε κανέναν άλλο εκτός από τη Λίζα και τον Βίκτορ Ντάσκοφ, αλλά όνειρο ήταν. Δεν πείραζε. «Και ξαναγύρισα».

Δέος φώτισε το πρόσωπό του. «Α… ενδιαφέρον».

Ξύπνησα.

Κάποιος με ταρακουνούσε. Ήταν η Λίζα. Τα συναισθήματά της μέσα από το δεσμό με χτύπησαν τόσο δυνατά που πέρασα μέσα της και βρέθηκα να κοιτάζω το πρόσωπό μου. Το «αλλόκοτο» δεν έφτανε για να περιγράφει την κατάσταση. Τραβήχτηκα πάλι πίσω στον εαυτό μου, προσπαθώντας να ξεπεράσω τον τρόμο και τον πανικό που ερχόταν από μέσα της.

«Τι έγινε;»

«Τα Στριγκόι έκαναν κι άλλη επίθεση».

12

ΠΕΤΑΧΤΗΚΑ ΑΠΟ ΤΟ ΚΡΕΒΑΤΙ στη στιγμή. Όλο το θέρετρο βούιζε από τα νέα. Οι μαθητευόμενοι είχαν μαζευτεί σε πηγαδάκια στους διαδρόμους. Τα μέλη των διάφορων οικογενειών έψαχναν το ένα το άλλο. Κάποιες συνομιλίες γίνονταν με τρομοκρατημένους ψιθύρους· άλλες ήταν δυνατές και εύκολο να της ακούσεις. Σταμάτησα κάποιους για να μάθω τι ακριβώς έγινε. Καθένας όμως είχε να πει μια διαφορετική εκδοχή για τα γεγονότα, ενώ μερικοί δεν σταματούσαν καν για να τους ρωτήσω. Περνούσαν βιαστικοί για να ψάξουν τους αγαπημένους τους ή να μαζέψουν τις βαλίτσες τους για να φύγουν από το θέρετρο, σίγουροι ότι οποιοδήποτε άλλο μέρος θα ήταν πιο ασφαλές από εδώ.

Απηυδισμένη από τις διαφορετικές ιστορίες, τελικά –απρόθυμα – έκρινα πως έπρεπε να αναζητήσω τις δυο πηγές που θα μου έδιναν θετικές πληροφορίες: τη μητέρα μου ή τον Ντιμίτρι. Ήταν σαν να ρίχνεις νόμισμα. Κανένας τους δεν ήταν από τα πιο αγαπημένα μου πρόσωπα εκείνη τη στιγμή. Ζύγισα τις επιλογές μου και στο τέλος αποφάσισα να μιλήσω στη μητέρα μου, βλέποντας πως δεν τα πήγαινε και τόσο καλά με την Τάσα Οζέρα.

Η πόρτα της μητέρας μου ήταν μισάνοιχτη και, όταν μπήκαμε με τη Λίζα, είδα ότι εδώ μέσα είχε στηθεί ένα είδος αυτοσχέδιου αρχηγείου. Ένα σωρό φύλακες στριφογύριζαν από δω και από κει, μπαίνοντας και βγαίνοντας, συζητώντας στρατηγικές. Κάποιοι μας κοίταξαν περίεργα, αλλά κανείς δεν μας σταμάτησε ούτε μας ρώτησε τι θέλαμε εκεί.

Η Λίζα και εγώ γλιστρήσαμε σε ένα μικρό καναπέ για να ακούσουμε τη μητέρα μου που μιλούσε.

Στεκόταν με μια ομάδα φυλάκων, ένας από τους οποίους ήταν ο Ντιμίτρι. Ωραία τον απέφευγα και αυτόν. Τα καστανά μάτια του έπεσαν πάνω μου κάποια στιγμή και έστρεψα αλλού το βλέμμα μου. Δεν ήθελα να ασχοληθώ με τα αισθήματα που είχα για εκείνον αυτή τη στιγμή.

Σύντομα η Λίζα και εγώ μάθαμε τις λεπτομέρειες. Οκτώ Μορόι είχαν σκοτωθεί μαζί με τους φύλακές τους. Τρία Μορόι αγνοούνταν, είχαν πεθάνει ή είχαν γίνει Στριγκόι. Η επίθεση δεν είχε γίνει εδώ, είχε συμβεί κάπου στη Βόρεια Καρολίνα. Παρ' όλα αυτά, μια τέτοια τραγωδία δεν μπορούσε παρά να έχει αντίκτυπο στον κόσμο των Μορόι, και –για ορισμένους τουλάχιστον– η απόσταση δύο πολιτειών δεν ήταν αρκετά μεγάλη. Ο κόσμος ήταν τρομοκρατημένος, και σύντομα έμαθα τι έκανε αυτή την επίθεση τόσο αξιοσημείωτη.

«Πρέπει να ήταν περισσότερα από την προηγούμενη φορά» είπε η μητέρα μου.

«Περισσότερα;» αναφώνησε ένας από τους άλλους φύλακες. «Μα εκείνη η ομάδα ήταν κάτι πρωτάκουστο. Ακόμη δεν μπορώ να πιστέψω πως εννιά Στριγκόι κατάφεραν να συνεργαστούν – δηλαδή θέλεις να πιστέψω πως αυτή τη φορά ήταν ακόμη πιο οργανωμένα;»

«Ναι» απάντησε κοφτά η μητέρα μου.

«Κάποιο στοιχείο για συμμετοχή ανθρώπων;» ρώτησε κάποιος άλλος.

Η μητέρα μου δίστασε, αλλά μετά είπε: «Ναι. Εξουδετέρωσαν κι άλλες ασπίδες. Και ο τρόπος με τον οποίο έγιναν όλα… είναι πανομοιότυπος με την επίθεση στους Μπαντίκα».

Η φωνή της ήταν σκληρή, αλλά είχε και μια επιφυλακτικότητα. Ήταν κάτι ψυχικό, συνειδητοποίησα. Πόνος και πίεση για όσα συζητούσαν. Πάντα θεωρούσα τη μητέρα μου ένα είδος αναίσθητης δολοφονικής μηχανής, αλλά όσα είχαν γίνει ήταν ολοφάνερα σκληρά για εκείνη. Ήταν ένα δύσκολο, άσχημο θέμα συζήτησης – αλλά την ίδια στιγμή κατόρθωνε να το αντιμετωπίζει χωρίς κανένα δισταγμό. Ήταν καθήκον της.

Ένας κόμπος σχηματίστηκε στο λαιμό μου, αλλά τον κατάπια γρήγορα. Άνθρωποι. Όπως ακριβώς στην επίθεση στους Μπαντίκα. Από τότε που έγινε εκείνο το μακελειό, είχαμε αναλύσει ενδελεχώς το παράδοξο μιας τόσο μεγάλης ομάδας Στριγκόι που συνεργάζονται και προσηλυτίζουν ανθρώπους. Είχαμε μιλήσει με γενικότητες για «αν κάτι παρόμοιο συμβεί ποτέ ξανά...» Αλλά κανείς δεν είχε υπονοήσει στα σοβαρά πως αυτή η ομάδα –οι δολοφόνοι των Μπαντίκα– θα ξαναχτυπούσε. Μια φορά, εντάξει, ήταν η τύχη του πρωτάρη – ίσως κάποια Στριγκόι είχε τύχει να συγκεντρωθούν και αποφάσισαν παρορμητικά να κάνουν μια ξαφνική επιδρομή. Ήταν φρικτό, αλλά μπορούσαμε να το περάσουμε έτσι.

Αλλά τώρα... τώρα φαινόταν πως εκείνη η ομάδα των Στριγκόι δεν ήταν τυχαίο γεγονός. Είχαν ενωθεί με σκοπό, χρησιμοποίησαν ανθρώπους με στρατηγική και είχαν επιτεθεί πάλι. Τώρα είχαμε κάτι που θα μπορούσε να είναι ένα μοτίβο: τα Στριγκόι αναζητούσαν ενεργά τα θύματά τους σε μεγάλες ομάδες. Κατά συρροήν δολοφόνοι. Δεν μπορούσαμε πλέον να εμπιστευόμαστε την προστατευτική μαγεία των ασπίδων. Ούτε καν το φως του ήλιου δεν μπορούσαμε πλέον να εμπιστευτούμε. Το φως δεν ήταν πλέον ασφαλές.

Θυμήθηκα τι είχα πει στον Ντιμίτρι στο σπίτι των Μπαντίκα: *Αυτό τα αλλάζει όλα, έτσι δεν είναι;*

Η μητέρα μου φυλλομέτρησε μερικές σελίδες σε ένα ντοσιέ.

«Δεν υπάρχουν ακόμα λεπτομερή στοιχεία από το εργαστήριο, αλλά δεν θα μπορούσε να το έχει κάνει ίδιος αριθμός Στριγκόι. Δεν γλίτωσε κανένας από τους Ντρόζντοφ ή το προσωπικό τους. Με πέντε φύλακες, εφτά Στριγκόι θα ήταν απασχολημένα –προσωρινά τουλάχιστον– και κάποιοι θα κατόρθωναν να ξεφύγουν. «Υποψιαζόμαστε εννιά ή δέκα ίσως».

«Η Τζανίν έχει δίκιο» είπε ο Ντιμίτρι. «Και αν σκεφτεί κανείς τον τόπο του εγκλήματος... είναι πολύ μεγάλος. Εφτά δεν θα μπορούσαν να τον καλύψουν».

Οι Ντρόζντοφ ήταν μία από τις δώδεκα βασιλικές οικογένειες. Ήταν μεγάλοι και τρανοί, όχι σαν τη φθίνουσα γενιά της Λίζα. Είχαν αρκετούς βασιλικούς γόνους, αλλά προφανώς μια τέτοια επίθεση δεν έπαυε να είναι απαίσια. Επιπλέον, κάτι σχετικά με αυτούς ενοχλούσε τη σκέψη μου. Υπήρχε κάτι που έπρεπε να θυμηθώ... κάτι που έπρεπε να ξέρω για τους Ντρόζντοφ.

Μολονότι ένα μέρος του μυαλού μου το επεξεργαζόταν ακόμα, παρακολουθούσα με θαυμασμό τη μητέρα μου. Την είχα ακούσει να λέει τις ιστορίες της. Την είχα δει και την είχα *νιώσει* να παλεύει. Αλλά πραγματικά δεν την είχα δει ποτέ εν δράσει σε μια πραγματική κρίση. Λειτουργούσε με όλον εκείνο το σκληρό αυτοέλεγχο που είχε και μαζί μου, αλλά εδώ έβλεπα πόσο απαραίτητος ήταν. Μια τέτοια κατάσταση προκαλούσε πανικό. Ακόμη και ανάμεσα στους φύλακες, διαισθανόμουν κάποιους οι οποίοι ήταν τόσο εκνευρισμένοι που ήθελαν να κάνουν αμέσως κάτι δραστικό. Η μητέρα μου ήταν η φωνή της λογικής, μια υπενθύμιση πως έπρεπε να μείνουν συγκεντρωμένοι, να εκτιμήσουν πρώτα σφαιρικά την κατάσταση. Η αυτοκυριαρχία της ηρεμούσε τους πάντες – η δύναμη στους τρόπους της τους ενέπνεε. Έτσι, συνειδητοποίησα, συμπεριφέρεται ένας ηγέτης.

Ο Ντιμίτρι ήταν το ίδιο ήρεμος με εκείνη, αλλά υποτασσόταν

στην εξουσία της. Ορισμένες φορές έπρεπε να καταβάλω προσπάθεια για να θυμάμαι πως, όσον αφορά τους φύλακες, ήταν πολύ νεαρός. Συζήτησαν κι άλλο το θέμα της επίθεσης, πως οι Ντρόζντοφ έκαναν ένα καθυστερημένο χριστουγεννιάτικο πάρτι σε μια αίθουσα συνεστιάσεων όταν δέχτηκαν την επίθεση.

«Πρώτα οι Μπαντίκα, τώρα οι Ντρόζντοφ» μουρμούρισε ένας φύλακας. «Στόχος τους είναι οι βασιλικές οικογένειες».

«Στόχος τους είναι τα Μορόι» δήλωσε κατηγορηματικά ο Ντιμίτρι. «Βασιλικοί γόνοι ή όχι, δεν έχει σημασία».

Βασιλικοί. Μη βασιλικοί. Ξαφνικά κατάλαβα γιατί οι Ντρόζντοφ ήταν σημαντικοί. Το παρορμητικό μου ένστικτο μου υπαγόρευσε να πεταχτώ και να κάνω μια ερώτηση ευθύς αμέσως, αλλά σκέφτηκα καλύτερα. Εδώ τα πράγματα ήταν σοβαρά. Δεν ήταν ώρα για παράλογες συμπεριφορές. Ήθελα να είμαι το ίδιο δυνατή με τη μητέρα μου και τον Ντιμίτρι, έτσι περίμενα να τελειώσει η συζήτηση.

Όταν η ομάδα άρχισε να διαλύεται, σηκώθηκα από τον καναπέ και έσπρωξα τον κόσμο μέχρι να φτάσω στη μητέρα μου.

«Ρόουζ» είπε έκπληκτη. Όπως και στην τάξη του Σταν, δεν είχε προσέξει πως ήμουν στο δωμάτιο. «Τι κάνεις εσύ εδώ;»

Η ερώτηση ήταν τόσο ηλίθια που δεν μπήκα καν στον κόπο να την απαντήσω. Μα τι πίστευε πως έκανα εκεί πέρα; Αυτό ήταν ένα από τα σημαντικότερα πράγματα που συνέβησαν ποτέ στα Μορόι.

Έδειξα το ντοσιέ της. «Ποιος άλλος σκοτώθηκε;»

Εκνευρισμός ρυτίδωσε το μέτωπό της. «Οι Ντρόζντοφ».

«Και ποιος άλλος;»

«Ρόουζ, δεν έχουμε ώρα να–»

«Είχαν προσωπικό, σωστά; Ο Ντιμίτρι μίλησε για μη βασιλικούς γόνους. Ποιοι ήταν;»

Ξανά είδα επιφυλακτικότητα στο βλέμμα της. Είχε πάρει

κατάκαρδα τους φόνους. «Δεν ξέρω όλα τα ονόματα». Γυρνώντας τις σελίδες, μου έδωσε το ντοσιέ. «Να».

Διάβασα τη λίστα. Η καρδιά μου βούλιαξε.

«Εντάξει» της είπα. «Ευχαριστώ».

Η Λίζα και εγώ τους αφήσαμε να κάνουν τη δουλειά τους. Ευχήθηκα να μπορούσαμε να βοηθήσουμε, αλλά οι φύλακες τα κατάφερναν μια χαρά και μόνοι τους· δεν χρειάζονταν μαθητευόμενους μες στα πόδια τους.

«Τι ήταν αυτό πάλι;» ρώτησε η Λίζα, όταν πια βρισκόμασταν στο δρόμο προς το κεντρικό κτίριο του θέρετρου.

«Το προσωπικό των Ντρόζντοφ» είπα. «Η μητέρα της Μία δούλευε για αυτούς...»

Της Λίζα της κόπηκε η αναπνοή. «Και;»

Αναστέναξα. «Και το όνομά της ήταν στη λίστα».

«Ω Θεέ μου». Η Λίζα σταμάτησε να περπατάει. Κοίταζε το κενό, προσπαθώντας να σταματήσει τα δάκρυά της ανοιγοκλείνοντας τα βλέφαρα. «Ω Θεέ μου» ξαναείπε.

Πήγα μπροστά της και έβαλα τα χέρια μου στους ώμους της. Έτρεμε.

«Ηρέμησε» είπα. Ο φόβος της έφτανε σε μένα σε κύματα, αλλά ήταν μουδιασμένος φόβος. Σοκ. «Όλα θα πάνε καλά».

«Τους άκουσες. Μια ομάδα Στριγκόι οργανώνεται και μας επιτίθεται! Πόσοι είναι; Έρχονται προς τα εδώ;»

«Όχι» είπα κατηγορηματικά. Φυσικά, δεν είχα καμία απόδειξη για αυτό. «Είμαστε ασφαλείς εδώ».

«Καημένη Μία...»

Δεν υπήρχε κάτι να προσθέσω σε αυτό. Πίστευα βέβαια πως η Μία ήταν η απόλυτη σκύλα, αλλά αυτό δεν θα το ευχόμουν σε κανέναν, ούτε καν στο χειρότερο εχθρό μου – κάτι που ουσιαστικά ήταν η Μία. Αλλά αμέσως διόρθωσα αυτή τη σκέψη. Η Μία δεν ήταν ο χειρότερος εχθρός μου.

Δεν άντεχα να φύγω από το πλευρό της Λίζα όλη την υπόλοιπη μέρα. Ήξερα ότι δεν παραμόνευαν Στριγκόι στο θέρετρο, αλλά τα προστατευτικά μου ένστικτα ήταν πολύ έντονα. Οι φύλακες προστάτευαν τα Μορόι τους. Ως συνήθως, ανησυχούσα και για το άγχος και για τη στενοχώρια της, έτσι έκανα ό,τι μπορούσα για να αμβλύνω αυτά τα συναισθήματα.

Μα και οι άλλοι φύλακες καθησύχαζαν τα Μορόι. Δεν περπατούσαν δίπλα δίπλα με τα Μορόι, αλλά ενίσχυσαν τα μέτρα ασφαλείας και είχαν συνεχή επικοινωνία με φύλακες στον τόπο της επίθεσης. Όλη μέρα έρχονταν πληροφορίες για τις μακάβριες λεπτομέρειες, καθώς και εικασίες για το πού θα μπορούσε να κρύβεται η συμμορία των Στριγκόι. Ελάχιστες από αυτές ανακοινώνονταν στους μαθητευόμενους, φυσικά.

Και ενώ οι φύλακες έκαναν ό,τι καλύτερο μπορούσαν, τα Μορόι έκαναν και εκείνα –δυστυχώς– ό,τι καλύτερο μπορούσαν: *μιλούσαν*.

Με τόσο πολλούς βασιλικούς γόνους και άλλα σημαντικά Μορόι, εκείνη τη νύχτα κανονίστηκε μια συνάντηση για να συζητηθούν όσα είχαν γίνει και όσα μπορούσαν να γίνουν στο μέλλον. Εδώ δεν μπορούσε να ληφθεί καμία επίσημη απόφαση· τα Μορόι είχαν βασίλισσα και κυβερνητικό συμβούλιο κάπου αλλού για τέτοιες αποφάσεις. Όλοι, όμως, γνώριζαν ότι οι γνώμες που θα ακούγονταν εδώ θα έφταναν μέχρι την κορυφή της ιεραρχίας. Η μελλοντική μας ασφάλεια θα μπορούσε θαυμάσια να κρίνεται από όσα θα συζητιούνταν σε αυτή τη συνάντηση.

Έγινε σε μια τεράστια αίθουσα συνεδριάσεων μέσα στο θέρετρο, με πόντιουμ και πολλά καθίσματα. Παρά την επαγγελματική ατμόσφαιρα, καταλάβαινες πως η συγκεκριμένη αίθουσα είχε σχεδιαστεί για άλλα πράγματα και όχι για συναντήσεις σχετικές με σφαγές και αμυντικά σχέδια. Η μοκέτα είχε την υφή βελούδου και ένα περίτεχνο μοτίβο με λουλούδια σε ασημένιο και μαύρο χρώμα. Τα καθίσματα ήταν φτιαγμένα από μαύρο λακαρισμένο ξύλο και είχαν ψηλές ράχες, πασιφανώς προορίζονταν για επίσημα δείπνα. Πορτρέτα αποθανόντων γαλαζοαίματων Μορόι κρέμονταν στους τοίχους. Κοίταξα για λίγο μια βασίλισσα της οποίας το όνομα δεν γνώριζα. Φορούσε ένα παλιομοδίτικο φόρεμα –πολλή δαντέλα για τα γούστα μου– και είχε ανοιχτόχρωμα μαλλιά σαν της Λίζα.

Ένας τύπος τον οποίο δεν γνώριζα ήταν υπεύθυνος για το πόντιουμ. Τα περισσότερα Μορόι από βασιλικές οικογένειες μαζευτήκαν στο μπροστινό μέρος της αίθουσας. Όλοι οι άλλοι, συμπεριλαμβανομένων και των μαθητών, κάθισαν όπου μπορούσαν. Ο Κρίστιαν και ο Μέισον είχαν βρει εμένα και τη Λίζα και πήγαμε να κάτσουμε όλοι μαζί πίσω. Ξαφνικά η Λίζα κούνησε το κεφάλι της.

«Εγώ πάω να κάτσω μπροστά».

Οι τρεις μας την κοιτάξαμε. Είχα μείνει σύξυλη, δεν μπορούσα να ψάξω το μυαλό της.

«Ακούστε» είπε. «Οι βασιλικοί γόνοι κάθονται μπροστά, κάθονται με την οικογένειά τους».

Ήταν αλήθεια. Τα μέλη της ίδιας οικογένειας κάθονταν μαζί: οι Μπαντίκα, οι Ιβάσκοφ, οι Ζέκλος κ.λπ. Η Τάσα ήταν και εκείνη εκεί, αλλά μόνη της. Ο Κρίστιαν ήταν ο μοναδικός άλλος Οζέρα στην αίθουσα.

«Πρέπει να πάω εκεί πέρα» είπε η Λίζα.

«Κανείς δεν περιμένει από σένα να πας εκεί» της είπα.

«Πρέπει να αντιπροσωπεύσω τους Ντραγκομίρ».

Ο Κρίστιαν μόρφασε. «Ένα μάτσο βασιλικές μαλακίες είναι όλα αυτά».

Το πρόσωπό της πήρε μια αποφασισμένη έκφραση. «Πρέπει να πάω εκεί πέρα».

Άνοιξα τον εαυτό μου στα συναισθήματα της Λίζα και μου άρεσε αυτό που βρήκα. Είχε περάσει όλη σχεδόν την ημέρα σιωπηλή και τρομαγμένη, όπως είχε νιώσει όταν μάθαμε για τη μαμά της Μία. Αυτός ο φόβος εξακολουθούσε να υπάρχει μέσα της, αλλά τον υπερνικούσε μια ακλόνητη αυτοπεποίθηση και αποφασιστικότητα. Συνειδητοποιούσε ότι ήταν μια από τα κυβερνώντα Μορόι και, όσο κι αν την τρόμαζε η ιδέα μιας περιπλανώμενης συμμορίας Στριγκόι, ήθελε να κάνει το καθήκον της.

«Τότε πρέπει να το κάνεις» της είπα απαλά. Μου άρεσε και η ιδέα που εναντιωνόταν στον Κρίστιαν.

Η Λίζα βρήκε τα μάτια μου και χαμογέλασε. Ήξερε τι είχα νιώσει. Ένα λεπτό αργότερα, στράφηκε στον Κρίστιαν. «Και εσύ πρέπει να πας με τη θεία σου».

Ο Κρίστιαν άνοιξε το στόμα του για να διαμαρτυρηθεί. Αν δεν υπήρχε η φρίκη της όλης κατάστασης, το να βλέπω τη Λίζα να τον διατάζει θα ήταν αρκετά αστείο. Πάντα του ήταν πεισματάρης και δύσκολος· όσοι προσπαθούσαν να τον σπρώξουν, αποτύχαιναν. Βλέποντας το πρόσωπό του, είδα την ίδια συνειδητοποίηση που είχε κυριεύσει τη Λίζα να περνάει και σε εκείνον. Και σε εκείνον άρεσε που την έβλεπε τόσο δυνατή. Έσφιξε τα χείλη του σε μια γκριμάτσα.

«Εντάξει». Έπιασε το χέρι της και οι δυο τους προχώρησαν προς το μπροστινό μέρος της αίθουσας.

Ο Μέισον και εγώ καθίσαμε. Λίγο πριν αρχίσει η διαδικασία, ο Ντιμίτρι κάθισε δίπλα μου, με τα μαλλιά πιασμένα πίσω και τη δερμάτινη καμπαρντίνα του τυλιγμένη γύρω του καθώς βολευόταν στο κάθισμά του. Του έριξα μια έκπληκτη ματιά, αλλά δεν είπα τίποτα. Υπήρχαν λίγοι φύλακες στη συγκέντρωση· οι περισσότεροι έκαναν έλεγχο των ζημιών. Λογικό ήταν. Και να 'μαι εκεί, ανάμεσα στους άντρες μου.

Η συγκέντρωση ξεκίνησε εκείνη ακριβώς τη στιγμή. Όλοι

επείγονταν να μιλήσουν για το πώς οι ίδιοι πίστευαν πως θα σώζονταν τα Μορόι, αλλά ουσιαστικά δύο ήταν οι επικρατέστερες θεωρίες.

«Η απάντηση βρίσκεται παντού γύρω μας» είπε ένας βασιλικός γόνος όταν του δόθηκε η άδεια να μιλήσει. Στάθηκε δίπλα στο κάθισμά του και κοίταξε γύρω στην αίθουσα. «*Εδώ*. Σε μέρη σαν αυτό εδώ το θέρετρο. Και την Ακαδημία του Αγίου Βλαντιμίρ. Στέλνουμε τα παιδιά μας σε ασφαλή μέρη, σε μέρη όπου υπάρχουν φύλακες και ασπίδες προστασίας. Και κοιτάξτε πόσοι από μας ήρθαμε εδώ, παιδιά και ενήλικοι. Γιατί δεν ζούμε έτσι κανονικά;»

«Πολλοί από μας το κάνουμε ήδη» φώναξε κάποιος.

Ο άντρας σήκωσε το χέρι του για να τον ησυχάσει. «Μια δυο οικογένειες εδώ και εκεί ή μια πόλη με μεγάλο πληθυσμό Μορόι; Αλλά και αυτά τα Μορόι δεν παύουν να ζουν στην αποκέντρωση. Τα Μορόι δεν εκμεταλλεύονται στο έπακρο τις δυνάμεις τους – τους φύλακες, τη μαγεία τους. Αν κατορθώναμε να μιμηθούμε αυτό το μοντέλο…» άπλωσε τα χέρια του «…ποτέ δεν θα ανησυχούσαμε ξανά για τα Στριγκόι».

«Και τα Μορόι δεν θα έρχονταν ποτέ ξανά σε επαφή με τον υπόλοιπο κόσμο» μουρμούρισα. «Τουλάχιστον μέχρι να ανακαλύψουν οι άνθρωποι τις κρυφές πόλεις των βρικολάκων να ξεφυτρώνουν στις ερημιές. Τότε θα είχαμε πολλές… *επαφές*».

Η άλλη θεωρία σχετικά με το πώς να προστατέψουμε τα Μορόι είχε λιγότερα οργανωτικά προβλήματα, αλλά περισσότερες προσωπικές συνέπειες – ειδικά για μένα.

«Το πρόβλημα έγκειται απλώς στο ότι δεν έχουμε αρκετούς φύλακες». Υπέρμαχος αυτού του σχεδίου ήταν μια γυναίκα από την οικογένεια των Σέλσκι. «Η απάντηση επομένως είναι απλή: πάρτε *περισσότερους*. Οι Ντρόζντοφ είχαν πέντε φύλακες, και δεν ήταν αρκετοί. Έξι μόνο φύλακες για να προστατεύουν δώδεκα Μορόι! Αυτό είναι απαράδεκτο. Δεν είναι περίεργο που τέτοια πράγματα συμβαίνουν συνεχώς».

«Και πού προτείνετε να βρούμε περισσότερους φύλακες;» ρώτησε ο άντρας ο οποίος ήταν της γνώμης να μένουν όλα τα Μορόι μαζί. «Τα αποθέματα είναι μάλλον περιορισμένα».

Η γυναίκα έδειξε εκεί όπου κάθονταν κάποιοι μαθητευόμενοι. «Έχουμε ήδη αρκετούς. Τους έχω δει να εκπαιδεύονται. Είναι θανάσιμοι. Γιατί περιμένουμε μέχρι να γίνουν δεκαοκτώ χρονών; Αν επισπεύσουμε το εκπαιδευτικό πρόγραμμα και εστιάσουμε περισσότερο στις προπονήσεις για μάχη, μπορούμε να έχουμε στα χέρια μας έτοιμους φύλακες στην ηλικία των δεκαέξι».

Ο Ντιμίτρι έκανε έναν ήχο με το λαιμό του που δεν ακούστηκε και πολύ χαρούμενος. Σκύβοντας μπροστά, ακούμπησε τους αγκώνες στα γόνατά του και στήριξε το πιγούνι του στα χέρια του με σκεπτικό ύφος.

«Και όχι μόνο αυτό, αφήνουμε ανεκμετάλλευτα πολλά νταμπίρ που θα μπορούσαν θαυμάσια να γίνουν φύλακες. Πού είναι όλες οι γυναίκες νταμπίρ; Τα γένη μας είναι άρρηκτα συνδεδεμένα μεταξύ τους. Τα Μορόι κάνουν το χρέος τους για να βοηθήσουν τα νταμπίρ να επιβιώσουν. Γιατί αυτές οι γυναίκες δεν κάνουν το ίδιο; Γιατί δεν είναι εδώ αυτή τη στιγμή;»

Ένα δυνατό, προκλητικό γέλιο ήρθε ως απάντηση. Όλα τα μάτια στράφηκαν στην Τάσα Οζέρα. Ενώ πολλοί άλλοι βασιλικοί γόνοι ήταν ντυμένοι επίσημα, εκείνη ήταν χαλαρή και απλή. Φορούσε το συνηθισμένο της τζιν, ένα λευκό φανελάκι που άφηνε να φαίνεται λίγο η κοιλιά της και μια μπλε, δαντελένια ζακέτα που έφτανε μέχρι τα γόνατα.

Κοιτάζοντας το συντονιστή της συζήτησης, είπε: «Μπορώ;»

Εκείνος ένευσε καταφατικά. Η γυναίκα Σέλσκι κάθισε· η Τάσα σηκώθηκε όρθια. Σε αντίθεση με τους άλλους ομιλητές, εκείνη προχώρησε στη μέση του πόντιουμ, όπου μπορούσαν να τη δουν όλοι καθαρά. Τα γυαλιστερά μαύρα μαλλιά της ήταν τραβηγμένα σε αλογοουρά, αφήνοντας τα σημάδια της εντελώς εκτεθειμένα με έναν τρόπο που υποψιαζόμουν πως ήταν εσκεμμένος. Το πρόσωπό της ήταν τολμηρό και απείθαρχο. Πανέμορφο.

«Αυτές οι γυναίκες δεν είναι εδώ αυτή τη στιγμή, Μόνικα, γιατί μεγαλώνουν τα παιδιά τους – ξέρεις, εκείνα που θέλεις να στείλεις στη μάχη αμέσως μόλις αρχίσουν να περπατάνε. Και, σας παρακαλώ, μην προσβάλλετε άλλο τη νοημοσύνη μας με το επιχείρημα πως τάχα τα Μορόι κάνουν χάρη στα νταμπίρ βοηθώντας τα να αναπαραχθούν. Ίσως τα πράγματα είναι διαφορετικά στη δική σου οικογένεια, αλλά για μας τους υπόλοιπους το σεξ είναι απόλαυση. Και τα Μορόι που το κάνουν με νταμπίρ ουσιαστικά δεν κάνουν και καμιά τεράστια θυσία».

Ο Ντιμίτρι είχε ισιώσει το σώμα του τώρα, η έκφρασή του δεν ήταν πια θυμωμένη. Μάλλον θα είχε ενθουσιαστεί που η καινούργια του φιλενάδα είχε αναφέρει το σεξ. Εκνευρισμός φούντωσε μέσα μου και ευχήθηκα πως, αν είχα δολοφονική έκφραση στο πρόσωπό μου, οι άλλοι θα υπέθεταν πως προοριζόταν για τα Στριγκόι και όχι για τη γυναίκα που είχε μόλις πάρει το λόγο.

Ξαφνικά είδα τη Μία να κάθεται μόνη της, λίγες θέσεις πιο πίσω από τον Ντιμίτρι. Δεν είχα αντιληφθεί πως ήταν εκεί τόση ώρα. Ήταν χωμένη στο κάθισμά της. Τα μάτια της ήταν κατακόκκινα, το πρόσωπό της πιο χλομό από ό,τι συνήθως. Ένας παράξενος πόνος έκαψε το στήθος μου, ένας πόνος που δεν περίμενα ποτέ να προκαλέσει το άτομο αυτό.

«Και ο λόγος για τον οποίο περιμένουμε να γίνουν δεκαοκτώ χρονών οι φύλακες είναι για να τους επιτρέψουμε να απολαύσουν κάτι από τη ζωή, πριν τους εξαναγκάσουμε να περάσουν τις υπόλοιπες μέρες τους μέσα σε διαρκή κίνδυνο. Έχουν ανάγκη αυτά τα επιπλέον χρόνια για να αναπτυχτούν ψυχικά όσο και σωματικά. Βγάλτε τους εκεί έξω πριν να είναι έτοιμοι, φερθείτε τους σαν να είναι εξαρτήματα στη γραμμή συναρμολόγησης ενός εργοστασίου και απλώς θα έχετε δημιουργήσει τροφή για τα Στριγκόι».

Κάποιοι έμειναν με ανοιχτό το στόμα από τη σκληρή επιλογή λέξεων της Τάσα, αλλά κατάφερε να κερδίσει την προσοχή όλων.

«Και θα δημιουργήσετε ακόμη περισσότερη τροφή αν προσπαθήσετε να κάνετε τις υπόλοιπες γυναίκες νταμπίρ φύλακες. Δεν μπορείτε να τις ωθήσετε σε αυτή τη ζωή αν δεν την επιλέξουν μόνες τους. Ολόκληρο το σχέδιό σου περί αύξησης του αριθμού των φυλάκων στηρίζεται στο να πετάξουμε παιδιά και απρόθυμες γυναίκες στη φωτιά, έτσι ώστε να καταφέρουμε –διά της βίας– να αποκτήσουμε το πλεονέκτημα απέναντι στον εχθρό. Θα μπορούσα να πω ότι είναι το πιο ηλίθιο σχέδιο που άκουσα ποτέ μου, αν δεν είχα ήδη ακούσει και το δικό του».

Έδειξε τον προηγούμενο ομιλητή, εκείνον που ήθελε να μένουν τα Μορόι όλοι μαζί στο ίδιο μέρος. Η ντροπή έκρυψε τα χαρακτηριστικά του.

«Δώσε μας τα φώτα σου λοιπόν, Νατάσα» είπε. «Πες μας τι πιστεύεις *εσύ* πως πρέπει να κάνουμε, αφού έχεις τόση εμπειρία από τα Στριγκόι».

Ένα λεπτό χαμόγελο έπαιξε στα χείλη της Τάσα, αλλά δεν ανταπέδωσε την προσβολή. «Τι πιστεύω εγώ;» Περπάτησε μέχρι το μπροστινό μέρος της σκηνής, κοιτάζοντας προς το μέρος μας ενώ απαντούσε την ερώτησή του. «Πιστεύω πως πρέπει να σταματήσουμε να σκεφτόμαστε σχέδια που προϋποθέτουν την εξάρτησή μας από κάποιον ή κάτι για την προστασία μας. Πιστεύετε πως υπάρχουν πολύ λίγοι φύλακες; Το πρόβλημα είναι ότι υπάρχουν πάρα πολλά Στριγκόι. Και τους έχουμε επιτρέψει να πολλαπλασιαστούν και να γίνουν πιο δυνατά, επειδή δεν κάνουμε τίποτα άλλο εκτός από ανόητες συγκεντρώσεις σαν αυτή εδώ. Τρέχουμε να κρυφτούμε πίσω από τα νταμπίρ και αφήνουμε τα Στριγκόι να κάνουν ό,τι θέλουν. Δικό μας είναι το σφάλμα. Εμείς είμαστε η αιτία που πέθαναν εκείνοι οι Ντρόζντοφ. Θέλετε ένα στρατό; Εντάξει λοιπόν, εδώ είμαστε. Τα νταμπίρ δεν είναι οι μοναδικοί που μπορούν να μάθουν να μάχονται. Το ερώτημα, Μόνικα, δεν είναι πού είναι οι γυναίκες νταμπίρ σε αυτόν τον αγώνα. Το ερώτημα είναι: *Πού είμαστε εμείς;*»

Τώρα πια η Τάσα είχε αρχίσει να φωνάζει, και η ένταση είχε βάψει ρόδινα τα μάγουλά της. Στα μάτια της έλαμπαν τα παθιασμένα της αισθήματα και σε συνδυασμό με τα όμορφα χαρακτηριστικά της –και το σημάδι ακόμη– η μορφή της ήταν εντυπωσιακή. Οι περισσότεροι δεν μπορούσαν να πάρουν τα μάτια τους από πάνω της. Η Λίζα παρακολουθούσε την Τάσα με δέος, μαγεμένη από τα λόγια της. Ο Μέισον έδειχνε υπνωτισμένος. Ο Ντιμίτρι είχε εντυπωσιαστεί. Και πιο πέρα από εκείνον...

Πιο πέρα από εκείνον ήταν η Μία. Η Μία δεν ήταν πλέον χωμένη μες στην καρέκλα της. Καθόταν με την πλάτη όρθια σαν μπαστούνι, με τα μάτια διάπλατα ανοιχτά. Είχε το βλέμμα της καρφωμένο στην Τάσα σαν να είχε εκείνη όλες τις απαντήσεις για τη ζωή.

Η Μόνικα Σέλσκι φαινόταν λιγότερο μαγεμένη και κάρφωσε τα μάτια της στην Τάσα. «Δεν φαντάζομαι να εννοείς τα Μορόι να μάχονται μαζί με τους φύλακες όταν έρθουν τα Στριγκόι;»

Η Τάσα της ανταπέδωσε το βλέμμα στα ίσα. «Όχι. Εννοώ τα Μορόι και οι φύλακες να αρχίσουν να μάχονται τα Στριγκόι *πριν* να έρθουν».

Ένας άντρας γύρω στα είκοσι που έμοιαζε με μοντέλο του Ραλφ Λόρεν πετάχτηκε πάνω. Θα στοιχημάτιζα πως ήταν βασιλικός γόνος. Μόνο αυτοί μπορούσαν να πληρώσουν τόσο ακριβές ξανθές ανταύγειες στο μαλλί. Έλυσε ένα πανάκριβο πουλόβερ από τη μέση του και το άπλωσε στη ράχη της καρέκλας του. «Ω» είπε με περιγελαστική φωνή μιλώντας χωρίς να έχει πάρει το λόγο. «Ώστε θα μας δώσεις ρόπαλα και μπαστούνια και θα μας στείλεις στη μάχη;»

Η Τάσα ανασήκωσε τους ώμους της. «Αν είναι ανάγκη να γίνει κάτι τέτοιο, Άντριου, τότε γιατί όχι;» Ένα πονηρό χαμόγελο φάνηκε στα όμορφα χείλη της. «Υπάρχουν, όμως, και άλλα όπλα που μπορούμε να μάθουμε να χρησιμοποιούμε. Κάποια που δεν μπορούν να χρησιμοποιήσουν οι φύλακες».

Η έκφραση στο πρόσωπό του έδειχνε πόσο παράλογη θεωρούσε την ιδέα. Σήκωσε με απόγνωση τα μάτια του προς τα πάνω. «Α, ναι; Έτσι απλά;»

Το χαμόγελό της έγινε ακόμη πιο πλατύ τώρα. «Έτσι απλά».

Κούνησε το χέρι της, και το πουλόβερ που ο τύπος είχε αφήσει στο κάθισμα τυλίχτηκε στις φλόγες.

Ο τύπος ούρλιαξε έκπληκτος και το πέταξε στο πάτωμα, όπου άρχισε να το ποδοπατάει με μανία.

Ακούστηκε μια κοφτή συλλογική αναπνοή από όλους μέσα στο δωμάτιο. Και μετά... έγινε χάος.

13

Ο ΚΟΣΜΟΣ ΣΗΚΩΘΗΚΕ ΟΡΘΙΟΣ και φώναζε, όλοι ήθελαν να ακουστεί η γνώμη τους. Και, από ό,τι φαινόταν, όλοι είχαν πάνω-κάτω την ίδια γνώμη: η Τάσα είχε άδικο. Της είπαν πως ήταν τρελή. Της είπαν πως στέλνοντας τα Μορόι και τα νταμπίρ να πολεμήσουν ήταν σαν να επιτάχυνε την εξαφάνιση και των δύο ειδών. Μέχρι που είχαν το θράσος να υπαινιχτούν πως όλα αυτά ήταν σχέδιο της Τάσα – πως με κάποιον τρόπο είχε συμμαχήσει με τα Στριγκόι στην όλη υπόθεση.

Ο Ντιμίτρι σηκώθηκε όρθιος, με την αηδία να διαγράφεται έκδηλη στα χαρακτηριστικά του καθώς επιθεωρούσε το πλήθος. «Καλά θα κάνετε να φύγετε εσείς. Τίποτα εποικοδομητικό δεν πρόκειται να συμβεί πλέον εδώ μέσα».

Ο Μέισον και εγώ σηκωθήκαμε, αλλά εκείνος κούνησε το κεφάλι του όταν πήγα να ακολουθήσω τον Ντιμίτρι.

«Πήγαινε εσύ» είπε ο Μέισον. «Θέλω να τσεκάρω κάτι πρώτα».

Κοίταξα το όρθιο, εξαγριωμένο πλήθος. Σήκωσα τους ώμους μου. «Καλή τύχη».

Δεν μπορούσα να πιστέψω πως είχα να μιλήσω στον Ντιμίτρι λίγες μόνο μέρες. Βγαίνοντας έξω στο διάδρομο μαζί του ένιωθα λες και ήταν χρόνια. Οι τελευταίες δύο μέρες που είχα περάσει με τον Μέισον ήταν φανταστικές, αλλά ξαναβλέποντας τον Ντιμίτρι όλα τα παλιά αισθήματα που είχα για αυτόν ξανάρχονταν ορμητικά. Ξαφνικά ο Μέισον μου φαινόταν παιδί. Επίσης, ξαναγύρισε η στενοχώρια μου για το θέμα με την Τάσα και ξεστόμισα ανόητες λέξεις χωρίς να μπορέσω να συγκρατηθώ.

«Καλά, εσύ δεν θα έπρεπε να προστατεύεις την Τάσα τώρα;» ρώτησα. «Πριν την πιάσει ο όχλος; Θα έχει άσχημα μπλεξίματα που χρησιμοποιεί τη μαγεία με αυτόν τον τρόπο».

Σήκωσε το ένα του φρύδι. «Ξέρει να προστατεύει τον εαυτό της».

«Βέβαια, βέβαια, αφού είναι ζόρικο αστέρι στο καράτε και χρήστης της μαγείας. Το έχω καταλάβει όλο αυτό. Σκέφτηκα απλώς, μια που εσύ είσαι ο φύλακάς της και τα σχετικά...»

«Πού το άκουσες αυτό;»

«Έχω και εγώ τις πηγές μου». Όπως και να το κάνουμε, δεν θα ακουγόταν και πολύ ωραίο να πω ότι μου το είπε η μαμά μου. «Ώστε το αποφάσισες, έτσι; Θέλω να πω, καλή φάση ακούγεται, αφού θα σου ξηγηθεί και αυτή μερικές χάρες...»

Με κοίταξε σταθερά στα μάτια. «Το τι συμβαίνει ανάμεσα σε μένα και εκείνη δεν είναι δική σου δουλειά» απάντησε ξερά.

Οι λέξεις *ανάμεσα σε μένα και εκείνη* έτσουξαν. Ακούγονταν σαν να ήταν ο Ντιμίτρι και η Τάσα ζευγάρι, τελεία και παύλα.

Και όπως συνέβαινε συχνά όταν πληγωνόμουν, τα νεύρα και ο τσαμπουκάς μου κυριάρχησαν.

«Μάλιστα, είμαι σίγουρη πως θα ευτυχήσετε, παιδιά. Άσε που είναι ο τύπος σου – ξέρω πόσο σου αρέσουν οι γυναίκες που δεν είναι στην ηλικία σου. Θέλω να πω, είναι έξι χρόνια μεγαλύτερή σου; Εφτά; Και εγώ είμαι εφτά χρόνια μικρότερή σου».

«Ναι» είπε αυτός, μετά από αρκετά λεπτά σιωπής. «Είσαι. Και κάθε δευτερόλεπτο που περνάει αυτή η συζήτηση αποδεικνύει πόσο παιδί είσαι πραγματικά».

Αμάν. Το σαγόνι μου σχεδόν έπεσε στο πάτωμα. Ούτε όταν

μου έριξε γροθιά η μητέρα μου δεν είχα πονέσει τόσο. Για κλάσματα του δευτερολέπτου νόμισα πως είδα μεταμέλεια στα μάτια του, λες και αναγνώριζε και ο ίδιος πόσο σκληρά ήταν τα λόγια του. Αλλά η στιγμή πέρασε και η έκφρασή του έγινε και πάλι σκληρή.

«Μικρή μου νταμπίρ» είπε ξαφνικά μια φωνή από δίπλα.

Αργά, άναυδη ακόμα, γύρισα και είδα τον Άντριαν Ιβάσκοφ. Μου χαμογέλασε πλατιά και έκανε ένα μικρό νεύμα αναγνώρισης στον Ντιμίτρι. Υποψιάστηκα πως το πρόσωπό μου είχε γίνει κατακόκκινο. Άραγε πόσα είχε ακούσει ο Άντριαν;

Σήκωσε τα χέρια του σε μια κίνηση άνεσης. «Δεν θέλω να διακόπτω ή κάτι τέτοιο. Θέλω μόνο να σου μιλήσω όταν θα έχεις λίγο χρόνο».

Ήθελα πολύ να πω στον Άντριαν ότι δεν είχα χρόνο να παίξω οποιοδήποτε παιχνιδάκι κι αν έπαιζε εκείνη τη στιγμή, αλλά τα λόγια του Ντιμίτρι έτσουζαν ακόμα. Ο Ντιμίτρι τώρα κοιτούσε τον Άντριαν με πολύ αποδοκιμαστικό ύφος. Υπέθεσα πως και εκείνος, όπως όλος ο άλλος κόσμος άλλωστε, είχε πληροφορηθεί την κακή φήμη του Άντριαν. Θαύμα, σκέφτηκα. Ξαφνικά ήθελα να τον κάνω να ζηλέψει. Ήθελα να τον πονέσω όσο με είχε πονέσει και εκείνος προηγουμένως.

Καταπίνοντας τον πόνο μου, ξέθαψα το γοητευτικότερο χαμόγελό μου, ένα χαμόγελο που δεν είχα εκμεταλλευτεί εδώ και καιρό. Πλησίασα τον Άντριαν και έβαλα το χέρι μου στο μπράτσο του.

«Χρόνο έχω και τώρα». Έγνεψα και εγώ στον Ντιμίτρι και πήρα τον Άντριαν για να φύγουμε. Τα λέμε αργότερα, φύλακα Μπελίκοφ».

Τα καστανά μάτια του Ντιμίτρι μας ακολούθησαν παγωμένα. Έπειτα εγώ γύρισα από την άλλη και δεν ξανακοίταξα πίσω μου.

«Δεν σ᾽ αρέσουν οι μεγαλύτεροι άντρες είπαμε, έτσι;» με ρώτησε ο Άντριαν όταν μείναμε μόνοι μας.

«Μεγάλη φαντασία έχεις» είπα. «Προφανώς η καταπληκτική μου ομορφιά σού έχει θολώσει το μυαλό».

Γέλασε με εκείνο το ωραίο γέλιο του. «Αυτό δεν αποκλείεται καθόλου».

Άρχισα να κάνω πίσω, αλλά εκείνος πέρασε το χέρι του από τη μέση μου. «Α, όχι, όχι, εσύ ήθελες να το παίξουμε έτσι – μην κάνεις πίσω τώρα».

Σήκωσα τα μάτια μου με απόγνωση και άφησα το χέρι του να μείνει εκεί που ήταν. Μύρισα αλκοόλ πάνω του, όπως και τη μόνιμη μυρωδιά από τα γαρίφαλα. Αναρωτήθηκα αν ήταν μεθυσμένος. Είχα την αίσθηση πως η διάθεσή του άλλαζε με το ποτό.

«Τι θέλεις;» ρώτησα.

Με παρατήρησε για μια στιγμή. «Θέλω να πάρεις τη βασίλισσα και να έρθεις μαζί μου. Θα περάσουμε καλά. Πιθανόν να χρειαστείτε και μαγιό». Φαινόταν απογοητευμένος στην ιδέα. «Εκτός βέβαια αν θέλετε να είστε γυμνές».

«Τι; Ένα σωρό Μορόι και νταμπίρ δολοφονήθηκαν και εσύ θες να πάμε για κολύμπι και να "περάσουμε καλά";»

«Δεν μιλάμε για απλό κολύμπι» είπε υπομονετικά. «Εξάλλου οι δολοφονίες είναι ο λόγος που πρέπει να το κάνεις».

Πριν προλάβω να απαντήσω σε αυτό, είδα τους φίλους μου να έρχονται από τη γωνία: η Λίζα, ο Μέισον και ο Κρίστιαν. Μαζί τους ήταν και ο Έντι Καστίλ, κάτι που δεν με εξέπληξε, αλλά το ίδιο και η Μία – κάτι που σίγουρα με εξέπληξε. Ήταν αφοσιωμένοι στη συζήτησή τους, αν και όλοι σταμάτησαν όταν με είδαν.

«Α, εδώ είσαι» είπε η Λίζα με ένα μπερδεμένο ύφος στο πρόσωπό της.

Θυμήθηκα ότι το χέρι του Άντριαν ήταν ακόμα στη μέση μου. Έκανα μπροστά για να το αποφύγω. «Γεια σας, παιδιά» είπα. Μια στιγμή αμηχανίας έπεσε γύρω μας, και ήμουν σχεδόν σίγουρη πως άκουσα ένα πνιχτό γελάκι από τον Άντριαν. Χαμογέλασα πλατιά πρώτα σ' αυτόν και μετά στους φίλους μου. «Ο Άντριαν από δω μας κάλεσε για κολύμπι».

Με κοίταξαν έκπληκτοι – και μπορούσα σχεδόν να δω τα γρανάζια της σκέψης τους να γυρίζουν μέσα στο κεφάλι τους. Το πρόσωπο του Μέισον σκοτείνιασε λίγο αλλά, όπως και οι άλλοι, δεν είπε τίποτα. Έπνιξα ένα στεναγμό.

Ο Άντριαν το πήρε αρκετά καλά που προσκάλεσα και τους άλλους στο κρυφό του ραντεβουδάκι. Με την άνετη συμπεριφορά του, δεν περίμενα κάτι διαφορετικό, αλήθεια. Μόλις βρήκαμε μαγιό, ακολουθήσαμε τις οδηγίες του προς μια πύλη σε μια από τις απομακρυσμένες πτέρυγες του θέρετρου. Πίσω της υπήρχε μια σκάλα που οδηγούσε κάτω, όλο και πιο κάτω. Ζαλίστηκα σχεδόν έτσι όπως κατεβαίναμε στριφογυρίζοντας. Από τους τοίχους κρέμονταν ηλεκτρικά φώτα, αλλά όσο προχωρούσαμε οι βαμμένοι τοίχοι έδιναν τη θέση τους σε λαξεμένο βράχο.

Όταν τελικά φτάσαμε, διαπιστώσαμε πως ο Άντριαν είχε δίκιο – η υπόθεση δεν είχε απλά κολύμπι. Βρισκόμασταν σε έναν ειδικό χώρο με σπα, ο οποίος χρησιμοποιούνταν μόνο από την ελίτ των Μορόι. Σε αυτή την περίπτωση τον είχαν κλείσει κάποιοι γαλαζοαίματοι, οι οποίοι υπέθεσα πως ήταν φίλοι του Άντριαν. Υπήρχαν άλλοι τριάντα περίπου, όλοι στην ηλικία του ή μεγαλύτεροι, με εμφανή τα σημάδια πλούτου και ελιτισμού.

Το σπα αποτελούνταν από μια σειρά πισίνες με ιαματικό νερό. Ίσως κάποτε βρίσκονταν μέσα σε ένα βράχο ή κάτι τέτοιο τέλος πάντων, αλλά οι αρχιτέκτονες του θέρετρου είχαν από καιρό ξεφορτωθεί οτιδήποτε ρουστίκ από το χώρο. Οι τοίχοι και το ταβάνι από μαύρη πέτρα ήταν το ίδιο όμορφα και γυαλισμένα όπως και όλα τα υπόλοιπα στο θέρετρο. Ήταν σαν να βρισκόσουν μέσα σε σπήλαιο – ένα πραγματικά όμορφο, σχεδιασμένο από διακοσμητή σπήλαιο. Στους τοίχους υπήρχαν ράφια με πετσέτες, όπως και τραπέζια γεμάτα με εξωτικά φρούτα. Οι πισίνες ήταν ασορτί με την υπόλοιπη διακόσμηση του χώρου: στρωμένες με πέτρα, με ζεστό νερό το οποίο θερμαινόταν υπογείως. Υδρατμοί γέμιζαν το δωμάτιο, και μια ανεπαίσθητη, μεταλλική μυρωδιά κυριαρχούσε στην ατμόσφαιρα. Ήχοι από άτομα που διασκέδαζαν γελώντας και πλατσουρίζοντας αντηχούσαν γύρω μας.

«Γιατί είναι μαζί σας η Μία;» ρώτησα σιγανά τη Λίζα. Κάναμε το γύρο του δωματίου ψάχνοντας μια άδεια πισίνα.

«Μιλούσε με τον Μέισον την ώρα που φεύγαμε» μου απάντησε. Μίλησε και εκείνη το ίδιο σιγανά. «Ήταν κάπως να... ε, δεν ξέρω, να σηκωθούμε και να την παρατήσουμε...»

Ακόμη και εγώ συμφώνησα με αυτό. Ολοφάνερα σημάδια θλίψης σκίαζαν το πρόσωπο της Μία, αν και προς το παρόν φαινόταν απορροφημένη από όσα της έλεγε ο Μέισον.

«Νόμιζα πως δεν τον ήξερες τον Άντριαν» πρόσθεσε η Λίζα. Η αποδοκιμασία διέτρεξε και το πρόσωπό της και το δεσμό. Επιτέλους βρήκαμε μια μεγάλη πισίνα, λίγο παράμερα. Στην άλλη μεριά ήταν ένα αγόρι και ένα κορίτσι, σφιχταγκαλιασμένοι, αλλά υπήρχε μπόλικος χώρος για μας. Ήταν εύκολο να τους αγνοήσουμε.

Έβαλα ένα πόδι στο νερό και το τράβηξα αμέσως έξω.

«Μα δεν τον ξέρω» της είπα. Προσεκτικά ξαναέβαλα μέσα το πόδι μου, βυθίζοντας αργά και το υπόλοιπο σώμα μου. Όταν έφτασα στο στομάχι μου, βόγκηξα. Φορούσα ένα βυσσινί μπικίνι, ενώ το καυτό νερό έπιασε το στομάχι μου απροετοίμαστο.

«Πρέπει να τον ξέρεις λιγάκι. Σε κάλεσε σε ένα πάρτι».

«Ναι, αλλά τον βλέπεις μαζί μας τώρα;»

Ακολούθησε το βλέμμα μου. Ο Άντριαν στεκόταν στην άλλη άκρη του δωματίου μαζί με κάτι κορίτσια με μπικίνι πολύ μικρότερα από το δικό μου. Το ένα ήταν ένα μαγιό Μπέτσι Τζόνσον και το είχα δει σε ένα περιοδικό πρασινίζοντας από τη ζήλια μου. Αναστέναξα και κοίταξα αλλού.

Τώρα πια είχαμε μπει όλοι στο νερό. Ήταν τόσο ζεστό που ένιωθα λες και είχα μπει στην κατσαρόλα με τη σούπα. Τώρα που η Λίζα είχε πειστεί για την αθωότητά μου όσον αφορούσε τον Άντριαν, γύρισα να ακούσω τη συζήτηση των άλλων.

«Τι λέτε εσείς;» διέκοψα. Ήταν ευκολότερο από το να περιμένω να ακούσω και να καταλάβω μόνη μου.

«Για τη συγκέντρωση» είπε ξαναμμένος ο Μέισον. Προφανώς του είχε περάσει που με είδε με τον Άντριαν.

Ο Κρίστιαν είχε βολευτεί σε ένα κάθισμα μέσα στην πισίνα. Η Λίζα κουλουριάστηκε δίπλα του. Βάζοντας ένα προστατευτικό χέρι γύρω της, ακούμπησε την πλάτη του στην άκρη.

«Το αγόρι σου θέλει να οργανώσει στρατό ενάντια στα Στριγκόι» μου είπε. Καταλάβαινα ότι το έλεγε για να με προκαλέσει.

Κοίταξα ερωτηματικά τον Μέισον. Δεν άξιζε τον κόπο να τσιμπήσω από το σχόλιο για το «αγόρι».

«Έι, η δική σου θεία το πρότεινε» υπενθύμισε ο Μέισον στον Κρίστιαν.

«Το μόνο που είπε η θεία μου ήταν να βρούμε τα Στριγκόι πριν μας βρούνε εκείνα ξανά» εναντιώθηκε ο Κρίστιαν. «Δεν υποστήριξε πως οι μαθητευόμενοι πρέπει να πέσουν στη μάχη. Αυτή ήταν η Μόνικα Σέλσκι».

Εκείνη τη στιγμή ήρθε μια σερβιτόρα με ένα δίσκο με ροζ ποτά. Μιλάμε για κομψά, κρυστάλλινα ποτήρια με ψηλό πόδι και ζάχαρη στο στόμιο. Είχα μια βάσιμη υποψία πως υπήρχε αλκοόλ μέσα στα ποτά, αλλά πολύ αμφέβαλλα αν θα έκαναν έλεγχο σε οποιονδήποτε σε αυτό το πάρτι. Δεν είχα ιδέα τι ήταν τα συγκεκριμένα κοκτέιλ. Έτσι κι αλλιώς οι εμπειρίες μου από τα αλκοολούχα ποτά συμπεριλάμβαναν μόνο φτηνή μπίρα. Πήρα λοιπόν ένα ποτήρι και στράφηκα στον Μέισον.

«Νομίζεις πως αυτό είναι καλή ιδέα;» τον ρώτησα. Ήπια προσεκτικά μια γουλιά από το ποτήρι μου. Ως μαθητευόμενη φύλακας, πίστευα πως έπρεπε να είμαι πάντα σε ετοιμότητα, αλλά απόψε πάλι είχα επαναστατική διάθεση. Το ποτό είχε γεύση παντς. Χυμός σταφύλι. Κάτι γλυκό, σαν φράουλες. Εξακολουθούσα να είμαι αρκετά σίγουρη ότι είχε και αλκοόλ μέσα, αλλά δεν φαινόταν αρκετό για να αγχώνομαι σχετικά.

Σύντομα εμφανίστηκε άλλη μια σερβιτόρα με ένα δίσκο με φαγητά. Τον κοίταξα και δεν αναγνώρισα σχεδόν τίποτα εκεί πάνω. Υπήρχε κάτι που αμυδρά θύμιζε μανιτάρια γεμιστά με τυρί, καθώς και κάτι άλλο που έμοιαζε με μικρές μπαλίτσες κρέατος ή λουκάνικου. Ως καλή κρεατοφάγος, άπλωσα το χέρι μου να πάρω ένα από αυτά, με τη σκέψη ότι δεν γινόταν να είναι και πολύ άσχημο.

«Είναι φουαγκρά» είπε ο Κρίστιαν. Στο πρόσωπό του υπήρχε ένα χαμόγελο που δεν μου άρεσε καθόλου.

Τον κοίταξα επιφυλακτικά. «Τι είναι αυτό;»

«Καλά, δεν ξέρεις;» Ο τόνος του ήταν υπεροπτικός, και για πρώτη φορά στη ζωή του όντως ακουγόταν σαν πραγματικός γαλαζοαίματος που διατυμπάνιζε τις ελιτίστικες γνώσεις του σε μας τους υπηκόους του. Σήκωσε τους ώμους του. «Δοκίμασε. Μάθε τι είναι».

Η Λίζα αναστέναξε με απόγνωση. «Είναι συκώτι χήνας».

Τράβηξα απότομα το χέρι μου. Η σερβιτόρα πήγε παρακάτω και ο Κρίστιαν γέλασε. Τον αγριοκοίταξα.

Στο μεταξύ, ο Μέισον περίμενε ακόμα να μου απαντήσει στην ερώτησή μου για το αν ήταν καλή ιδέα να βγαίνουν οι μαθητευόμενοι φύλακες από τη σχολή πριν από την αποφοίτησή τους.

«Τι άλλο μένει να κάνουμε;» ρώτησε αγανακτισμένα. «Τι άλλο κάνεις εσύ; Κάνεις το πρωί γύρους στο γυμναστήριο με τον Μπελίκοφ. Τι κάνει για *σένα* αυτό; Τι κάνει για τα Μορόι;»

Τι έκανε για μένα; Έκανε την καρδιά μου να χτυπάει σαν τρελή και το μυαλό μου να γεμίζει ανάρμοστες σκέψεις.

«Δεν είμαστε ακόμα έτοιμοι» είπα όμως.

«Άλλους έξι μήνες έχουμε μόνο» πρόσθεσε ο Έντι.

Ο Μέισον κούνησε το κεφάλι του συμφωνώντας. «Ακριβώς. Τι περισσότερο μπορούμε να διδαχτούμε;»

«Πολλά» είπα καθώς σκέφτηκα όσα μάθαινα στις προπονήσεις μου με τον Ντιμίτρι. Τελείωσα το ποτό. «Εξάλλου, πού θα τελειώσει αυτό; Ας υποθέσουμε πως τελειώνουμε το σχολείο έξι μήνες νωρίτερα, μετά μας στέλνουν για δουλειά. Και μετά; Αποφασίζουν να προχωρήσουν και να μας κόψουν τον τελευταίο χρόνο; Και μετά τον πρώτο;»

Ανασήκωσε τους ώμους του. «Δεν φοβάμαι να πολεμήσω. Θα μπορούσα να νικήσω ένα Στριγκόι όταν ήμουν πρωτοετής».

«Ναι» είπα ξερά. «Όπως θα έκανες φοβερό σκι σε εκείνη την πλαγιά».

Το πρόσωπο του Μέισον ήδη ξαναμμένο από τη ζέστη έγινε ακόμη πιο κόκκινο. Αμέσως μετάνιωσα για τα λόγια μου, ειδικά όταν άρχισε να γελάει ο Κρίστιαν.

«Ποτέ δεν φανταζόμουν πως θα ερχόταν η μέρα που θα συμφωνούσα μαζί σου, Ρόουζ. Αλλά δυστυχώς οφείλω να συμφωνήσω». Η σερβιτόρα με τα κοκτέιλ ήρθε ξανά, και εγώ και ο Κρίστιαν πήραμε από ένα. «Πρέπει να αρχίσουν τα Μορόι να μας βοηθούν να *τα* προστατεύουμε».

«Με μαγεία;» ρώτησε η Μία ξαφνικά.

Ήταν η πρώτη φορά που μιλούσε από όταν είχαμε έρθει εδώ. Σιωπή ακολούθησε τα λόγια της. Νομίζω πως ο Μέισον και ο Έντι δεν απάντησαν επειδή δεν ήξεραν τίποτα για τη χρήση της μαγείας στη μάχη. Η Λίζα, ο Κρίστιαν και εγώ ξέραμε – και προσπαθούσαμε πολύ να κάνουμε πως δεν ξέραμε. Υπήρχε μια περίεργη ελπίδα στα μάτια της Μία όμως, και μόνο να φανταστώ μπορούσα τι είχε περάσει σήμερα. Είχε ξυπνήσει και είχε μάθει ότι η μητέρα της ήταν νεκρή και μετά είχε υποστεί ατελείωτες ώρες πολιτικών αερολογιών και αναλύσεων στρατηγικών μάχης. Και μόνο που καθόταν εδώ, σχεδόν ψύχραιμη, ήταν θαύμα. Υπέθεσα πως τα άτομα που πραγματικά συμπαθούσαν τη μητέρα τους μετά βίας θα μπορούσαν να λειτουργήσουν υπό τις παρούσες συνθήκες.

Όταν κανείς άλλος δεν φάνηκε πρόθυμος να απαντήσει την ερώτησή της, τελικά είπα: «Μάλλον. Αλλά... δεν ξέρω και πολλά γι' αυτό το θέμα».

Τελείωσα το ποτό μου και απέφυγα το βλέμμα της, ελπίζοντας πως κάποιος άλλος θα συνέχιζε τη συζήτηση. Κανείς δεν το έκανε. Η Μία έδειχνε απογοητευμένη αλλά δεν είπε τίποτα, ενώ ο Μέισον ξαναγύρισε στη διαφωνία για τα Στριγκόι.

Πήρα ένα τρίτο ποτό και βούλιαξα στο νερό όσο περισσότερο μπορούσα με το ποτήρι ακόμα στο χέρι μου. Αυτό το ποτό ήταν διαφορετικό. Έμοιαζε με σοκολάτα και στην κορυφή είχε σαντιγί. Δοκίμασα και εντόπισα αναμφισβήτητα τη γεύση αλκοόλ. Παρ' όλα αυτά, υπέθεσα πως η σοκολάτα θα το εξουδετέρωνε.

Όταν ήμουν έτοιμη για το τέταρτο ποτό μου, η σερβιτόρα δεν φαινόταν πουθενά. Ξαφνικά ο Μέισον μου φαινόταν πολύ, πολύ γλυκούλης. Θα μου άρεσε να μου κάνει τα γλυκά μάτια τώρα, αλλά εκείνος μιλούσε ακατάπαυστα για Στριγκόι και την οργάνωση μιας μάχης στο φως της ημέρας. Η Μία και ο Έντι κουνούσαν έντονα το κεφάλι τους συμφωνώντας, κι εγώ είχα την αίσθηση πως, αν αποφάσιζε να κυνηγήσει αυτή τη στιγμή τα Στριγκόι, θα τον ακολουθούσαν. Και ο Κρίστιαν όμως έπαιρνε μέρος στη συζήτηση, αλλά πιο πολύ για να παίξει το δικηγόρο του διαβόλου. Κλασικά. Πίστευε πως ένα προειδοποιητικό χτύπημα θα απαιτούσε τη συνεργασία φυλάκων *και* Μορόι, ακριβώς όπως είχε πει και η

Τάσα. Ο Μέισον, η Μία και ο Έντι συμφωνούσαν ότι αν τα Μορόι δεν ήθελαν να συμμετάσχουν, οι φύλακες θα έπρεπε να πάρουν την κατάσταση στα χέρια τους.

Ομολογώ πως ο ενθουσιασμός του ήταν μεταδοτικός. Προτιμούσα μια επίθεση στα Στριγκόι. Αλλά στις επιθέσεις στους Μπαντίκα και τους Ντρόζντοφ όλοι οι φύλακες είχαν σκοτωθεί. Ομολογουμένως τα Στριγκόι είχαν οργανωθεί σε μεγάλες ομάδες και είχαν εξασφαλίσει τη βοήθεια ανθρώπων, αλλά το μόνο που μου έλεγε αυτό ήταν ότι έπρεπε να είμαστε εξαιρετικά προσεκτικοί από τη μεριά μας.

Και αν εξαιρέσεις πόσο γλυκούλης φαινόταν ο Μέισον, δεν είχα καμία όρεξη να ακούω πλέον για τις ικανότητές του στη μάχη. Ήθελα άλλο ένα ποτό. Σηκώθηκα και σκαρφάλωσα έξω από την πισίνα. Προς μεγάλη μου έκπληξη, όλα άρχισαν να γυρίζουν. Αυτό μου είχε ξανασυμβεί όταν έβγαινα απότομα από μπανιέρες ή τζακούζι, αλλά όταν τα πράγματα δεν έφτιαξαν, συνειδητοποίησα ότι εκείνα τα ποτά ήταν πιο δυνατά από όσο νόμιζα.

Επίσης, κατάλαβα πως ένα τέταρτο ποτό δεν ήταν και τόσο καλή ιδέα, αλλά δεν ήθελα να γυρίσω πίσω και να παραδεχτώ μπροστά σε όλους ότι ήμουν μεθυσμένη. Κατευθύνθηκα σε ένα παράπλευρο δωμάτιο όπου είχα δει να εξαφανίζεται η σερβιτόρα. Ευχήθηκα να είχαν κρυμμένα γλυκά εκεί μέσα, μους σοκολάτας, για παράδειγμα, αντί για συκώτι χήνας. Ενώ περπατούσα πρόσεχα πολύ το γλιστερό πάτωμα, με τη σκέψη πως αν έπεφτα μέσα σε μια από εκείνες τις πισίνες και έσπαγα το κεφάλι μου, δεν θα φαινόμουν και πολύ κουλ.

Είχα τόσο πολύ στραμμένη την προσοχή μου στα πόδια μου, προσπαθώντας να μην παραπατήσω, που έπεσα πάνω σε κάποιον. Προς υπεράσπισή μου, εκείνος έφταιγε· είχε έρθει με την όπισθεν.

«Έι, πρόσεχε» είπα προσπαθώντας να ανακτήσω την ισορροπία μου.

Εκείνος όμως δεν μου έδωσε καμία σημασία. Τα μάτια του ήταν καρφωμένα σε έναν άλλο τύπο, σε έναν τύπο με ανοιγμένη μύτη.

Είχα βρεθεί στη μέση ενός καβγά.

14

ΔΥΟ ΤΥΠΟΙ ΠΟΥ ΔΕΝ ΕΙΧΑ ΞΑΝΑΔΕΙ στη ζωή μου τσακώνονταν μεταξύ τους. Έδειχναν γύρω στα είκοσι. Κανένας τους δεν με πρόσεξε. Εκείνος που είχε πέσει πάνω μου έσπρωξε τον άλλο αναγκάζοντάς τον να παραπατήσει άσχημα.

«Φοβάσαι!» ούρλιαξε ο τύπος πίσω μου. Φορούσε πράσινο μαγιό και τα μαλλιά του ήταν βρεγμένα και τραβηγμένα πίσω. «Όλοι σας φοβάστε. Το μόνο που θέλετε να κάνετε είναι να αράζετε στις βίλες σας και να αφήνετε τους φύλακες να κάνουν τη δύσκολη δουλειά αντί για σας. Τι θα κάνετε όμως όταν σκοτωθούν όλοι; Ποιος θα σας προστατεύσει τότε;»

Ο άλλος τύπος σκούπισε τα αίματα από το πρόσωπό του με την ανάστροφη της παλάμης του. Ξαφνικά τον αναγνώρισα – χάρη στις ξανθές ανταύγειές του. Ήταν ο γαλαζοαίματος που είχε μιλήσει στην Τάσα για τη συμμετοχή των Μορόι στις μάχες. Τον είχε αποκαλέσει Άντριου. Προσπάθησε να καταφέρει ένα χτύπημα στον αντίπαλό του, αλλά απέτυχε· η τεχνική του ήταν τελείως λάθος. «Αυτός είναι ο πιο ασφαλής τρόπος. Ακούστε εκείνη τη φίλη των Στριγκόι, και θα πεθάνουμε όλοι. Προσπαθεί να εξαφανίσει το είδος μας!»

«Να μας σώσει προσπαθεί!»

«Προσπαθεί να μας κάνει να χρησιμοποιούμε μαύρη μαγεία!»

Η «φίλη των Στριγκόι» έπρεπε να είναι η Τάσα. Ο τύπος

που δεν ανήκε σε βασιλική οικογένεια ήταν το πρώτο άτομο εκτός του στενού φιλικού μου κύκλου που άκουγα να μιλάει υπέρ της. Αναρωτήθηκα πόσοι ακόμη εκεί έξω συμφωνούσαν με την άποψή του. Έριξε ξανά μια γροθιά στον Άντριου, και τα βασικά μου ένστικτα –ίσως και η γροθιά βέβαια– με έκαναν να αναλάβω δράση.

Πήδηξα μπροστά και μπήκα σφήνα ανάμεσά τους. Ήμουν ακόμα ζαλισμένη και κάπως ασταθής. Αν δεν στέκονταν τόσο κοντά ο ένας με τον άλλο, μάλλον θα είχα πέσει. Δίστασαν και οι δύο, προφανώς σαστισμένοι από την παρουσία μου.

«Φύγε από τη μέση» αρπάχτηκε ο Άντριου.

Όντας αρσενικά και Μορόι, ήταν πιο ψηλοί και με μεγαλύτερο βάρος, αλλά πιθανότατα εγώ ήμουν πιο δυνατή. Ελπίζοντας να εκμεταλλευτώ αυτό το πλεονέκτημα, άρπαξα και τους δύο από το μπράτσο, τους τράβηξα προς εμένα και μετά τους πέταξα μακριά όσο πιο δυνατά μπορούσα. Παραπάτησαν, αφού δεν περίμεναν να έχω τόση δύναμη. Και εγώ παραπάτησα λιγάκι βέβαια.

Εκείνος που δεν ήταν γαλαζοαίματος με αγριοκοίταξε και έκανε ένα βήμα προς το μέρος μου. Πόνταρα στο ότι θα ήταν παραδοσιακός τύπος και δεν θα χτυπούσε κορίτσια. «Μα τι κάνεις;» αναφώνησε. Είχαν μαζευτεί αρκετά άτομα και κοιτούσαν με ενδιαφέρον.

Του ανταπέδωσα το βλοσυρό βλέμμα. «Προσπαθώ να σας εμποδίσω από το να γίνετε ακόμη πιο ηλίθιοι από ό,τι ήδη είστε! Θέλετε να βοηθήσετε; Σταματήστε να τσακώνεστε μεταξύ σας! Με το να σπάσετε ο ένας το κεφάλι του άλλου δεν πρόκειται να σώσετε τα Μορόι, εκτός αν θέλετε απλώς να εξαλείψετε το γονίδιο της βλακείας από το είδος» επισήμανα στον Άντριου. «Η Τάσα δεν προσπαθεί να εξοντώσει κανέναν. Προσπαθεί απλώς να σας εμποδίσει να γίνεστε θύματα». Στράφηκα στον άλλο.

«Όσο για σένα, αν νομίζεις πως με αυτόν τον τρόπο θα γίνει αποδεκτή η άποψή σου, έχεις πολλά να μάθεις ακόμα. Η μαγεία –ειδικά η επιθετική μαγεία– απαιτεί μεγάλο αυτοέλεγχο και, προς το παρόν τουλάχιστον, εσύ δεν με έχεις εντυπωσιάσει με το δικό σου. Ακόμη και *εγώ* διαθέτω μεγαλύτερο – αν με ήξερες λίγο, θα καταλάβαινες πόσο απίστευτο είναι αυτό».

Οι δυο τύποι με κοίταζαν αποσβολωμένοι. Προφανώς ήμουν πιο αποτελεσματική και από ηλεκτροσόκ. Εντάξει, για λίγα δευτερόλεπτα τουλάχιστον. Γιατί μόλις έσβησε ο απόηχος από τα λόγια μου, όρμησαν ξανά ο ένας στον άλλο. Βρέθηκα στη... γραμμή του πυρός και έκανα γρήγορα πίσω, σχεδόν πέφτοντας στην πορεία. Άξαφνα, από πίσω μου, ήρθε να με βοηθήσει ο Μέισον. Έριξε μια γροθιά στον πρώτο τύπο που βρέθηκε μπροστά του – τον μη γαλαζοαίματο.

Ο τύπος έφυγε πετώντας προς τα πίσω, πέφτοντας με παφλασμό σε μια από τις πισίνες. Ούρλιαξα καθώς θυμήθηκα τον προηγούμενο φόβο μου μη σπάσω το κεφάλι μου, αλλά μετά από ένα λεπτό σηκώθηκε όρθιος και σκούπισε το νερό από τα μάτια του.

Άρπαξα το μπράτσο του Μέισον προσπαθώντας να τον συγκρατήσω, αλλά εκείνος το τίναξε και όρμησε στον Άντριου. Τον έσπρωξε δυνατά πετώντας τον πάνω σε κάτι Μορόι –φίλους του Άντριου, υποψιάστηκα– οι οποίοι έδειχναν να προσπαθούν να σταματήσουν τον καβγά. Ο τύπος στην πισίνα σκαρφάλωσε έξω, με τη μανία ζωγραφισμένη στο πρόσωπό του, και πλησίασε με άγριες διαθέσεις τον Άντριου. Αυτή τη φορά και εγώ και ο Μέισον του κλείσαμε το δρόμο. Μας αγριοκοίταξε.

«Μη» τον προειδοποίησα.

Ο τύπος έσφιξε τις γροθιές του και φάνηκε έτοιμος να τα βάλει και μαζί μας. Ήμασταν όμως άκρως εκφοβιστικοί, και εκείνος δεν έδειχνε να έχει μαζί του την παρέα του, όπως ο

Άντριου – ο οποίος ούρλιαζε χυδαιότητες ενώ τον τραβούσαν μακριά. Με λίγες χαμηλόφωνες απειλές, ο μη γαλαζοαίματος υποχώρησε.

Μόλις έφυγε, γύρισα στον Μέισον. «Μα τι έχεις στο μυαλό σου, τέλος πάντων;»

«Ορίστε;» με ρώτησε.

«Πού χώθηκες έτσι στη μέση του καβγά!»

«Το ίδιο έκανες και εσύ» είπε.

Πήγα να διαμαρτυρηθώ, όταν συνειδητοποίησα πως είχε δίκιο. «Άλλο αυτό» τραύλισα.

Έσκυψε μπροστά. «Είσαι μεθυσμένη;»

«Όχι. Και βέβαια όχι. Προσπαθώ απλώς να σε σταματήσω από το να κάνεις κάτι ηλίθιο. Μόνο και μόνο επειδή έχεις ψευδαισθήσεις πως μπορείς να τα βάλεις με οποιοδήποτε Στριγκόι, δεν είναι ανάγκη να ξεσπάς σε όλους τους άλλους».

«Ψευδαισθήσεις;» ρώτησε ψυχρά.

Εκείνη ακριβώς τη στιγμή άρχισα να ανακατεύομαι κάπως. Το κεφάλι μου γύριζε, συνέχισα να περπατάω προς το διπλανό δωμάτιο, ελπίζοντας να μην παραπατήσω.

Όταν έφτασα όμως εκεί μέσα, είδα ότι τελικά δεν ήταν κουζίνα με γλυκά ή ποτά. Τουλάχιστον όχι σαν αυτό που είχα φανταστεί εγώ. Ήταν δωμάτιο με τροφούς. Αρκετοί άνθρωποι ήταν ξαπλωμένοι σε ανάκλιντρα με σατέν καλύμματα, με ένα Μορόι στο πλευρό τους. Λιβάνι με άρωμα γιασεμιού γέμιζε την ατμόσφαιρα. Ξαφνιασμένη, κοίταζα με απόκοσμο δέος έναν ξανθό Μορόι να σκύβει μπροστά και να δαγκώνει το λαιμό μιας πολύ όμορφης κοκκινομάλλας. Όλες εκείνες οι τροφοί ήταν εξαιρετικά όμορφες, διαπίστωσα. Σαν ηθοποιοί ή μοντέλα. Μόνο τα καλύτερα για την αριστοκρατία.

Ο τύπος ήπιε πολύ και για πολλή ώρα, και η κοπέλα έκλεισε τα μάτια της και χώρισε τα χείλη της με μια έκφραση απόλυτης ευτυχίας στο πρόσωπό της την ώρα που οι ενδορφίνες του Μορόι περνούσαν στο αίμα της. Αναρρίγησα, πηγαίνοντας πίσω στην εποχή που είχα βιώσει και εγώ την ίδια ευφορία. Στο θολωμένο από το αλκοόλ κεφάλι μου όλη η υπόθεση ξαφνικά φάνταζε ανησυχητικά ερωτική. Ουσιαστικά ένιωθα σαν να παραβιάζω τις προσωπικές στιγμές κάποιου – σαν να έβλεπα ένα ζευγάρι να κάνει σεξ. Όταν το Μορόι τελείωσε και έγλειψε την τελευταία σταγόνα αίματος, άγγιξε ανάλαφρα με τα χείλη του το μάγουλό της σε ένα απαλό φιλί.

«Θέλεις να προσφερθείς;»

Απαλά ακροδάχτυλα διέτρεξαν το λαιμό μου και αναπήδησα. Γύρισα και είδα τα πράσινα μάτια και το πονηρό χαμόγελο του Άντριαν.

«Μην το κάνεις αυτό» του είπα και έδιωξα με ένα χτύπημα το χέρι του.

«Μα τότε τι κάνεις εσύ εδώ;» ρώτησε.

Έδειξα γύρω μου. «Χάθηκα».

Μου έριξε ένα διαπεραστικό βλέμμα. «Είσαι μεθυσμένη;»

«*Όχι*. Όχι βέβαια… αλλά…» Η ναυτία μου είχε περάσει κάπως, αλλά δεν ένιωθα και πολύ καλά. «Νομίζω πως πρέπει να καθίσω».

Έπιασε το μπράτσο μου. «Ωραία, αλλά μην κάτσεις εδώ. Κάποιος μπορεί να σε παρεξηγήσει. Πάμε κάπου ήσυχα».

Με οδήγησε σε ένα άλλο δωμάτιο και κοίταξα γύρω μου με ενδιαφέρον. Ήταν ένα δωμάτιο για μασάζ. Αρκετά Μορόι ήταν ξαπλωμένα σε τραπέζια, όπου υπάλληλοι του θέρετρου τους έκαναν μασάζ στο σώμα και τα πόδια. Το λάδι που χρησιμοποιούσαν μύριζε δεντρολίβανο και λεβάντα. Υπό οποιεσδήποτε άλλες συνθήκες, ένα μασάζ θα ακουγόταν θαυμάσιο, αλλά τώρα το να ξαπλώσω μπρούμυτα στο στομάχι μου ήταν μια από τις χειρότερες ιδέες.

Κάθισα στη μοκέτα γέρνοντας πίσω στον τοίχο. Ο Άντριαν έφυγε και επέστρεψε με ένα ποτήρι νερό. Κάθισε και εκείνος και μου το έδωσε.

«Πιες αυτό. Θα βοηθήσει».

«Μα σου είπα, δεν είμαι μεθυσμένη» τραύλισα. Κατέβασα όμως όλο το νερό.

«Έτσι μπράβο». Μου χαμογέλασε. «Καλά τα κατάφερες με τον καβγά. Ποιος ήταν ο τύπος που σε βοήθησε;»

«Το αγόρι μου» είπα. «Κατά κάποιον τρόπο».

«Είχε δίκιο η Μία λοιπόν. Όντως έχεις πολλούς άντρες στη ζωή σου».

«Δεν είναι έτσι τα πράγματα».

«Καλά». Εξακολουθούσε να χαμογελάει. «Πού είναι η βασίλισσα; Φαντάστηκα πως θα είναι κολλημένη πάνω σου».

«Είναι με το αγόρι *της*» απάντησα παρατηρώντας τον προσεκτικά.

«Τι ύφος είναι αυτό; Ζηλεύεις; Τον θέλεις για τον εαυτό σου;»

«Αχ, Θεέ μου. Όχι βέβαια. Απλά δεν τον συμπαθώ και τόσο».

«Της φέρεται άσχημα;» με ρώτησε.

«Όχι» παραδέχτηκα. «Τη λατρεύει. Απλώς είναι λίγο μαλάκας».

Ο Άντριαν διασκέδαζε ολοφάνερα. «Μάλιστα, όντως ζηλεύεις τελικά. Επειδή περνάει περισσότερο χρόνο μαζί του από ό,τι με σένα;»

Αυτό το αγνόησα. «Γιατί όμως με ρωτάς συνέχεια για αυτήν; Σε ενδιαφέρει;»

Γέλασε. «Μην ανησυχείς. Δεν με ενδιαφέρει έτσι όπως με ενδιαφέρεις εσύ».

«Ναι, αλλά σε ενδιαφέρει».

«Να της μιλήσω θέλω μόνο».

Έφυγε για να μου φέρει κι άλλο νερό. «Νιώθεις καλύτερα;» με ρώτησε δίνοντάς μου το ποτήρι. Ήταν κρυστάλλινο και με πολύπλοκο σκάλισμα. Έμοιαζε πολύ κυριλέ για να έχει μέσα μόνο νερό.

«Μάλιστα... λοιπόν, εκείνα τα ποτά δεν μου φάνηκαν και τόσο δυνατά».

«Αυτή ακριβώς είναι η ομορφιά τους» χαχάνισε. «Και μια που μιλάμε για ομορφιά... σου πάει πολύ αυτό το χρώμα».

Μετακινήθηκα. Μπορεί να μην έδειχνα τόσο πολύ κρέας σαν τα άλλα κορίτσια εκεί πέρα, αλλά σίγουρα έδειχνα πολύ περισσότερο από ό,τι θα ήθελα στον Άντριαν. Ή μήπως όχι; Τελικά είχε κάτι αυτός ο τύπος. Οι αλαζονικοί του τρόποι με ενοχλούσαν... αλλά παρ' όλα αυτά μου άρεσε να είμαι μαζί του. Ίσως ο ξερόλας μέσα μου έβρισκε μια αδελφή ψυχή.

Κάπου στο πίσω μέρος του μεθυσμένου μυαλού μου άναψε ένα λαμπάκι. Αλλά δεν ήμουν ακόμα σε θέση να το επεξεργαστώ. Ήπια κι άλλο νερό.

«Δεν έχεις κάνει τσιγάρο εδώ και, να πούμε, δέκα λεπτά;» παρατήρησα θέλοντας να αλλάξω το θέμα.

Έκανε μια γκριμάτσα. «Δεν επιτρέπεται το κάπνισμα εδώ μέσα».

«Είμαι σίγουρη πως, για να το αντισταθμίσεις, το έριξες στα παντς».

Το χαμόγελό του ξαναγύρισε. «Ναι, αλλά *ορισμένοι* από μας αντέχουν το ποτό. Δεν πρόκειται να κάνεις εμετό, έτσι;»

Ήμουν ακόμα ζαλισμένη, αλλά δεν ανακατευόμουν πια. «Όχι».

«Ωραία».

Σκέφτηκα το όνειρο που είχα δει με εκείνον. Ήταν απλώς ένα όνειρο, αλλά μου είχε κολλήσει, ειδικά το μέρος όπου μου έλεγε πως ήμουν περικυκλωμένη από σκοτάδι. Ήθελα να τον ρωτήσω για αυτό... αν και ήξερα πως ήταν ανόητο. Στο κάτω κάτω, δικό μου όνειρο ήταν, όχι δικό του.

«Άντριαν...»

Γύρισε τα πράσινα μάτια του πάνω μου. «Ναι, μωρό μου;»

Δεν μπόρεσα να ρωτήσω τελικά. «Τίποτα, άσ' το».

Πήγε να απαντήσει, μετά έδειξε με το κεφάλι του την πόρτα. «Α, κοίτα ποια έρχεται».

«Ποια–»

Η Λίζα μπήκε στο δωμάτιο, τα μάτια της έψαξαν γύρω. Όταν μας εντόπισε, είδα την ανακούφιση πάνω της. Δεν μπορούσα να τη νιώσω όμως. Οι εθιστικές ουσίες, όπως το αλκοόλ, αδρανοποιούσαν το δεσμό. Αυτός ήταν άλλος ένας λόγος που δεν έπρεπε να είχα γίνει τόσο χάλια απόψε το βράδυ.

«Εδώ είσαι, λοιπόν» είπε γονατίζοντας δίπλα μου. Ρίχνοντας μια ματιά στον Άντριαν, του έκανε ένα νεύμα. «Γεια».

«Γεια σου και σένα, εξαδέλφη» αντιγύρισε εκείνος χρησιμοποιώντας μια βασιλική προσφώνηση, όπως έκαναν συχνά οι αριστοκράτες μεταξύ τους.

«Είσαι καλά;» με ρώτησε η Λίζα. «Όταν είδα πόσο μεθυσμένη ήσουν, φοβήθηκα μήπως είχες πέσει κάπου και είχες πνιγεί».

«Μα, δεν είμαι–» σταμάτησα να προσπαθώ να το αρνηθώ. «Μια χαρά είμαι».

Η συνηθισμένη έκφραση του Άντριαν είχε σοβαρέψει ενώ παρατηρούσε τη Λίζα. Ξανά μου θύμισε το όνειρο. «Πώς τη βρήκες;»

Η Λίζα τον κοίταξε απορημένα. «Εμ, ε, κοίταξα σε όλα τα δωμάτια».

«Α». Ακούστηκε απογοητευμένος. «Φαντάστηκα πως μπορείς να είχες χρησιμοποιήσει το δεσμό».

Τόσο εκείνη όσο και εγώ καρφώσαμε τα μάτια μας πάνω του.

«Πώς το ξέρεις εσύ αυτό;» θέλησα να μάθω. Ελάχιστα μόνο άτομα στη σχολή ήξεραν για αυτό. Ο Άντριαν το είχε αναφέρει με χαρακτηριστική άνεση, λες και μιλούσε για το χρώμα των μαλλιών μου.

«Έι, δεν μπορώ να αποκαλύψω τις πηγές μου, έτσι δεν είναι;» είπε με μυστηριώδες ύφος. «Άλλωστε υπάρχει και αυτός ο ιδιαίτερος τρόπος με τον οποίο λειτουργείτε εσείς οι δύο όταν είστε μαζί... δύσκολο να το εξηγήσω. Σούπερ είναι... όλοι οι παλιοί μύθοι επαληθεύονται».

Η Λίζα τον κοίταζε επιφυλακτικά. «Ο δεσμός λειτουργεί μόνο προς μία κατεύθυνση. Η Ρόουζ αισθάνεται ό,τι αισθάνομαι και σκέφτομαι, αλλά εγώ δεν μπορώ να κάνω το ίδιο».

«Α». Μείναμε σιωπηλοί για λίγο, και εγώ ήπια κι άλλο νερό. Ο Άντριαν μίλησε ξανά. «Ποια είναι η ειδικότητά σου λοιπόν, εξαδέλφη;»

Η Λίζα φάνηκε αμήχανη. Και οι δυο γνωρίζαμε ότι έπρεπε να κρατήσει τις ξεχωριστές της ικανότητες κρυφές από όσους θα μπορούσαν να κάνουν κακό στη θεραπεία της, αλλά το παραμύθι για την ειδικότητά της πάντα την ενοχλούσε.

«Δεν έχω» είπε.

«Πιστεύουν πως θα αναπτύξεις κάποια αργότερα; Κάλλιο αργά, που λέμε;»

«Όχι».

«Ίσως όμως είσαι πιο δυνατή στα άλλα στοιχεία, σωστά; Απλώς δεν είσαι αρκετά δυνατή ώστε να κυριαρχήσεις σε ένα από αυτά». Άπλωσε το χέρι του και τη χτύπησε ελαφρά στον ώμο, σε μια υπερβολική προσπάθεια να κάνει τον παρηγορητή.

«Ναι, πώς το–»

Το δευτερόλεπτο που τα δάχτυλά του την άγγιξαν της κόπηκε η ανάσα. Ήταν σαν να την είχε χτυπήσει κεραυνός. Μια πολύ παράξενη έκφραση πέρασε από το πρόσωπό της. Ακόμη και μεθυσμένη, ένιωσα μια έκρηξη χαράς να χύνεται μέσα από το δεσμό. Κοίταξε επίμονα και απορημένα τον Άντριαν. Τα μάτια του αιχμαλώτισαν τα δικά της. Δεν καταλάβαινα για ποιο λόγο κοιτάζονταν τόσο έντονα, αλλά με ενοχλούσε.

«Έι» είπα. «Σταματήστε, λοιπόν. Σου είπα, έχει αγόρι».

«Το ξέρω» είπε εξακολουθώντας να την κοιτάζει στα μάτια.

Ένα μικρό χαμόγελο φάνηκε στα χείλη του. «Πρέπει να τα πούμε εμείς οι δύο κάποια στιγμή, εξαδέλφη».

«Ναι» συμφώνησε η Λίζα.

«Ει». Ήμουν πιο μπερδεμένη από ποτέ. «Εσύ έχεις αγόρι. Και να το κιόλας».

Η Λίζα ανοιγόκλεισε τα βλέφαρά της και επέστρεψε στην πραγματικότητα. Και οι τρεις μας μείναμε να κοιτάζουμε την πόρτα. Εκεί στεκόταν ο Κρίστιαν με τους άλλους. Ξαφνικά είχα ένα φλας μπακ από τότε που με είχαν βρει με το χέρι του Άντριαν γύρω από τη μέση μου. Τώρα δεν ήταν και πολύ καλύτερα τα πράγματα. Η Λίζα και εγώ τον είχαμε στη μέση, πολύ κοντά μας.

Η Λίζα πετάχτηκε πάνω, δείχνοντας ελαφρώς ένοχη. Ο Κρίστιαν την κοίταζε περίεργα.

«Είμαστε έτοιμοι να φύγουμε» της είπε.

«Εντάξει» του απάντησε. Χαμήλωσε το βλέμμα της πάνω μου. «Έτοιμη;»

Ένευσα καταφατικά και άρχισα να σηκώνομαι στα πόδια μου. Ο Άντριαν έπιασε το μπράτσο μου και με βοήθησε. Χαμογέλασε στη Λίζα. «Ωραία ήταν που τα είπαμε». Σε μένα μουρμούρισε πολύ σιγανά: «Εσύ μην ανησυχείς. Σου είπα, δεν με ενδιαφέρει με αυτόν τον τρόπο. Δεν είναι τόσο κούκλα με μπικίνι. Μάλλον ούτε και χωρίς αυτό θα είναι».

Τράβηξα το χέρι μου. «Να κάτι που μάλλον δεν πρόκειται να το μάθεις ποτέ».

«Δεν πειράζει» είπε. «Έχω ζωηρή φαντασία».

Ακολούθησα τους άλλους και κατευθυνθήκαμε προς το κυρίως κτίριο του θέρετρου. Ο Μέισον μου έριξε ένα περίεργο βλέμμα, σαν εκείνο που είχε ρίξει ο Κρίστιαν στη Λίζα νωρίτερα, και έμεινε μακριά μου προχωρώντας λίγο πιο μπροστά με τον Έντι. Προς μεγάλη μου έκπληξη και δυσαρέσκεια, βρέθηκα να περπατάω δίπλα στη Μία. Έδειχνε δυστυχισμένη.

«Εγώ… λυπάμαι πραγματικά για αυτό που έγινε» είπα τελικά.

«Δεν είναι ανάγκη να κάνεις πως ενδιαφέρεσαι, Ρόουζ».

«Όχι, όχι. Το εννοώ. Είναι φρικτό… Λυπάμαι πάρα πολύ». Δεν γύρισε να με κοιτάξει. «Είναι… τέλος πάντων, θα δεις σύντομα τον μπαμπά σου;»

«Όποτε κανονίσουν την κηδεία» είπε ξερά.

«Α».

Δεν ήξερα τι άλλο να πω και εγκατέλειψα την προσπάθεια, στρέφοντας την προσοχή μου στη σκάλα καθώς ανεβαίναμε προς το επίπεδο του κεντρικού κτιρίου. Απρόσμενα, η Μία ήταν εκείνη που συνέχισε τη συζήτηση.

«Σε είδα που σταμάτησες εκείνον τον καβγά…» είπε αργά. «Ανέφερες την επιθετική μαγεία σαν να ήξερες κάτι γι' αυτήν».

Α. Υπέροχα. Τώρα σκόπευε να αρχίσει τους εκβιασμούς… ή μήπως όχι; Εκείνη τη στιγμή πάντως φαινόταν κυρία.

«Μάντεψα απλώς» είπα. Σε καμία περίπτωση δεν επρόκειτο να προδώσω τον Κρίστιαν και την Τάσα. «Αλήθεια, δεν ξέρω και πολλά. Ιστορίες μόνο που έχω ακούσει».

«Α». Το πρόσωπό της μελαγχόλησε. «Τι ιστορίες;»

«Ε, καλά τώρα…» προσπάθησα να σκεφτώ κάτι όχι πολύ συγκεκριμένο, ούτε πολύ αόριστο. «Όπως είπα και σε εκείνους τους τύπους… η αυτοσυγκέντρωση είναι μεγάλο πράγμα. Γιατί αν παλεύεις με κάποια Στριγκόι, ένα σωρό πράγματα μπορούν να σου αποσπάσουν την προσοχή. Γι' αυτό πρέπει να έχεις πάντα τον έλεγχο της κατάστασης».

Αυτός ουσιαστικά ήταν ένας βασικός κανόνας των φυλάκων, αλλά για τη Μία πρέπει να ήταν κάτι καινούργιο. Τα μάτια της έλαμψαν από ενδιαφέρον. «Και τι άλλο; Τι είδους ξόρκια χρησιμοποιεί ο κόσμος;»

Κούνησα το κεφάλι μου. «Δεν ξέρω. Ούτε καν ξέρω πώς δουλεύουν τα ξόρκια και, όπως σου είπα, αυτά είναι μόνο…

ιστορίες που άκουσα. Αν έπρεπε να μαντέψω, θα έλεγα πως πρέπει απλώς να βρεις τρόπους να χρησιμοποιείς το στοιχείο σου ως όπλο. Ας πούμε... οι χρήστες της φωτιάς έχουν ένα πλεονέκτημα εδώ, αφού η φωτιά μπορεί να σκοτώσει ένα Στριγκόι, άρα είναι πιο εύκολο για αυτούς. Και οι χρήστες του αέρα μπορούν να προκαλέσουν ασφυξία». Στην πραγματικότητα, είχα ακούσια βιώσει παρόμοιο περιστατικό μέσα από τη Λίζα. Ήταν απαίσιο.

Τα μάτια της Μία μεγάλωσαν ακόμη περισσότερο. «Και τι γίνεται με τους χρήστες του νερού;» ρώτησε. «Πώς θα μπορούσαν αυτοί να κάνουν κακό σε ένα Στριγκόι;»

Έκανα μια παύση. «Εγώ, εμ, δεν έχω ακούσει ιστορίες για χρήστες του νερού. Λυπάμαι».

«Φαντάζεσαι κάτι όμως, έτσι δεν είναι; Τρόπους με τους οποίους κάποια σαν, ε, εμένα θα μπορούσε να μάθει να πολεμάει;»

Α. Μάλιστα. Εκεί θέλαμε να καταλήξουμε λοιπόν. Τελικά δεν ήταν και τόσο τρελό. Θυμήθηκα πόσο αναστατωμένη ήταν στη συγκέντρωση όταν μίλησε η Τάσα για επιθέσεις στα Στριγκόι. Η Μία ήθελε να πάρει εκδίκηση από τα Στριγκόι για το θάνατο της μητέρας της. Δεν ήταν να απορείς που εκείνη και ο Μέισον τα πήγαιναν τόσο καλά τελευταία.

«Μία» της είπα γλυκά, κρατώντας την πόρτα για να περάσει. Τώρα πια είχαμε φτάσει στη ρεσεψιόν. «Καταλαβαίνω πώς μπορεί να είναι όταν νιώθεις ότι πρέπει να... κάνεις κάτι. Σκέψου όμως ότι είναι καλύτερο από το να αφήσεις τον εαυτό σου να πέσει στην, ε, θλίψη».

Κοκκίνισε, και ξαφνικά είδα πάλι τη φυσιολογική και θυμωμένη Μία. «Μη μου μιλάς συγκαταβατικά εμένα» είπε.

«Έι, δεν το κάνω. Σοβαρολογώ. Λέω απλώς πως δεν πρέπει να κάνεις τίποτα απερίσκεπτο όσο είσαι ακόμα ταραγμένη. Εξάλλου...» δάγκωσα τη γλώσσα μου.

Με κοίταξε επίμονα. «Τι;»

Γάμα το. Δικαιούνταν να ξέρει. «Καλά, λοιπόν. Δεν ξέρω κατά πόσο θα μπορούσε να κάνει κακό σε ένα Στριγκόι ένας χρήστης νερού. Μάλλον πρόκειται για το λιγότερο χρήσιμο στοιχείο στη μάχη εναντίον τους».

Οργή άλλαξε τα χαρακτηριστικά της. «Είσαι πραγματική σκύλα, το ξέρεις αυτό;»

«Την αλήθεια *σου* λέω, απλώς».

«Λοιπόν, άσε με να σου πω εσένα μια αλήθεια. Είσαι εντελώς ούφο όσον αφορά τους άντρες».

Το μυαλό μου πήγε στον Ντιμίτρι. Δεν είχε τελείως άδικο.

«Ο Μέισον είναι καταπληκτικός» συνέχισε. «Από τα καλύτερα αγόρια που ξέρω – και συ ούτε που τον προσέχεις! Θα έκανε τα πάντα για σένα, και συ πας και ρίχνεσαι στον Άντριαν Ιβάσκοφ».

Τα λόγια της με εξέπληξαν. Μήπως η Μία ήταν λιγάκι τσιμπημένη με τον Μέισον; Και παρόλο που εγώ σίγουρα δεν ριχνόμουν στον Άντριαν, μπορούσα να καταλάβω πως τα πράγματα φαίνονταν κάπως έτσι. Και ακόμη και αν δεν ήταν πραγματικά έτσι, αυτό δεν θα εμπόδιζε τον Μέισον να νιώθει προδομένος και πληγωμένος.

«Έχεις δίκιο» είπα.

Η Μία με κοίταξε τόσο σαστισμένη που συμφωνούσα μαζί της που δεν είπε τίποτα άλλο για την υπόλοιπη διαδρομή.

Φτάσαμε στο σημείο του θέρετρου που οι δρόμοι χώριζαν για τα αγόρια και τα κορίτσια. Άρπαξα το χέρι του Μέισον, ενώ οι άλλοι συνέχισαν.

«Περίμενε» του είπα. Ήθελα απελπισμένα να τον καθησυχάσω για τον Άντριαν, αλλά κάτι μέσα μου αναρωτιόταν αν το έκανα επειδή ήθελα πραγματικά τον Μέισον ή μου άρεσε απλώς η ιδέα να με θέλει εκείνος, κάτι που, τελείως εγωιστικά, δεν ήθελα να χάσω. Εκείνος σταμάτησε και με κοίταξε. Το πρόσωπό του ήταν επιφυλακτικό. «Ήθελα να σου ζητήσω συγνώμη. Δεν έπρεπε να σου είχα βάλει τις φωνές μετά από εκείνον τον καβγά – το ξέρω πως να βοηθήσεις ήθελες μόνο. Και με τον Άντριαν... τίποτα δεν έγινε. Το εννοώ».

«Εμένα δεν μου φάνηκε έτσι» είπε ο Μέισον. Αλλά η οργή στο πρόσωπό του είχε σβήσει.

«Το ξέρω, πίστεψέ με όμως, αυτός μου την πέφτει. Έχει φάει ένα απίθανο κόλλημα μαζί μου».

Ο τόνος της φωνής μου πρέπει να ήταν πειστικός γιατί ο Μέισον χαμογέλασε. «Ε, καλά δεν τον αδικώ».

«Δεν με ενδιαφέρει ο τύπος» συνέχισα. «Ούτε κανένας άλλος». Αυτό ήταν ψεματάκι βέβαια, αλλά φαντάστηκα πως δεν είχε σημασία τη δεδομένη στιγμή. Σύντομα θα ξεπερνούσα εντελώς τον Ντιμίτρι, και η Μία είχε δίκιο για τον Μέισον. Ήταν υπέροχος και γλυκός και όμορφος. Θα ήμουν ούφο αν δεν εκμεταλλευόμουν την ευκαιρία... Ψέματα;

Το χέρι μου ήταν ακόμα στο μπράτσο του και τον τράβηξα πάνω μου. Δεν χρειαζόταν κι άλλη πρόσκληση. Έσκυψε και με φίλησε και, στην πορεία, βρέθηκα κολλημένη στον τοίχο – όπως ακριβώς στην αίθουσα προπόνησης με τον Ντιμίτρι. Φυσικά δεν είχε καμία σχέση με εκείνο το φιλί, αλλά δεν έπαυε να είναι καλό. Έβαλα τα χέρια μου γύρω από τον Μέισον και τον αγκάλιασα πιο σφιχτά.

«Θα μπορούσαμε να πάμε... κάπου» είπα.

Τραβήχτηκε και γέλασε. «Όχι όταν είσαι μεθυσμένη».

«Δεν είμαι... και τόσο... μεθυσμένη πια» είπα προσπαθώντας να τον ξανατραβήξω κοντά μου.

Δίνοντάς μου ένα φιλάκι στα χείλη έκανε πίσω. «Είσαι αρκετά μεθυσμένη. Κοίτα, δεν είναι εύκολο, πίστεψέ με. Αλλά αν εξακολουθείς να με θέλεις αύριο –όταν θα είσαι νηφάλια–, το συζητάμε».

Έσκυψε και με φίλησε ξανά. Προσπάθησα να τυλίξω τα χέρια μου γύρω του, αλλά και πάλι μου ξέφυγε.

«Ηρέμησε, κορίτσι μου» με πείραξε οπισθοχωρώντας προς το μονοπάτι.

Τον αγριοκοίταξα, αλλά εκείνος απλώς γέλασε και γύρισε από την άλλη. Καθώς έφευγε η αγριάδα εξαφανίστηκε από το βλέμμα μου και εγώ επέστρεψα στο δωμάτιο με ένα χαμόγελο στο πρόσωπό μου.

15

ΤΟ ΕΠΟΜΕΝΟ ΠΡΩΙΝΟ ΠΡΟΣΠΑΘΟΥΣΑ να βάψω τα νύχια των ποδιών μου –όχι και τόσο εύκολη δουλειά με τέτοιο πονοκέφαλο από το μεθύσι– όταν άκουσα ένα χτύπημα στην πόρτα. Η Λίζα είχε ήδη φύγει όταν ξύπνησα, έτσι περπάτησα προσεκτικά μέχρι την πόρτα για να μη χαλάσει το υγρό ακόμα βερνίκι. Ανοίγοντας, είδα έναν υπάλληλο του θέρετρου να στέκεται απέξω με ένα μεγάλο κουτί στα χέρια του. Το έκανε λίγο στην άκρη για να μπορέσει να με δει.

«Ψάχνω τη Ρόουζ Χάθαγουεϊ».

«Εγώ είμαι».

Του πήρα το κουτί. Ήταν μεγάλο, αλλά καθόλου βαρύ. Με ένα γρήγορο ευχαριστώ έκλεισα την πόρτα, ενώ αναρωτιόμουν μήπως έπρεπε να του δώσω φιλοδώρημα. Καλά, δεν βαριέσαι.

Κάθισα στο πάτωμα με το κουτί. Δεν είχε σημάδια πάνω του και ήταν κλεισμένο με μονωτική ταινία. Βρήκα ένα στυλό και τρύπησα την ταινία. Μόλις έβγαλα αρκετή, άνοιξα το κουτί και κοίταξα μέσα.

Ήταν γεμάτο με αρώματα.

Πρέπει να υπήρχαν τριάντα τουλάχιστον μπουκαλάκια με άρωμα μέσα εκεί. Από τα πιο ακριβά μέχρι τα πιο φτηνά που πουλούσαν στα φαρμακεία. *Eternity. Angel. Vanilla Fields. Jade Blossom. Michael Kors. Poison. Hypnotic Poison. Pure Poison.*

Happy. Light Blue. Jovan Musk. Pink Sugar. Vera Wang. Έπαιρνα το ένα μετά το άλλο τα μπουκαλάκια, διάβαζα τις ετικέτες και έβγαζα το καπάκι για να μυρίσω.

Είχα κάνει το ίδιο με τα μισά σχεδόν, όταν ξαφνικά η πραγματικότητα με χτύπησε κατάμουτρα. Τα αρώματα πρέπει να ήταν από τον Άντριαν.

Δεν ήξερα πώς τα είχε καταφέρει να του τα στείλουν όλα αυτά στο ξενοδοχείο μέσα σε τόσο σύντομο χρονικό διάστημα, αλλά συνήθως το χρήμα τα καταφέρνει όλα. Παρ' όλα αυτά, το τελευταίο που χρειαζόμουν ήταν η προσοχή ενός πλούσιου, κακομαθημένου Μορόι· προφανώς είχε παρερμηνεύσει τα σήματα που του έστελνα. Με λύπη άρχιζα να ξαναβάζω τα μπουκαλάκια στο κουτί – μετά σταμάτησα. Θα τα επέστρεφα φυσικά… αλλά ποιο το κακό να τα μυρίσω όλα πρώτα;

Άρχισα ξανά να βγάζω το ένα μπουκάλι μετά το άλλο. Σε μερικά απλώς μύριζα το καπάκι· σε άλλα ψέκαζα λίγο στον αέρα. *Serendipity. Dolce & Gabbana. Shalimar. Daisy.* Η μία μετά την άλλη οι διάφορες νότες χτύπησαν τη μύτη μου: τριαντάφυλλο, βιολέτα, σανταλόξυλο, πορτοκάλι, βανίλια, ορχιδέα…

Μέχρι να τελειώσω, η μύτη μου δεν λειτουργούσε πια. Όλα αυτά τα αρώματα είχαν σχεδιαστεί για ανθρώπους. Οι άνθρωποι είχαν πιο ασθενή αίσθηση της όσφρησης από τους βρικόλακες, και τα νταμπίρ ακόμη, συνεπώς όλες αυτές οι μυρωδιές ήταν υπερβολικά δυνατές για μένα. Τώρα καταλάβαινα τι εννοούσε ο Άντριαν όταν έλεγε πως μία μόνο σταγόνα αρώματος ήταν αρκετή. Αν όλα αυτά τα αρώματα είχαν ζαλίσει εμένα, μόνο να υποψιαστώ μπορούσα τι μύριζε ένα Μορόι. Όλες αυτές οι μυρωδιές δεν φαίνονταν να βοηθάνε τον πονοκέφαλο με τον οποίο είχα ξυπνήσει σήμερα.

Πακετάρισα τα αρώματα, για τα καλά αυτή τη φορά, σταματώντας μόνο σε ένα συγκεκριμένο που μου άρεσε πραγματικά.

Δίστασα, κρατώντας στο χέρι μου το μπουκαλάκι. Ήταν μια φρέσκια, γλυκιά μυρωδιά. Ήταν κάποιο φρούτο – αλλά όχι ένα γλυκερό ή ζαχαρωμένο φρούτο. Έψαξα το μυαλό μου για μια μυρωδιά που είχα μυρίσει σε μια κοπέλα που κοιμόταν στον κοιτώνα. Μου είχε πει το όνομα. Ήταν κεράσι... αλλά πιο έντονο. Ήταν σταφίδα, αυτό ήταν. Και υπήρχε σε αυτό το άρωμα, ανάμεικτο με κάποιο άρωμα λουλουδιού και άλλα πράγματα που δεν μπορούσα να εντοπίσω. Όποιο κι αν ήταν το άρωμα, είχε κάτι που μου άρεσε. Γλυκό – μα όχι υπερβολικά γλυκερό. Διάβασα το κουτί – ψάχνοντας το όνομα. *Amor Amor.*

«Μου πάει γάντι» μουρμούρισα, βλέποντας πόσα αισθηματικά προβλήματα αντιμετώπιζα τον τελευταίο καιρό. Κράτησα, όμως, έτσι κι αλλιώς το άρωμα και πακετάρισα ξανά τα υπόλοιπα. Παίρνοντας το κουτί στα χέρια μου, το πήγα κάτω στη ρεσεψιόν και ζήτησα μονωτική ταινία για να το ξανακλείσω. Ζήτησα επίσης οδηγίες για να πάω στο δωμάτιο του Άντριαν. Προφανώς, οι Ιβάσκοφ είχαν τη δική τους πτέρυγα. Δεν απείχε πολύ από τα δωμάτιο της Τάσα.

Νιώθοντας κάπως σαν διανομέας, περπάτησα στο διάδρομο και σταμάτησα μπροστά από την πόρτα του. Πριν προλάβω να χτυπήσω, η πόρτα άνοιξε και μπροστά μου στεκόταν ο Άντριαν. Ένιωσε την ίδια έκπληξη με μένα.

«Μικρούλα νταμπίρ» είπε εγκάρδια. «Δεν περίμενα να δω εσένα εδώ».

«Επιστρέφω αυτά εδώ». Του έδωσα το κουτί πριν προλάβει να διαμαρτυρηθεί. Το πήρε κάπως αδέξια, παραπατώντας λίγο από την έκπληξη. Μόλις το έπιασε καλά, έκανε μερικά βήματα πίσω και το άφησε στο πάτωμα.

«Σου άρεσε κανένα από αυτά;» ρώτησε. «Μήπως θέλεις να σου φέρω κι άλλα;»

«Μη μου στείλεις άλλα δώρα, σε παρακαλώ».

«Μα δεν είναι δώρο. Κοινωνική προσφορά είναι. Ποια γυναίκα δεν έχει το δικό της άρωμα;»

«Μην το ξανακάνεις» είπα αποφασιστικά.

Ξαφνικά μια φωνή πίσω του ρώτησε: «Ρόουζ, εσύ είσαι;»

Κοίταξα πίσω του. Η Λίζα.

«Τι κάνεις *εσύ* εδώ;»

Με τον πονοκέφαλο που είχα όταν ξύπνησα και αυτό που υπέθεσα πως ήταν ραντεβουδάκι με τον Κρίστιαν, την είχα μπλοκάρει από τη σκέψη μου όσο καλύτερα μπορούσα σήμερα το πρωί. Φυσιολογικά, αν ήταν σε ένα δωμάτιο, το καταλάβαινα αμέσως μόλις πλησίαζα. Άνοιξα πάλι τον εαυτό μου και άφησα το σοκ της να τρέξει μέσα μου. Δεν περίμενε πως θα εμφανιζόμουν εδώ.

«Εσύ τι κάνεις εδώ;» με ρώτησε.

«Κυρίες μου, κυρίες μου» είπε ο Άντριαν πειρακτικά. «Δεν υπάρχει λόγος να τσακώνεστε για μένα».

Τον αγριοκοίταξα. «Δεν τσακωνόμαστε. Θέλω απλώς να μάθω τι γίνεται εδώ πέρα».

Μια υποψία άφτερ σέιβ έφτασε στη μύτη μου, και μετά άκουσα μια φωνή πίσω μου: «Και εγώ το ίδιο».

Τινάχτηκα. Γυρίζοντας είδα τον Ντιμίτρι να στέκεται στο διάδρομο. Δεν είχα ιδέα τι έκανε στην πτέρυγα των Ιβάσκοφ.

Πηγαίνει στο δωμάτιο της Τάσα, είπε μια φωνή μέσα μου.

Ο Ντιμίτρι αναμφίβολα πάντα περίμενε πως εγώ θα βρισκόμουν σε ένα σωρό μπλεξίματα, αλλά βλέποντας και τη Λίζα εδώ αιφνιδιάστηκε. Με προσπέρασε και μπήκε στο δωμάτιο, κοιτάζοντας και τους τρεις μας.

«Οι μαθητές και οι μαθήτριες δεν επιτρέπεται να βρίσκονται μαζί σε δωμάτια του ξενοδοχείου».

Ήξερα ότι αν του υπενθύμιζα πως τυπικά ο Άντριαν δεν ήταν μαθητής της Ακαδημίας, δεν θα γλιτώναμε από τους μπελάδες σε αυτή την περίπτωση. Απαγορευόταν να βρισκόμαστε στο δωμάτιο οποιουδήποτε αρσενικού.

«Πώς τα καταφέρνεις να το κάνεις πάντα αυτό;» ρώτησα τον Άντριαν απογοητευμένη.

«Ποιο πράγμα;»

«Να μας βάζεις σε μπελάδες!»

Χαχάνισε. «Βρε κορίτσια, εσείς ήρθατε εδώ».

«Δεν έπρεπε να τις βάλεις στο δωμάτιό σου. «Είμαι σίγουρος πως γνωρίζεις τους κανόνες του Αγίου Βλαντιμίρ».

Ο Άντριαν σήκωσε τους ώμους του. «Ναι, αλλά εγώ δεν είμαι αναγκασμένος να υπακούω στους ανόητους κανόνες οποιουδήποτε σχολείου».

«Ίσως όχι» είπε ο Ντιμίτρι ψυχρά. «Πίστευα όμως πως θα τους σεβόσουν τουλάχιστον».

Ο Άντριαν γύρισε προς τα πάνω τα μάτια του με απόγνωση. «Εκπλήσσομαι κάπως που κάθεσαι και μου κάνεις εσύ κήρυγμα σχετικά με τα ανήλικα κορίτσια».

Είδα την οργή να λάμπει στα μάτια του Ντιμίτρι και, για μια στιγμή, πίστεψα πως ίσως είχα δει την περίφημη έλλειψη αυτοελέγχου για την οποία τον πείραζα. Αλλά διατήρησε την ψυχραιμία του και μόνο οι σφιγμένες του γροθιές μαρτυρούσαν πόσο θυμωμένος ήταν.

«Εξάλλου» συνέχισε ο Άντριαν «δεν έγινε τίποτα πρόστυχο εδώ μέσα. Απλά, αράζαμε».

«Αν θέλεις να "αράζεις" με μικρά κορίτσια, να το κάνεις στους κοινόχρηστους χώρους».

Δεν μου άρεσε και πολύ που ο Ντιμίτρι μας αποκάλεσε «μικρά κορίτσια», και είχα αρχίσει να νιώθω πως το είχε παρακάνει κάπως. Υποψιάστηκα πως ένα μέρος της αντίδρασής του οφειλόταν στο γεγονός ότι εγώ ήμουν εδώ.

Εκείνη ακριβώς τη στιγμή ο Άντριαν γέλασε, με ένα παράξενο

γέλιο που με έκανε να ανατριχιάσω. «Μικρά κορίτσια; *Μικρά* κορίτσια; Βέβαια. Μικρά και μεγάλα ταυτόχρονα. Δεν έχουν δει σχεδόν τίποτα από τη ζωή, κι όμως έχουν δει τόσο πολλά. Η μια έχει σημαδευτεί από τη ζωή, η άλλη από το θάνατο... αλλά για *αυτές* ανησυχείς; Για τον εαυτό σου να ανησυχείς, νταμπίρ. Να ανησυχείς για σένα και να ανησυχείς για μένα. Εμείς είμαστε οι μικροί».

Οι υπόλοιποι απλώς κοιτάζαμε. Δεν νομίζω πως κανείς περίμενε ότι ο Άντριαν θα λαλήσει έτσι ξαφνικά.

Ο Άντριαν ήταν ήρεμος και φαινόταν εντελώς φυσιολογικός ξανά. Έκανε μεταβολή και περπάτησε μέχρι το παράθυρο, ρίχνοντάς μας ένα αδιάφορο βλέμμα καθώς έβγαζε ένα τσιγάρο από το πακέτο του.

«Κυρίες μου, εσείς καλύτερα να φύγετε. Έχει δίκιο. Είμαι κακή επιρροή».

Αντάλλαξα ένα βλέμμα με τη Λίζα. Φύγαμε βιαστικά και ακολουθήσαμε τον Ντιμίτρι στη ρεσεψιόν.

«Αυτό κι αν ήταν... παράξενο» είπα μετά από δυο λεπτά. Εξέφραζα το προφανές αλλά, ε, κάποιος έπρεπε να το κάνει.

«Πολύ» είπε ο Ντιμίτρι. Δεν ακούστηκε θυμωμένος, απορημένος περισσότερο.

Όταν φτάσαμε στη ρεσεψιόν, πήγα να ακολουθήσω τη Λίζα στο δωμάτιό μας, αλλά με φώναξε ο Ντιμίτρι.

«Ρόουζ» είπε. «Μπορώ να σου πω λίγο;»

Ένιωσα τη συμπαράσταση της Λίζα μέσα από το δεσμό. Γύρισα στον Ντιμίτρι και έκανα στην άκρη για να μην ενοχλώ τον κόσμο που περνούσε. Μια παρέα Μορόι, με γούνες και διαμαντικά, πέρασε δίπλα μας με έκδηλη την ανησυχία στα πρόσωπά τους. Τους ακολουθούσαν γκρουμ με βαλίτσες. Ο κόσμος εξακολουθούσε να φεύγει αναζητώντας πιο ασφαλή μέρη. Η παράνοια για τα Στριγκόι δεν είχε περάσει ακόμα.

Η φωνή του Ντιμίτρι έστρεψε ξανά την προσοχή μου σε

εκείνον. «Αυτός είναι ο Άντριαν Ιβάσκοφ». Ανέφερε το όνομα με τον ίδιο τρόπο που το έλεγαν όλοι.

«Ναι, το ξέρω».

«Αυτή είναι η δεύτερη φορά που σε βλέπω μαζί του».

«Μάλιστα» απάντησα ανόητα. «Κάνουμε παρέα πού και πού».

Ο Ντιμίτρι σήκωσε το ένα φρύδι του, έπειτα έδειξε με το κεφάλι του την κατεύθυνση από όπου είχαμε έρθει. «Πηγαίνεις συχνά στο δωμάτιό του;»

Αρκετές απαντήσεις ήρθαν στο μυαλό μου, έπειτα μια πολύ καλή κέρδισε. «Δεν είναι δική σου δουλειά τι συμβαίνει μεταξύ μας». Πέτυχα έναν τόνο παρόμοιο με εκείνον που είχε χρησιμοποιήσει και εκείνος όταν είχε κάνει ένα ανάλογο σχόλιο για τον εαυτό του και την Τάσα.

«Αντίθετα, όσο σπουδάζεις στην Ακαδημία, ό,τι κάνεις είναι *δική* μου δουλειά».

«Όχι στην προσωπική μου ζωή. Εκεί δεν σου πέφτει λόγος».

«Δεν είσαι ακόμα ενήλικη».

«Κοντεύω όμως. Εξάλλου, δεν θα γίνω ως διά μαγείας ενήλικη όταν κλείσω τα δεκαοχτώ».

«Προφανώς» είπε.

Κοκκίνισα. «Δεν εννοούσα αυτό. Εννοούσα πως–»

«Ξέρω πολύ καλά τι εννοούσες. Και οι τυπικές λεπτομέρειες δεν έχουν καμία σημασία αυτή τη στιγμή. Είσαι μαθήτρια της Ακαδημίας. Εγώ είμαι ο εκπαιδευτής σου. Είναι καθήκον μου να σε βοηθάω και να φροντίζω για την ασφάλειά σου. Το να είσαι σε ένα δωμάτιο με κάποιον σαν αυτόν… ε, δεν είναι και πολύ ασφαλές».

«Μπορώ να τα βγάλω πέρα με τον Άντριαν Ιβάσκοφ» μουρμούρισα. «Είναι παράξενος –πολύ παράξενος εδώ που τα λέμε– αλλά ακίνδυνος».

Αναρωτήθηκα κρυφά αν το πρόβλημα του Ντιμίτρι ήταν

πως ζήλευε. Δεν είχε πιάσει τη Λίζα για να της βάλει τις φωνές. Αυτή η σκέψη μού έφτιαξε κάπως το κέφι, αλλά μετά θυμήθηκα την προηγούμενη απορία μου σχετικά με το πού πήγαινε ο Ντιμίτρι όταν τον είδαμε.

«Και μια που μιλάμε για την προσωπική μας ζωή… προφανώς πήγαινες να δεις την Τάσα, έτσι;»

Το ήξερα πως ήταν μικροπρεπές και περίμενα κάποια απάντηση του τύπου «αυτό δεν είναι δική σου δουλειά». Αντί για αυτό, όμως, είπε: «Στην πραγματικότητα τη μητέρα σου πήγαινα να δω».

«Θα τα φτιάξεις και μ' αυτήν τώρα;» Ήξερα φυσικά πως δεν θα έκανε ποτέ κάτι τέτοιο, αλλά η ατάκα μού φάνηκε πολύ έξυπνη για να την αφήσω να πάει χαμένη.

Φάνηκε να το κατάλαβε και εκείνος και μου έριξε απλώς ένα άγριο βλέμμα. «Όχι, εξετάζουμε κάποια καινούργια στοιχεία για τα Στριγκόι της υπόθεσης Ντρόζντοφ».

Ο θυμός και η ειρωνική μου διάθεση εξαφανίστηκαν. Οι Ντρόζντοφ. Οι Μπαντίκα. Ξαφνικά όσα είχαν γίνει σήμερα το πρωί έμοιαζαν εξαιρετικά ασήμαντα. Πώς μπορούσα να κάθομαι να τσακώνομαι με τον Ντιμίτρι για έρωτες που υπήρχαν ή δεν υπήρχαν, τη στιγμή που εκείνος και οι υπόλοιποι φύλακες προσπαθούσαν να μας προστατέψουν;

«Τι μάθατε;» ρώτησα σιγανά.

«Καταφέραμε να εντοπίσουμε κάποια από τα Στριγκόι» είπε. «Ή τουλάχιστον τους ανθρώπους που συνεργάστηκαν μαζί τους. Κάποιοι μάρτυρες που μένουν εκεί κοντά είδαν κάποια από τα αυτοκίνητα που χρησιμοποίησε η συμμορία. Οι πινακίδες ήταν όλες από διαφορετικές πολιτείες – από ό,τι φαίνεται η συμμορία χωρίστηκε, μάλλον για να μας δυσκολέψει. Αλλά ένας από τους μάρτυρες κατάφερε να δει την πινακίδα ενός αυτοκινήτου. Ήταν καταχωρισμένη σε μια διεύθυνση στο Σποκέιν».

«Στο Σποκέιν;» ρώτησα δύσπιστα». *Στο Σποκέιν της Ουάσιν-γκτον;* Μα ποιος επιλέγει το Σποκέιν για κρυσφήγετο;» Είχα πάει κάποτε εκεί. Ήταν βαρετά, όπως και κάθε άλλη βορειοδυτική απομονωμένη περιοχή.

«Προφανώς τα Στριγκόι» είπε ανέκφραστα. «Η διεύθυνση ήταν ψεύτικη, αλλά κάποια άλλα στοιχεία δείχνουν πως όντως είναι εκεί. Υπάρχει ένα εμπορικό κέντρο με υπόγεια τούνελ. Έχουν εντοπιστεί Στριγκόι σε εκείνη την περιοχή».

«Τότε...» συνοφρυώθηκα. «Θα τους κυνηγήσετε; Θα τους κυνηγήσει κανείς; Θέλω να πω, αυτό δεν έλεγε η Τάσα... Αν γνωρίζουμε πού βρίσκονται...»

Κούνησε αρνητικά το κεφάλι του. «Οι φύλακες δεν μπορούν να κάνουν τίποτα χωρίς έγκριση από τους ανωτέρους. Δεν πρόκειται να συμβεί τώρα σύντομα».

Αναστέναξα. «Επειδή τα Μορόι το συζητάνε πολύ».

«Είναι απλώς προσεκτικά» είπε.

Ένιωσα να φουντώνω ξανά. «Έλα τώρα. Ακόμη και εσύ δεν μπορεί να θέλεις να είσαι προσεκτικός σε αυτή την περίπτωση. Ουσιαστικά ξέρετε πού κρύβονται τα Στριγκόι. Στριγκόι που έχουν σφαγιάσει μικρά παιδιά. Δεν θέλεις να τα κυνηγήσεις τη στιγμή που δεν το περιμένουν;» Τώρα ακουγόμουν λιγάκι σαν τον Μέισον.

«Δεν είναι τόσο απλό» είπε. «Λογοδοτούμε στο Συμβούλιο των Φυλάκων και στην κυβέρνηση των Μορόι. Δεν μπορούμε να ενεργήσουμε με δική μας πρωτοβουλία. Και, εν πάση περιπτώσει, δεν ξέρουμε τα πάντα ακόμα. Ποτέ δεν πρέπει να μπαίνεις σε μια κατάσταση αν δεν έχεις πρώτα εξετάσει και την παραμικρή λεπτομέρεια».

«Μαθήματα ζεν ζωής πάλι» αναστέναξα. Με το χέρι μου έβαλα τα μαλλιά μου πίσω από τα αφτιά. «Γιατί μου το λες αυτό όμως; Αυτά είναι μυστικά των φυλάκων. Από αυτά που δεν λέγονται σε μαθητευόμενους».

Μέτρησε τα λόγια του και η έκφρασή του μαλάκωσε. Πάντα ήταν πανέμορφος, αλλά έτσι μου άρεσε πιο πολύ. «Είπα κάποια πράγματα… τις προάλλες και σήμερα… που δεν θα έπρεπε να έχω πει. Προσβολές για την ηλικία σου. Είσαι δεκαεφτά χρονών… αλλά είσαι ικανή να αντιμετωπίζεις και να επεξεργάζεσαι τα ίδια πράγματα που απασχολούν άτομα μεγαλύτερα από σένα».

Κολακεύτηκα. «Αλήθεια;»

Κούνησε καταφατικά το κεφάλι του. «Είσαι ακόμα πολύ μικρή σε πολλούς τομείς –και φέρεσαι έτσι– αλλά ο μόνος τρόπος για να μεγαλώσεις είναι να σε αντιμετωπίζουν σαν ενήλικη. Πρέπει να το κάνω πιο συχνά. Ξέρω ότι θα καταλάβεις τη σημασία αυτής της πληροφορίας και θα την κρατήσεις για τον εαυτό σου».

Δεν μου άρεσε να μου λένε ότι φερόμουν σαν μικρό παιδί, αλλά μου άρεσε η ιδέα πως από δω και πέρα θα μου μιλούσε σαν ίσος προς ίσο.

«Ντίμκα» ακούστηκε μια φωνή. Η Τάσα Οζέρα μας πλησίασε. Χαμογέλασε όταν με είδε. «Γεια σου, Ρόουζ».

Πάει η καλή μου διάθεση. «Γεια» είπα ξερά.

Έβαλε το χέρι της στο μπράτσο του Ντιμίτρι, γλιστρώντας τα δάχτυλά της στο δέρμα του παλτού του. Κοίταξα θυμωμένα εκείνα τα δάχτυλα. Πώς τολμούσαν να τον αγγίζουν;

«Έχεις εκείνο το ύφος;» του είπε.

«Ποιο ύφος;» ρώτησε. Το αυστηρό ύφος που είχε μαζί μου εξαφανίστηκε. Ένα αχνό, πονηρό χαμόγελο φάνηκε στα χείλη του. Παιχνιδιάρικο σχεδόν.

«Το ύφος που λέει πως θα έχεις υπηρεσία όλη μέρα».

«Αλήθεια; Διαθέτω τέτοιο ύφος;» Είχε μια πειρακτική, κοροϊδευτική χροιά στη φωνή του.

Η Τάσα κούνησε καταφατικά το κεφάλι της. «Πότε τελειώνει τυπικά η βάρδιά σου;

Ο Ντιμίτρι έδειχνε –το ορκίζομαι– σαν πρόβατο. «Πριν από μία ώρα».

«Δεν μπορείς να συνεχίσεις να το κάνεις αυτό» βόγκηξε εκείνη. «Χρειάζεσαι ένα διάλειμμα».

«Καλά… αν αναλογιστείς ότι είμαι φύλακας της Λίζα…»

«Προς το παρόν» απάντησε η Τάσα με νόημα. Ένιωθα μεγαλύτερη ναυτία από ό,τι χτες το βράδυ. «Γίνεται ένα μεγάλο τουρνουά μπιλιάρδου στον πάνω όροφο».

«Δεν μπορώ» είπε, αλλά το χαμόγελο παρέμεινε στο πρόσωπό του. «Παρόλο που έχω να παίξω πολύ καιρό…»

Τι στο–; Ο Ντιμίτρι έπαιζε *μπιλιάρδο*;

Ξαφνικά δεν είχε σημασία που μόλις είχαμε μια συζήτηση για το ότι έπρεπε να μου φέρεται σαν ενήλικη. Ένα κομμάτι μου ήξερε πόσο σπουδαία ήταν αυτή η φιλοφρόνηση – αλλά η υπόλοιπη ήθελα να μου φέρεται όπως στην Τάσα. Παιχνιδιάρικα. Πειρακτικά. Οικεία. Ήταν τόσο κοντά ο ένας με τον άλλο, τόσο άνετοι μεταξύ τους.

«Μα έλα λοιπόν» τον ικέτευσε. «Μόνο ένα γύρο! Μπορούμε να τους νικήσουμε όλους».

«Δεν γίνεται» επανέλαβε. Ακούστηκε θλιμμένος. «Όχι με όλα αυτά που συμβαίνουν».

Η Τάσα σοβάρεψε λίγο. «Όχι. Φαντάζομαι πως όχι». Ρίχνοντάς μου μια ματιά, είπε πειρακτικά: «Ελπίζω να συνειδητοποιείς τι σκληροπυρηνικό πρότυπο έχεις εδώ πέρα. Πάντα πιστός στο καθήκον».

«Εντάξει» είπα μιμούμενη το χαρωπό πρωτύτερο τόνο της «*προς το παρόν*, τουλάχιστον».

Η Τάσα έδειχνε σαστισμένη. Δεν νομίζω πως της περνούσε από το μυαλό πως υπήρχε περίπτωση να την κοροϊδεύω. Το σκοτεινό ύφος του Ντιμίτρι μου είπε πως ήξερε τι ακριβώς έκανα. Αμέσως συνειδητοποίησα πως είχα σκοτώσει οποιαδήποτε πρόοδο είχα σημειώσει ως ενήλικη.

«Τελειώσαμε εδώ, Ρόουζ. Μην ξεχάσεις όσα σου είπα».

«Μάλιστα» είπα γυρίζοντας για να φύγω. Ξαφνικά ήθελα να πάω στο δωμάτιό μου και να πέσω σε κώμα για λίγο. Αυτή η μέρα με είχε κάνει ήδη κουρέλι. «Εννοείται».

Δεν είχα πάει μακριά όταν συνάντησα τον Μέισον. Θεούλη μου. Άντρες παντού.

«Έξαλλη είσαι» είπε αμέσως μόλις είδε το πρόσωπό μου. «Τι έγινε πάλι;»

«Κάποια προβληματάκια... με την εξουσία. Ήταν περίεργο αυτό το πρωινό».

Αναστέναξα, μην μπορώντας να βγάλω τον Ντιμίτρι από το μυαλό μου. Κοιτάζοντας τον Μέισον, θυμήθηκα πως είχα πειστεί ότι ήμουν έτοιμη να προχωρήσω μαζί του χτες το βράδυ. Ήμουν θεοπάλαβη. Δεν μπορούσα να αποφασίσω για κανέναν τους. Κρίνοντας πως ο καλύτερος τρόπος για να ξεχάσω έναν άντρα ήταν να ασχοληθώ με κάποιον άλλο, άρπαξα το χέρι του Μέισον και τον οδήγησα μακριά από εκεί.

«Έλα λοιπόν. Δεν ήταν στο πρόγραμμα να πάμε κάπου... ήσυχα σήμερα οι δυο μας;»

«Φαντάστηκα πως δεν θα ήσουν ακόμα μεθυσμένη» αστειεύτηκε. Τα μάτια του όμως ήταν πολύ, πολύ σοβαρά. Και γεμάτα ενδιαφέρον. «Υπέθεσα πως το είχαμε αναβάλει».

«Έι, θα διεκδικήσω τα κεκτημένα μου, ό, τι κι αν γίνει». Ανοίγοντας το μυαλό μου, έψαξα για τη Λίζα. Δεν ήταν πια στο δωμάτιό μας. Είχε πάει σε μια εκδήλωση των βασιλικών οικογενειών, αναμφίβολα στο πλαίσιο προετοιμασίας για το μεγάλο δείπνο της Πρισίλα Βόντα. «Έλα» είπα στον Μέισον. «Θα πάμε στο δωμάτιό μου».

Αν εξαιρέσεις τις περιπτώσεις που ο Ντιμίτρι περνούσε, για κακή μου τύχη, από το δωμάτιο κάποιου, κανείς δεν εφάρμοζε πραγματικά τον κανόνα που έλεγε να μη βρίσκονται αγόρια και κορίτσια στο ίδιο δωμάτιο. Ουσιαστικά ήταν σαν να ήμασταν στους κοιτώνες της Ακαδημίας. Καθώς εγώ και ο Μέισον ανεβαίναμε πάνω, του αφηγήθηκα όσα μου είχε πει νωρίτερα ο Ντιμίτρι για τα Στριγκόι στο Σποκέιν. Ο Ντιμίτρι μου είχε πει να το κρατήσω μυστικό, αλλά ήμουν πάλι έξω φρενών μαζί του και δεν το έβρισκα κακό να μιλήσω για αυτό στον Μέισον. Ήξερα ότι θα τον ενδιέφερε.

Είχα δίκιο. Ο Μέισον αναστατώθηκε.

«Τι;» αναφώνησε ενώ μπαίναμε στο δωμάτιό μου. «Και δεν κάνουν τίποτα;»

Ανασήκωσα τους ώμους μου και κάθισα στο κρεβάτι. «Ο Ντιμίτρι είπε–»

«Ξέρω, ξέρω. Σε άκουσα. Πως πρέπει να είμαστε προσεκτικοί και τα σχετικά». Ο Μέισον βημάτιζε θυμωμένος πάνω-κάτω στο δωμάτιο. «Αλλά αν τα Στριγκόι αυτά επιτεθούν και σε άλλα Μορόι... σε μια άλλη οικογένεια... γαμώ το! Τότε θα εύχονται να μην είχαν φερθεί τόσο... προσεκτικά».

«Ξέχασέ το, τώρα» του είπα. Ένιωθα κάπως προσβεβλημένη που εγώ στο κρεβάτι δεν αρκούσα για να τον κάνει να ξεχάσει όλα αυτά τα τρελά σχέδια μάχης. «Δεν μπορούμε να κάνουμε τίποτα».

Σταμάτησε να περπατάει. «Μπορούμε να πάμε εμείς».

«Να πάμε πού;» ρώτησα ηλίθια.

«Στο Σποκέιν. Μπορούμε να πάρουμε ένα λεωφορείο από την πόλη».

«Εγώ... για στάσου. Θέλεις να πάμε στο Σποκέιν και να επιτεθούμε στα Στριγκόι;»

«Μάλιστα. Και ο Έντι θα θέλει να έρθει. Μπορούμε να πάμε σε εκείνο το εμπορικό κέντρο. Δεν πρόκειται να είναι οργανωμένοι και τέτοια, οπότε μπορούμε να περιμένουμε και να τους πιάσουμε έναν έναν...»

Είχα μείνει να τον κοιτάζω. «Πότε έγινες τόσο ηλίθιος;»

«Α, μάλιστα, κατάλαβα. Ευχαριστώ για την ψήφο εμπιστοσύνης».

«Δεν έχει να κάνει με την εμπιστοσύνη» διαμαρτυρήθηκα καθώς σηκώθηκα για να τον πλησιάσω. «Είσαι φοβερός στην πάλη. Σε έχω δει. Αλλά δεν... δεν είναι αυτός ο τρόπος. Δεν μπορούμε να πάρουμε τον Έντι και να επιτεθούμε στα Στριγκόι. Χρειαζόμαστε περισσότερα άτομα. Περισσότερο σχεδιασμό. Περισσότερες πληροφορίες».

Ακούμπησα τα χέρια μου στο στήθος του. Έβαλε από πάνω τους τα δικά του και χαμογέλασε. Η φωτιά της μάχης υπήρχε ακόμα στα μάτια του, αλλά καταλάβαινα ότι το μυαλό του είχε αρχίσει να πηγαίνει σε πιο επείγοντα ζητήματα. Σε μένα, για παράδειγμα.

«Δεν το ήθελα να σε πω ηλίθιο» του είπα. «Συγνώμη».

«Έτσι το λες τώρα, γιατί θέλεις να εκμεταλλευτείς το κορμί μου».

«Εννοείται» γέλασα, χαρούμενη που είχε χαλαρώσει. Ο χαρακτήρας αυτής της συζήτησης μου θύμισε εκείνη που είχαν ο Κρίστιαν με τη Λίζα στο παρεκκλήσι.

«Λοιπόν» είπε «νομίζω πως δεν θα δυσκολευτείς και πολύ να με αποπλανήσεις».

«Θαυμάσια. Γιατί είναι πολλά τα πράγματα που θέλω να σου κάνω».

Γλίστρησα τα χέρια μου γύρω από το λαιμό του. Ένιωσα το δέρμα του ζεστό κάτω από τα δάχτυλά μου και θυμήθηκα πόσο μου άρεσε το φιλί μας χτες το βράδυ.

Ξαφνικά, από το πουθενά, είπε: «Είσαι πραγματικά η μαθήτριά του».

«Ποιου;»

«Του Μπελίκοφ. Σκέφτομαι απλώς αυτό που είπες, ότι δηλαδή χρειαζόμαστε πληροφορίες και οργάνωση. Λειτουργείς ακριβώς όπως εκείνος. Έχεις σοβαρέψει πολύ από τότε που κάνεις παρέα μαζί του».

«Όχι βέβαια».

Ο Μέισον με έσφιγγε περισσότερο τώρα, αλλά ξαφνικά δεν είχα καμία ρομαντική διάθεση πια. Προηγουμένως ήθελα να φιληθώ και να ξεχάσω για λίγο τον Ντιμίτρι, όχι να πιάσω κουβέντα για αυτόν. Από πού είχε προκύψει αυτό; Ο Μέισον υποτίθεται πως θα μου αποσπούσε την προσοχή.

Δεν πρόσεξε το παραμικρό στην αλλαγή της διάθεσής μου. «Απλώς έχεις αλλάξει, αυτό είναι όλο. Δεν είναι κακό... απλά διαφορετικό».

Κάτι στα λόγια του με εκνεύρισε, αλλά πριν προλάβω να αντιμιλήσω, το στόμα του συνάντησε το δικό μου σε ένα φιλί. Οι λογικές συζητήσεις αποκλείονταν παντελώς. Λίγος σκοτεινός θυμός άρχισε να ξυπνάει μέσα μου, αλλά απλώς διοχέτευσα εκείνη την ένταση σε σεξουαλική ενέργεια καθώς ο Μέισον και εγώ πέσαμε ο ένας πάνω στον άλλο. Τον πέταξα στο κρεβάτι, και μάλιστα χωρίς να διακόψω το φιλί. Ένα ήταν σίγουρο, μπορούσα να κάνω με άνεση πολλά πράγματα μαζί. Έχωσα τα νύχια μου στην πλάτη του, ενώ τα δικά του χέρια γλιστρούσαν στο λαιμό μου για να λύσουν την αλογοουρά που είχα φτιάξει πριν από λίγο. Περνώντας τα χέρια του μέσα από τα ελευθερωμένα μαλλιά μου, έσκυψε και φίλησε το λαιμό μου.

«Είσαι καταπληκτική...» μου είπε. Και καταλάβαινα πως το εννοούσε. Στο πρόσωπό του έλαμπε από λατρεία για μένα.

Τέντωσα σαν τόξο το κορμί, αφήνοντας τα χείλη του να πιέσουν πιο έντονα το δέρμα στο λαιμό μου, ενώ τα χέρια του γλίστρησαν κάτω από την άκρη του πουκαμίσου μου. Ανέβηκαν μέχρι το στομάχι μου, αγγίζοντας απειροελάχιστα το κάτω μέρος του σουτιέν μου.

Αν σκεφτεί κανείς ότι πριν από λίγο τσακωνόμασταν, ήταν εκπληκτικό πόσο γρήγορα εξελίχτηκαν τα πράγματα. Ειλικρινά όμως... δεν με πείραζε καθόλου. Έτσι ζούσα εγώ τη ζωή μου. Όλα ήταν πολύ γρήγορα και πολύ έντονα με μένα. Τη νύχτα που ο Ντιμίτρι και εγώ είχαμε πέσει θύματα στο ξόρκι επιθυμίας του Βίκτορ Ντάσκοφ, είχα βιώσει αντίστοιχο ερωτικό πάθος στα φιλιά μας. Ο Ντιμίτρι το έλεγχε βέβαια, έτσι κάποιες στιγμές τα κάναμε όλα αργά... και αυτό ήταν υπέροχο όταν συνέβαινε. Αλλά την περισσότερη ώρα δεν μπορούσαμε να συγκρατηθούμε. Το ένιωθα ξανά ολοζώντανο. Τους τρόπους με τους οποίους τα χέρια του άγγιζαν το κορμί μου. Και δεν το θυμόμουν απλώς. Ουσιαστικά φανταζόμουν πως ήμουν με τον Ντιμίτρι –αυτή *ακριβώς* τη στιγμή– ζώντας εκείνη τη νύχτα ξανά. Με τα μάτια κλειστά, μου ήταν εύκολο να προσποιηθώ.

Όταν όμως τα άνοιξα και είδα τα μάτια του Μέισον, ήξερα πως εκείνος ήταν με μένα. Με λάτρευε και με ήθελε εδώ και πολύ καιρό. Το να κάνω κάτι τέτοιο… να είμαι μαζί του και να προσποιούμαι πως ήμουν με κάποιον άλλο…

Δεν ήταν σωστό.

Τραβήχτηκα από την αγκαλιά του. «Όχι… μη…»

Ο Μέισον σταμάτησε αμέσως γιατί τέτοιος τύπος ήταν ο Μέισον.

«Πάρα πολύ;» με ρώτησε. Ένευσα θετικά. «Εντάξει, δεν είναι ανάγκη να το κάνουμε αυτό».

Πήγε να με αγκαλιάσει πάλι και εγώ τραβήχτηκα ακόμη πιο μακριά. «Όχι, απλώς δεν… δεν ξέρω. Ας το αφήσουμε, εντάξει;»

«Εγώ…» Για ένα λεπτό έμεινε αμίλητος. «Και τι έγινε με εκείνα τα "πολλά πράγματα" που ήθελες να κάνεις;»

Μάλιστα… σίγουρα φαινόταν λίγο άσχημο, αλλά τι μπορούσα να πω; *Δεν μπορώ να προχωρήσω σεξουαλικά μαζί σου, γιατί σκέφτομαι κάποιον άλλο άντρα, τον οποίο πραγματικά θέλω. Εσύ δεν είσαι παρά ένα υποκατάστατο.*

Ξεροκατάπια νιώθοντας σαν ηλίθια. «Συγνώμη, Μέις. Απλά δεν μπορώ να το κάνω».

Ο Μέισον ανακάθισε και πέρασε ένα χέρι μέσα από τα μαλλιά του. «Εντάξει. Κανένα πρόβλημα».

Διέκρινα τη σκληράδα στη φωνή του. «Είσαι τρελή».

Μου έριξε μια ματιά, με μια τρικυμία στην έκφρασή του. «Με μπερδεύεις συνέχεια. Δεν μπορώ να διαβάσω τα σήματά σου. Τη μια στιγμή είσαι καυτή, την άλλη κρυώνεις. Μου λες πως με θέλεις, μετά μου λες πως δεν με θέλεις. Αν διάλεγες το ένα από τα δύο, όλα καλά, αλλά με κάνεις να πιστεύω το ένα και μετά καταλήγεις να προχωράς σε εντελώς διαφορετική κατεύθυνση. Όχι μόνο τώρα – όλη την ώρα».

Αυτό ήταν αλήθεια. Μαζί του όλο μπρος-πίσω πήγαινα. Κάποιες φορές τον φλέρταρα, άλλες τον αγνοούσα κανονικά.

«Υπάρχει κάτι που θέλεις να κάνω;» ρώτησε, ενώ εγώ δεν είπα τίποτα. «Κάτι... ξέρω εγώ... Κάτι που θα σε κάνει να νιώσεις καλύτερα μαζί μου;»

«Δεν ξέρω» είπα αδύναμα.

Αναστέναξε. «Μήπως ξέρεις τουλάχιστον τι θέλεις γενικά;»

Τον Ντιμίτρι, σκέφτηκα. Και είπα επαναλαμβάνοντας ξανά τον εαυτό μου: «Δεν ξέρω».

Με ένα βογκητό, σηκώθηκε και πήγε προς την πόρτα. «Ρόουζ, για κάποια που ισχυρίζεται πως θέλει να συλλέξει όσο το δυνατόν περισσότερες πληροφορίες, έχεις ακόμα πολλά να μάθεις για τον εαυτό σου».

Η πόρτα έκλεισε με πάταγο πίσω του. Ο ήχος με έκανε να τιναχτώ και έμεινα να κοιτάζω το σημείο όπου στεκόταν ο Μέισον πρωτύτερα, συνειδητοποιώντας ότι είχε δίκιο. Όντως είχα ακόμα πολλά να μάθω.

16

Η ΛΙΖΑ ΜΕ ΒΡΗΚΕ ΑΡΓΟΤΕΡΑ την ίδια μέρα. Είχα αποκοιμηθεί μόλις έφυγε ο Μέισον, πολύ θλιμμένη για να βγω έξω. Έκλεισε την πόρτα και πετάχτηκα ξυπνώντας.

Χάρηκα που την είδα. Έπρεπε να της μιλήσω για το επεισόδιο με τον Μέισον, αλλά πριν προλάβω να το κάνω, διάβασα τα συναισθήματά της. Ήταν το ίδιο προβληματισμένη με εμένα. Έτσι, όπως γινόταν πάντα, έδωσα σε εκείνη προτεραιότητα.

«Τι έγινε;»

Κάθισε στο κρεβάτι της, βουλιάζοντας στο πουπουλένιο πάπλωμα, με ανάμεικτα αισθήματα οργής και λύπης. «Ο Κρίστιαν».

«Σοβαρά;» Ποτέ μου δεν τους είχα δει να μαλώνουν. Πείραζαν πολύ ο ένας τον άλλο, αλλά αυτό δεν θα την έκανε ποτέ να ξεσπάσει σε κλάματα.

«Το έμαθε... ότι ήμουν με τον Άντριαν το πρωί».

«Οχ, αμάν» είπα. «Ναι. Αυτό θα μπορούσε να είναι ένα πρόβλημα». Σηκώθηκα, πήγα στην εταζέρα μου και πήρα τη βούρτσα μου. Μορφάζοντας, στάθηκα μπροστά στον καθρέφτη με την επιχρυσωμένη κορνίζα και άρχισα να βουρτσίζω τις μπερδεμένες από τον ύπνο μπούκλες.

Βόγκηξε. «Μα δεν έγινε τίποτα! Ο Κρίστιαν έχει φρικάρει χωρίς λόγο. Δεν το πιστεύω πως δεν με εμπιστεύεται».

«Μα σε εμπιστεύεται. Απλώς η όλη κατάσταση είναι κάπως

ύποπτη, αυτό είναι όλο». Σκέφτηκα τον Ντιμίτρι και την Τάσα. «Η ζήλια κάνει τον κόσμο να λέει και να κάνει ανόητα πράγματα».

«Μα δεν έγινε τίποτα» επανέλαβε. «Θέλω να πω, ήσουν και εσύ *εκεί* και – έι, αυτό δεν το έμαθα ποτέ. Εσύ τι έκανες εκεί;»

«Ο Άντριαν μου έστειλε ένα σωρό αρώματα».

«Σου έστειλε – εννοείς εκείνο το τεράστιο κουτί που κουβαλούσες;»

Κούνησα καταφατικά το κεφάλι μου.

«Ποπό!»

«Μάλιστα. Και πήγα να του τα επιστρέψω» είπα. «Το ερώτημα είναι εσύ τι έκανες εκεί;»

«Μιλούσαμε απλώς». Η διάθεσή της είχε αρχίσει να φτιάχνει, ήταν έτοιμη να μου πει κάτι, αλλά μετά στάθηκε. Ένιωσα τη σκέψη να φτάνει σχεδόν στο μπροστινό μέρος του κεφαλιού της και μετά να τη σπρώχνει πάλι πίσω. «Έχω πολλά να σου πω, αλλά πες μου εσύ πρώτα τι σου συμβαίνει».

«Τίποτα δεν μου συμβαίνει».

«Ναι καλά, Ρόουζ. Μπορεί να μην είμαι μέντιουμ σαν εσένα, αλλά καταλαβαίνω πότε έχεις τσαντιστεί για κάτι. Από τα Χριστούγεννα είσαι κάπως πεσμένη. Τι τρέχει;»

Τώρα δεν ήταν η κατάλληλη ώρα για να της μιλήσω για ό,τι έγινε ανήμερα τα Χριστούγεννα, όταν η μητέρα μου μου μίλησε για την Τάσα και τον Ντιμίτρι. Της είπα όμως την ιστορία με τον Μέισον – παραλείποντας να αναφέρω γιατί είχα σταματήσει – τελειώνοντας με τον τρόπο με τον οποίο σταμάτησα.

«Εντάξει…» είπε όταν ολοκλήρωσα. «Δικαίωμά σου ήταν».

«Το ξέρω. Αλλά κατά κάποιον τρόπο τον άφησα να φαντάζεται διάφορα. Καταλαβαίνω γιατί θύμωσε».

«Θα τα βρείτε μάλλον, ρε παιδιά. Πήγαινε να του μιλήσεις. Είναι τρελός μαζί σου».

Ήταν κάτι περισσότερο από κακή επικοινωνία. Εγώ και ο Μέισον δεν μπορούσαμε να μπαλώσουμε τόσο εύκολα τα πράγματα μεταξύ μας. «Δεν ξέρω» της είπα. «Δεν είμαστε όλοι σαν εσένα με τον Κρίστιαν».

Το πρόσωπό της σκοτείνιασε. «Ο Κρίστιαν. Ακόμα δεν μπορώ να το χωνέψω πως φέρεται τόσο ηλίθια σε αυτή την περίπτωση».

Δεν το ήθελα, αλλά ξέσπασα σε γέλια. «Λιζ, θα τα βρείτε και όλα μέλι γάλα το πολύ μέσα σε μια μέρα. Περισσότερο μέλι, τώρα που το σκέφτομαι».

Μου ξέφυγε πριν προλάβω να το σταματήσω. Τα μάτια της μεγάλωσαν. «Ξέρεις». Κούνησε με απόγνωση το κεφάλι της. «Και *βέβαια* ξέρεις».

«Συγνώμη» είπα. Δεν σκόπευα να μάθει ότι ήξερα για την ιστορία με το σεξ, πριν να μου το πει η ίδια.

Με περιεργάστηκε. «Πόσα ξέρεις;»

«Εμ, όχι και πολλά» είπα ψέματα. Είχα τελειώσει με το βούρτσισμα των μαλλιών μου, αλλά άρχισα να παίζω με τη λαβή της βούρτσας για να αποφύγω το βλέμμα της.

«Πρέπει να μάθω πώς να σε κρατάω *έξω* από το μυαλό μου» μουρμούρισε.

«Είναι ο μοναδικός τρόπος για να σου "μιλήσω" τον τελευταίο καιρό». Άλλο ένα ολίσθημα.

«Και τι σημαίνει αυτό, παρακαλώ;» ζήτησε να μάθει.

«Τίποτα… εγώ…» Με κοίταζε διαπεραστικά. «Εγώ… εγώ δεν ξέρω. Απλώς έχω την αίσθηση πως δεν μιλάμε πια όπως παλιά».

«Χρειάζονται δύο για να το διορθώσουν αυτό» είπε με φωνή πάλι γλυκιά.

«Έχεις δίκιο» είπα, αποφεύγοντας να αναφέρω ότι δύο μπορούν να το διορθώσουν μόνο αν η μία δεν είναι μονίμως με το αγόρι της. Εντάξει, είναι αλήθεια πως ένιωθα τύψεις που και εγώ κρατούσα μυστικά – αλλά ήθελα *όντως* να της μιλήσω για ένα σωρό πράγματα τελευταία. Απλώς, δεν έβρισκα την κατάλληλη στιγμή – ούτε καν τώρα. «Ξέρεις, ποτέ δεν φανταζόμουν πως εσύ θα το έκανες τελικά πρώτη. Ή τουλάχιστον δεν φανταζόμουν ότι θα ήμουν τελειόφοιτη και ακόμα παρθένα».

«Ναι» είπε ξερά. «Ούτε εγώ».

«Έι! *Αυτό* τι σημαίνει πάλι;»

Χαμογέλασε πλατιά, έπειτα είδε το ρολόι της. Το χαμόγελό της έσβησε. «Α. Πρέπει να πάω στο δείπνο της Πρισίλα. Ήταν να με συνοδεύσει ο Κρίστιαν, αλλά τώρα κάνει σαν μωρό...» Κάρφωσε πάνω μου ένα βλέμμα γεμάτο ελπίδα.

«Τι; Όχι. Σε παρακαλώ, Λιζ. Ξέρεις ότι τα σιχαίνομαι αυτά τα βασιλικά τσιμπούσια».

«Ω, μα έλα τώρα» ικέτευσε. Ο Κρίστιαν με πούλησε. Δεν μπορείς να με αφήσεις και συ βορά στους λύκους. Και πριν από λίγο δεν έλεγες πως πρέπει να μιλάμε πιο συχνά;» Αναστέναξα. «Εξάλλου, όταν θα είσαι φύλακάς μου, θα είσαι υποχρεωμένη να τα κάνεις αυτά όλη την ώρα».

«Το ξέρω» είπα κατσουφιασμένη. «Πίστευα πως ίσως θα μπορούσα να απολαύσω τους τελευταίους έξι μήνες της ελευθερίας μου».

Αλλά στο τέλος με κατάφερε να τη συνοδεύσω, όπως ξέραμε και οι δυο ότι θα γινόταν.

Δεν είχαμε και πολύ χρόνο, έτσι έκανα ένα ντους στα γρήγορα, στέγνωσα τα μαλλιά και έφτιαξα το μακιγιάζ μου. Είχα διαλέξει παρορμητικά το φόρεμα της Τάσα και, παρόλο που ήθελα να υποφέρει φριχτά που της άρεσε ο Ντιμίτρι, αυτή τη στιγμή ήμουν ευγνώμων για το δώρο της. Φόρεσα το μεταξωτό ύφασμα και διαπίστωσα με χαρά ότι εκείνη η απόχρωση του κόκκινου μου πήγαινε φοβερά. Ήταν ένα μακρύ φόρεμα σε ασιατικό στιλ με κεντημένα λουλούδια πάνω στο μετάξι. Ο ψηλός λαιμός και το μακρύ στρίφωμα δεν αποκάλυπταν και πολύ δέρμα, αλλά το ύφασμα κολλούσε πάνω μου και έδειχνε σέξι με διαφορετικό τρόπο από το να άφηνε γυμνό μεγαλύτερο μέρος του σώματός μου. Το μαυρισμένο μου μάτι είχε σχεδόν περάσει.

Η Λίζα ήταν όπως πάντα φανταστική. Φορούσε ένα σκούρο μοβ φόρεμα του Τζόνα Ράσκι, ενός διάσημου Μορόι σχεδιαστή. Ήταν αμάνικο και φτιαγμένο από μετάξι. Οι μικροσκοπικοί κρύσταλλοι που έμοιαζαν με αμέθυστο στις τιράντες του άστραφταν στους χλομούς της ώμους. Είχε τα μαλλιά της πιασμένα σε ένα χαλαρό, προσεγμένο κότσο.

Όταν φτάσαμε στην αίθουσα της δεξίωσης, τραβήξαμε αρκετά βλέμματα. Δεν νομίζω πως οι αριστοκράτες εκεί μέσα περίμεναν ότι η πριγκίπισσα Ντραγκομίρ θα έφερνε την νταμπίρ φίλη της σε αυτή την περίφημη, για λίγους μόνο, δεξίωση. Αλλά η πρόσκληση της Λίζα έγραφε «και ένα άλλο άτομο». Εκείνη και εγώ καθίσαμε στις θέσεις μας σε ένα από τα τραπέζια μαζί με κάτι ευγενείς που τα ονόματά τους τα ξέχασα αμέσως. Χαίρονταν που με αγνοούσαν και χαιρόμουν που με αγνοούσαν.

Εξάλλου είχε τόσα να δει κανείς εκεί. Η αίθουσα ήταν όλη διακοσμημένη σε ασημί και γαλάζιο. Σκούρα μπλε μεταξωτά τραπεζομάντιλα κάλυπταν τα τραπέζια, τόσο λαμπερά και απαλά που φοβόμουν να φάω πάνω τους. Απλίκες με κεριά μέλισσας κρέμονταν από τους τοίχους και ένα τζάκι διακοσμημένο με υαλογραφίες ήταν αναμμένο σε μια γωνία. Το εφέ ήταν ένα θεαματικό πανόραμα χρώματος και φωτός που μάγευε τα μάτια. Στη γωνία, μια λεπτή γυναίκα Μορόι έπαιζε απαλή μουσική για τσέλο, με ονειροπόλο ύφος, αφοσιωμένη στο τραγούδι. Το τσούγκρισμα των κρυστάλλινων ποτηριών του κρασιού συμπλήρωνε τις χαμηλές, γλυκές νότες των χορδών.

Το δείπνο ήταν το ίδιο καταπληκτικό. Το φαγητό ήταν εντυπωσιακό, αλλά αναγνώρισα τα πάντα μέσα στο πιάτο μου (πορσελάνη, φυσικά) και μου άρεσαν όλα. Δεν είχε φουαγκρά εδώ. Σολομός σε σάλτσα από μανιτάρια σιτάκε. Μια σαλάτα με αχλάδια και κατσικίσιο τυρί. Ντελικάτα επιδόρπια από ζύμη γεμιστά με αμύγδαλα. Το μοναδικό παράπονο που είχα; Οι μερίδες ήταν κάπως μικρές. Το φαγητό έμοιαζε να υπάρχει μόνο και μόνο για να διακοσμεί τα πιάτα και –το ορκίζομαι– το τελείωσα με δέκα μπουκιές. Τα Μορόι χρειάζονται και φαγητό μαζί με το αίμα τους, αλλά όχι όσο χρειάζεται ένας άνθρωπος– ή στην προκειμένη περίπτωση ένα κορίτσι νταμπίρ στην ανάπτυξη.

Παρ' όλα αυτά, και μόνο το φαγητό άξιζε τον κόπο που είχα έρθει, σκέφτηκα. Μόνο που όταν το δείπνο τελείωσε, η Λίζα μου είπε ότι δεν γινόταν να φύγουμε.

«Πρέπει να ανακατευτούμε με τον κόσμο».

Να ανακατευτούμε;

Η Λίζα γέλασε με τη δυσφορία μου. «Μα εσύ είσαι η κοινωνική».

Αυτό ήταν αλήθεια. Στις περισσότερες περιστάσεις, εγώ ήμουν εκείνη που δεν φοβόμουν να μιλήσω στον κόσμο. Η Λίζα ήταν πιο ντροπαλή. Μόνο που με αυτόν τον κόσμο οι ρόλοι είχαν αντιστραφεί. Εδώ ήταν στο στοιχείο της, όχι στο δικό μου, και μου έκανε εντύπωση πόσο άνετα συζητούσε με την υψηλή κοινωνία των Μορόι τώρα. Ήταν τέλεια, φινετσάτη και ευγενική. Όλοι ήθελαν να της μιλήσουν και φαινόταν να ξέρει πάντα το κατάλληλο πράγμα να πει στον καθένα. Δεν χρησιμοποιούσε την υποβολή, στην κυριολεξία, αλλά σίγουρα είχε μια αύρα η οποία έλκυε τους άλλους. Νομίζω πως πρέπει να ήταν ένα υποσυνείδητο επακόλουθο του πνεύματος. Ακόμη και με τα φάρμακα, το μαγικό, φυσικό της χάρισμα ακτινοβολούσε. Ενώ οι έντονες κοινωνικές συναναστροφές παλιά ήταν καταναγκαστικές και αγχωτικές για εκείνη, τώρα τις χειριζόταν με χαρακτηριστική άνεση. Ήμουν περήφανη για αυτήν. Οι περισσότερες συζητήσεις ήταν ελαφρές: μόδα, η ερωτική ζωή των γαλαζοαίματων. Κανείς δεν ήθελε να χαλάσει την ατμόσφαιρα με κακόγουστες κουβέντες για Στριγκόι και τέτοια.

Έτσι, κόλλησα στο πλευρό της για το υπόλοιπο της βραδιάς. Προσπάθησα να πείσω τον εαυτό μου πως ήταν απλώς εξάσκηση για το μέλλον, όταν θα έπρεπε ούτως ή άλλως να την ακολουθώ παντού σαν αθόρυβη σκιά. Η αλήθεια ήταν ότι απλώς δεν ένιωθα και τόσο άνετα με αυτό το σινάφι και ήξερα πως οι συνηθισμένοι δύστροποι μηχανισμοί άμυνάς μου δεν θα μου ήταν και πολύ χρήσιμοι εδώ. Επιπλέον, διαπίστωνα ότι ήμουν το μόνο νταμπίρ ανάμεσα στους καλεσμένους αυτής της βραδιάς. Υπήρχαν και άλλα νταμπίρ βέβαια, αλλά ως φύλακες, και κινούνταν πάνω-κάτω στην περιφέρεια του δωματίου.

Καθώς η Λίζα περνούσε ανάμεσα στο πλήθος, πλησιάσαμε μια μικρή παρέα Μορόι που οι φωνές τους δυνάμωναν. Τον έναν από αυτούς τον αναγνώρισα. Ήταν ένας από τους τύπους στον καβγά, μόνο που αυτή τη φορά, αντί για μαγιό, φορούσε ένα εντυπωσιακό μαύρο φράκο. Μας κοίταξε την ώρα που πηγαίναμε, μας τσέκαρε απροκάλυπτα, αλλά προφανώς δεν με θυμήθηκε. Αγνοώντας μας, συνέχισε την κουβέντα του. Όπως ήταν φυσικό, το θέμα ήταν η υπεράσπιση των Μορόι. Ήταν υπέρμαχος της άποψης να αρχίσουν τα Μορόι επίθεση ενάντια στα Στριγκόι.

«Ποια συλλαβή της λέξης "αυτοκτονία" δεν καταλαβαίνεις;» ρώτησε ένας από τους άντρες που στέκονταν εκεί γύρω. Είχε ασημένια μαλλιά και φουντωτό μουστάκι. Φορούσε και εκείνος φράκο, αλλά του νεαρού τού πήγαινε περισσότερο. «Η μέρα που θα αρχίσουν τα Μορόι να εκπαιδεύονται στη μάχη με τα Στριγκόι θα σημάνει και το τέλος του είδους τους».

«Δεν είναι αυτοκτονία» φώναξε ο νεαρός τύπος. «Είναι το σωστό. Πρέπει να αρχίσουμε να προστατεύουμε μόνοι μας τον εαυτό μας. Το να μάθουμε να παλεύουμε και να χρησιμοποιούμε τη μαγεία μας θα είναι μεγάλα μας ατού, εκτός από τους φύλακες».

Ναι, αλλά με τους φύλακες δεν χρειαζόμαστε άλλα ατού»

είπε το Ασημένιο Μαλλί. «Ακούς άτομα που δεν ανήκουν στην αριστοκρατία. Εκείνοι δεν έχουν δικούς τους φύλακες, έτσι είναι φυσικό να φοβούνται. Αυτός όμως δεν είναι λόγος να παρασύρουν και εμάς και να θέσουν σε κίνδυνο τις δικές μας ζωές».

«Μα δεν το κάνουν» είπε η Λίζα ξαφνικά. Η φωνή της ήταν σιγανή, αλλά όλοι στη μικρή σύναξη σταμάτησαν και γύρισαν να την κοιτάξουν. «Όταν μιλάτε για το αν πρέπει τα Μορόι να μάθουν πάλη, το κάνετε να ακούγεται πολύ άσπρο-μαύρο. Δεν είναι. Αν δεν θέλεις να παλέψεις, είναι δικαίωμά σου. Το καταλαβαίνω απόλυτα». Ο άντρας φάνηκε να μαλακώνει κάπως. «Αλλά αυτό συμβαίνει επειδή εσείς μπορείτε να βασίζεστε στους φύλακές σας. Πολλά Μορόι δεν μπορούν. Και αν θέλουν να μάθουν αυτοάμυνα, δεν υπάρχει λόγος να μην το κάνουν».

Ο νεαρός άντρας χαμογέλασε θριαμβευτικά στον αντίπαλό του. «Να τα. Τα βλέπετε;»

«Δεν είναι τόσο απλό» αντέκρουσε το Ασημένιο Μαλλί. «Αν ήταν απλώς υπόθεση μερικών τρελών που θέλουν να πάνε να σκοτωθούν, κανένα πρόβλημα. Ώρα καλή. Αλλά πού ακριβώς σκοπεύετε να αποκτήσετε αυτή την περίφημη επάρκεια στις πολεμικές τακτικές;»

«Με τη μαγεία θα τη βρούμε την άκρη μόνοι μας. Οι φύλακες θα μας μάθουν τα περί σωματικής πάλης».

«Να το, το βλέπετε; Το ήξερα πως προς τα εκεί πήγαινε το πράγμα. Ακόμη κι αν εμείς οι υπόλοιποι δεν θέλουμε καμία ανάμειξη στα τρελά σας σχέδια, παρ' όλα αυτά θέλετε να μας πάρετε τους φύλακες για να στήσετε αυτόν τον υποτιθέμενο στρατό σας, τέλος πάντων».

Ο νεαρός σκυθρώπιασε στη λέξη *υποτιθέμενο*, και αναρωτήθηκα αν θα έπεφταν κι άλλες μπουνιές. «Μας το χρωστάτε».

«Όχι, τίποτα δεν χρωστάνε» είπε η Λίζα.

Απορημένα βλέμματα γύρισαν πάλι προς το μέρος της. Αυτή

τη φορά ήταν το Ασημένιο Μαλλί που την κοίταξε θριαμβευτικά. Θυμός φώτισε τα χαρακτηριστικά του νέου.

«Οι φύλακες είναι το μεγαλύτερο όπλο μας στη σωματική μάχη με τα Στριγκόι».

«Και βέβαια είναι» συμφώνησε η Λίζα «αλλά αυτό δεν σας δίνει το δικαίωμα να τους αποσπάσετε από το καθήκον τους». Το Ασημένιο Μαλλί έλαμψε κυριολεκτικά από ικανοποίηση.

«Και πώς υποτίθεται πώς θα μάθουμε;» θέλησε να μάθει ο άλλος τύπος.

«Όπως και οι φύλακες» τον πληροφόρησε η Λίζα. «Αν θέλετε να μάθετε να πολεμάτε, πηγαίνετε στις ακαδημίες. Φτιάξτε τάξεις και αρχίστε από την αρχή, όπως κάνουν και οι μαθητευόμενοι. Έτσι δεν θα παίρνετε τους φύλακες από την ενεργή προστασία. Πρόκειται για ασφαλές περιβάλλον και οι φύλακες εκεί ούτως ή άλλως ειδικεύονται στην εκπαίδευση μαθητευόμενων». Σταμάτησε σκεφτική. «Μπορείτε ακόμα να προσθέσετε μαθήματα αυτοάμυνας στο σχολικό πρόγραμμα των μαθητών Μορόι που ήδη φοιτούν εκεί».

Σαστισμένα βλέμματα έπεσαν πάνω της, ανάμεσά τους και το δικό μου. Ήταν μια τόσο κομψή λύση, και όλοι γύρω μας το αντιλαμβάνονταν αυτό. Δεν εξασφάλιζε το εκατό τοις εκατό των απαιτήσεων και των δυο πλευρών, αλλά κάλυπτε τις περισσότερες με τρόπο που δεν έπληττε ουσιαστικά την άλλη πλευρά. Εντελώς ιδιοφυές. Τα άλλα Μορόι την παρατηρούσαν με έκπληξη και θαυμασμό.

Ξαφνικά άρχισαν όλοι να μιλάνε μαζί, συνεπαρμένοι από την ιδέα. Μετά έβαλαν στη μέση τη Λίζα, και σύντομα άρχισε μια παθιασμένη συζήτηση σχετικά με το σχέδιό της. Εμένα με έσπρωξαν στην άκρη αλλά δεν ενοχλήθηκα καθόλου. Αποσύρθηκα εντελώς σε μια απόμερη γωνιά κοντά στην πόρτα.

Στην πορεία πέρασα μπροστά από μια σερβιτόρα με ένα

δίσκο με ορεκτικά. Πεινώντας ακόμα, τα κοίταξα καχύποπτα, αλλά αυτή τη φορά δεν βρήκα τίποτα που να θυμίζει φουαγκρά. Έδειξα ένα ορεκτικό που έμοιαζε σαν ωμό κρέας με μπαχαρικά.

«Αυτό είναι συκώτι χήνας;» ρώτησα.

Κούνησε αρνητικά το κεφάλι της. «Γλυκάδια».

Δεν μου ακούστηκε και άσχημο. Άπλωσα το χέρι να το πάρω.

«*Πάγκρεας* είναι» είπε μια φωνή πίσω μου.

Τινάχτηκα.

«Τι;» τσίριξα. Η σερβιτόρα ερμήνευσε το σοκ μου ως απόρριψη και πήγε παρά πέρα.

Ο Άντριαν Ιβάσκοφ μπήκε στο οπτικό μου πεδίο, δείχνοντας εξαιρετικά ικανοποιημένος από τον εαυτό του.

«Με δουλεύεις;» τον ρώτησα. «Τα γλυκάδια είναι πάγκρεας;» Δεν ξέρω γιατί αυτό με σόκαρε τόσο πολύ. Τα Μορόι έπιναν αίμα. Γιατί να μην τρώνε και εσωτερικά όργανα του σώματος; Παρ' όλα αυτά, έκρυψα ένα ρίγος.

Ο Άντριαν σήκωσε τους ώμους του. «Είναι πολύ καλά, αλήθεια».

Κούνησα το κεφάλι μου με αηδία. «Αχ, Θεέ μου! Σιχαμένοι που είναι οι πλούσιοι».

Συνέχισε να το διασκεδάζει. «Τι κάνεις εδώ, μικρό μου νταμπίρ; Με παρακολουθείς;»

«Όχι βέβαια» σάρκασα. Ήταν ντυμένος στην τρίχα, όπως πάντα. «Ειδικά μετά τους μπελάδες που πήγες και μας έμπλεξες».

Μου χάρισε ένα από τα προκλητικά του χαμόγελα και, παρότι με εκνεύριζε, ένιωσα ξανά εκείνη την αφόρητη παρόρμηση να βρεθώ πλάι του. Μα τι ήταν πάλι αυτό;

«Δεν ξέρω» με πείραξε. Τώρα έδειχνε απολύτως φυσιολογικός, χωρίς ίχνος της αλλόκοτης συμπεριφοράς που είχα δει στο δωμάτιό του. Και ναι, το φράκο του πήγαινε πολύ *περισσότερο* από οποιονδήποτε άλλο είχα δει εκείνη τη βραδιά. «Πόσες φορές έχουμε συναντηθεί; Αυτή είναι η πέμπτη; Αρχίζει να μου φαίνεται ύποπτο. Μην ανησυχείς, όμως. Δεν θα πω τίποτα στο αγόρι σου. Σε κανένα από τα δύο».

Άνοιξα το στόμα μου για να διαμαρτυρηθώ, όταν θυμήθηκα ότι μας είχε δει με τον Ντιμίτρι νωρίτερα. Μου απαγόρευσα να κοκκινίσω. «Έχω μόνο ένα αγόρι. Κατά κάποιον τρόπο. Ίσως όχι πια. Και όπως και να 'χει το πράγμα, δεν έχω τίποτα να σου πω. Ούτε καν μου αρέσεις».

«Όχι;» ρώτησε ο Άντριαν εξακολουθώντας να χαμογελάει. Έσκυψε πάνω μου, σαν να είχε να μου πει κάποιο μυστικό. «Τότε γιατί φοράς το άρωμά μου;» Αυτή τη φορά κοκκίνισα. Έκανα ένα βήμα πίσω. «Δεν το φοράω».

Γέλασε. «Και βέβαια το φοράς. Μέτρησα τα μπουκαλάκια μόλις έφυγες. Εξάλλου το μυρίζω πάνω σου. Ωραίο είναι. Έντονο… αλλά γλυκό – όπως ακριβώς είμαι σίγουρος ότι είσαι και εσύ βαθιά μέσα σου. Και το έβαλες σωστά, ξέρεις. Όσο ακριβώς χρειάζεται για να προσθέσει μια νότα, χωρίς όμως να πνίγει τη φυσική σου μυρωδιά». Ο τρόπος με τον οποίο είπε «μυρωδιά» ακούστηκε σαν βρόμικη λέξη.

Τα Μορόι αριστοκράτες με έκαναν να νιώθω αμήχανα, αλλά οι εξυπνάκηδες που μου την έπεφταν, όχι. Τους αντιμετώπιζα σε καθημερινή βάση. Αποτίναξα τη συστολή μου και θυμήθηκα ποια ήμουν.

«Ει» είπα τινάζοντας πίσω τα μαλλιά μου. «Είχα κάθε δικαίωμα να πάρω ένα. Μου τα πρόσφερες. Το λάθος σου είναι που υπέθεσες πως το ότι πήρα ένα σημαίνει κάτι. Δεν σημαίνει. Ίσως μόνο ότι πρέπει να προσέχεις περισσότερο πού σκορπάς τα λεφτά σου».

«Οχ, η Ρόουζ Χάθαγουεϊ μπαίνει δυναμικά στο παιχνίδι, κυρίες και κύριοι». Έκανε μια παύση και πήρε ένα ποτήρι με κάτι που έμοιαζε πολύ με σαμπάνια από ένα περαστικό σερβιτόρο. «Θέλεις;»

«Δεν πίνω».

«Σωστά». Ο Άντριαν μου έδωσε παρ' όλα αυτά ένα ποτήρι, έπειτα έκανε στο σερβιτόρο νόημα να φύγει και ήπιε μια γουλιά σαμπάνιας. Είχα την αίσθηση πως δεν ήταν η πρώτη του εκείνο το βράδυ. «Ωραία. Από ό,τι έμαθα, φαίνεται πως η βασίλισσα έβαλε τον μπαμπά μου στη θέση του».

«Τον...» κοίταξα το πλήθος από όπου είχα μόλις φύγει. Το Ασημένιο Μαλλί ήταν εκεί χειρονομώντας έντονα. «Αυτός ο τύπος είναι ο μπαμπάς σου;»

«Έτσι τουλάχιστον λέει η μαμά μου».

«Και συμφωνείς μαζί του; Πως Μορόι που πολεμούν είναι καθαρή αυτοκτονία;»

Ο Άντριαν σήκωσε τους ώμους του και ήπιε άλλη μια γουλιά. «Δεν είναι πραγματικά ανάγκη να έχω άποψη και γι' αυτό το θέμα».

«Δεν γίνεται αυτό. Πώς είναι δυνατόν να μη συμφωνείς με τη μια ή την άλλη άποψη;»

«Δεν ξέρω. Απλώς δεν είναι κάτι που απασχολεί τη σκέψη μου. Έχω καλύτερα πράγματα να κάνω».

«Όπως το να κυνηγάς εμένα» σχολίασα. «Και τη Λίζα». Εξακολουθούσα να θέλω να μάθω γιατί είχε πάει στο δωμάτιό του.

Χαμογέλασε ξανά. «Σου το ξαναείπα, εσύ με κυνηγάς».

«Ναι, ναι, ξέρω. Πέντε φορές–» Σταμάτησα. «Πέντε φορές;»

Κούνησε καταφατικά το κεφάλι του.

«Όχι. Μόνο τέσσερις ήταν. Με το ελεύθερο χέρι μου, τις μέτρησα. «Εκείνο το πρώτο βράδυ, το βράδυ στο σπα, όταν ήρθα στο δωμάτιό σου και τώρα σήμερα».

Το χαμόγελο έγινε μυστηριώδες. «Αφού το λες εσύ».

«Και βέβαια το *λέω*...» Πάλι οι λέξεις μου έσβησαν. Είχα μιλήσει στον Άντριαν άλλη μια φορά. Τρόπος του λέγειν. «Δεν μπορεί να εννοείς...»

«Τι να εννοώ;» Μια περίεργη έκφραση γεμάτη προσμονή φώτισε τα μάτια του. Περισσότερο ελπίδα παρά αλαζονεία.

Ξεροκατάπια ενώ θυμόμουν ξανά το όνειρο. «Τίποτα». Χωρίς να το σκεφτώ, ήπια λίγη από τη σαμπάνια. Από την άλλη άκρη του δωματίου, τα αισθήματα της Λίζα έρχονταν σε μένα, ήρεμα και θετικά. Ωραία.

«Γιατί χαμογελάς;» με ρώτησε ο Άντριαν.

«Επειδή η Λίζα είναι ακόμα εκεί, στο κέντρο του πλήθους».

«Δεν με εκπλήσσει. Είναι από εκείνους τους ανθρώπους οι οποίοι μπορούν να γοητεύσουν οποιονδήποτε θελήσουν αν προσπαθήσουν αρκετά. Ακόμα και εκείνους που τη μισούν».

Τον κοίταξα στραβά. «Έτσι νιώθω και εγώ όταν σου μιλάω».

«Ναι, αλλά δεν με μισείς» είπε εκείνος τελειώνοντας τη σαμπάνια του. «Όχι πραγματικά».

«Ούτε σε συμπαθώ όμως».

«Έτσι λες συνέχεια». Έκανε ένα βήμα πιο κοντά μου, όχι απειλητικό, έκανε απλώς πιο οικεία την ατμόσφαιρα μεταξύ μας. «Αλλά μπορώ να ζήσω με αυτό».

«Ρόουζ!» Η δηκτικότητα στη φωνή της μητέρας μου έκοψε τον αέρα σαν μαχαίρι. Λίγα άτομα εκεί κοντά που μπορούσαν να ακούσουν, γύρισαν και μας κοίταξαν. Η μητέρα μου –έξω φρενών– όρμησε κατά πάνω μας.

17

«ΤΙ ΝΟΜΙΖΕΙΣ ΟΤΙ ΚΑΝΕΙΣ ΕΔΩ ΠΕΡΑ;» ζήτησε επιτακτικά να μάθει. Η φωνή της εξακολουθούσε να είναι πολύ δυνατή κατά την άποψή μου.

«Τίποτα. Εγώ–»

«Μας συγχωρείτε, λόρδε Ιβάσκοφ» γρύλισε. Έπειτα, λες και ήμουν πέντε χρονών, με άρπαξε από το μπράτσο και με τράβηξε έξω από την αίθουσα. Σαμπάνια χύθηκε από το ποτήρι μου και λέρωσε το φόρεμά μου.

«Τι νομίζεις πως κάνεις;» φώναξα μόλις βγήκαμε στο διάδρομο. Κοίταξα θλιμμένα το φόρεμα μου. «Αυτό είναι *μετάξι*. Μπορεί να το έχεις καταστρέψει».

Άρπαξε το ποτήρι της σαμπάνιας και το άφησε σε ένα τραπέζι εκεί δίπλα. «Ωραία. Ίσως αυτό σε εμποδίσει από το να ντύνεσαι σαν φτηνή πόρνη».

«Ποπό!» είπα σοκαρισμένη. «Βαριά κουβέντα. Και πώς την είδες έτσι μανούλα ξαφνικά;» Έδειξα το φόρεμα. «Αυτό δεν είναι καθόλου φτηνό, παρεμπιπτόντως. Εσύ είπες ότι ήταν ευγενικό εκ μέρους της Τάσα που μου το χάρισε».

«Επειδή δεν περίμενα πως θα το φορούσες μπροστά σε όλα αυτά τα Μορόι για να γίνεις θέαμα».

«Δεν γίνομαι θέαμα. Και όπως και να 'χει, καλύπτει τα πάντα».

«Ένα φόρεμα τόσο κολλητό τα δείχνει όλα» αντέτεινε. Εκείνη, φυσικά, φορούσε μαύρη στολή φυλάκων: μαύρο λινό παντελόνι και ασορτί σακάκι. Είχε και εκείνη καμπύλες, αλλά το ντύσιμό της τις έκρυβε.

«Ειδικά όταν βρίσκεσαι με τέτοιο κόσμο. Το σώμα σου... τραβάει τα βλέμματα. Και το φλερτ με ένα Μορόι δεν βοηθάει την κατάσταση».

«Δεν φλέρταρα μαζί του».

Η κατηγορία αυτή με θύμωνε επειδή πίστευα πως τελευταία είχα πολύ καλή συμπεριφορά. Παλιότερα φλέρταρα όλη την ώρα –και δεν σταματούσα στο φλερτ– με τύπους Μορόι, αλλά μετά από αρκετές συζητήσεις και ένα εξευτελιστικό επεισόδιο με τον Ντιμίτρι, συνειδητοποίησα πόσο ανόητο ήταν. Τα κορίτσια νταμπίρ έπρεπε όντως να είναι προσεκτικά με τους άντρες Μορόι, και αυτό τώρα το είχα βάλει καλά στο μυαλό μου.

Κάτι μικροπρεπές μου ήρθε στο μυαλό. «Εξάλλου» είπα σαρκαστικά «αυτό δεν υποτίθεται πως πρέπει να κάνω; Να βρω ένα Μορόι και να διαιωνίσω το είδος μου. Αυτό δεν έκανες και *εσύ;*»

Με κοίταξε βλοσυρά. «Όχι όσο ήμουν ακόμα στην ηλικία σου».

«Ήσουν μόνο λίγα χρόνια μεγαλύτερη από μένα».

«Μην κάνεις τίποτα ανόητο, Ρόουζ» είπε. «Είσαι πολύ μικρή για ένα μωρό. Δεν έχεις την απαραίτητη πείρα – δεν έχεις ζήσει ούτε τη δική σου ζωή ακόμα. Δεν θα μπορέσεις να τα καταφέρεις όπως θα ήθελες».

Βόγκηξα τρομοκρατημένη. «Δεν το πιστεύω πως κάνουμε αυτή τη συζήτηση. Πώς περάσαμε από το δήθεν φλερτ στο να κάνω ένα παιδί ξαφνικά; Δεν κάνω σεξ μαζί του ούτε με κανέναν άλλο και ακόμη και αν έκανα, ξέρω τα πάντα για την αντισύλληψη. Γιατί μου μιλάς σαν να είμαι παιδί;»

«Γιατί κάνεις σαν παιδί». Αυτό έμοιαζε πολύ με εκείνο που είχε πει ο Ντιμίτρι.

Την κοίταξα βλοσυρά. «Και τώρα θα με στείλεις τιμωρία στο δωμάτιό μου;»

«Όχι, Ρόουζ». Ξαφνικά έδειχνε κουρασμένη. «Δεν είσαι υποχρεωμένη να πας στο δωμάτιό σου, αλλά ούτε εκεί μέσα μην ξαναπάς. Ας ελπίσουμε πως δεν τράβηξες και τόσο την προσοχή».

«Μιλάς λες και έκανα στριπτίζ εκεί μέσα» της είπα. «Απλώς έφαγα με τη Λίζα».

«Θα σοκαριζόσουν αν μάθαινες πώς ξεκινάνε τα κουτσομπολιά» με προειδοποίησε. «Ειδικά με τον Άντριαν Ιβάσκοφ».

Και με αυτό, στράφηκε και κατευθύνθηκε στο βάθος του διαδρόμου. Παρακολουθώντας την, ένιωσα οργή και δυσφορία να φουντώνουν μέσα μου. Μήπως ήταν κάπως υπερβολική; Δεν είχα κάνει τίποτα κακό. Ήξερα ότι είχε χτυπήσει παράνοια σχετικά με τις πόρνες αίματος, αλλά αυτό πήγαινε πολύ, ακόμη και για εκείνη. Και, το χειρότερο από όλα, με είχε σύρει εδώ έξω, και αρκετά άτομα το είχαν δει. Για κάποια που υποτίθεται πως δεν ήθελε να τραβήξει την προσοχή καλά τα είχε καταφέρει πάλι.

Δυο Μορόι που πριν στέκονταν δίπλα μας, όταν μιλούσα με τον Άντριαν, βγήκαν στο διάδρομο. Μου έριξαν μια ματιά και ψιθύρισαν κάτι ενώ περνούσαν δίπλα μου.

«Ευχαριστώ, μανούλα» μουρμούρισα μόνη μου.

Ντροπιασμένη, ξεκίνησα προς την αντίθετη κατεύθυνση, όχι και τόσο σίγουρη πού πήγαινα. Κατευθύνθηκα προς το πίσω μέρος του θέρετρου, μακριά από τη φασαρία.

Κάποια στιγμή έφτασα στο τέλος του διαδρόμου, αλλά στα αριστερά υπήρχε μια πόρτα που οδηγούσε σε κάτι σκάλες. Η πόρτα ήταν ξεκλείδωτη, έτσι ανέβηκα τις σκάλες και βρήκα άλλη μια πόρτα. Προς μεγάλη μου ευχαρίστηση, έβγαζε σε ένα ανοιχτό δώμα το οποίο δεν φαινόταν να χρησιμοποιείται πολύ. Ένα πέπλο χιονιού το σκέπαζε, αλλά εδώ έξω είχε ξημερώσει και ο ήλιος έλαμπε φωτεινός, κάνοντας τα πάντα να αστράφτουν.

Σκούπισα το χιόνι από ένα μεγάλο αντικείμενο, σαν κουτί, που έδειχνε να είναι εξάρτημα του εξαερισμού. Αδιαφορώντας για το φόρεμά μου, κάθισα πάνω του. Τύλιξα τα χέρια μου γύρω από το κορμί μου και κοίταξα πέρα απολαμβάνοντας τον ήλιο, που σπάνια έβλεπα.

Ξαφνιάστηκα όταν η πόρτα άνοιξε μετά από δυο λεπτά. Όταν κοίταξα προς τα εκεί, ξαφνιάστηκα ακόμη περισσότερο βλέποντας τον Ντιμίτρι να μπαίνει. Η καρδιά μου φτερούγισε και γύρισα αλλού το κεφάλι μου, μην ξέροντας τι να σκεφτώ. Οι μπότες του έτριξαν πάνω στο χιόνι καθώς ήρθε εκεί όπου καθόμουν. Ένα λεπτό αργότερα έβγαζε το μακρύ παλτό του και το έριχνε πάνω στους ώμους μου.

Κάθισε δίπλα μου. «Έχεις παγώσει».

Ήταν αλήθεια, αλλά δεν ήθελα να το παραδεχτώ. «Έχει βγει ο ήλιος».

Έκανε πίσω το κεφάλι του κοιτάζοντας πέρα τον τέλειο γαλάζιο ουρανό. Ήξερα ότι του είχε λείψει ο ήλιος όσο και σε μένα μερικές φορές. «Ναι. Αλλά είμαστε στην κορυφή του βουνού μέσα στο καταχείμωνο».

Δεν απάντησα. Καθίσαμε για λίγο μέσα σε μια γαλήνια σιωπή. Πού και πού, ένα αεράκι σήκωνε σύννεφα χιονιού. Για τα Μορόι ήταν νύχτα, και τα περισσότερα σύντομα θα πήγαιναν για ύπνο, έτσι οι πίστες του σκι ήταν άδειες.

«Η ζωή μου είναι αίσχος» είπα τελικά.

«Δεν είναι αίσχος» είπε αμέσως.

«Με ακολούθησες από το πάρτι;»

«Ναι».

«Ούτε που το κατάλαβα ότι ήσουν εκεί». Τα σκούρα ρούχα του μαρτυρούσαν πως είχε υπηρεσία ως φύλακας στο πάρτι. «Άρα είδες την ξακουστή Τζανίν να με κάνει ρεζίλι σέρνοντάς με έξω από τη δεξίωση».

«Δεν σε έκανε ρεζίλι. Δεν το πρόσεξε κανείς. Εγώ σε είδα γιατί σε κοιτούσα».

Απαγόρευσα στον εαυτό μου να χαρεί για αυτό το σχόλιο. «Εκείνη δεν είχε την ίδια γνώμη» του είπα. «Σαν να έκανα πεζοδρόμιο σε μια γωνία έκανε».

Του διηγήθηκα τη συζήτηση στο διάδρομο.

«Απλώς ανησυχεί για σένα» είπε ο Ντιμίτρι όταν τελείωσα.

«Ήταν υπερβολική».

«Μερικές φορές οι μητέρες είναι υπερπροστατευτικές».

Τον κοίταξα επίμονα. «Ναι, αλλά εδώ μιλάμε για τη *δική* μου μητέρα. Άσε που δεν μου φάνηκε και τόσο προστατευτική. Νομίζω πως αυτό που την απασχολούσε ήταν μήπως την κάνω ρεζίλι ή κάτι τέτοιο. Και το κήρυγμα "Μη μείνεις έγκυος τόσο μικρή" ήταν ηλίθιο. Δεν πρόκειται να κάνω κάτι τέτοιο».

«Ίσως να μη μιλούσε για σένα» είπε.

Πάλι σιωπή. Το στόμα μου άνοιξε.

Είσαι πολύ μικρή για ένα μωρό. Δεν έχεις την απαραίτητη πείρα – δεν έχεις ζήσει ούτε τη δική σου ζωή ακόμα. Δεν θα μπορέσεις να τα καταφέρεις όπως θα ήθελες.

Η μητέρα μου ήταν είκοσι χρονών όταν γεννήθηκα. Μεγαλώνοντας, πάντα μου φαινόταν ότι στα είκοσι είσαι ήδη πολύ μεγάλη. Τώρα όμως... τα είκοσι απείχαν λίγα μόλις χρόνια από τη δική μου ηλικία. Όχι και τόσο μεγάλη ηλικία. Πίστευε πως με είχε γεννήσει πολύ μικρή; Μήπως τα είχε πάει τόσο χάλια ως μητέρα επειδή τότε δεν ήξερε καλύτερα; Μήπως λυπόταν που τα πράγματα ήταν τώρα έτσι μεταξύ μας; Και μήπως... *μήπως* είχε η ίδια κάποια εμπειρία με Μορόι και άτομα που διέδιδαν κουτσομπολιά για εκείνη; Είχα κληρονομήσει πολλά από τα χαρακτηριστικά της. Θέλω να πω, σήμερα είχα προσέξει πόσο ωραίο σώμα είχε. Και πρόσωπο ωραίο είχε – για μια γυναίκα σχεδόν σαράντα ετών, εννοείται. Μάλλον θα ήταν πολύ, πολύ όμορφη στα νιάτα της...

Αναστέναξα. Δεν ήθελα να τα σκέφτομαι αυτά. Αν το έκανα, θα έπρεπε να επανεκτιμήσω τη σχέση μου μαζί της –ίσως ακόμη και να αποδεχτώ τη μητέρα μου ως πραγματικό πρόσωπο– και ήδη με άγχωναν πολλές από τις σχέσεις μου. Ανησυχούσα μονίμως για τη Λίζα, παρόλο που φαινόταν να είναι εντάξει για αλλαγή. Το δήθεν ειδύλλιό μου με τον Μέισον κατέρρεε. Και ακόμη, φυσικά, ήταν και ο Ντιμίτρι…

«Δεν τσακωνόμαστε τώρα, έτσι;» ξεφούρνισα.

Μου έριξε μια πλάγια ματιά. «Θέλεις να τσακωθούμε;»

«Όχι. Μου τη δίνει να τσακώνομαι μαζί σου. Στα λόγια, εννοείται. Δεν με πειράζει στο γυμναστήριο».

Μου φάνηκε πως είδα την υποψία ενός χαμόγελου. Πάντα ένα μισό χαμόγελο για μένα. Σπάνια ολόκληρο. «Ούτε εμένα μου αρέσει να τσακώνομαι μαζί σου».

Καθισμένη δίπλα του, θαύμαζα τα ζεστά, χαρούμενα συναισθήματα που ξυπνούσαν μέσα μου. Με έκανε να νιώθω ωραία έτσι όπως καθόμουν δίπλα του, όπως δεν θα μπορούσε να κάνει κανένα Μορόι. Αγάπη με το ζόρι δεν γινόταν, διαπίστωσα. Είτε υπήρχε είτε όχι. Και αν δεν υπάρχει, πρέπει να μπορείς να το παραδεχτείς. Αν υπάρχει, πρέπει να κάνεις ό,τι μπορείς για να προστατεύσεις εκείνους που αγαπάς.

Οι επόμενες λέξεις που βγήκαν από το στόμα μου με εξέπληξαν και γιατί ήταν εντελώς ανιδιοτελείς και γιατί πραγματικά τις εννοούσα.

«Πρέπει να τη δεχτείς».

Μόρφασε. «Ποια;»

«Την προσφορά της Τάσα. Πρέπει να τη δεχτείς. Είναι πολύ καλή ευκαιρία».

Θυμήθηκα τα λόγια της μητέρας μου, ότι δεν ήμουν έτοιμη να γίνω μητέρα. Σωστά. Δεν ήμουν. Ίσως να μην ήταν και εκείνη τότε. Η Τάσα όμως ήταν. Και ήξερα ότι και ο Ντιμίτρι ήταν. Τα πήγαιναν πολύ καλά μεταξύ τους. Θα μπορούσε να πάει να γίνει φύλακάς της, να της κάνει μερικά παιδιά... καλή φάση θα ήταν και για τους δυο τους.

«Δεν περίμενα ποτέ να πεις κάτι τέτοιο» μου είπε με σφιγμένη φωνή. «Ιδίως αφού–»

«Ήμουν τέτοια σκύλα τελευταία; Μάλιστα». Έσφιξα πάνω μου το παλτό του. Μύριζε σαν εκείνον. Ήταν μεθυστικό και μπορούσα να φανταστώ περίπου πώς θα ήταν στην αγκαλιά του. Τελικά, κάποιο δίκιο είχε ο Άντριαν όταν μιλούσε για τη δύναμη της μυρωδιάς. «Καλά. Όπως είπα, δεν θέλω να τσακωνόμαστε άλλο. Δεν θέλω να μισιόμαστε. Και.. εντάξει...» Έκλεισα τα μάτια μου και μετά τα άνοιξα ξανά. «Ό,τι κι αν νιώθω για μας... θέλω να είσαι ευτυχισμένος».

Ξανά σιωπή. Τότε πρόσεξα ότι πονούσε το στήθος μου.

Ο Ντιμίτρι έβαλε το χέρι του γύρω μου. Με τράβηξε πάνω του και εγώ απλώς ακούμπησα το κεφάλι μου στο στήθος του. «Ρόζα» είπε μόνο.

Ήταν η πρώτη φορά από εκείνη τη νύχτα με το ξόρκι επιθυμίας που με άγγιζε *αληθινά*. Η αίθουσα προπόνησης ήταν κάτι διαφορετικό... πιο ζωώδες. Ούτε καν με το σεξ είχε να κάνει. Είχε να κάνει με το να είσαι κοντά σε κάποιον για τον οποίον νοιάζεσαι, για εκείνο το συναίσθημα με το οποίο σε γεμίζει μια τέτοια σχέση.

Μπορεί ο Ντιμίτρι να έφευγε με την Τάσα, αλλά εγώ θα εξακολουθούσα να τον αγαπώ. Πιθανόν να τον αγαπούσα για πάντα.

Για τον Μέισον νοιαζόμουν, αλλά μάλλον δεν θα τον αγαπούσα ποτέ.

Αναστέναξα στον Ντιμίτρι, με μόνη ευχή να μπορούσα να μείνω έτσι για πάντα. Ένιωθα πως με τον Ντιμίτρι όλα ήταν σωστά. Όσο κι αν με πονούσε να τον σκέφτομαι με την Τάσα, σωστό ήταν να κάνει ό,τι ήταν καλύτερο για εκείνον. Και τώρα το ήξερα, ήταν καιρός να σταματήσω να είμαι τόσο δειλή και να κάνω κάτι άλλο που ήταν σωστό. Ο Μέισον είχε πει πως έπρεπε να μάθω κάτι για τον εαυτό μου. Μόλις το είχα μάθει.

Απρόθυμα τραβήχτηκα και έδωσα στον Ντιμίτρι το παλτό του. Σηκώθηκα όρθια. Με κοίταξε με περιέργεια νιώθοντας τη δυσφορία μου.

«Πού πας;» με ρώτησε.

«Να κάνω κομμάτια την καρδιά κάποιου» απάντησα.

Θαύμασα για άλλο ένα δευτερόλεπτο τον Ντιμίτρι – τα σκοτεινά, έμπειρα μάτια και τα μεταξένια του μαλλιά. Έπειτα μπήκα μέσα. Έπρεπε να ζητήσω συγνώμη από τον Μέισον… και να του πω πως τελικά δεν υπήρξε ποτέ τίποτα μεταξύ μας.

18

ΤΑ ΨΗΛΑ ΤΑΚΟΥΝΙΑ ΕΙΧΑΝ ΑΡΧΙΣΕΙ να με πονάνε, έτσι τα έβγαλα όταν ξαναμπήκα μέσα και περπάτησα ξυπόλητη. Δεν είχα ξαναπάει στο δωμάτιο του Μέισον, αλλά θυμήθηκα πως είχε κάποτε αναφέρει τον αριθμό του δωματίου και, με μεγάλη δυσκολία, το βρήκα.

Ο Σέιν, ο συγκάτοικος του Μέισον, άνοιξε την πόρτα λίγα λεπτά αφότου χτύπησα. «Γεια σου, Ρόουζ».

Έκανε στην άκρη και μπήκα μέσα κοιτάζοντας γύρω στο δωμάτιο. Στην τηλεόραση έπαιζε ένα πρόγραμμα τηλεμάρκετινγκ –ένα από τα μειονεκτήματα του να ζεις το βράδυ ήταν και η έλλειψη καλών προγραμμάτων στην τηλεόραση– και άδεια κουτάκια αναψυκτικών σκέπαζαν κάθε επίπεδη επιφάνεια. Ο Μέισον δεν φαινόταν πουθενά.

«Πού είναι;» ρώτησα.

Ο Σέιν έπνιξε ένα χασμουρητό. «Νόμιζα πως είναι μαζί σου».

«Δεν τον έχω δει όλη την ημέρα».

Χασμουρήθηκε ξανά, μετά σκυθρώπιασε συλλογισμένος. «Έριξε κάτι πράγματα σε μια τσάντα προηγουμένως. Υπέθεσα πως κανονίσατε κάποιο ρομαντικό ραντεβουδάκι τα δυο σας. Πικνίκ ή κάτι τέτοιο. Έι, ωραίο φουστάνι».

«Ευχαριστώ» μουρμούρισα, νιώθοντας να μου έρχεται και μένα ένα σκυθρώπιασμα.

Ετοίμαζε ένα σάκο; Αυτό ήταν παράλογο. Δεν είχε πού να πάει. Άσε που δεν είχε και *πώς* να πάει. Το θέρετρο φυλασσόταν το ίδιο καλά με την Ακαδημία. Η Λίζα και εγώ είχαμε καταφέρει να το σκάσουμε τότε χρησιμοποιώντας τη δύναμη της υποβολής, και ήταν πολύ ζόρικα τα πράγματα. Κι όμως, για ποιο λόγο να ετοιμάζει σάκο ο Μέισον αν δεν σκόπευε να φύγει;

Έκανα στον Σέιν μερικές ακόμη ερωτήσεις και αποφάσισα να ερευνήσω εκείνη την πιθανότητα, όσο τρελή και αν φαινόταν. Βρήκα το φύλακα που ήταν υπεύθυνος για τα θέματα ασφαλείας και τις βάρδιες. Μου έδωσε τα ονόματα των φυλάκων που φύλαγαν σκοπιά στα σύνορα του θέρετρου όταν εθεάθη για τελευταία φορά ο Μέισον. Τους περισσότερους τους ήξερα και δεν είχαν υπηρεσία τώρα, άρα ήταν εύκολο να τους βρω.

Δυστυχώς, το πρώτο ζευγάρι δεν είχε δει τον Μέισον σήμερα. Όταν με ρώτησαν για ποιο λόγο ήθελα να μάθω, έδωσα αόριστες απαντήσεις και έφυγα βιαστικά. Το τρίτο όνομα στη λίστα μου ήταν ένας τύπος με το όνομα Άλαν, ένας φύλακας ο οποίος συνήθως εργαζόταν στις κατώτερες τάξεις της Ακαδημίας. Μόλις είχε τελειώσει το σκι και έβγαζε τον εξοπλισμό του δίπλα στην πόρτα. Αναγνωρίζοντάς με, μου χαμογέλασε καθώς πλησίαζα.

«Βέβαια, τον είδα» είπε σκύβοντας για να βγάλει τις μπότες του.

Πλημμύρισα από ανακούφιση. Μέχρι εκείνη τη στιγμή δεν είχα συνειδητοποιήσει πόσο ανησυχούσα.

«Ξέρεις πού είναι;»

«Όχι. Άφησα εκείνον, τον Έντι Καστίλ... και την, πώς τη λένε, τη Ρινάλντι να περάσουν από τη βόρεια πύλη και δεν τους ξαναείδα από τότε».

Έμεινα να τον κοιτάζω. Ο Άλαν συνέχισε να βγάζει τη στολή του, λες και συζητούσαμε τις καιρικές συνθήκες στις πλαγιές.

«Άφησες τον Μέισον, τον Έντι... και τη Μία να βγουν έξω;»

«Μάλιστα».

«Εμ… γιατί;»

Σταμάτησε ό,τι έκανε και με κοίταξε με μια χαρωπή έκφραση στο πρόσωπό του. «Γιατί μου το ζήτησαν».

Ένα παγερό συναίσθημα άρχισε να σέρνεται μέσα μου. Βρήκα ποιος φύλακας είχε βάρδια στη βόρεια πύλη με τον Άλαν και τον έψαξα αμέσως. Και εκείνος ο φύλακας μου έδωσε την ίδια απάντηση. Είχε αφήσει τον Μέισον, τον Έντι και τη *Μία* να βγουν έξω, χωρίς καμία ερώτηση. Και, όπως ο Άλαν, δεν έβρισκε τίποτα μεμπτό σε αυτό. Έδειχνε ελαφρώς χαμένος. Ήταν μια έκφραση που είχα ξαναδεί… μια έκφραση που εμφανιζόταν όταν η Λίζα χρησιμοποιούσε υποβολή.

Συγκεκριμένα την είχα δει όταν η Λίζα δεν ήθελε κάποιοι να θυμούνται κάτι πολύ καλά. Μπορούσε να θάψει μέσα τους την ανάμνηση, είτε σβήνοντάς της εντελώς είτε φυλάσσοντάς τη για αργότερα. Ήταν τόσο καλή στην υποβολή όμως, που μπορούσε να κάνει κάποιον να ξεχάσει εντελώς. Αφού οι φύλακες είχαν κάποια ανάμνηση του γεγονότος, τότε είχαμε να κάνουμε με κάποιον που δεν ήταν τόσο καλός στην υποβολή.

Κάποιον, ας πούμε, σαν τη Μία.

Δεν ήμουν τύπος που λιποθυμούσε, αλλά για μια στιγμή μόνο ένιωσα να σβήνω. Ο κόσμος γύριζε, και εγώ έκλεισα τα μάτια μου και πήρα μια βαθιά ανάσα. Όταν μπόρεσα να δω ξανά καθαρά, όλα γύρω μου ήταν σταθερά. Εντάξει. Κανένα πρόβλημα. Θα έβρισκα την άκρη.

Ο Μέισον, ο Έντι και η Μία είχαν φύγει από το θέρετρο νωρίτερα σήμερα. Όχι μόνο αυτό, αλλά το είχαν καταφέρει με τη δύναμη της υποβολής – κάτι που απαγορευόταν ρητά. Δεν το είχαν πει σε κανέναν. Είχαν φύγει από τη βόρεια πύλη. Είχα δει ένα χάρτη του θέρετρου. Η βόρεια πύλη έβγαζε στο μόνο ψιλοκεντρικό δρόμο της περιοχής, ένα μικρό αυτοκινητόδρομο ο οποίος πήγαινε σε μια μικρή πόλη γύρω στα είκοσι μίλια μακριά. Η πόλη που ο Μέισον είχε αναφέρει ότι είχε λεωφορεία.

Για το Σποκέιν.

Το Σποκέιν, όπου πιθανόν να έμενε εκείνη η περιπλανώμενη συμμορία των Στριγκόι και οι άνθρωποι με τους οποίους συνεργάζονταν.

Το Σποκέιν, όπου ο Μέισον μπορούσε να εκπληρώσει τα παλαβά όνειρά του για το σφαγιασμό Στριγκόι.

Το Σποκέιν, για το οποίο γνώριζε μόνο εξαιτίας της αφεντιάς μου.

«Όχι, όχι, όχι» μουρμούρισα μόνη μου καθώς έτρεχα σχεδόν στο δωμάτιό μου.

Εκεί έβγαλα το φόρεμα και φόρεσα βαριά, χειμωνιάτικα ρούχα: μπότες, τζιν και πουλόβερ. Αρπάζοντας το παλτό και τα γάντια μου, έτρεξα προς την πόρτα, μετά στάθηκα. Ενεργούσα χωρίς να σκέφτομαι. Τι πήγαινα να κάνω; Έπρεπε να το πω σε κάποιον, προφανώς... αλλά αυτό θα έβαζε το τρίο σε μεγάλους μπελάδες. Θα μπορούσα βέβαια να πω στον Ντιμίτρι ότι είχα φλυαρήσει και είχα προδώσει την πληροφορία για τα Στριγκόι του Σποκέιν, μια πληροφορία την οποία μου είχε εμπιστευτεί στο πλαίσιο αναγνώρισης της ωριμότητάς μου.

Κοίταξα την ώρα. Θα περνούσε αρκετός χρόνος μέχρι να πάρει είδηση κάποιος στο θέρετρο ότι λείπαμε. *Αν* δηλαδή κατάφερνα να φύγω και εγώ.

Μετά από λίγα λεπτά, βρέθηκα να χτυπάω την πόρτα του Κρίστιαν. Άνοιξε δείχνοντας νυσταγμένος και κυνικός ως συνήθως.

«Αν ήρθες για να ζητήσεις συγνώμη εκ μέρους της» μου είπε υπεροπτικά «μπορείς να αρχίσεις να–»

«Σκάσε, Κρίστιαν» αρπάχτηκα. «Αυτό δεν έχει να κάνει με σένα».

Του αφηγήθηκα τα γεγονότα βιαστικά. Ακόμη και ο Κρίστιαν δεν είχε κάποιο πνευματώδες σχόλιο να συνεισφέρει.

«Δηλαδή... ο Μέισον, ο Έντι και η Μία πήγαν στο Σποκέιν για να κυνηγήσουν Στριγκόι;»

«Μάλιστα».

«Χριστέ μου» είπε. «Και εσύ, γιατί δεν πήγες μαζί τους; Θα μπορούσες άνετα να το έχεις κάνει και εσύ».

Αντιστάθηκα στην παρόρμηση να τον χαστουκίσω. «Επειδή δεν είμαι τρελή! Σκοπεύω όμως να πάω να τους πάρω για να μην κάνουν κάτι ακόμη πιο ηλίθιο».

Τότε άρχισε να μπαίνει στο νόημα ο Κρίστιαν. «Και τι θέλεις από μένα;»

«Πρέπει να βγω από το θέρετρο. Οι άλλοι έβαλαν τη Μία να αποπροσανατολίσει τους φρουρούς με υποβολή. Θέλω να κάνεις το ίδιο για μένα. Ξέρω πως έχεις εξασκηθεί».

«Είναι αλήθεια» συμφώνησε. «Αλλά... πώς να το πω...» Για πρώτη φορά στη ζωή του έδειχνε έξω από τα νερά του. «Δεν είμαι και πολύ καλός σε αυτό. Και μου είναι σχεδόν αδύνατον να το κάνω σε νταμπίρ. Η Λιζ είναι εκατό φορές πιο καλή από μένα. Ή οποιοδήποτε άλλο Μορόι, εδώ που τα λέμε».

«Το ξέρω. Αλλά δεν θέλω να την μπλέξω».

Ρουθούνισε. «Αλλά δεν σε πειράζει αν μπλέξω εγώ;»

Σήκωσα τους ώμους μου. «Μπα».

«Ωραίος τύπος είσαι, το ξέρεις;»

«Ναι, το έχω υπόψη μου».

Έτσι, πέντε λεπτά αργότερα, βρεθήκαμε να περπατάμε προς τη βόρεια πύλη. Ο ήλιος ανέβαινε στον ουρανό, έτσι οι περισσότεροι ήταν μέσα. Αυτό ήταν καλό και έλπιζα πως θα διευκόλυνε την κατάσταση.

Βλακεία, βλακεία, σκεφτόμουν συνέχεια. Δεν θα μας έβγαινε σε καλό όλο αυτό. Γιατί είχε πάει να κάνει τέτοια βλακεία ο Μέισον; Ήξερα πως είχε αυτόν τον παλαβό ηρωισμό... και σίγουρα τον είχε πειράξει πολύ που οι φύλακες δεν είχαν κάνει τίποτα για την τελευταία επίθεση. Ήταν αλήθεια τόσο τρελαμένος; Έπρεπε να ξέρει πόσο επικίνδυνο ήταν αυτό που είχε πάει να κάνει. Ήταν δυνατόν... ήταν ποτέ δυνατόν να τον είχα ταράξει τόσο με εκείνη την... πανωλεθρία όταν φιλιόμασταν, που είχε πάει να φάει το κεφάλι του; Τόσο που είχε πάρει στο λαιμό του και τη Μία με τον Έντι; Όχι πως εκείνοι οι δυο ήθελαν μεγάλη προσπάθεια για να πειστούν. Ο Έντι θα ακολουθούσε οπουδήποτε τον Μέισον, όσο για τη Μία ήταν το ίδιο πωρωμένη με τον Μέισον για τη σφαγή όλων των Στριγκόι του κόσμου.

Και όμως, από όλα τα ερωτηματικά που είχα για το συγκεκριμένο θέμα, ένα ήταν απόλυτα σαφές. Εγώ είχα πει στον Μέισον για τα Στριγκόι στο Σποκέιν. Τελεία και παύλα, το σφάλμα ήταν δικό μου και χωρίς εμένα τίποτα από όλα αυτά δεν θα είχε συμβεί.

«Η Λίζα πάντα τους κοιτάει στα μάτια» συμβούλευσα τον Κρίστιαν καθώς πλησιάζαμε στην έξοδο. «Και μιλάει με μια πολύ, μιλάμε για πολύ, ήρεμη φωνή. Δεν ξέρω τι άλλο. Θέλω να πω, συγκεντρώνεται πολύ, επίσης. Εστίασε στο να επιβάλεις τη θέλησή σου πάνω τους».

«Το ξέρω» είπε απότομα ο Κρίστιαν. «Την έχω δει να το κάνει».

«Ωραία» αρπάχτηκα και εγώ. «Να βοηθήσω θέλω μόνο».

Μισοκλείνοντας τα μάτια, είδα ότι μόνο ένας φύλακας στεκόταν στην πύλη, μεγάλη τύχη. Πετύχαμε πάνω στην αλλαγή βάρδιας. Με τον ήλιο ψηλά στον ουρανό, ο κίνδυνος των Στριγκόι εξαφανιζόταν. Οι φύλακες εξακολουθούσαν να έχουν υπηρεσία, αλλά μπορούσαν να χαλαρώσουν λίγο τώρα.

Ο τύπος που είχε βάρδια δεν φάνηκε να θορυβείται ιδιαίτερα από την παρουσία μας. «Τι κάνετε εδώ, παιδιά;»

Ο Κρίστιαν ξεροκατάπιε. Διέκρινα τις γραμμές της πίεσης στο πρόσωπό του.

«Θα μας αφήσεις να βγούμε από την πύλη» είπε. Μια νότα

νευρικότητας έκανε τη φωνή του να τρέμει, αλλά αν εξαιρέσεις αυτό, πλησίαζε αρκετά τον καθησυχαστικό τόνο στη φωνή της Λίζα. Δυστυχώς, δεν είχε καμία επιρροή στο φρουρό. Όπως είχε επισημάνει ο Κρίστιαν, η χρήση υποβολής σε ένα φύλακα ήταν σχεδόν αδύνατη. Η Μία είχε φανεί τυχερή. Ο φύλακας μας χαμογέλασε πλατιά.

«Τι;» ρώτησε διασκεδάζοντας ολοφάνερα.

Ο Κρίστιαν δοκίμασε ξανά. «Θα μας αφήσεις να βγούμε έξω».

Το χαμόγελο του τύπου ατόνησε λιγάκι και τον είδα να ανοιγοκλείνει με έκπληξη τα βλέφαρα. Τα μάτια του δεν είχαν θολώσει όπως στα θύματα της Λίζα, αλλά ο Κρίστιαν είχε καταφέρει να τον υπνωτίσει στιγμιαία. Δυστυχώς, μπορούσα να πω επιτόπου πως αυτό δεν θα ήταν αρκετό για να τον κάνει να μας αφήσει να περάσουμε και να το ξεχάσει μετά. Ευτυχώς, εγώ είχα μάθει να πείθω τους άλλους χωρίς τη βοήθεια της μαγείας.

Δίπλα στο πόστο του υπήρχε ένας τεράστιος φακός Maglite, μήκους εξήντα εκατοστών και σίγουρα τρία κιλά. Άρπαξα το Maglite και τον χτύπησα στο πίσω μέρος του κεφαλιού. Γρύλισε και σωριάστηκε στο έδαφος. Δεν με είχε δει να επιτίθεμαι και παρά τη φρικαλεότητα της πράξης μου, ευχήθηκα να ήταν εκεί ένας από τους εκπαιδευτές μου για να με βαθμολογήσει σε μια τόσο άψογη εκτέλεση.

«Ιησού Χριστέ» αναφώνησε ο Κρίστιαν. «Μόλις επιτέθηκες σε ένα φύλακα».

«Ναι». Ωραία είχα ξεκινήσει την προσπάθειά μου να φέρω πίσω τα παιδιά χωρίς να μπλέξει κανείς. «Δεν ήξερα πως ήσουν τόσο χάλια στην υποβολή. Θα ασχοληθώ με το χτύπημα αργότερα. Ευχαριστώ για τη βοήθειά σου. Καλά θα κάνεις να γυρίσεις πίσω, πριν έρθει η επόμενη βάρδια».

Κούνησε αρνητικά το κεφάλι του και μόρφασε. «Όχι, θα έρθω μαζί σου».

«Όχι» διαφώνησα. «Σε χρειαζόμουν μόνο για να περάσω την πύλη. Δεν είναι ανάγκη να μπλέξεις και εσύ σ' αυτή την ιστορία».

«Μα έχω ήδη μπλέξει!» Έδειξε το φύλακα. «Έχει δει το πρόσωπό μου. Την έχω γαμήσει όπως και να έχει, οπότε καλύτερα να σε βοηθήσω να σώσεις την κατάσταση. Μη γίνεσαι σκύλα, έτσι για μια αλλαγή».

Φύγαμε βιαστικά και έριξα ένα τελευταίο, ένοχο βλέμμα στο φύλακα. Ήμουν σίγουρη ότι δεν τον είχα χτυπήσει αρκετά δυνατά ώστε να του κάνω ζημιά, και με τον ήλιο δεν θα πάγωνε.

Μετά από πέντε περίπου λεπτά περπάτημα στον αυτοκινητόδρομο, ήξερα ότι είχαμε πρόβλημα. Παρόλο που ήμασταν σκεπασμένοι και φορούσαμε γυαλιά ηλίου, ο ήλιος είχε αρχίσει να επηρεάζει τον Κρίστιαν. Μας καθυστερούσε, και δεν θα τους έπαιρνε πολλή ώρα να βρουν το φύλακα που είχα χτυπήσει και να έρθουν στο κατόπι μας.

Ένα αυτοκίνητο –όχι της Ακαδημίας– φάνηκε πίσω μας, και πήρα μια απόφαση. Δεν ενέκρινα καθόλου το οτοστόπ. Ακόμη και κάποια σαν εμένα ήξερε πόσο επικίνδυνο ήταν. Αλλά έπρεπε να πάμε στην πόλη γρήγορα. Έτσι, προσευχήθηκα να καταφέρναμε εγώ και ο Κρίστιαν να εξοντώσουμε οποιονδήποτε ελεεινό ανώμαλο θα πήγαινε να μας πειράξει.

Ευτυχώς, όταν το αυτοκίνητο σταμάτησε στην άκρη του δρόμου, είδα ένα μεσήλικο ζευγάρι που έδειχνε να ανησυχεί για μας. «Είστε εντάξει, παιδιά;»

Έδειξα με τον αντίχειρα πίσω από την πλάτη μου. «Το αμάξι μας βγήκε από το δρόμο. Μπορείτε να μας πάρετε μαζί σας στην πόλη για να τηλεφωνήσω στον μπαμπά μου;»

Έπιασε. Δεκαπέντε λεπτά αργότερα, μας άφησαν σε ένα βενζινάδικο. Ουσιαστικά δυσκολεύτηκα να τους ξεφορτωθώ, γιατί ήθελαν πάρα πολύ να εξυπηρετήσουν. Τελικά, τους έπεισα ότι θα ήμασταν μια χαρά, και περπατήσαμε λίγα τετράγωνα μέχρι το σταθμό των λεωφορείων. Όπως είχα υποψιαστεί, αυτή η πόλη δεν ήταν συγκοινωνιακός κόμβος. Τρεις γραμμές λεωφορείων εξυπηρετούσαν την πόλη: δύο που πήγαιναν σε άλλα χιονοδρομικά κέντρα και μία που πήγαινε στο Λόουστον του Άινταχο. Από το Λόουστον μπορούσες να πας σε άλλα μέρη.

Έλπιζα πως θα προλαβαίναμε τον Μέισον και τους άλλους πριν έρθει το λεωφορείο τους. Έτσι θα τους φέρναμε πίσω χωρίς άλλα προβλήματα. Δυστυχώς, δεν φαίνονταν πουθενά. Η ευδιάθετη γυναίκα στο γκισέ ήξερε ακριβώς για ποιους μιλάγαμε, επίσης. Επιβεβαίωσε το γεγονός ότι και οι τρεις τους είχαν αγοράσει εισιτήρια για το Σποκέιν μέσω Λόουστον.

«Γαμώ το!» είπα. Η γυναίκα σήκωσε αποδοκιμαστικά τα φρύδια της για τη γλώσσα που μεταχειρίστηκα. Στράφηκα στον Κρίστιαν. «Έχεις χρήματα για το λεωφορείο;»

Ο Κρίστιαν και εγώ δεν μιλήσαμε πολύ στη διαδρομή, εκτός μόνο για να του πω ότι είχε φερθεί σαν ηλίθιος όσον αφορά τη Λίζα και τον Άντριαν. Μέχρι να φτάσουμε στο Λόουστον, τον είχα πείσει επιτέλους, κάτι που συνιστούσε ένα μικρό θαύμα. Κοιμήθηκε στην υπόλοιπη διαδρομή για το Σποκέιν, αλλά εγώ δεν τα κατάφερα. Σκεφτόμουν συνεχώς πως όλα αυτά ήταν δικό μου φταίξιμο.

Ήταν αργά το απόγευμα όταν φτάσαμε στο Σποκέιν. Ρωτήσαμε αρκετούς και τελικά βρήκαμε κάποιον που ήξερε το εμπορικό κέντρο που είχε αναφέρει ο Ντιμίτρι. Ήταν μακριά από το σταθμό των λεωφορείων, αλλά μπορούσες να πας με τα πόδια. Τα πόδια μου ήταν μουδιασμένα από τις πέντε ώρες μέσα στο λεωφορείο και ήθελα να περπατήσω. Ο ήλιος είχε ακόμα ώρα για να δύσει, αλλά ήταν πιο χαμηλά τώρα και λιγότερο βλαβερός για τους βρικόλακες, έτσι ούτε τον Κρίστιαν τον ενοχλούσε το περπάτημα.

Και, όπως συνέβαινε συχνά όταν βρισκόμουν σε ήρεμο περιβάλλον, ένιωσα να με τραβούν στο μυαλό της Λίζα. Αφέθηκα να γλιστρήσω μέσα της, επειδή ήθελα να μάθω τι γινόταν πίσω στο θέρετρο.

«Ξέρω ότι θέλεις να τους προστατεύσεις, αλλά πρέπει να μάθουμε πού είναι».

Η Λίζα καθόταν στο κρεβάτι της στο δωμάτιό μας, κάτω από τα βλέμματα του Ντιμίτρι και της μαμάς μου. Ήταν ο Ντιμίτρι εκείνος που είχε μιλήσει. Ήταν ενδιαφέρον να τον βλέπω μέσα από τα μάτια της. Έτρεφε ένα βαθύ σεβασμό για εκείνον, κάτι πολύ διαφορετικό από το έντονο συναισθηματικό αλαλούμ που πάντα βίωνα εγώ μαζί του.

«Σας είπα» είπε η Λίζα. «Δεν ξέρω. Δεν ξέρω τι έγινε».

Απογοήτευση και φόβος για μας έκαιγαν μέσα από εκείνη. Με έθλιβε να βλέπω πόσο ανήσυχη ήταν, αλλά ταυτόχρονα χαιρόμουν που δεν την είχα ανακατέψει. Δεν μπορούσε να πει ό,τι δεν ήξερε.

«Δεν μπορώ να πιστέψω πως δεν σου είπαν πού πήγαιναν» είπε η μητέρα μου. Οι λέξεις της ακούστηκαν ξερές, αλλά στο πρόσωπό της υπήρχαν γραμμές ανησυχίας. «Ειδικά με το... δεσμό σας».

«Δουλεύει μόνο προς τη μια κατεύθυνση» είπε η Λίζα θλιμμένα. «Το ξέρετε αυτό».

Ο Ντιμίτρι γονάτισε ώστε να είναι στο ύψος της Λίζα και την κοίταξε στα μάτια. Έτσι κι αλλιώς έπρεπε να το κάνει αυτό για να κοιτάξει κάποιον στα μάτια. «Είσαι σίγουρη πως δεν υπάρχει κάτι; Κάτι που μπορείς να μας πεις; Ο άντρας στο σταθμό των λεωφορείων δεν τους είδε... αν και είμαστε σχεδόν βέβαιοι πως εκεί πρέπει να πήγαν. Χρειαζόμαστε κάτι, *οτιδήποτε* για να συνεχίσουμε τις έρευνες».

Ο άντρας στο σταθμό των λεωφορείων; Αυτό κι αν ήταν

τύχη. Η γυναίκα που μας έβγαλε τα εισιτήρια πρέπει να είχε σχολάσει. Ο αντικαταστάτης της δεν μας είχε δει.

Η Λίζα έτριξε τα δόντια της και κοίταξε βλοσυρά. «Λέτε να ήξερα κάτι και να μη σας το έλεγα; Δεν καταλαβαίνετε πως και εγώ ανησυχώ γι' αυτούς; Δεν έχω ιδέα πού μπορεί να είναι. Καμία. Ούτε καν γιατί έφυγαν... ούτε αυτό έχει λογική. Κυρίως γιατί πήγαν με τη Μία». Ένα τσίμπημα πόνου τρεμόπαιξε μέσα από το δεσμό, πόνος που την είχαμε αφήσει έξω από ό,τι κάναμε, όσο άσχημο κι αν ήταν αυτό.

Ο Ντιμίτρι αναστέναξε και έγειρε πίσω στις φτέρνες του. Από την έκφραση στο πρόσωπό του ήταν προφανές ότι την πίστευε. Ήταν επίσης προφανές ότι ανησυχούσε – και όχι μόνο από επαγγελματισμό. Και βλέποντας αυτό το ενδιαφέρον –αυτό το ενδιαφέρον για *μένα*– η καρδιά μου μάτωσε.

«Ρόουζ;» Η φωνή του Κρίστιαν με ξαναέφερε πίσω στο σώμα μου. «Φτάσαμε νομίζω».

Η πλατεία αποτελούνταν από ένα φαρδύ, ανοιχτό χώρο μπροστά από ένα εμπορικό κέντρο. Ένα καφέ ήταν χωμένο στη γωνία του κεντρικού κτιρίου με τραπέζια απλωμένα στο ύπαιθρο. Πλήθος ανθρώπων έμπαινε και έβγαινε από το συγκρότημα, είχε κίνηση ακόμη και αυτή την ώρα της ημέρας.

«Λοιπόν, πώς θα τους βρούμε;» ρώτησε ο Κρίστιαν.

Σήκωσα τους ώμους μου. «Ίσως αν κάνουμε σαν Στριγκόι, να προσπαθήσουν να μας παλουκώσουν».

Ένα μικρό, επιφυλακτικό χαμόγελο πέρασε από το πρόσωπό του. Δεν ήθελε βέβαια να το παραδεχτεί, αλλά είχε βρει το αστείο μου πετυχημένο.

Εκείνος και εγώ μπήκαμε μέσα. Όπως κάθε άλλο εμπορικό κέντρο, ήταν γεμάτο με γνώριμες αλυσίδες καταστημάτων. Μια εγωιστική σκέψη πέρασε από το μυαλό μου: αν βρίσκαμε τους άλλους σχετικά γρήγορα, ίσως μας έμενε χρόνος για λίγα ψώνια.

Ο Κρίστιαν και εγώ περπατήσαμε κατά μήκος του εμπορικού κέντρου δύο φορές, αλλά δεν είδαμε τους φίλους μας, ούτε κάτι που να έμοιαζε με τούνελ.

«Ίσως βρισκόμαστε σε λάθος μέρος» είπα τελικά.

«*Ίσως* πάλι να βρίσκονται εκείνοι σε λάθος μέρος» πρόσθεσε ο Κρίστιαν. «Μπορεί να έχουν πάει σε κάποιο άλλο – περίμενε».

Έδειξε και εγώ ακολούθησα με τα μάτια μου το χέρι του. Οι τρεις αποστάτες κάθονταν σε ένα τραπέζι στη μέση του εστιατορίου και φαίνονταν αποθαρρημένοι. Έδειχναν τόσο δυστυχισμένοι που σχεδόν τους λυπήθηκα.

«Θα σκότωνα για μια φωτογραφική μηχανή τώρα» είπε ο Κρίστιαν χαμογελώντας.

«Δεν είναι αστείο» του είπα ανοίγοντας δρόμο μέσα από τον κόσμο. Αναστέναξα ανακουφισμένη. Τα παιδιά προφανώς δεν είχαν βρει κανένα Στριγκόι, ήταν ακόμα ζωντανοί και μπορούσαμε να τους πάρουμε πίσω πριν μπλέξουμε ακόμη χειρότερα.

Δεν με πρόσεξαν παρά μόνο όταν έφτασα κοντά τους. Το κεφάλι του Έντι τινάχτηκε πάνω. «Ρόουζ; Τι κάνεις εσύ εδώ;»

«Το έχετε χάσει τελείως;» ούρλιαξα. Κάποιοι άνθρωποι δίπλα μας κοίταξαν έκπληκτοι. «Ξέρετε σε τι φασαρίες έχετε μπλέξει; Σε τι μπελάδες έχετε μπλέξει και εμάς;»

«Πώς στο διάβολο μας βρήκατε;» ρώτησε ο Μέισον χαμηλόφωνα κοιτάζοντας γύρω ανήσυχος.

«Ε, καλά, δεν είστε και άσοι του εγκλήματος» τους είπα. «Η πληροφοριοδότης στο σταθμό των λεωφορείων σας έδωσε ψυχρά. Αυτή και το γεγονός ότι φαντάστηκα πως ήθελες να ξεκινήσεις το μάταιο κυνήγι για Στριγκόι».

Το βλέμμα που μου έριξε ο Μέισον αποκάλυπτε ότι δεν ήταν ακόμα απολύτως εντάξει μαζί μου. Ήταν η Μία που απάντησε, όμως.

«Δεν είναι μάταιο».

«Μπα;» θέλησα να μάθω. «Ώστε σκοτώσατε κάποιο Στριγκόι; Βρήκατε τουλάχιστον ένα;»

«Όχι» παραδέχτηκε ο Έντι.

«Ωραία» είπα. «Τυχεροί ήσασταν».

«Μα γιατί είσαι τόσο ενάντια στην εξόντωση των Στριγκόι;» ρώτησε θερμά η Μία. «Γι' αυτό δεν εκπαιδεύεσαι;»

«Εκπαιδεύομαι για λογικές αποστολές, όχι για παιδιάστικα καμώματα σαν αυτό εδώ».

«Δεν είναι παιδιάστικο» φώναξε η Μία. «Σκότωσαν τη μητέρα μου. Και οι φύλακες δεν έκαναν το παραμικρό. Ακόμη και οι πληροφορίες τους ήταν λάθος. Δεν υπήρχαν Στριγκόι μέσα στα τούνελ. Πιθανόν να μην υπάρχει ούτε ένα σε ολόκληρη την πόλη».

Ο Κρίστιαν έδειξε να εντυπωσιάζεται. «Ώστε βρήκατε τα τούνελ;»

«Ναι» είπε ο Έντι. «Αλλά όπως είπα, ήταν άχρηστα».

«Πρέπει να τα δούμε πριν φύγουμε» μου είπε ο Κρίστιαν. «Πλάκα θα είχε και, αφού τα στοιχεία ήταν όντως λάθος, ουσιαστικά δεν υπάρχει κανένας κίνδυνος».

«Όχι» είπα απότομα. «Γυρίζουμε πίσω. Τώρα».

Ο Μέισον έδειχνε κουρασμένος. «Θα ξαναψάξουμε άλλη μια φορά την πόλη. Ακόμη και εσύ δεν μπορείς να μας πας πίσω με το ζόρι, Ρόουζ».

«Όχι, αλλά οι φύλακες της σχολής θα μπορέσουν, όταν τους τηλεφωνήσω και τους πω ότι είστε εδώ».

Πείτε το εκβιασμό ή ρουφιανιά, πάντως το αποτέλεσμα ήταν το ίδιο. Και οι τρεις τους με κοίταξαν σαν να τους είχα κλοτσήσει ταυτόχρονα στο στομάχι.

«Θα έκανες πραγματικά κάτι τέτοιο;» ρώτησε ο Μέισον. «Θα μας πούλαγες έτσι;»

Έτριψα τα μάτια μου ενώ αναρωτιόμουν απελπισμένα γιατί προσπαθούσα να είμαι η φωνή της λογικής εδώ πέρα.

«Δεν πουλάω κανέναν. Να σας κρατήσω ζωντανούς προσπαθώ».

«Νομίζεις πως είμαστε τόσο ανυπεράσπιστοι;» ρώτησε η Μία. «Νομίζεις πως θα σκοτωνόμασταν τόσο εύκολα;»

«Ναι» είπα. «Εκτός κι αν βρήκες έναν τρόπο για να χρησιμοποιήσεις ως όπλο το νερό».

Η Μία αναψοκοκκίνησε, αλλά δεν είπε τίποτα.

«Φέραμε μαζί μας ασημένια κοντάρια» είπε ο Έντι.

Φανταστικά. Πρέπει να τα είχαν κλέψει. Κοίταξα τον Μέισον ικετευτικά.

«Μέισον. Σε παρακαλώ. Άφησέ το. Έλα να γυρίσουμε πίσω».

Με κοίταξε πολλή ώρα. Στο τέλος, αναστέναξε. «Εντάξει».

Ο Έντι και η Μία έδειχναν σοκαρισμένοι, αλλά ο Μέισον είχε αναλάβει τον ηγετικό ρόλο ανάμεσά τους, και εκείνοι δεν είχαν την πρωτοβουλία να συνεχίσουν χωρίς εκείνον. Η Μία φαινόταν να το έχει πάρει πιο άσχημα από τους άλλους και ένιωσα άσχημα για αυτή. Δεν είχε καν βρει χρόνο για να θρηνήσει τη μητέρα της· είχε πάρει αμέσως μέρος σε αυτή την υπόθεση εκδίκησης, σε μια απόπειρα να αντιμετωπίσει τον πόνο της. Θα είχε πολλά να αντιμετωπίσει όταν θα γυρίζαμε πίσω.

Τον Κρίστιαν εξακολουθούσε να τον γοητεύει η ιδέα μιας επίσκεψης στα υπόγεια τούνελ. Αν σκεφτεί κανείς πως περνούσε όλο το χρόνο του σε μια σοφίτα, αυτό δεν προκαλούσε έκπληξη.

«Είδα τα δρομολόγια» μου είπε. «Έχουμε ώρα μέχρι το επόμενο λεωφορείο».

«Δεν μπορούμε να πάμε βόλτα στο λημέρι των Στριγκόι» διαφώνησα προχωρώντας προς την είσοδο του εμπορικού κέντρου.

«Δεν υπάρχουν Στριγκόι εκεί μέσα» είπε ο Μέισον. «Σοβαρά τώρα, πράγματα για τη συντήρηση του χώρου έχει μόνο. Δεν υπάρχει ίχνος από τίποτα μυστήριο. Πραγματικά πιστεύω πως οι φύλακες είχαν λάθος πληροφορίες».

«Ρόουζ» είπε ο Κρίστιαν «ας το διασκεδάσουμε λίγο τουλάχιστον».

Όλοι γύρισαν να με κοιτάξουν. Ένιωσα σαν τη μαμά που δεν αγοράζει στα παιδιά της σοκολάτες από το σούπερ μάρκετ.

«Εντάξει, ωραία. Μια ματιά μόνο όμως, έτσι;»

Οι υπόλοιποι οδήγησαν εμένα και τον Κρίστιαν στην άλλη άκρη του εμπορικού κέντρου, μέσα από μια πόρτα που έγραφε ΜΟΝΟ ΓΙΑ ΤΟ ΠΡΟΣΩΠΙΚΟ. Αποφύγαμε δυο επιστάτες, μετά γλιστρήσαμε από μια άλλη πόρτα που μας έβγαλε σε κάτι σκάλες που κατέβαιναν. Είχα ένα στιγμιαίο déjà vu, καθώς θυμήθηκα τις σκάλες στο σπα πάρτι του Άντριαν. Μόνο που αυτές εδώ ήταν πιο βρόμικες και μύριζαν άθλια.

Φτάσαμε κάτω. Δεν ήταν τόσο πολύ τούνελ όσο ένας στενός διάδρομος στρωμένος με τσιμέντο. Άσχημες λάμπες φθορίου ήταν ενσωματωμένες ανά διαστήματα στους τοίχους. Ο διάδρομος προχωρούσε στα αριστερά και στα δεξιά μας. Κουτιά με συνηθισμένα απορρυπαντικά και ηλεκτρικές λάμπες υπήρχαν παντού.

«Βλέπετε;» είπε ο Μέισον. «Βαρετά».

Έδειξα προς τη μια και την άλλη κατεύθυνση. «Τι υπάρχει εκεί κάτω;»

«Τίποτα» στέναξε η Μία. «Θα σου δείξουμε».

Περπατήσαμε προς τα δεξιά και βρήκαμε μια από τα ίδια. Άρχιζα να συμφωνώ με την εκτίμηση του Μέισον όταν περάσαμε μπροστά από κάτι μαύρα γράμματα στον τοίχο. Σταμάτησα και τα κοίταξα. Ήταν μια λίστα με γράμματα.

N
M
T
O
T
N
B

Λ
Ν
Ζ
Σ
Ι

Κάποια είχαν γραμμές και σημάδια Χ δίπλα τους, αλλά στα περισσότερα σημεία το μήνυμα ήταν ακατάληπτο. Η Μία πρόσεξε τη λεπτομερή εξέτασή μου.

«Μάλλον είναι δουλειά των επιστατών» είπε. «Ή ίσως το έγραψε κάποια συμμορία».

«Μάλλον» είπα εξακολουθώντας να το εξετάζω. Οι άλλοι έδειχναν να μην καταλαβαίνουν την εμμονή μου με εκείνο το μπέρδεμα των γραμμάτων. Ούτε εγώ την καταλάβαινα, αλλά κάτι μέσα μου με τραβούσε να μείνω.

Και τότε το βρήκα.

Μ για τους *Μπαντίκα*, *Ζ* για τους *Ζέκλος*, *Ι* για τους *Ιβάσκοφ*...

Έμεινα να κοιτάζω. Το πρώτο γράμμα από κάθε βασιλική οικογένεια ήταν εκεί. Υπήρχαν τρία Ν, αλλά από τη σειρά έβλεπες ότι η ταξινόμηση είχε γίνει βάσει μεγέθους. Ξεκινούσε με τις μικρότερες οικογένειες –Ντραγκομίρ, Μπαντίκα, Κόντα– και έφτανε μέχρι τους Ιβάσκοφ, που ήταν τεράστια οικογένεια. Δεν καταλάβαινα τις παύλες και τις γραμμές δίπλα στα ονόματα, αλλά γρήγορα πρόσεξα ποια ονόματα είχαν Χ δίπλα τους: Μπαντίκα και Ντρόζντοφ.

Απομακρύνθηκα από τον τοίχο. «Πρέπει να φύγουμε από δω» είπα. Η ίδια η φωνή μου με τρόμαξε λιγάκι. «Τώρα αμέσως».

Οι άλλοι με κοίταξαν έκπληκτοι. «Γιατί;» ρώτησε ο Έντι. «Τι τρέχει;»

«Θα σας πω αργότερα. Πρέπει να φύγουμε».

Ο Μέισον έδειξε την κατεύθυνση όπου πηγαίναμε. «Από δω

βγάζει μερικά τετράγωνα παρά κάτω. Είναι πιο κοντά στο σταθμό».

Κάρφωσα το βλέμμα μου στο άγνωστο σκοτάδι. «Όχι» είπα. «Θα γυρίσουμε από όπου ήρθαμε».

Όλοι με κοίταξαν σαν να ήμουν τρελή ενώ ξαναπερνούσαμε από τα ίδια σημεία, αλλά κανείς δεν μου έφερε αντίρρηση ακόμα. Όταν βγήκαμε από την έξοδο του εμπορικού κέντρου, αναστέναξα με ανακούφιση βλέποντας ότι ο ήλιος ήταν ακόμα στον ουρανό, αν και βυθιζόταν σταθερά στον ορίζοντα βάφοντας τα κτίρια με πορτοκαλιά και κόκκινα χρώματα. Το υπάρχον φως θα ήταν όμως αρκετό για να φτάσουμε στο σταθμό των λεωφορείων, πριν διακινδυνεύσουμε πραγματικά να συναντήσουμε κάποιο Στριγκόι.

Και τώρα ήξερα ότι όντως υπήρχαν Στριγκόι στο Σποκέιν. Οι πληροφορίες του Ντιμίτρι ήταν σωστές. Δεν ήξερα τι ακριβώς σήμαινε η λίστα, αλλά προφανώς είχε σχέση με τις επιθέσεις. Έπρεπε να το αναφέρω αμέσως στους άλλους φύλακες, και σίγουρα δεν μπορούσα να πω στους άλλους τι είχα ανακαλύψει πριν να φτάσουμε με ασφάλεια στο θέρετρο. Ο Μέισον πιθανότατα θα γύριζε ξανά στα τούνελ αν ήξερε ό,τι και εγώ.

Το μεγαλύτερο μέρος της διαδρομής προς το σταθμό των λεωφορείων περπατήσαμε σιωπηλοί. Νομίζω πως η δική μου διάθεση είχε τρομάξει τους υπόλοιπους. Ακόμη και ο Κρίστιαν έδειχνε να έχει ξεμείνει από άθλια σχόλια. Μέσα μου, τα συναισθήματά μου αμφιταλαντεύονταν ανάμεσα στην οργή και τις ενοχές, καθώς εξακολουθούσα να επανεκτιμώ το ρόλο μου σε αυτή την ιστορία.

Μπροστά μου ο Έντι σταμάτησε να περπατάει και σχεδόν έπεσα πάνω του. Κοίταξε γύρω του. «Πού είμαστε;»

Βγαίνοντας απότομα από τις σκέψεις μου, κοίταξα και εγώ την περιοχή. Δεν θυμόμουν εκείνα τα κτίρια. «Γαμώ το» αναφώνησα. «Χαθήκαμε; Κανείς δεν πρόσεχε πού πηγαίναμε τόση ώρα;»

Η ερώτηση ήταν άδικη, αφού προφανώς ούτε εγώ είχα δώσει προσοχή, αλλά ο θυμός μου με είχε βγάλει από τα όρια της λογικής. Ο Μέισον με παρατήρησε για λίγη ώρα, μετά έδειξε: «Από εκεί».

Γυρίσαμε και προχωρήσαμε σε ένα στενό δρόμο ανάμεσα σε δυο κτίρια. Δεν πίστευα πως πηγαίναμε από το σωστό δρόμο, αλλά δεν είχα και καμιά καλύτερη ιδέα. Επίσης, δεν ήθελα να κάτσω να τσακωθώ μες στη μέση του δρόμου.

Δεν είχαμε φτάσει πολύ μακριά, όταν άκουσα το θόρυβο μιας μηχανής αυτοκινήτου και λάστιχα να στριγκλίζουν. Η Μία περπατούσε στη μέση του δρόμου, και η προστατευτική μου τάση ανέλαβε δράση πριν καν δω τι ερχόταν προς το μέρος μας. Αρπάζοντάς την την πέταξα έξω από το δρόμο, πάνω σε έναν τοίχο. Τα αγόρια είχαν κάνει το ίδιο.

Ένα μεγάλο, γκρίζο φορτηγάκι με φιμέ τζάμια είχε στρίψει από τη γωνία και κατευθυνόταν πάνω μας. Κολλήσαμε πάνω στον τοίχο περιμένοντας να περάσει.

Μόνο που δεν πέρασε.

Φρενάροντας με θόρυβο, σταμάτησε ακριβώς μπροστά μας και οι πόρτες του άνοιξαν. Τρεις άντρες ξεχύθηκαν έξω, και, ξανά, τα ένστικτά μου ξύπνησαν. Δεν είχα ιδέα ποιοι ήταν ούτε τι ήθελαν, αλλά προφανώς δεν ήταν φίλοι. Και αυτό ήταν το μόνο που χρειαζόταν να ξέρω.

Ένας από αυτούς κινήθηκε προς τον Κρίστιαν και εγώ όρμησα και του έριξα γροθιά. Ο τύπος ίσα που την ένιωσε, αλλά αιφνιδιάστηκε και μόνο που τον χτύπησα, πιστεύω. Μάλλον δεν περίμενε πως κάποια τόσο μικρόσωμη όσο εγώ θα μπορούσε να τον απειλήσει. Αγνοώντας τον Κρίστιαν, στράφηκε σε εμένα. Στην περιφερειακή μου όραση, είδα τον Μέισον και τον Έντι να αναλαμβάνουν τους άλλους δύο. Ο Μέισον μάλιστα είχε βγάλει και το κλεμμένο του ασημένιο κοντάρι. Η Μία και ο Κρίστιαν απλώς στέκονταν εκεί, σαν αγάλματα.

Οι άγνωστοι βασίζονταν πολύ στον όγκο. Δεν είχαν τις γνώσεις που είχαμε εμείς στις αμυντικές και επιθετικές τεχνικές της πάλης. Επιπλέον ήταν άνθρωποι, ενώ εμείς διαθέταμε τη δύναμη των νταμπίρ. Δυστυχώς, μας είχαν στριμώξει στον τοίχο. Δεν είχαμε πού να πάμε. Και πιο σημαντικό, εμείς είχαμε κάτι να χάσουμε.

Τη Μία, για παράδειγμα.

Ο τύπος που πάλευε με τον Μέισον φάνηκε να το αντιλαμβάνεται αυτό. Παράτησε τον Μέισον και άρπαξε εκείνη. Μόλις που πρόλαβα να δω τη λάμψη από το όπλο του, πριν η κάννη του κολλήσει στο λαιμό της. Αφήνοντας και εγώ το δικό μου αντίπαλο, φώναξα στον Έντι να σταματήσει. Είχαμε όλοι εκπαιδευτεί να αντιδρούμε αυτόματα σε τέτοιες εντολές, και ο Έντι σταμάτησε την επίθεσή του κοιτάζοντάς με ερωτηματικά. Όταν είδε τη Μία, το πρόσωπό του χλόμιασε.

Δεν ήθελα να κάνω τίποτα άλλο εκτός από το να συνεχίζω να χτυπάω εκείνους τους τύπους –όποιοι κι αν ήταν τελικά– αλλά δεν μπορούσα να ρισκάρω να κάνει κακό ο άλλος στη Μία. Και εκείνος το ήξερε, επίσης. Δεν χρειαζόταν καν να εκφράσει την απειλή. Ήταν άνθρωπος, αλλά γνώριζε αρκετά πράγματα για μας, ώστε να ξέρει ότι θα κάναμε τα αδύνατα δυνατά προκειμένου να προστατεύσουμε τα Μορόι. Οι μαθητευόμενοι είχαμε ένα ρητό χαραγμένο μέσα μας από πολύ μικρή ηλικία: *Μόνο αυτοί έχουν σημασία.*

Όλοι σταμάτησαν και κοίταζαν μια εμένα και μια εκείνον. Προφανώς ήμασταν οι αναγνωρισμένοι ηγέτες εδώ πέρα. «Τι θέλεις;» τον ρώτησα σκληρά.

Ο τύπος πίεσε πιο δυνατά το όπλο του στο λαιμό της Μία και εκείνη κλαψούρισε. Παρά τις μεγάλες κουβέντες της για πάλη, ήταν πιο μικρόσωμη από μένα και πολύ πιο αδύναμη. Επίσης, ήταν υπερβολικά τρομοκρατημένη για να κουνηθεί.

Ο άντρας έδειξε με το κεφάλι του την ανοιχτή πόρτα του αυτοκινήτου. «Θέλω να μπείτε μέσα. Και να μη δοκιμάσετε καμιά ανοησία. Εσείς και αυτή, πεθάνατε».

Κοίταξα τη Μία, το φορτηγάκι, τους άλλους φίλους μου, έπειτα ξανά τον τύπο. Σκατά.

19

ΜΟΥ ΤΗ ΔΙΝΕΙ ΝΑ ΕΙΜΑΙ ΑΝΙΣΧΥΡΗ. Και επίσης μου τη δίνει να παραδίνομαι χωρίς μάχη. Εκείνο που είχε συμβεί στο στενάκι δεν ήταν πραγματική μάχη. Αν ήταν, ίσως τελικά να με είχαν νικήσει... ε, καλά εντάξει... Αυτό ίσως μπορούσα να το παραδεχτώ. Ίσως. Αλλά τώρα δεν είχα νικηθεί. Ίσα που είχα αρχίσει να... λερώνω τα χέρια μου. Αντίθετα, είχα αποχωρήσει ήσυχα, σαν καλό κορίτσι.

Μόλις μας έβαλαν να καθίσουμε στο πάτωμα του φορτηγού, μας έδεσαν τα χέρια πίσω από την πλάτη μας με πλαστικές χειροπέδες, κομμάτια πλαστικού τα οποία έσφιγγαν και άντεχαν το ίδιο καλά με οποιεσδήποτε μεταλλικές.

Μετά από αυτό, προχωρούσαμε σιωπηλοί σχεδόν. Οι άντρες πού και πού μουρμούριζαν κάτι ο ένας στον άλλο, μιλώντας πολύ σιγανά για μας. Η Μία και ο Κρίστιαν θα μπορούσαν ίσως να πιάσουν κάποιες λέξεις, αλλά τώρα δεν ήταν σε θέση να μιλήσουν σε μας. Η Μία έδειχνε το ίδιο τρομοκρατημένη όσο πριν στο δρομάκι. Ο φόβος του Κρίστιαν είχε δώσει τη θέση του στο χαρακτηριστικό αλαζονικό θυμό του, αλλά ακόμη και αυτός δεν τολμούσε να κάνει το παραμικρό δίπλα στους απαγωγείς μας.

Χαιρόμουν για τον αυτοέλεγχο του Κρίστιαν. Δεν είχα την παραμικρή αμφιβολία ότι εκείνοι οι τύποι θα τον χτυπούσαν αν παρεκτρεπόταν, και ούτε εγώ ούτε οι υπόλοιποι μαθητευόμενοι ήμασταν σε θέση να τους σταματήσουμε. Αυτό ήταν που με τρέλαινε εντελώς. Το ένστικτο να προστατεύσω τα Μορόι είχε τόσο πολύ ποτίσει το είναι μου και δεν μπορούσα καν να σταματήσω για να σκεφτώ τον εαυτό μου. Ο Κρίστιαν και η Μία ήταν το επίκεντρο. Εκείνους έπρεπε να βγάλω από αυτό το μπέρδεμα.

Και πώς είχε ξεκινήσει όλο αυτό; Ποιοι ήταν αυτοί οι τύποι; Μυστήριο. Ήταν άνθρωποι αλλά δεν το πίστευα, ούτε για αστείο, πως μια ομάδα νταμπίρ και Μορόι είχαν πέσει τυχαία θύματα απαγωγής. Μας είχαν επιλέξει για κάποιο λόγο.

Οι απαγωγείς μας δεν έκαναν καμία προσπάθεια να μας δέσουν τα μάτια ή να κρύψουν τη διαδρομή που κάναμε, κι αυτό δεν το θεώρησα καλό σημάδι. Μήπως σκέφτονταν πως δεν ξέραμε αρκετά καλά την πόλη για να καταλάβουμε πού πηγαίναμε; Ή πίστευαν πως δεν είχε σημασία αφού δεν θα φεύγαμε όπου κι αν μας πήγαιναν; Εκείνο που κατάλαβα ήταν ότι απομακρυνόμασταν από το κέντρο, κατευθυνόμασταν στα προάστια. Το Σποκέιν ήταν τόσο βαρετό όσο είχα φανταστεί. Απάτητο λευκό χιόνι σε κάποια σημεία, γκρίζες λακκούβες με πάγο στους δρόμους και βρόμικα μπαλώματα στο γρασίδι. Υπήρχαν πολύ λιγότερα αειθαλή δέντρα από όσα είχα συνηθίσει. Τα γυμνά φυλλοβόλα δέντρα έμοιαζαν σκελετωμένα συγκριτικά. Όλο το σκηνικό έκανε πιο έντονη την ατμόσφαιρα της επικείμενης καταστροφής.

Μετά από μια ώρα, έτσι το υπολόγισα τουλάχιστον, το φορτηγάκι έστριψε σε ένα ήσυχο αδιέξοδο και φτάσαμε σε ένα πολύ συνηθισμένο –αν και μεγάλο– σπίτι. Άλλα σπίτια –πανομοιότυπα εκείνων που συναντά κανείς στα προάστια– υπήρχαν γύρω, κάτι που μου έδωσε ελπίδες. Ίσως θα μπορούσαμε να ζητήσουμε βοήθεια από τους γείτονες.

Μπήκαμε σε ένα γκαράζ και μόλις έκλεισε η πόρτα οι άντρες μας οδήγησαν σπρώχνοντας μέσα στο σπίτι. Το εσωτερικό ήταν πολύ πιο ενδιαφέρον. Αντίκες καναπέδες και καρέκλες. Μεγάλο ενυδρείο με θαλασσινό νερό. Ξίφη τοποθετημένα σταυρωτά πάνω από το τζάκι. Ένας από εκείνους τους ηλίθιους πίνακες μοντέρνας τέχνης που αποτελούνταν από μερικές τυχαίες πινελιές χρώματος στον καμβά.

Το κομμάτι μου που απολάμβανε να καταστρέφει πράγματα θα ήθελε να περιεργαστεί τα ξίφη λεπτομερώς, αλλά το ισόγειο δεν ήταν ο προορισμός μας. Αντίθετα, από μια στενή σκάλα μάς οδήγησαν σε ένα υπόγειο μεγάλο όσο ο πάνω όροφος. Μόνο που σε αντίθεση με τον ανοιχτό χώρο του ισογείου, το υπόγειο ήταν χωρισμένο σε μια σειρά διαδρόμων με κλειστές πόρτες. Ήταν σαν ποντικοφωλιά. Οι απαγωγείς μας οδήγησαν κατευθείαν σε ένα μικρό δωμάτιο με τσιμεντένιο πάτωμα και ασοβάτιστους τοίχους.

Η επίπλωση περιλάμβανε αρκετές ξύλινες καρέκλες που έδειχναν άβολες, με ράχες όμως που αποδείχτηκαν πολύ βολικές για να ξαναδεθούν τα χέρια μας. Οι άντρες έβαλαν τη Μία και τον Κρίστιαν να καθίσουν στη μια άκρη του δωματίου και εμάς τα νταμπίρ στην άλλη. Ο ένας άντρας –προφανώς ο αρχηγός– παρακολουθούσε προσεκτικά την ώρα που ένα από τα τσιράκια του έβαζε καινούργιες χειροπέδες στον Έντι.

«Αυτούς εδώ πρέπει να τους προσέχετε ιδιαίτερα» προειδοποίησε δείχνοντας προς εμάς. «Αυτοί μπορεί να αντεπιτεθούν». Τα μάτια του ταξίδεψαν πρώτα στο πρόσωπο του Έντι, μετά στου Μέισον, ύστερα στο δικό μου. Ο τύπος και εγώ κοιταχτήκαμε στα μάτια αρκετά λεπτά, έπειτα εγώ μόρφασα. Κοίταξε πάνω από τον ώμο του το συνεργάτη του. «Προσέξτε *αυτήν* εδώ συγκεκριμένα».

Όταν ήταν ικανοποιημένος από τα δεσμά μας, γάβγισε μερικές ακόμη εντολές στους άλλους και ύστερα βγήκε από το δωμάτιο κλείνοντας δυνατά την πόρτα πίσω του. Τα βήματά του αντήχησαν στο σπίτι καθώς ανέβαινε τις σκάλες. Λίγα λεπτά μετά, έπεσε σιωπή.

Καθόμασταν εκεί, κοιτάζοντας ο ένας τον άλλο. Μετά από λίγα λεπτά, η Μία άρχισε να σιγοκλαίει και έκανε να μιλήσει. «Τι κάνετε στο–»

«Σκασμός» μούγκρισε ένας από τους άντρες. Έκανε ένα προειδοποιητικό βήμα προς εκείνη. Χλόμιασε, μα εξακολούθησε να δείχνει πως θέλει να πει κάτι. Έπιασα το βλέμμα της και κούνησα το κεφάλι μου. Έμεινε αμίλητη, με διάπλατα μάτια και χείλη που έτρεμαν.

Δεν υπάρχει τίποτα χειρότερο από το να περιμένεις και να μην ξέρεις τι θα σου συμβεί. Η ίδια σου η φαντασία μπορεί να είναι σκληρότερη και από το χειρότερο απαγωγέα. Αφού οι φρουροί μας δεν μας μιλούσαν, ούτε μας έλεγαν τι μας επιφύλασσαν, εγώ φανταζόμουν ένα σωρό αποτρόπαια σενάρια. Τα όπλα ήταν η οφθαλμοφανής απειλή, και έπιασα τον εαυτό μου να αναρωτιέται ποια θα ήταν η αίσθηση μιας σφαίρας. Οδυνηρή, πιθανότατα. Και πού θα πυροβολούσαν; Στην καρδιά ή το κεφάλι; Μήπως κάπου αλλού; Στο στομάχι, για παράδειγμα; Κάτι τέτοιο θα ήταν αργό και επώδυνο. Ρίγησα στη σκέψη να πεθαίνω αιμορραγώντας. Καθώς σκεφτόμουν το αίμα, μου ήρθε στο μυαλό το σπίτι των Μπαντίκα και πως ίσως μας έκοβαν το λαιμό. Αυτοί οι άντρες εκτός από πιστόλια μπορεί να είχαν και μαχαίρια.

Φυσικά, η εύλογη απορία μου ήταν γιατί ήμασταν όλοι ζωντανοί ακόμα. Προφανώς ήθελαν κάτι από μας, αλλά τι; Δεν ζήτησαν πληροφορίες. Και ήταν *άνθρωποι*. Άραγε τι να ήθελαν οι άνθρωποι από μας; Συνήθως αυτό που φοβόμασταν περισσότερο από τους ανθρώπους ήταν εκείνους που την έβλεπαν τρελαμένοι φονιάδες ή όσους ήθελαν να μας κάνουν πειράματα. Τούτοι εδώ δεν έμοιαζαν να είναι τίποτα από τα δύο.

Τι ήθελαν λοιπόν; Γιατί ήμασταν εδώ; Ξανά και ξανά, φανταζόμουν πιο απαίσια, ανατριχιαστικά σενάρια. Η έκφραση στα πρόσωπα των φίλων μου μαρτυρούσε πως δεν ήμουν η μοναδική που φανταζόταν δημιουργικά βασανιστήρια. Η μυρωδιά του ιδρώτα και του φόβου γέμιζε την ατμόσφαιρα.

Έχασα την αίσθηση του χρόνου και ξαφνικά βγήκα από τις σκέψεις μου όταν ακούστηκαν βήματα στα σκαλιά. Ο αρχηγός των απαγωγέων μπήκε στο δωμάτιο. Οι υπόλοιποι άντρες ίσιωσαν το ανάστημά τους· η ένταση ήταν διάχυτη στην ατμόσφαιρα. Ω Θεέ μου. Αυτό περιμέναμε.

«Μάλιστα, κύριε» άκουσα να λέει ο αρχηγός. «Είναι εδώ, όπως ακριβώς θέλατε».

Επιτέλους, σκέφτηκα. Το άτομο πίσω από την απαγωγή μας. Με πλημμύρισε πανικός. Έπρεπε να δραπετεύσω.

«Άφησέ μας να φύγουμε!» ούρλιαξα τεντώνοντας τα δεσμά μου. «Άφησέ μας να φύγουμε παλιο–»

Σταμάτησα. Κάτι μέσα μου ζάρωσε. Ο λαιμός μου ξεράθηκε. Η καρδιά μου ήθελε να σταματήσει. Ο απαγωγέας είχε επιστρέψει με μια γυναίκα και έναν άντρα που δεν αναγνώριζα. Αναγνώριζα, όμως, τι ήταν…

…Στριγκόι.

Πραγματικά, ολοζώντανα –εντάξει, μεταφορικά πάντα– Στριγκόι. Ξαφνικά όλα τα κομμάτια έμπαιναν στη θέση τους. Δεν ήταν μόνο οι αναφορές για το Σποκέιν σωστές. Εκείνο που φοβόμασταν –πως τα Στριγκόι συνεργάζονταν με ανθρώπους– είχε επαληθευτεί. *Αυτό αλλάζει τα πάντα.* Το φως της ημέρας δεν ήταν ασφαλές τώρα πια. Κανείς μας δεν ήταν ασφαλής τώρα πια. Ακόμη χειρότερα, συνειδητοποίησα ότι εκείνα πρέπει να ήταν τα Στριγκόι-εγκληματίες, εκείνα που είχαν σκοτώσει τις δυο βασιλικές οικογένειες Μορόι με τη βοήθεια ανθρώπων. Ξανά αυτές οι φρικτές θύμησες επέστρεψαν: πτώματα και αίμα παντού. Χολή ανέβηκε στο λαιμό μου και πάσχισα να τραβήξω τη σκέψη μου από το παρελθόν στην παρούσα κατάσταση. Όχι πως αυτή ήταν πιο παρήγορη.

Τα Μορόι είχαν ανοιχτόχρωμο δέρμα, το είδος του δέρματος που κοκκίνιζε και καιγόταν εύκολα. Αλλά αυτοί οι βρικόλακες... το δέρμα τους ήταν λευκό, σαν κιμωλία, με έναν τρόπο που το έκανε να μοιάζει σαν αποτυχημένο μακιγιάζ. Οι κόρες των ματιών τους είχαν έναν κόκκινο κύκλο γύρω τους, ο οποίος δήλωνε τι τέρατα ήταν.

Η γυναίκα μάλιστα μου θύμισε τη Νάταλι – τη φτωχή μου φίλη την οποία ο πατέρας της είχε πείσει να γίνει Στριγκόι. Μου πήρε λίγα λεπτά για να εντοπίσω την ομοιότητα, γιατί δεν έμοιαζαν καθόλου. Αυτή η γυναίκα ήταν κοντή –μάλλον άνθρωπος πριν γίνει Στριγκόι– και είχε καστανά μαλλιά με ατυχείς ανταύγειες.

Και τότε μου ήρθε. Αυτό το Στριγκόι ήταν καινούργιο, όπως ήταν και η Νάταλι. Δεν είχε γίνει φανερό, μέχρι που το σύγκρινα με τον άντρα Στριγκόι. Το πρόσωπο της γυναίκας Στριγκόι είχε ακόμα λίγη ζωή. Αλλά το δικό του... το δικό του ήταν το πρόσωπο του θανάτου.

Το πρόσωπό του στερούνταν οτιδήποτε ζεστό και ενδεικτικό συναισθημάτων. Η έκφρασή του ήταν ψυχρή και υπολογιστική, μοχθηρή και σαρκαστική. Ήταν ψηλός, σαν τον Ντιμίτρι, με λεπτό σκελετό, που μαρτυρούσε ότι πριν αλλάξει ήταν Μορόι. Μαύρα μαλλιά μέχρι τους ώμους πλαισίωναν το πρόσωπό του και έκαναν έντονη αντίθεση με το ζωηρό πορφυρό χρώμα του επίσημου πουκαμίσου του. Τα μάτια του ήταν σκούρα καστανά και, χωρίς τον κόκκινο κύκλο, θα ήταν αδύνατον να ξεχωρίσεις την κόρη από την ίριδα.

Ένας από τους φρουρούς με έσπρωξε δυνατά, παρόλο που δεν είχα μιλήσει. Κοίταξε τον άντρα Στριγκόι. «Θέλετε να τη φιμώσω;»

Ξαφνικά συνειδητοποίησα ότι είχα κολλήσει στην πλάτη της καρέκλας μου, προσπαθώντας ασυναίσθητα να πάω όσο πιο μακριά από εκείνον γινόταν. Το συνειδητοποίησε και εκείνος και ένα αμυδρό χαμόγελο πέρασε από τα χείλη του.

«Όχι» είπε. Η φωνή του ήταν μεταξένια και σιγανή. «Θα ήθελα να ακούσω τι έχει να πει». Με κοίταξε σηκώνοντας το ένα φρύδι του. «Παρακαλώ. Συνέχισε».

Ξεροκατάπια.

«Όχι; Τίποτα να προσθέσεις; Καλώς. Μη διστάσεις να μου το πεις αν σου έρθει κάτι στο μυαλό».

«Αϊζάια» αναφώνησε η γυναίκα. «Γιατί τους κρατάς εδώ; Γιατί δεν ήρθες απλώς σε επαφή με τους άλλους;»

«Έλενα, Έλενα» της ψιθύρισε. «Συγκεντρώσου. Δεν σκοπεύω να αφήσω να χαθεί η ευκαιρία να διασκεδάσω λιγάκι με δυο Μορόι και...» Περπάτησε πίσω από την καρέκλα μου και σήκωσε τα μαλλιά μου κάνοντάς με να ριγήσω. Ένα λεπτό αργότερα, κοίταξε και το λαιμό του Μέισον και του Έντι «...τρία νταμπίρ χωρίς αίμα στα χέρια τους». Άρθρωσε αυτές τις λέξεις με ένα σχεδόν χαρούμενο αναστεναγμό. Συνειδητοποίησα πως έψαχνε για τατουάζ φυλάκων.

Βηματίζοντας προς τη Μία και τον Κρίστιαν, ο Αϊζάια ακούμπησε το χέρι του στον ένα μηρό του ενώ τους παρατηρούσε. Η Μία κατάφερε να συναντήσει το βλέμμα του για μια στιγμή μόνο, μετά γύρισε τα μάτια της αλλού. Ο φόβος του Κρίστιαν ήταν ολοφάνερος, αλλά κατόρθωσε να ανταποδώσει το εξονυχιστικό βλέμμα του Στριγκόι. Αυτό με έκανε περήφανη.

«Κοίταξε αυτά τα μάτια, Έλενα». Η Έλενα πλησίασε και στάθηκε δίπλα στον Αϊζάια την ώρα που εκείνος μιλούσε. «Αυτό το ανοιχτό γαλάζιο. Σαν πάγος. Σαν ακουαμαρίνα. Σχεδόν ποτέ δεν το συναντάς αυτό έξω από τις βασιλικές οικογένειες. Στους Μπαντίκα. Στους Οζέρα. Περιστασιακά και στους Ζέκλος».

«Οζέρα» είπε ο Κρίστιαν πασχίζοντας σκληρά να δείχνει ατρόμητος.

Ο Αϊζάια έγειρε στο πλάι το κεφάλι του. «Αλήθεια; Όχι βέβαια...» Έσκυψε πιο κοντά στον Κρίστιαν. «Αλλά είναι στη σωστή ηλικία... και αυτά τα μαλλιά...» Χαμογέλασε. «Γιος της Μόιρα και του Λούκας;»

Ο Κρίστιαν δεν είπε τίποτα, αλλά η επαλήθευση ήταν έκδηλη στο πρόσωπό του.

«Ήξερα τους γονείς σου. Σπουδαία άτομα. Ασύγκριτα. Κρίμα που πέθαναν... αλλά, εντάξει... τολμώ να πω πως οι ίδιοι το προκάλεσαν. *Τους* είπα πως δεν έπρεπε να γυρίσουν για σένα. Ήταν άχρηστο να σε "ξυπνήσουμε" τόσο νωρίς. Εκείνοι βέβαια ισχυρίστηκαν πως θα περίμεναν να μεγαλώσεις και μετά θα σε "ξυπνούσαν". Εγώ τους προειδοποίησα πως αυτό θα ήταν καταστροφή, αλλά...» Ανασήκωσε ανάλαφρα τους ώμους του. «Ξυπνώ» ήταν ο όρος που χρησιμοποιούσαν μεταξύ τους τα Στριγκόι όταν άλλαζαν. Ακουγόταν σαν θρησκευτική εμπειρία. «Δεν με άκουσαν, και η καταστροφή τους βρήκε αλλιώς».

Μίσος, βαθύ και σκοτεινό, έκαιγε πίσω από τα μάτια του Κρίστιαν. Ο Αϊζάια χαμογέλασε ξανά.

«Είναι συγκινητικό που βρήκες τον τρόπο να έρθεις κοντά μου μετά από όλο αυτόν τον καιρό. Ίσως τελικά καταφέρω να πραγματοποιήσω εγώ το όνειρό τους».

«Αϊζάια» είπε η γυναίκα –η Έλενα– ξανά. Κάθε λέξη που έβγαινε από τα χείλη της έμοιαζε με θρήνο. «Ειδοποίησε τους άλλους–»

«Σταμάτα να μου δίνεις διαταγές! Ο Αϊζάια την άρπαξε από τον ώμο και την έσπρωξε μακριά – μόνο που το σπρώξιμο την πέταξε στην άλλη άκρη του δωματίου, σχεδόν πάνω στον τοίχο. Μόλις που πρόλαβε να βάλει μπροστά το χέρι της για να αποφύγει τη σύγκρουση. Τα Στριγκόι είχαν καλύτερα αντανακλαστικά από τα νταμπίρ, και από τα Μορόι ακόμη· το συγκεκριμένο επεισόδιο σήμαινε πως την είχε πιάσει εντελώς απροετοίμαστη. Και πραγματικά, ίσα που την ακούμπησε. Το σπρώξιμο ήταν απαλό – και όμως είχε την ισχύ ενός μικρού αυτοκινήτου.

Αυτό ενίσχυσε την πεποίθησή μου ότι ο τύπος ανήκε σε εντελώς διαφορετική κατηγορία. Η δύναμή του νικούσε κατά πολύ τη δική της. Η Έλενα ήταν σαν μύγα που εκείνος μπορούσε να λιώσει. Η δύναμη των Στριγκόι αυξανόταν με την ηλικία – όπως και με την κατανάλωση αίματος από Μορόι και, σε μικρότερο βέβαια βαθμό, από νταμπίρ. Ο τύπος αυτός δεν ήταν απλώς μεγάλος, σκεφτόμουν. Ήταν αρχαίος. Και είχε πιει *πολύ* αίμα όλα αυτά τα χρόνια. Τρόμος γέμισε τα χαρακτηριστικά της Έλενα – κατανοούσα απόλυτα το φόβο της. Τα Στριγκόι στρέφονταν το ένα ενάντια στο άλλο συνεχώς. Ο Αϊζάια θα μπορούσε να της ξεριζώσει το κεφάλι αν ήθελε.

Μαζεύτηκε κατεβάζοντας τα μάτια της. «Συγνώμη… συγνώμη, Αϊζάια».

Ο Αϊζάια ίσιωσε το πουκάμισό του – όχι πως είχε τσαλακωθεί καθόλου. Η φωνή του ξαναπήρε την ψυχρή αβρότητα που είχε νωρίτερα. «Είναι σαφές ότι έχεις μια άποψη στη συγκεκριμένη περίπτωση, Έλενα, και είσαι ευπρόσδεκτη να την εκφράσεις με πολιτισμένο τρόπο. Τι πιστεύεις πως πρέπει να κάνουμε με αυτούς εδώ τους νεαρούς;»

«Νομίζω πως θα έπρεπε να τους πάρουμε αμέσως. Ειδικά τα Μορόι». Ήταν φανερό ότι προσπαθούσε να μην κλαψουρίσει ξανά για να μην τον εκνευρίσει. «Εκτός αν… δεν θα παραθέσεις κι άλλο δείπνο, σωστά; Δεν αξίζει τον κόπο. Θα πρέπει να τους μοιραστούμε και ξέρεις ότι οι άλλοι δεν θα είναι καθόλου ευγνώμονες. *Ποτέ* δεν είναι».

«Δεν πρόκειται να παραθέσω δείπνο με αυτούς εδώ» δήλωσε υπεροπτικά. Δείπνο; «Αλλά ούτε να τους σκοτώσω πρόκειται. Είσαι νέα, Έλενα. Σκέφτεσαι μόνο την άμεση ευχαρίστηση. Όταν φτάσεις στην ηλικία μου, δεν θα είσαι τόσο... ανυπόμονη».

Γύρισε τα μάτια της προς τα πάνω σε ένδειξη απόγνωσης όταν εκείνος δεν κοιτούσε.

Ο Αϊζάια έστρεψε το βλέμμα του σε εμένα, τον Μέισον και τον Έντι. «Εσείς οι τρεις, πολύ φοβάμαι, πρόκειται να πεθάνετε. Δεν γίνεται να το αποφύγουμε. Θα ήθελα να πω πως λυπάμαι, αλλά, πώς να το κάνουμε, δεν λυπάμαι. Έτσι είναι ο κόσμος. Μπορείτε όμως να επιλέξετε πώς θα πεθάνετε, και αυτό θα το υπαγορεύσει η συμπεριφορά σας». Τα μάτια του κόλλησαν πάνω μου. Πραγματικά δεν μπορούσα να καταλάβω γιατί όλοι ξεχώριζαν εμένα ως ταραχοποιό στοιχείο εδώ πέρα. Ε, καλά, μπορεί και να είχαν δίκιο. «Κάποιοι από σας θα πεθάνουν πιο επώδυνα από τους άλλους».

Δεν χρειαζόταν να κοιτάξω τον Μέισον και τον Έντι για να δω το φόβο τους να καθρεφτίζει το δικό μου. Ήμουν σχεδόν σίγουρη ότι άκουσα τον Έντι να κλαψουρίζει.

Ο Αϊζάια έστριψε απότομα πάνω στις φτέρνες του, με στρατιωτικό στιλ, και αντίκρισε τη Μία και τον Κρίστιαν. «Εσείς οι δυο, ευτυχώς, έχετε δικαίωμα επιλογής. Μόνο ο ένας σας θα πεθάνει. Ο άλλος θα αποκτήσει μεγαλειώδη αθανασία. Θα δείξω μεγαλοψυχία και θα τον κάνω προστατευόμενό μου μέχρι να μεγαλώσει λίγο. Τόση είναι η ευσπλαχνία μου».

Δεν μπόρεσα να αντέξω. Έπνιξα ένα γελάκι.

Ο Αϊζάια έκανε μεταβολή και με κοίταξε. Έκανα ησυχία και περίμενα να με πετάξει και μένα στην άλλη άκρη του δωματίου σαν την Έλενα, αλλά εκείνος δεν έκανε τίποτα εκτός από το να με κοιτάξει. Ήταν αρκετό. Η καρδιά μου άρχισε να σφυροκοπάει και ένιωσα δάκρυα να καίνε στα μάτια μου. Ο φόβος μου με έκανε να ντρέπομαι. Ήθελα να είμαι σαν τον Ντιμίτρι. Ίσως και σαν τη μητέρα μου ακόμη. Μετά από ατελείωτα βασανιστικά λεπτά, ο Αϊζάια γύρισε ξανά στα Μορόι.

«Λοιπόν. Όπως έλεγα, ένας από σας θα "ξυπνήσει" και θα ζήσει για πάντα. Αλλά δεν θα είμαι εγώ αυτός που θα τον "ξυπνήσει". Θα επιλέξει να "ξυπνήσει" οικειοθελώς».

«Μάλλον απίθανο» είπε ο Κρίστιαν. Φόρτισε με όσο περισσότερη προκλητική περιφρόνηση μπορούσε αυτές τις δυο λέξεις, αλλά εξακολουθούσε να είναι φανερό σε όλους μέσα σε εκείνο το δωμάτιο ότι είχε τρελαθεί από το φόβο του.

«Αχ, πόσο μου αρέσει το αμίμητο πνεύμα των Οζέρα» ονειροπόλησε ο Αϊζάια. Έριξε το βλέμμα του στη Μία, τα κόκκινα μάτια του έλαμψαν. Εκείνη μαζεύτηκε φοβισμένη. «Αλλά μην τον αφήνεις να σε επισκιάζει, αγαπητή μου. Υπάρχει δύναμη και στο κοινό αίμα. Και να πώς θα το αποφασίσουμε». Έδειξε εμάς τα νταμπίρ. Το βλέμμα του με πάγωσε ολόκληρη και φαντάστηκα πως μπορούσα να μυρίσω την αποφορά της αποσύνθεσης. «Όποιος θέλει να ζήσει, δεν έχει παρά να σκοτώσει κάποιον από αυτούς τους τρεις». Στράφηκε ξανά στα Μορόι. «Αυτό είναι όλο. Καθόλου δυσάρεστο. Πείτε απλώς σε αυτούς εδώ τους κυρίους ότι θέλετε να το κάνετε. Θα σας αφήσουν ελεύθερους. Μετά θα πιείτε αίμα από αυτούς και θα "ξυπνήσετε" για να γίνετε σαν εμάς. Όποιος το κάνει πρώτος, κερδίζει την ελευθερία του. Ο άλλος θα γίνει βραδινό φαγητό για την Έλενα και εμένα».

Σιωπή απλώθηκε στο δωμάτιο.

«Όχι» είπε ο Κρίστιαν. «Αποκλείεται να σκοτώσω έναν από τους φίλους μου. Δεν με νοιάζει τι θα κάνεις. Θα πεθάνω πρώτος».

Ο Αϊζάια κούνησε το χέρι του σαν να τον έστελνε έξω. «Εύκολο να είσαι θαρραλέος όταν δεν πεινάς. Πέρασε μερικές μέρες χωρίς καθόλου τροφή... και ναι, μετά αυτοί οι τρεις θα σου φαίνονται πολύ νόστιμοι. Και *όντως* είναι. Τα νταμπίρ είναι νοστιμότατα. Κάποιοι τα προτιμούν από τα Μορόι και παρόλο που εγώ προσωπικά δεν συμμερίζομαι αυτή την άποψη, σίγουρα απολαμβάνω την ποικιλία».

Ο Κρίστιαν μόρφασε.

«Δεν με πιστεύεις;» ρώτησε ο Αϊζάια. «Τότε επίτρεψέ μου να σου το αποδείξω. Ξαναγύρισε στη μεριά του δωματίου όπου καθόμουν. Συνειδητοποίησα τι σκόπευε να κάνει και μίλησα χωρίς να το σκεφτώ καλά.

«Πάρε εμένα» ξεφούρνισα. «Πιες από μένα».

Το αυτάρεσκο ύφος του Αϊζάια κλονίστηκε για λίγο και με κοίταξε έκπληκτος. «Ώστε προσφέρεσαι;»

«Το έχω ξανακάνει. Έχω αφήσει Μορόι να τραφούν με το αίμα μου, εννοώ. Δεν με πειράζει. Μου αρέσει. Άσε ήσυχους τους άλλους».

«Ρόουζ!» φώναξε ο Μέισον.

Τον αγνόησα και κοίταξα ικετευτικά τον Αϊζάια. Δεν ήθελα να πιει από μένα. Και η σκέψη μόνο μου έφερνε ναυτία. Αλλά *είχα* όντως δώσει αίμα στο παρελθόν και προτιμούσα να πιει λίτρα ολόκληρα από μένα παρά να αγγίξει τον Μέισον ή τον Έντι.

Δεν μπορούσα να ερμηνεύσω την έκφρασή του καθώς με ζύγιζε. Για ένα κλάσμα του δευτερολέπτου πίστεψα πως θα το κάνει, αντίθετα όμως κούνησε το κεφάλι του.

«Όχι. Όχι εσένα. Όχι ακόμα».

Προχώρησε πιο κάτω και στάθηκε μπροστά στον Έντι. Τράβηξα τις χειροπέδες μου τόσο δυνατά που χώθηκαν βαθιά μέσα στο δέρμα μου. Δεν υποχώρησαν καθόλου. «Όχι! Άφησέ τον ήσυχο!»

«Σιωπή» έκανε απότομα ο Αϊζάια, χωρίς να με κοιτάξει. Ακούμπησε το χέρι του στη μια πλευρά του προσώπου του Έντι. Ο Έντι έτρεμε και είχε χλομιάσει τόσο που πίστεψα πως θα λιποθυμήσει. «Μπορώ να το κάνω μαλακά και μπορώ να σε πονέσω. Η σιωπή σου θα προκαλέσει το πρώτο».

Ήθελα να ουρλιάξω, ήθελα να αποκαλέσω τον Αϊζάια με ένα σωρό χαρακτηρισμούς. Αλλά δεν μπορούσα. Τα μάτια μου γύρισαν μέσα στο δωμάτιο ψάχνοντας για εξόδους, όπως είχα κάνει τόσες φορές ήδη. Αλλά δεν υπήρχε καμία. Μόνο κενοί, γυμνοί λευκοί τοίχοι. Κανένα παράθυρο. Η μοναδική πολύτιμη πόρτα φρουρούνταν πάντα. Ήμουν ανίσχυρη, το ίδιο ανίσχυρη όσο ήμουν από τη στιγμή που μας έβγαλαν από το φορτηγάκι. Ήθελα να κλάψω, περισσότερο από απελπισία, παρά από φόβο. Τι είδους φύλακας θα γινόμουν αν δεν μπορούσα να προστατεύσω τους φίλους μου;

Έμεινα όμως σιωπηλή, και ένα ικανοποιημένο ύφος πέρασε από το πρόσωπο του Αϊζάια. Ο φωτισμός φθορίου έδινε στην επιδερμίδα του μια άρρωστη, γκρίζα απόχρωση, τονίζοντας τους μαύρους κύκλους κάτω από τα μάτια του. Ήθελα να του ρίξω μπουνιά.

«Καλώς». Χαμογέλασε στον Έντι και κράτησε το πρόσωπό του έτσι ώστε να κοιταχτούν στα μάτια. «Λοιπόν τώρα δεν πρόκειται να προβάλεις αντίσταση, έτσι;»

Όπως έχω ήδη αναφέρει, η Λίζα ήταν καλή στην υποβολή. Αλλά ούτε και αυτή θα μπορούσε να το επιτύχει αυτό. Μέσα σε δευτερόλεπτα, ο Έντι χαμογελούσε. «Όχι. Δεν θα προβάλω αντίσταση».

«Καλώς» επανέλαβε ο Αϊζάια. «Και θα μου δώσεις οικειοθελώς το λαιμό σου, έτσι δεν είναι;»

«Φυσικά» αποκρίθηκε ο Έντι γέρνοντας το κεφάλι του στο πλάι.

Ο Αϊζάια κατέβασε το στόμα του, και εγώ γύρισα αλλού το βλέμμα μου προσπαθώντας να εστιάσω στη φθαρμένη μοκέτα. Άκουσα τον Έντι να βγάζει ένα μαλακό, ευτυχισμένο βογκητό. Η διαδικασία ήταν σχετικά ήσυχη – χωρίς θορύβους ρουφήγματος ή τίποτα τέτοιο.

«Έτσι».

Γύρισα το κεφάλι μου όταν άκουσα τον Αϊζάια να μιλάει ξανά. Αίμα έσταζε από τα χείλη του και τα καθάρισε με τη γλώσσα του. Δεν μπορούσα να δω την πληγή στο λαιμό του Έντι, αλλά φαντάστηκα πως και αυτή θα ήταν ματωμένη και φρικτή. Η Μία και ο Κρίστιαν κοίταζαν με μάτια διάπλατα, από φόβο μαζί και δέος. Ο Έντι κοίταζε με ένα απλανές, χαρούμενο, ναρκωμένο βλέμμα, φτιαγμένος τόσο από τις ενδορφίνες όσο και από την υποβολή.

Ο Αϊζάια ίσιωσε το σώμα του και χαμογέλασε στα Μορόι, γλείφοντας το τελευταίο αίμα από τα χείλη του. «Βλέπετε;» τους είπε προχωρώντας προς την πόρτα. «Τόσο απλό είναι».

20

ΧΡΕΙΑΖΟΜΑΣΤΑΝ ΕΝΑ ΣΧΕΔΙΟ ΔΙΑΦΥΓΗΣ, και το χρειαζόμασταν αμέσως. Δυστυχώς, οι μοναδικές ιδέες που είχα απαιτούσαν πράγματα τα οποία δεν ήταν στο χέρι μου. Όπως, ας πούμε, να μας αφήσουν ολομόναχους ώστε να καταφέρουμε να δραπετεύσουμε. Ή οι φρουροί μας να είναι εντελώς ηλίθιοι, να τους ξεγελάσουμε εύκολα και να τους ξεφύγουμε. Ή να μας έχουν δέσει ατζαμίδικα, ώστε να μπορούμε να ελευθερωθούμε εύκολα.

Τίποτα από αυτά δεν συνέβαινε όμως. Είκοσι τέσσερις ώρες μετά, η κατάστασή μας δεν είχε αλλάξει και πολύ. Ήμασταν ακόμα φυλακισμένοι, ακόμα σε γερά δεσμά. Οι φρουροί μας εξακολουθούσαν να είναι άγρυπνοι, σχεδόν τόσο ικανοί όσο μια ομάδα φυλάκων. Σχεδόν.

Το πλησιέστερο σε ελευθερία που βιώσαμε ήταν μερικές υπό αυστηρή επιτήρηση –και εξαιρετικά εξευτελιστικές– επισκέψεις στην τουαλέτα. Οι άντρες δεν μας έδωσαν φαγητό ούτε νερό. Αυτό ήταν σκληρό για μένα, αλλά τα γονίδια ανθρώπου και βρικόλακα έκαναν τα νταμπίρ ανθεκτικά. Μπορούσα να αντέξω την κατάσταση, αν και έφτανα σύντομα στο σημείο που θα σκότωνα για ένα τσίζμπεργκερ και μερικές τηγανητές πατάτες με πολύ, πολύ λάδι.

Για τη Μία και τον Κρίστιαν… εντάξει, τα πράγματα ήταν

κάπως χειρότερα. Τα Μορόι μπορούσαν να περάσουν ολόκληρες εβδομάδες χωρίς φαγητό και νερό αν έπιναν αίμα. Χωρίς αίμα, μπορούσαν να αντέξουν λίγες μέρες πριν αρρωστήσουν και γίνουν αδύναμα, αρκεί να έπαιρναν κάποια άλλη τροφή. Έτσι τα είχαμε βγάλει πέρα με τη Λίζα όταν ζούσαμε μόνες μας, αφού δεν μπορούσα να την ταΐζω κάθε μέρα.

Αν τους στερούσες το φαγητό, το αίμα και το νερό, η αντοχή των Μορόι σερνόταν στα πατώματα. Εγώ πεινούσα, αλλά η Μία και ο Κρίστιαν λιμοκτονούσαν. Ήδη τα πρόσωπά τους έδειχναν αποστεωμένα, τα μάτια τους σχεδόν πυρετώδη. Ο Αϊζάια έκανε χειρότερα τα πράγματα κατά τη διάρκεια των διαδοχικών του επισκέψεων. Κάθε φορά ερχόταν κάτω και φλυαρούσε με το ενοχλητικό, κοροϊδευτικό του στιλάκι. Στην τρίτη επίσκεψη, έβλεπα στην κυριολεξία τα σάλια της Μία και του Κρίστιαν να τρέχουν. Με τις ενδορφίνες και την έλλειψη φαγητού, δεν ήμουν σίγουρη αν ο Έντι ήξερε καν πού βρισκόμασταν.

Φυσικά δεν μπορούσα να κοιμηθώ υπό τις παρούσες συνθήκες, αλλά κατά τη διάρκεια της δεύτερης ημέρας, το κεφάλι μου άρχισε να πέφτει πού και πού. Η ασιτία και η εξάντληση μπορούσαν να σου το κάνουν αυτό. Κάποια στιγμή, είδα και όνειρο, γεγονός εκπληκτικό αφού δεν το πίστευα πως μπορούσα να πέσω σε τόσο βαθύ λήθαργο κάτω από τόσο αντίξοες συνθήκες.

Στο όνειρο –και είμαι απολύτως σίγουρη ότι ήταν όνειρο– στεκόμουν σε μια παραλία. Μου πήρε ένα λεπτό για να καταλάβω ποια παραλία ήταν. Βρισκόταν στην ακτή του Όρεγκον – με άμμο και ζέστη, με τον Ειρηνικό ωκεανό να ξεδιπλώνεται στο βάθος. Η Λίζα και εγώ είχαμε πάει εκεί μια φορά όταν ζούσαμε στο Πόρτλαντ. Η μέρα ήταν υπέροχη, αλλά η Λίζα δεν μπορούσε να αντέξει τόσο πολύ ήλιο. Για αυτό δεν κάτσαμε πολύ, αλλά πάντα ευχόμουν να μπορούσαμε να είχαμε μείνει λίγο παραπάνω για να κάνουμε ηλιοθεραπεία. Τώρα είχα όλο τον ήλιο και τη ζέστη που θα μπορούσα ποτέ να επιθυμήσω.

«Μικρούλα νταμπίρ» είπε μια φωνή πίσω μου. «Είναι ώρα σχεδόν».

Γύρισα έκπληκτη και βρήκα τον Άντριαν Ιβάσκοφ να με κοιτάζει. Φορούσε στρατιωτικό παντελόνι και σπορ πουκάμισο και –στο πλαίσιο ενός ατημέλητου στιλ, ασυνήθιστου για εκείνον– δεν φορούσε παπούτσια. Ο άνεμος ανακάτευε τα καστανά του μαλλιά και είχε τα χέρια του στις τσέπες, ενώ με κοιτούσε με εκείνο το χαρακτηριστικό πονηρό του χαμόγελο.

«Φοράς ακόμα την προστασία σου» πρόσθεσε.

Σμίγοντας τα φρύδια μου, για μια στιγμή νόμισα πως κοίταζε το στήθος μου. Φορούσα τζιν παντελόνι και το πάνω μέρος ενός μπικίνι, ενώ άλλη μια φορά το μενταγιόν με το μικρό γαλάζιο μάτι κρεμόταν από τον αφαλό μου. Φορούσα το κομποσκοίνι στον καρπό μου.

«Και εσύ είσαι πάλι στον ήλιο» είπα. «Άρα υποθέτω πως είναι το δικό σου όνειρο».

«Είναι το δικό μας όνειρο».

Βύθισα τα δάχτυλα των ποδιών μου στην άμμο. «Πώς μπορούν δυο άτομα να μοιραστούν το ίδιο όνειρο;»

«Ο κόσμος μοιράζεται όνειρα όλη την ώρα, Ρόουζ».

Κατσουφιάζοντας, σήκωσα το βλέμμα μου για να τον κοιτάξω. «Πρέπει να καταλάβω τι θέλεις να πεις. Για το σκοτάδι που με περικυκλώνει. Τι σημαίνει αυτό;»

«Ειλικρινά, δεν έχω ιδέα. Όλοι έχουν φως γύρω τους, εκτός από σένα. Εσύ έχεις σκιές. Τις παίρνεις από τη Λίζα».

Η σύγχυσή μου μεγάλωσε.

«Δεν μπορώ να ασχοληθώ με αυτό τώρα» μου είπε. «Για άλλο λόγο βρίσκομαι εδώ».

«Είσαι εδώ για κάποιο λόγο;» ρώτησα, με τα μάτια να περιπλανώνται στα γκριζογάλαζα νερά. Ήταν υπνωτιστικά. «Δεν είσαι απλώς εδώ… για να είσαι εδώ;»

Έκανε ένα βήμα μπροστά και μου έπιασε το χέρι αναγκάζοντάς με να τον κοιτάξω. Η πλάκα κόπηκε. Τώρα ήταν απόλυτα σοβαρός. «Πού είσαι;»

«Εδώ» είπα σαστισμένη. «Όπως και εσύ».

Ο Άντριαν κούνησε το κεφάλι του. «Όχι, δεν εννοώ αυτό. Στον πραγματικό κόσμο. Πού είσαι;»

Στον πραγματικό κόσμο; Γύρω μας άξαφνα η παραλία θόλωσε, σαν φιλμ όχι καλά εστιασμένο. Δευτερόλεπτα μετά, όλα σταθεροποιήθηκαν. Βασάνισα το μυαλό μου. Ο πραγματικός κόσμος. Μου ήρθαν εικόνες. Καρέκλες. Φρουροί. Πλαστικές χειροπέδες.

«Σ' ένα υπόγειο…» είπα αργά. Τρόμος διέλυσε ξαφνικά τη μαγεία της στιγμής, καθώς τα θυμήθηκα όλα. «Ω Θεέ μου, Άντριαν. Πρέπει να βοηθήσεις τη Μία και τον Κρίστιαν. Εγώ δεν μπορώ–»

Έσφιξε περισσότερο το χέρι μου. «Πού;» Ο κόσμος άρχισε να τρεμοσβήνει ξανά και αυτή τη φορά δεν ξαναέγινε κανονικός. Ο Άντριαν έβρισε. «Πού είσαι, Ρόουζ;»

«Σε ένα υπόγειο. Σε ένα σπίτι. Σε–»

Ο Άντριαν είχε χαθεί. Ξύπνησα. Ο ήχος της πόρτας που άνοιγε με γύρισε πάλι στην πραγματικότητα.

Ο Αϊζάια μπήκε μέσα με την Έλενα ξοπίσω του. Αναγκάστηκα να πνίξω ένα χλευαστικό γελάκι όταν την είδα. Εκείνος ήταν υπεροπτικός και κακός και σατανικός. Αλλά ήταν έτσι επειδή ήταν ο αρχηγός. Είχε τη δύναμη να υποστηρίξει τη σκληρότητά του – ακόμη και αν εμένα δεν μου άρεσε αυτό. Η Έλενα όμως; Ένας λακές ήταν. Μας απείλησε και έκανε ειρωνικά σχόλια, αλλά το θράσος της απόρρεε από το γεγονός ότι ήταν το τσιράκι του. Ήταν το απόλυτο γλειφτρόνι.

«Γεια σας, παιδιά» είπε εκείνος. «Πώς είμαστε σήμερα;»

Βλοσυρά βλέμματα απάντησαν στην ερώτησή του.

Βημάτισε προς τη Μία και τον Κρίστιαν, με τα χέρια σταυρωμένα πίσω από την πλάτη του. «Καμία αλλαγή από την τελευταία μου επίσκεψη. Καθυστερείτε πολύ κι αυτό εκνευρίζει την Έλενα. Πεινάει πάρα πολύ, βλέπετε, αλλά –υποψιάζομαι– όχι όσο εσείς οι δύο».

Ο Κρίστιαν μισόκλεισε τα μάτια του. «Άντε γαμήσου» είπε μέσα από σφιγμένα δόντια.

Η Έλενα γρύλισε και έκανε να ορμήσει προς τα εμπρός. «Πώς τολμάς–»

Ο Αϊζάια την έδιωξε με ένα νεύμα. «Άφησέ τον ήσυχο. Αυτό απλώς σημαίνει ότι θα περιμένουμε λίγο περισσότερο, και πραγματικά η αναμονή είναι διασκεδαστική».

Τα μάτια της Έλενα καρφώθηκαν σαν στιλέτα στον Κρίστιαν.

«Ειλικρινά» συνέχισε ο Αϊζάια παρατηρώντας τον Κρίστιαν «δεν μπορώ να αποφασίσω τι θέλω περισσότερο: να σε σκοτώσω ή να σε πάρω με το μέρος μας. Και οι δυο προοπτικές έχουν τα θετικά τους».

«Μα καλά, δεν κουράζεσαι να ακούς τον εαυτό σου να μιλάει;» ρώτησε ο Κρίστιαν.

Ο Αϊζάια το σκέφτηκε. «Όχι. Πραγματικά όχι. Ούτε *αυτό* με κουράζει, άλλωστε».

Γύρισε και βημάτισε προς τον Έντι. Ο καημένος ο Έντι μετά βίας στεκόταν με την πλάτη όρθια στην καρέκλα μετά από τόσα ρουφήγματα. Ακόμη χειρότερο ήταν που ο Αϊζάια δεν χρειαζόταν να χρησιμοποιεί υποβολή τώρα πια. Το πρόσωπο του Έντι απλώς φωτιζόταν από ένα ηλίθιο χαμόγελο, πρόθυμο για την επόμενη δαγκωνιά. Είχε εθιστεί ως τροφός.

Οργή και αηδία φούντωσαν μέσα μου.

«Γαμώ το!» φώναξα. «Άφησέ τον ήσυχο!»

Ο Αϊζάια γύρισε το βλέμμα του σε μένα. «Σιωπή, κορίτσι μου. Δεν σε βρίσκω τόσο διασκεδαστική όσο τον κύριο Οζέρα από δω».

«Αλήθεια;» σάρκασα. «Αν σου τη σπάω τόσο πολύ, τότε χρησιμοποίησέ με για να αποδείξεις την ανόητη θεωρία σου. Δάγκωσε εμένα. Βάλε με στη θέση μου και δείξε μου τι σκληρός άντρας είσαι».

«Όχι!» αναφώνησε ο Μέισον. «Εμένα δάγκωσε».

Ο Αϊζάια σήκωσε τα μάτια του με απόγνωση. «Θεέ και Κύριε. Τι αλτρουιστική παρέα. Όλοι Σπάρτακοι γίναμε, έτσι;»

Απομακρύνθηκε από τον Έντι και έβαλε ένα δάχτυλο κάτω από το σαγόνι του Μέισον γυρνώντας το κεφάλι του προς τα πάνω. «Αλλά εσύ» είπε ο Αϊζάια «δεν το εννοείς πραγματικά. Εσύ προσφέρεσαι μόνο και μόνο για χάρη αυτής εκεί». Άφησε τον Μέισον και περπάτησε μπροστά μου, κοιτάζοντας με εκείνα τα μαύρα, κατάμαυρα μάτια. «Και εσύ... ούτε εσένα πίστευα στην αρχή. Τώρα όμως;» Γονάτισε για να κατέβει στο ίδιο ύψος με μένα. Αρνήθηκα να τραβήξω τα μάτια μου, παρόλο που ήξερα ότι ρίσκαρα να πέσω θύμα της υποβολής του. «Νομίζω ότι πραγματικά το εννοείς. Και δεν έχει να κάνει με αλτρουισμό. Εσύ όντως το θέλεις. Στ' αλήθεια σε έχουν δαγκώσει στο παρελθόν». Η φωνή του ήταν μαγική. Υπνωτιστική. Δεν χρησιμοποιούσε ακριβώς υποβολή, αλλά σίγουρα διέθετε ένα ασυνήθιστο χάρισμα. Σαν τη Λίζα και τον Άντριαν. Κρεμόμουν από την κάθε του λέξη. «Πολλές φορές, μαντεύω».

Έσκυψε προς τα μένα, η ανάσα του καυτή στο λαιμό μου. Κάπου πίσω του, άκουγα τον Μέισον να φωνάζει κάτι, αλλά η προσοχή μου είχε στραφεί στο πόσο κοντά βρίσκονταν τα δόντια του Αϊζάια στο δέρμα μου. Τους τελευταίους μήνες με είχαν δαγκώσει μόνο μία φορά – και αυτό όταν η Λίζα είχε επείγουσα ανάγκη. Πριν από αυτό, με δάγκωνε τουλάχιστον δύο φορές την εβδομάδα για δύο χρόνια, και μόνο πρόσφατα είχα συνειδητοποιήσει πόσο είχα εθιστεί. Δεν υπάρχει τίποτα –*τίποτα*– σε ολόκληρο τον κόσμο σαν το δάγκωμα ενός Μορόι, σαν την άπλετη ευτυχία που σου προσφέρει. Φυσικά, το δάγκωμα των Στριγκόι ήταν ακόμη πιο ισχυρό...

Ξεροκατάπια, καθώς ξαφνικά πρόσεξα τη βαριά αναπνοή και το γρήγορο χτυποκάρδι μου. Ο Αϊζάια χαχάνισε σιγανά.

«Μάλιστα. Είσαι μια πόρνη αίματος εν γενέσει. Ατυχές για σένα – επειδή δεν πρόκειται να σου δώσω αυτό που θέλεις».

Οπισθοχώρησε και εγώ σωριάστηκα στην καρέκλα μου. Χωρίς άλλες καθυστερήσεις, επέστρεψε στον Έντι και ήπιε. Δεν άντεχα να κοιτάξω, αλλά αυτή τη φορά ήταν από ζήλια, όχι αηδία. Λαχτάρα έκαιγε μέσα μου. Πονούσα για εκείνη τη δαγκωνιά, πονούσα με κάθε νεύρο του κορμιού μου.

Όταν τελείωσε ο Αϊζάια, έκανε να φύγει από το δωμάτιο, μετά κοντοστάθηκε. Απηύθυνε τα λόγια του στη Μία και τον Κρίστιαν. «Μην καθυστερείτε» τους προειδοποίησε. «Αδράξτε την ευκαιρία να σωθείτε». Με έδειξε με το κεφάλι του. «Μέχρι και πρόθυμο θύμα έχετε εδώ».

Έφυγε. Από την άλλη άκρη του δωματίου, ο Κρίστιαν συνάντησε τα μάτια μου. Το πρόσωπό του έδειχνε πιο σκελετωμένο από ό,τι πριν από δύο ώρες. Η πείνα έκαιγε στα μάτια του και ήξερα πως εγώ είχα γραμμένη πάνω μου τη λύση: μια επιθυμία να χορτάσω αυτή την πείνα. Θεέ μου. Την είχαμε γαμήσει εντελώς. Νομίζω πως την ίδια στιγμή το συνειδητοποίησε και ο Κρίστιαν. Στα χείλη του σχηματίστηκε ένα πικρό χαμόγελο.

«Ποτέ δεν ήσουν ομορφότερη, Ρόουζ» κατάφερε να πει λίγο πριν του πουν οι φρουροί να το βουλώσει.

Αποκοιμήθηκα για λίγο κατά τη διάρκεια της ημέρας, αλλά ο Άντριαν δεν ξαναήλθε στα όνειρά μου. Αντίθετα ενώ ήμουν μετέωρη στα όρια του συνειδητού, βρέθηκα να γλιστράω ξανά σε γνώριμο έδαφος: στο κεφάλι της Λίζα. Μετά τον παραλογισμό των τελευταίων ημερών, μέσα στο μυαλό της ένιωθα σαν να γυρνούσα στο σπίτι μου.

Ήταν σε μια τραπεζαρία του θέρετρου, μόνο που η αίθουσα ήταν άδεια. Καθόταν στο πάτωμα στην άλλη άκρη θέλοντας να περάσει απαρατήρητη. Ήταν γεμάτη νευρικότητα. Περίμενε κάτι – ή μάλλον κάποιον. Μετά από λίγα λεπτά, φάνηκε ο Άντριαν.

«Εξαδέλφη» είπε αντί για άλλο χαιρετισμό. Κάθισε κάτω δίπλα της και σήκωσε τα γόνατά του, χωρίς να νοιάζεται για το ακριβό παντελόνι του. «Συγνώμη που άργησα».

«Δεν πειράζει» του είπε εκείνη.

«Δεν το ήξερες πως είμαι εδώ μέχρι που με είδες, έτσι δεν είναι;»

Η Λίζα κούνησε αρνητικά το κεφάλι απογοητευμένη. Ένιωσα πιο μπερδεμένη από ποτέ.

«Και εδώ που κάθεσαι μαζί μου... πραγματικά δεν προσέχεις κάτι;»

«Όχι».

Σήκωσε τους ώμους του. «Καλά. Ας ελπίσουμε να έρθει σύντομα».

«Εσύ πώς το βλέπεις;» τον ρώτησε φλεγόμενη από περιέργεια.

«Ξέρεις τι είναι οι αύρες;»

«Είναι κάτι σαν... δέσμες φωτός γύρω από τους ανθρώπους, σωστά; Κάτι μεταφυσικό;»

«Κάτι τέτοιο. Όλοι εκπέμπουν ένα είδος πνευματικής ενέργειας. Εντάξει, σχεδόν όλοι...» Ο δισταγμός του με έκανε να αναρωτηθώ αν σκεφτόταν το σκοτάδι μέσα στο οποίο υποτίθεται πως περπατούσα. «Με βάση το χρώμα και την εμφάνισή τους, μπορείς να καταλάβεις πολλά για κάποιον... δηλαδή αν κάποιος μπορεί να δει αύρες, εννοείται».

«Και εσύ μπορείς» του είπε. «Και μπορείς να καταλάβεις αν χρησιμοποιώ το πνεύμα από την αύρα μου;»

«Η δική σου είναι κυρίως χρυσή. Σαν τη δική μου. Αλλάζει σε άλλα χρώματα ανάλογα με την περίσταση, αλλά το χρυσό υπάρχει πάντα».

«Πόσους άλλους σαν εμάς ξέρεις εκεί έξω;»

«Όχι πολλούς. Απλώς τους βλέπω μια στο τόσο. Κλείνονται στον εαυτό τους ως επί το πλείστον. Είσαι η πρώτη με την οποία έχω μιλήσει. Ούτε καν ήξερα ότι το λένε "πνεύμα". Μακάρι να τα ήξερα όλα αυτά όταν δεν πήρα ειδικότητα σε κάποιο στοιχείο. Τότε νόμιζα πως ήμουν τέρας της φύσης ή κάτι τέτοιο τέλος πάντων».

Η Λίζα σήκωσε το χέρι της και κοίταξε επίμονα, πιέζοντας τον εαυτό της να δει το φως που έλαμπε γύρω του. Τίποτα. Αναστέναξε και άφησε το χέρι της να πέσει.

Και τότε το κατάλαβα.

Και ο Άντριαν ήταν χρήστης του πνεύματος. Για αυτό τον ενδιέφερε τόσο η Λίζα, για αυτό ήθελε να της μιλήσει, για αυτό ρωτούσε για το δεσμό και την ειδικότητά της. Έτσι εξηγούνταν και πολλά άλλα πράγματα – για παράδειγμα, η μαγνητική έλξη που δεν μπορούσα να ξεπεράσω κάθε φορά που ήμουν δίπλα του. Είχε χρησιμοποιήσει υποβολή εκείνη τη μέρα που ήμασταν στο δωμάτιό του η Λίζα και εγώ – έτσι είχε αναγκάσει τον Ντιμίτρι να τον αφήσει ήσυχο.

«Λοιπόν, τελικά σε άφησαν να φύγεις;» τη ρώτησε ο Άντριαν.

«Ναι. Τελικά διαπίστωσαν ότι πραγματικά δεν ξέρω τίποτα».

«Ωραία» είπε εκείνος. Σκυθρώπιασε. Κατάλαβα ότι ήταν και μια φορά νηφάλιος. «Και είσαι σίγουρη ότι δεν ξέρεις;»

«Αυτό σ' το έχω ήδη πει. Δεν μπορώ να κάνω το δεσμό να λειτουργήσει προς αυτή την κατεύθυνση».

«Χμ. Καλά. Πρέπει όμως».

Τον κοίταξε άγρια. «Τι, νομίζεις πως δεν θέλω να το κάνω; Αν μπορούσα να τη βρω, θα το είχα ήδη κάνει!»

«Το ξέρω, αλλά αν έχετε αυτό το χάρισμα, πρέπει εσείς οι δύο να έχετε πολύ δυνατή σχέση. Αυτό να χρησιμοποιήσεις για να της μιλήσεις μέσα σε όνειρα. Εγώ δοκίμασα, αλλά δεν μπορώ να μείνω αρκετή ώρα ώστε να–»

«Τι μου λες τώρα;» φώναξε η Λίζα. «Της μιλάς μέσα στα *όνειρά* της;»

Τώρα έδειχνε εκείνος μπερδεμένος. «Φυσικά. Εσύ δεν ξέρεις πώς να το κάνεις αυτό;»

«Όχι! Πλάκα μου κάνεις; Πώς είναι δυνατόν κάτι τέτοιο;»

Στα όνειρά μου…

Θυμήθηκα τότε που η Λίζα μου είχε μιλήσει για ανεξήγητα φαινόμενα στα Μορόι, ότι μπορεί να υπήρχαν πνευματικές δυνάμεις πέρα από τη θεραπεία, πράγματα για τα οποία κανείς δεν γνώριζε ακόμα. Φαινόταν πως η παρουσία του Άντριαν στα όνειρά μου δεν ήταν σύμπτωση. Είχε καταφέρει να μπει μέσα στο κεφάλι μου, ίσως με έναν τρόπο παρόμοιο με το πώς έβλεπα εγώ το μυαλό της Λίζα. Η σκέψη με έκανε να νιώθω αμήχανα. Η Λίζα μετά δυσκολίας μπορούσε να το κατανοήσει.

Ο Άντριαν πέρασε το χέρι μέσα από τα μαλλιά του και έκανε πίσω το κεφάλι του κοιτάζοντας τον κρυστάλλινο πολυέλαιο ενώ σκεφτόταν. «Εντάξει. Ωραία. Δεν βλέπεις αύρες και δεν μιλάς στους άλλους. Τελικά τι κάνεις;»

«Εγώ… εγώ μπορώ να θεραπεύω τους άλλους. Τα ζώα. Και τα φυτά. Μπορώ και να φέρω στη ζωή πράγματα που έχουν πεθάνει».

«Αλήθεια;» φάνηκε εντυπωσιασμένος. «Εντάξει. Αυτό το κρατάμε. Τι άλλο;»

«Εμ, μπορώ να χρησιμοποιώ υποβολή».

«Όλοι μπορούμε να το κάνουμε αυτό».

«Όχι, εγώ πραγματικά μπορώ να το κάνω. Δεν είναι δύσκολο.

Μπορώ να κάνω τους άλλους να κάνουν ό,τι θέλω – ακόμη και κακά πράγματα».

«Και εγώ το ίδιο». Τα μάτια του φωτίστηκαν. «Αναρωτιέμαι τι θα γινόταν αν προσπαθούσες να τη χρησιμοποιήσεις πάνω μου...»

Εκείνη δίστασε και πέρασε αφηρημένα τα δάχτυλά της στην κόκκινη μοκέτα. «Ε... δεν μπορώ».

«Μόλις είπες πως μπορείς».

«Μα μπορώ – όχι τώρα απλώς. Παίρνω κάτι φάρμακα αυτόν τον καιρό... για την κατάθλιψη και κάτι άλλα... που μου κόβουν τη μαγεία».

Σήκωσε τα χέρια του στον αέρα. «Πώς θα σε μάθω εγώ να μπαίνεις στα όνειρα των άλλων τότε; Και πώς θα βρούμε τη Ρόουζ;»

«Κοίταξε» του είπε θυμωμένα «δεν θέλω να παίρνω τα φάρμακα. Αλλά όταν τα είχα κόψει... έκανα μερικά πολύ τρελά πράγματα. Επικίνδυνα πράγματα. Αυτά σου κάνει το πνεύμα».

«Εγώ δεν παίρνω τίποτα. Μια χαρά είμαι».

Όχι, δεν ήταν, σκέφτηκα. Και η Λίζα αυτό πρέπει να σκεφτόταν.

«Φερόσουν πολύ παράξενα τις προάλλες όταν ήταν και ο Ντιμίτρι στο δωμάτιό σου» παρατήρησε. «Άρχισες να παραληρείς και αυτά που έλεγες δεν έβγαζαν νόημα.

«Α, τότε; Ναι... αυτό συμβαίνει πού και πού. Αλλά αλήθεια, όχι πολύ συχνά. Μια φορά το μήνα, και αν». Φαινόταν ειλικρινής.

Η Λίζα τον κοίταξε επίμονα και ξαφνικά επανεκτίμησε τα πάντα. Και αν ο Άντριαν μπορούσε να το κάνει; Και αν μπορούσες να χρησιμοποιήσεις το πνεύμα χωρίς να παίρνεις χάπια *και* χωρίς επικίνδυνες παρενέργειες; Αυτό ήταν ό,τι ζητούσε η Λίζα. Εξάλλου, δεν ήταν καν σίγουρη αν τα φάρμακα είχαν αποτέλεσμα...

Ο Άντριαν χαμογέλασε μαντεύοντας τι σκεφτόταν η Λίζα.

«Λοιπόν, τι λες, εξαδέλφη;» ρώτησε. Δεν χρειαζόταν να χρησιμοποιήσει υποβολή. Η προσφορά του ήταν από μόνη της πολύ δελεαστική. «Μπορώ να σου μάθω τα πάντα. Ξέρω πότε μπορείς να αγγίξεις τη μαγεία. Θα περάσει λίγος καιρός μέχρι να καθαρίσει ο οργανισμός σου από τα χάπια, αλλά μόλις γίνει αυτό…»

21

ΑΥΤΟ ΔΕΝ ΤΟ ΧΡΕΙΑΖΟΜΟΥΝ *καθόλου* τώρα. Θα μπορούσα να αντιμετωπίσω οτιδήποτε άλλο έκανε ο Άντριαν: να τη χτυπήσει, να τη βάλει να καπνίσει ένα από εκείνα τα γελοία τσιγάρα του. Αλλά όχι αυτό. Αυτό ακριβώς φοβόμουν, μήπως κόψει η Λίζα τα χάπια της.

Απρόθυμα τραβήχτηκα έξω από το κεφάλι της και ξαναγύρισα στη δική μου ζοφερή πραγματικότητα. Θα ήθελα πολύ να μάθω τι θα μπορούσαν να πετύχουν ο Άντριαν και η Λίζα, αλλά δεν κατάφερνα κάτι με το να κάθομαι να τους κοιτάζω. Εντάξει. *Πραγματικά* χρειαζόμουν ένα σχέδιο επειγόντως. Χρειαζόμουν δράση. Έπρεπε να μας βγάλω από εκεί μέσα. Αλλά κοιτάζοντας γύρω μου δεν είδα καμία βελτίωση στις πιθανότητες διαφυγής, έτσι πέρασα τις υπόλοιπες ώρες σε περισυλλογή.

Σήμερα είχαμε τρεις φρουρούς. Έδειχναν να βαριούνται λιγάκι, αλλά όχι τόσο ώστε να παραμελήσουν τα καθήκοντά τους. Δίπλα ο Έντι φαινόταν αναίσθητος και ο Μέισον κοίταζε με άδειο βλέμμα το πάτωμα. Στην άλλη άκρη του δωματίου, ο Κρίστιαν κοίταζε το κενό και νομίζω πως η Μία κοιμόταν. Νιώθοντας οδυνηρά ξερό το λαιμό μου, σχεδόν γέλασα όταν θυμήθηκα τότε που της είπα πως η μαγεία του νερού ήταν άχρηστη. Μπορεί να μην έκανε και πολλά πράγματα στη μάχη, αλλά θα της έδινα ό,τι είχα και δεν είχα για να επικαλεστεί λίγη–

Μαγεία.

Πώς δεν το είχα σκεφτεί αυτό πριν; Δεν ήμασταν ανίσχυροι. Όχι εντελώς.

Ένα σχέδιο άρχισε να γεννιέται στο μυαλό μου – ένα σχέδιο το οποίο κατά πάσα πιθανότητα ήταν παράλογο, αλλά ήταν το μόνο που είχαμε. Η καρδιά μου άρχισε να χτυπάει ανυπόμονα, αλλά αμέσως προσπάθησα να ηρεμήσω για να μην καταλάβουν οι φρουροί την ξαφνική αλλαγή στις σκέψεις μου. Απέναντι, ο Κρίστιαν με παρακολουθούσε. Είχε δει την ξαφνική μου έκρηξη ενθουσιασμού και είχε αντιληφθεί πως κάτι ετοίμαζα. Με κοίταζε περίεργος, έτοιμος για δράση σαν εμένα.

Θεέ μου. Πώς θα καταφέρναμε κάτι τέτοιο; Χρειαζόμουν τη βοήθειά του. Δεν είχα τρόπο να του πω ό,τι είχα στο μυαλό μου. Στο κάτω κάτω, δεν ήμουν καν σίγουρη αν μπορούσε να με βοηθήσει – ήταν πολύ αδύναμος.

Τον κοίταξα στα μάτια θέλοντας να τον κάνω να καταλάβει ότι κάτι θα συνέβαινε σε λίγο. Στο πρόσωπό του είδα σύγχυση, αλλά και αποφασιστικότητα. Αφού βεβαιώθηκα ότι οι φρουροί δεν με κοίταζαν, κινήθηκα ανεπαίσθητα, τράβηξα τις χειροπέδες όσο περισσότερο μπορούσα, έπειτα συνάντησα ξανά το βλέμμα του Κρίστιαν. Έσμιξε τα φρύδια του και εγώ επανέλαβα την κίνηση.

«Έι» είπα δυνατά. Η Μία και ο Μέισον τινάχτηκαν έκπληκτοι. «Πραγματικά θα μας αφήσετε να πεθάνουμε από την πείνα, παιδιά; Δεν μπορείτε τουλάχιστον να μας δώσετε λίγο νερό;»

«Σκασμός». Ήταν μια αρκετά στερεότυπη απάντηση των φρουρών κάθε φορά που κάποιος από μας μιλούσε.

«Ελάτε τώρα» είπα. Μεταχειρίστηκα την πιο σπαστική φωνή μου. «Μια γουλίτσα από κάτι; Ο λαιμός μου *καίγεται*. Καίγεται στην κυριολεξία». Το βλέμμα μου πέταξε στον Κρίστιαν τη στιγμή που έλεγα τις τελευταίες λέξεις, έπειτα ξαναγύρισε στο φρουρό που είχε μιλήσει.

Όπως το περίμενα, σηκώθηκε από το κάθισμά του και έσκυψε από πάνω μου. «Μη με αναγκάσεις να το *επαναλάβω*» μούγκρισε. Δεν ήξερα αν θα έκανε κάτι πραγματικά βίαιο, αλλά δεν ήθελα να το διαπιστώσω ακόμα. Εξάλλου, είχα επιτύχει το στόχο μου. Αν ο Κρίστιαν δεν είχε πιάσει το νόημα, δεν μπορούσα να κάνω τίποτα άλλο. Ελπίζοντας πως έδειχνα φοβισμένη, το βούλωσα.

Ο φρουρός επέστρεψε στη θέση του και μετά από λίγο σταμάτησε να με κοιτάζει. Κοίταξα ξανά τον Κρίστιαν και έδειξα πάλι τις χειροπέδες. «*Έλα, έλα λοιπόν*» σκέφτηκα. *Βάλε το μυαλό σου να δουλέψει.*

Ξαφνικά τα φρύδια του σηκώθηκαν απότομα και με κοίταξε με έκπληξη. Εντάξει. Προφανώς κάτι είχε καταλάβει. Ευχήθηκα να ήταν το ίδιο που είχα σκεφτεί και εγώ. Το ύφος του έγινε ερωτηματικό, σαν να με ρωτούσε αν σοβαρολογούσα. Κούνησα εμφατικά το κεφάλι μου. Σκυθρώπιασε σκεφτικός για λίγα λεπτά και μετά πήρε μια βαθιά ανάσα.

«Εντάξει» είπε. Όλοι πετάχτηκαν ξανά.

«Σκάσε» είπε αυτόματα ένας από τους φρουρούς. Ακούστηκε βαριεστημένος.

«Όχι» είπε ο Κρίστιαν. «Είμαι έτοιμος. Έτοιμος να πιω».

Όλοι μέσα στο δωμάτιο πάγωσαν για λίγα δευτερόλεπτα, μαζί τους και εγώ. Δεν ήταν αυτό που είχα στο μυαλό μου.

Ο αρχηγός των φρουρών σηκώθηκε όρθιος. «*Μην* παίζεις μαζί μας».

«Δεν παίζω» είπε ο Κρίστιαν. Είχε μια πυρετική, απελπισμένη έκφραση στο πρόσωπό του η οποία δεν πιστεύω πως ήταν τελείως ψεύτικη. «Κουράστηκα από όλα αυτά. Θέλω να βγω έξω και δεν θέλω να πεθάνω. Θα πιω αίμα – και θέλω *αυτήν*». Ένευσε προς εμένα. Η Μία στρίγκλισε τρομοκρατημένη. Ο Μέισον αποκάλεσε τον Κρίστιαν κάτι που θα του είχε κοστίσει τιμωρία αν ήμασταν στο σχολείο.

Σίγουρα δεν ήταν αυτό που είχα στο μυαλό μου.

Οι άλλοι δυο φρουροί κοίταξαν ερωτηματικά τον αρχηγό τους. «Να φωνάξουμε τον Αϊζάια;» ρώτησε ένας από αυτούς.

«Δεν νομίζω πως είναι εδώ» είπε ο αρχηγός. Μελέτησε τον Κρίστιαν για μερικά δευτερόλεπτα και έπειτα πήρε την απόφαση. «Ούτε θέλω να τον ενοχλήσω αν πρόκειται για αστείο. Αφήστε τον ελεύθερο και βλέπουμε».

Ένας από τους άντρες έβγαλε ένα μυτερό κόφτη. Προχώρησε προς τον Κρίστιαν και έσκυψε από πάνω του. Άκουσα τον ήχο του πλαστικού που κόβεται καθώς έφευγαν οι χειροπέδες. Αρπάζοντας το χέρι του Κρίστιαν, ο φρουρός τον σήκωσε όρθιο και τον οδήγησε προς τα μένα.

«Κρίστιαν» ούρλιαξε ο Μέισον με αγανάκτηση στη φωνή του. Πάλεψε μέσα στα δεσμά του κουνώντας λίγο την καρέκλα του. «Έχεις τρελαθεί τελείως; Μην τους αφήσεις να το κάνουν!»

«Εσείς μπορείτε να πεθάνετε, παιδιά, εγώ όμως όχι» είπε απότομα ο Κρίστιαν, τινάζοντας τα μαύρα μαλλιά του από τα μάτια του. «Δεν γίνεται αλλιώς».

Πραγματικά δεν ήξερα καθόλου τι γινόταν, αλλά ήμουν σίγουρη πως θα έπρεπε να δείχνω λίγο περισσότερα συναισθήματα αν βρισκόμουν στα πρόθυρα του θανάτου. Δύο φρουροί στέκονταν δίπλα στον Κρίστιαν κοιτάζοντας προσεκτικά καθώς έσκυβε από πάνω μου.

«Κρίστιαν» ψιθύρισα έκπληκτη για το πόσο εύκολο ήταν να ακουστώ φοβισμένη. «Μην το κάνεις αυτό».

Τα χείλη του συστράφηκαν σε ένα πικρό χαμόγελο. «Εσύ και εγώ ποτέ δεν συμπαθήσαμε ο ένας τον άλλο, Ρόουζ. Αν πρέπει οπωσδήποτε να σκοτώσω κάποιον, ας είσαι εσύ». Τα λόγια του ήταν παγερά, τυπικά. Πιστευτά. «Εξάλλου, νόμιζα πως αυτό ήθελες».

«Όχι *αυτό*. Σε παρακαλώ, μη–»

Ένας από τους φρουρούς έσπρωξε τον Κρίστιαν. «Τελείωνε με αυτό που έχεις να κάνεις, αλλιώς γύρνα πίσω στην καρέκλα σου».

Φορώντας ακόμα το σκοτεινό του χαμόγελο, ο Κρίστιαν σήκωσε τους ώμους τους. «Λυπάμαι, Ρόουζ. Έτσι κι αλλιώς, θα πεθάνεις. Γιατί να μη γίνει για καλό σκοπό;» Έφερε το πρόσωπό του κοντά στο λαιμό μου. «Αυτό θα πονέσει μάλλον» πρόσθεσε.

Αναρωτιόμουν πώς θα συνέβαινε αυτό... αν δηλαδή όντως σκόπευε να το κάνει. Γιατί δεν σκόπευε... σωστά; Κινήθηκα αμήχανα στη θέση μου. Όπως και να είχε το πράγμα, αν σου ρουφήξουν όλο σου το αίμα, έπαιρνες ταυτόχρονα αρκετές ενδορφίνες στην πορεία, οι οποίες θα μούδιαζαν τον περισσότερο πόνο. Ήταν σαν να σε έπαιρνε ο ύπνος. Φυσικά, όλα αυτά ήταν εικασίες. Όσοι πέθαναν από δάγκωμα βρικόλακα δεν ξαναγύρισαν για να αναφέρουν την εμπειρία τους.

Ο Κρίστιαν έτριψε τη μύτη του στο λαιμό μου, κρύβοντάς τον έτσι με το πρόσωπό του. Τα χείλη του άγγιξαν ανάλαφρα το δέρμα μου, τόσο απαλά όσο θυμόμουν ότι φίλαγε τη Λίζα. Ένα λεπτό αργότερα, οι άκρες των κοπτήρων του άγγιζαν το δέρμα μου.

Και τότε ένιωσα πόνο. Αληθινό πόνο.

Αλλά δεν προερχόταν από το δάγκωμα. Τα δόντια του πίεσαν απλώς το δέρμα μου· δεν το έσκισαν. Η γλώσσα του κινήθηκε πάνω στο λαιμό μου, σαν να έγλειφε, αλλά δεν υπήρχε αίμα να ρουφήξει. Έμοιαζε σαν ένα είδος παράξενου, διεστραμμένου φιλιού.

Αλλά όχι, ο πόνος ερχόταν από τους καρπούς μου. Ένας καυτός πόνος. Ο Κρίστιαν χρησιμοποιούσε τη μαγεία του για να διοχετεύσει θερμότητα στις πλαστικές χειροπέδες μου, όπως ακριβώς είχα θελήσει. Είχε πιάσει το μήνυμά μου. Το πλαστικό γινόταν ολοένα πιο καυτό όσο εκείνος έκανε πως πίνει. Οποιοσδήποτε παρατηρούσε προσεκτικά θα είχε καταλάβει πως προσποιούνταν, αλλά τα μαλλιά μου έκρυβαν τη θέα από τους φρουρούς.

Ήξερα ότι το πλαστικό έλιωνε δύσκολα, αλλά μόνο τώρα καταλάβαινα πραγματικά τι σήμαινε αυτό. Η θερμοκρασία που απαιτούνταν για να καταστραφούν οι χειροπέδες ήταν πέρα από κάθε φαντασία. Ήταν σαν να είχα βουτήξει τα χέρια μου σε καυτή λάβα. Οι χειροπέδες έκαιγαν τα δέρμα μου φρικτά. Στριφογύρισα νευρικά, ελπίζοντας πως έτσι θα κατάφερνα να ανακουφίσω τον πόνο. Δεν γινόταν. Εκείνο που παρατήρησα, όμως, ήταν ότι οι χειροπέδες υποχώρησαν κάπως καθώς κινήθηκα. Γίνονταν πιο μαλακιές. Εντάξει. Κάτι ήταν και αυτό. Απλώς έπρεπε να αντέξω λίγο ακόμα. Απεγνωσμένα προσπάθησα να εστιάσω στο δάγκωμα του Κρίστιαν για να ξεχαστώ. Έπιασε για πέντε περίπου δευτερόλεπτα. Δεν μου έδινε και πολλές ενδορφίνες, τουλάχιστον όχι όσες χρειαζόμουν για να πολεμήσω εκείνον τον διαρκώς αυξανόμενο φρικτό πόνο. Κλαψούρισα, κάνοντας έτσι πιο πειστική την κατάσταση.

«Δεν μπορώ να το πιστέψω» μουρμούρισε ένας από τους φρουρούς. «Πραγματικά το κάνει». Πίσω τους μου φάνηκε πως άκουσα τη Μία να κλαίει.

Το κάψιμο των χειροπεδών συνεχίστηκε. Ποτέ δεν είχα βιώσει κάτι τόσο επώδυνο στη ζωή μου – και είχα περάσει πολλά. Η λιποθυμία αυτή τη στιγμή μού φαινόταν μια πολύ απτή πιθανότητα.

«Έι» είπε ξαφνικά ένας φρουρός. «Τι είναι αυτή η μυρωδιά;»

Η μυρωδιά ήταν καμένο πλαστικό. Ή ίσως η καμένη μου σάρκα. Ειλικρινά, δεν είχε σημασία, αφού την επόμενη φορά που κούνησα τους καρπούς μου έσπασαν οι λιωμένες, ζεματιστές χειροπέδες.

Βίωσα δέκα δευτερόλεπτα έκπληξης και τα εκμεταλλεύτηκα. Πήδηξα από την καρέκλα μου, σπρώχνοντας προς τα πίσω τον Κρίστιαν στην πορεία. Είχε από ένα φρουρό σε κάθε πλευρά του και ο ένας εξακολουθούσε να κρατάει τον κόφτη. Με μια μόνο κίνηση, άρπαξα τον κόφτη από τον τύπο και τον έχωσα στο μάγουλό του. Έβγαλε μια απότομη κραυγή, αλλά δεν περίμενα να δω τι θα γινόταν. Το παραθυράκι της έκπληξης που είχα ανοίξει έκλεινε και δεν μπορούσα να χάσω άλλο χρόνο. Μόλις άφησα τον κόφτη από τα χέρια μου, έριξα μπουνιά στο δεύτερο τύπο. Γενικά, οι κλοτσιές μου ήταν πιο δυνατές από τις μπουνιές μου, αλλά παρ' όλα αυτά κατάφερα να τον χτυπήσω αρκετά δυνατά ώστε να τον ξαφνιάσω και να τον κάνω να παραπατήσει.

Τώρα πια όμως ο αρχηγός των φρουρών είχε αναλάβει δράση. Όπως φοβόμουν, είχε ακόμα όπλο και έκανε να το πιάσει. «Ακίνητη!» φώναξε στοχεύοντας εμένα.

Πάγωσα. Ο φρουρός που είχα χτυπήσει ήταν μπροστά και άρπαξε το μπράτσο μου. Δίπλα, ο τύπος που είχα τρυπήσει με τον κόφτη βογκούσε στο πάτωμα. Εξακολουθώντας να με στοχεύει με το όπλο, ο αρχηγός άρχισε να λέει κάτι, αλλά σύντομα ούρλιαξε τρομαγμένος. Το όπλο έλαμψε πορτοκαλί και έπεσε από τα χέρια του. Στα σημεία που το κρατούσε το δέρμα του έκαιγε κόκκινο και αγριεμένο. Μάλιστα. Ο Κρίστιαν είχε θερμάνει το μέταλλο. Προφανώς έπρεπε να είχαμε χρησιμοποιήσει αυτή τη μαγεία από την αρχή. Αν κατορθώναμε να ξεφύγουμε ζωντανοί, θα υποστήριζα σίγουρα την άποψη της Τάσα. Το έθιμο των Μορόι εναντίον της μαγείας είχε ποτίσει τόσο βαθιά το μυαλό μας που πριν ούτε καν είχαμε σκεφτεί να τη χρησιμοποιήσουμε έτσι. Ήταν ανόητο.

Στράφηκα στον τύπο που με κρατούσε. Νομίζω ότι δεν πίστευε πως ένα κοριτσάκι στο μέγεθός μου μπορούσε να παλέψει έτσι, επιπλέον ήταν ακόμα σαστισμένος από ό,τι είχε συμβεί στον τύπο με το όπλο. Βρήκα αρκετό χώρο για να του ρίξω μια κλοτσιά στο στομάχι, μια κλοτσιά που θα μου έδινε τον καλύτερο βαθμό στο μάθημα πάλης. Μούγκρισε από το χτύπημα, το οποίο τον έστειλε πάνω στον τοίχο. Σαν αστραπή, βρέθηκα πάνω του. Αρπάζοντας μια τούφα από τα μαλλιά του, χτύπησα το κεφάλι του στο πάτωμα αρκετά δυνατά ώστε να τον ακινητοποιήσω, χωρίς να τον σκοτώσω.

Αμέσως πετάχτηκα πάνω, έκπληκτη που ο αρχηγός δεν είχε κινηθεί εναντίον μου ακόμα. Δεν θα έπρεπε να του είχε πάρει τόση ώρα να συνέλθει από το σοκ με το καυτό όπλο. Αλλά όταν γύρισα, το δωμάτιο ήταν ήσυχο. Ο αρχηγός ήταν ξαπλωμένος αναίσθητος στο πάτωμα – με τον μόλις απελευθερωμένο Μέισον από πάνω του. Δίπλα, ο Κρίστιαν κρατούσε τον κόφτη στο ένα χέρι και το όπλο στο άλλο. Μάλλον ήταν ακόμα ζεστό, αλλά οι δυνάμεις του Κρίστιαν πρέπει να τον έκαναν άτρωτο. Στόχευε τον άντρα που είχα καρφώσει. Ο τύπος δεν ήταν αναίσθητος, απλώς αιμορραγούσε, αλλά όπως και εγώ πάγωσε μπροστά σε εκείνη την κάννη.

«Γαμώ το» μουρμούρισα παρακολουθώντας τη σκηνή. Παραπατώντας προς τον Κρίστιαν άπλωσα το χέρι μου. «Δώσε μου αυτό το πράγμα πριν χτυπήσεις κανέναν».

Περίμενα ένα καυστικό σχόλιο, αλλά εκείνος απλώς μου έδωσε το όπλο με χέρια που έτρεμαν. Το έχωσα στη ζώνη μου. Παρατηρώντας τον πιο προσεκτικά, είδα πόσο χλομός ήταν. Έδειχνε έτοιμος να λιποθυμήσει από στιγμή σε στιγμή. Είχε ασκήσει πολύ δυνατή μαγεία για κάποιον που είχε δυο μέρες να φάει.

«Μέισον, φέρε τις χειροπέδες» είπα. Χωρίς να γυρίσει την πλάτη του σε μας, ο Μέισον έκανε μερικά βήματα προς το κουτί όπου οι απαγωγείς μας φύλαγαν τις χειροπέδες τους. Έβγαλε έξω τρία κομμάτια πλαστικό και μετά κάτι άλλο. Με ένα ερωτηματικό βλέμμα σε μένα, έδειξε ένα ρολό μονωτικής ταινίας.

«Τέλεια» είπα.

Δέσαμε τους απαγωγείς μας στις καρέκλες. Ο ένας εξακολουθούσε να είναι αναίσθητος, αλλά τον δέσαμε και εκείνον, έπειτα τους φιμώσαμε με μονωτική ταινία. Κάποια στιγμή θα συνέρχονταν και δεν ήθελα να κάνουν φασαρία.

Μόλις ελευθερώσαμε τη Μία και τον Έντι, οι πέντε μας μαζευτήκαμε για να σχεδιάσουμε την επόμενη κίνησή μας. Ο Έντι και ο Κρίστιαν στέκονταν στα πόδια τους με δυσκολία, αλλά ο Κρίστιαν τουλάχιστον είχε συναίσθηση της πραγματικότητας. Το πρόσωπο της Μία ήταν αυλακωμένο από τα δάκρυα, αλλά πίστευα πως μπορούσε να εκτελέσει εντολές. Επομένως, εγώ και ο Μέισον ήμασταν οι πιο ετοιμοπόλεμοι της ομάδας.

«Το ρολόι αυτού του τύπου λέει ότι είναι πρωί» είπε ο Μέισον. «Το μόνο που έχουμε να κάνουμε είναι να βγούμε έξω, και αυτοί δεν μπορούν να μας πειράξουν. Αρκεί να μην υπάρχουν και άλλοι άνθρωποι, βέβαια».

«Είπαν ότι ο Αϊζάια δεν είναι εδώ» είπε η Μία χαμηλόφωνα. «Μπορούμε να φύγουμε, έτσι δεν είναι;»

«Αυτοί οι άντρες δεν έχουν φύγει εδώ και ώρες» είπα. «Μπορεί να κάνουν λάθος. Δεν μας παίρνει να κάνουμε κάτι ηλίθιο».

Προσεκτικά ο Μέισον άνοιξε την πόρτα του δωματίου μας και έριξε μια ματιά στον άδειο διάδρομο. «Πιστεύεις πως υπάρχει έξοδος εδώ κάτω;»

«Αυτό θα έκανε πολύ πιο εύκολη τη ζωή μας» μουρμούρισα. Κοίταξα τους άλλους. «Περιμένετε εδώ. Θα πάμε να ψάξουμε το υπόγειο».

«Και αν έρθει κάποιος;» αναφώνησε η Μία.

«Δεν θα έρθει» την καθησύχασα. Πραγματικά ήμουν σχεδόν σίγουρη πως δεν υπήρχε κανένας άλλος στο υπόγειο· με όλη αυτή τη φασαρία, θα είχε έρθει τρέχοντας. Και αν κάποιος προσπαθούσε να κατέβει τα σκαλιά, θα τον ακούγαμε πρώτοι εμείς.

Παρ' όλα αυτά, ο Μέισον και εγώ προχωρήσαμε προσεκτικά ψάχνοντας το υπόγειο, έχοντας το νου μας ο ένας για τον άλλο, ελέγχοντας τις γωνίες. Ήταν ακριβώς σαν ποντικοφωλιά, όπως το θυμόμουν από τότε που μας είχαν φέρει εδώ. Μπερδεμένοι διάδρομοι και πολλά δωμάτια. Ανοίξαμε τη μία μετά την άλλη τις πόρτες που βρήκαμε. Όλα τα δωμάτια ήταν άδεια, εκτός από μια-δυο καρέκλες. Ρίγησα στη σκέψη ότι όλα αυτά τα δωμάτια μάλλον χρησιμοποιούνταν για φυλακές, όπως και το δικό μας.

«Δεν υπάρχει ούτε ένα αναθεματισμένο παράθυρο σε ολόκληρο το υπόγειο» μουρμούρισα, όταν ολοκληρώσαμε την έρευνά μας. «Πρέπει να πάμε πάνω».

Ξεκινήσαμε να πάμε πίσω στο δωμάτιο μας, αλλά πριν φτάσουμε εκεί, ο Μέισον έπιασε το χέρι μου. «Ρόουζ...»

Σταμάτησα και τον κοίταξα. «Ναι;»

Τα γαλάζια μάτια του –πιο σοβαρά από ό,τι τα είχα δει ποτέ μου– με κοίταζαν λυπημένα. «Τα γάμησα όλα, εντελώς».

Σκέφτηκα όλα τα γεγονότα που μας είχαν οδηγήσει εδώ. «Όλοι τα γαμήσαμε, Μέισον».

Αναστέναξε. «Ελπίζω... ελπίζω όταν τελειώσουν όλα αυτά, να κάτσουμε κάτω, να συζητήσουμε, να βρούμε μια άκρη. Δεν έπρεπε να είχα θυμώσει τόσο πολύ μαζί σου».

Ήθελα να του πω ότι αυτό δεν επρόκειτο να συμβεί, ότι όταν είχε εξαφανιστεί ουσιαστικά είχα πάει να τον βρω για να του πω πως τα πράγματα δεν θα πήγαιναν καλύτερα μεταξύ μας. Αλλά αφού ο τόπος και ο χρόνος δεν ήταν κατάλληλοι για να αναφέρω το χωρισμό, είπα ψέματα.

Έσφιξα το χέρι του. «Και εγώ το ελπίζω».

Χαμογέλασε και γυρίσαμε στους άλλους.

«Εντάξει» τους είπαμε. «Να πώς θα γίνουν τα πράγματα».

Καταστρώσαμε γρήγορα ένα σχέδιο και μετά ανεβήκαμε σιγά τις σκάλες. Οδηγούσα εγώ, πίσω μου ακολουθούσε η Μία, που προσπαθούσε να στηρίξει έναν απρόθυμο Κρίστιαν. Ο Μέισον ερχόταν πίσω σέρνοντας κυριολεκτικά τον Έντι.

«Εγώ θα έπρεπε να πηγαίνω πρώτος» μουρμούρισε ο Μέισον την ώρα που στεκόμασταν στο κεφαλόσκαλο.

«Δεν πρόκειται» είπα απότομα ακουμπώντας το χέρι μου στο πόμολο της πόρτας.

«Ναι, αν συμβεί κάτι–»

«Μέισον» τον έκοψα. Τον κοίταξα έντονα και, ξαφνικά, είδα για μια στιγμή μπροστά μου τη μητέρα μου εκείνη τη μέρα όταν είχαμε μάθει τα νέα για την επίθεση στους Ντρόζντοφ. Ήρεμη και συγκροτημένη, ακόμη και μπροστά σε κάτι τόσο φρικτό. Χρειάζονταν έναν ηγέτη τότε, ακριβώς όπως αυτή η ομάδα τώρα, και εγώ προσπάθησα να τη μιμηθώ όσο καλύτερα μπορούσα. «Αν συμβεί κάτι, θα τους βγάλεις από δω μέσα. Θα τρέξετε γρήγορα και θα τρέξετε μακριά. Μην ξαναγυρίσεις χωρίς μια διμοιρία φυλάκων».

«Εσύ θα δεχτείς πρώτη την επίθεση! Και εγώ τι υποτίθεται πως πρέπει να κάνω;» σφύριξε. «Να σε αφήσω και να φύγω;»

«Ναι. Ξέχασέ με εμένα, αν μπορείς να σώσεις τους άλλους».

«Ρόουζ, δεν πρόκειται να–»

«Μέισον». Ξαναείδα τη μητέρα μου να μάχεται με δύναμη και πυγμή, να ηγείται των άλλων. «Μπορείς να το κάνεις ή όχι;»

Μείναμε να κοιτάζουμε ο ένας τον άλλο για αρκετά βαριά δευτερόλεπτα, ενώ οι άλλοι κρατούσαν την αναπνοή τους.

«Μπορώ να το κάνω» απάντησε ξερά. Ένευσα και έκανα πάλι μεταβολή.

Η πόρτα του υπογείου έτριξε όταν την άνοιξα και μόρφασα ακούγοντας τον ήχο. Μην τολμώντας καν να αναπνεύσω, στάθηκα εντελώς ακίνητη στο πλατύσκαλο. Περίμενα λίγο και αφουγκράστηκα τη σιωπή. Το σπίτι και η εκκεντρική διακόσμησή του έδειχνε το ίδιο. Σκούρες κουρτίνες σκέπαζαν τα παράθυρα, αλλά από τις άκρες έμπαινε ζωηρό φως από έξω. Ποτέ το φως του ήλιου δεν μου είχε φανεί τόσο γλυκό όσο αυτή τη στιγμή. Αν φτάναμε σε αυτό, ήμασταν ελεύθεροι.

Δεν υπήρχαν καθόλου ήχοι, καμία κίνηση. Κοιτάζοντας γύρω μου, προσπάθησα να θυμηθώ πού ήταν η εξώπορτα. Ήταν στην άλλη πλευρά του σπιτιού – όχι και τόσο μακριά στην πραγματικότητα, αλλά στη συγκεκριμένη φάση η απόσταση μου φάνηκε τεράστια.

«Έλα μαζί μου για αναγνώριση» ψιθύρισα στον Μέισον, ελπίζοντας αυτό να τον κάνει να αισθανθεί καλύτερα που τον έβαλα στα μετόπισθεν.

Άφησε τον Έντι να ακουμπήσει πάνω στη Μία για λίγο και ήρθε μαζί μου να ελέγξουμε στα γρήγορα τι γινόταν στο καθιστικό. Τίποτα. Ο δρόμος ήταν ανοιχτός από εδώ μέχρι την εξώπορτα. Ανέπνευσα με ανακούφιση. Ο Μέισον ξαναπήρε τον Έντι και προχωρήσαμε, όλοι με τα νεύρα τεντωμένα. Θεέ μου. Ήμασταν έτοιμοι να το κάνουμε. Δεν πίστευα πόσο τυχεροί είχαμε σταθεί. Είχαμε φτάσει τόσο κοντά στην πανωλεθρία – και είχαμε γλιτώσει στο παρά πέντε. Ήταν μια από εκείνες τις στιγμές όπου εκτιμάς τη ζωή σου και θέλεις να αλλάξεις τον κόσμο. Ορκίζεσαι πως δεν θα αφήσεις μια δεύτερη ευκαιρία να πάει χαμένη. Συνειδητοποιείς ότι–

Μόλις που τους άκουσα να κινούνται την ίδια σχεδόν στιγμή που τους είδα να πετάγονται μπροστά μας. Ήταν λες και ένας μάγος εμφάνισε από το πουθενά τον Αϊζάια και την Έλενα. Μόνο που αυτή τη φορά ήξερα ότι η μαγεία δεν είχε καμία σχέση. Απλώς τα Στριγκόι κινούνταν τόσο γρήγορα. Πρέπει να ήταν σε ένα από τα άλλα μεγάλα δωμάτια του ορόφου τα οποία εμείς θεωρήσαμε άδεια – δεν θέλαμε να χάσουμε χρόνο ψάχνοντάς τα. Τα έβαλα με τον εαυτό μου που δεν έψαξα κάθε εκατοστό του ορόφου. Κάπου, στο πίσω μέρος του μυαλού μου, άκουσα τον εαυτό μου να σαρκάζει τη μητέρα μου στην τάξη του Σταν. *Μου φαίνεται πως τα θαλασσώσατε τελικά. Γιατί δεν ερευνήσατε το μέρος ώστε να βεβαιωθείτε ότι δεν υπήρχαν εκεί Στριγκόι εξαρχής; Νομίζω πως έτσι θα είχατε γλιτώσει από πολλούς μπελάδες.*

Το κάρμα είναι πολύ άτιμο πράγμα.

«Παιδιά μου, παιδιά μου» μουρμούρισε ο Αϊζάια. «Δεν παίζεται έτσι το παιχνίδι. Δεν σέβεστε τους κανόνες». Ένα σκληρό χαμόγελο τρεμόπαιξε στα χείλη του. Μας έβρισκε διασκεδαστικούς, δεν αποτελούσαμε καμία απειλή για εκείνον. Αλήθεια; Είχε δίκιο.

«Γρήγορα και μακριά, Μέισον» είπα χαμηλόφωνα, χωρίς να πάρω τα μάτια μου από τα Στριγκόι.

«Ποπό! Αν τα βλέμματα μπορούσαν να σκοτώσουν...» Ο Αϊζάια σήκωσε τα φρύδια του, σαν μόλις να του πέρασε κάτι από το μυαλό. «Πιστεύεις πως μπορείς να μας νικήσεις και τους δυο ολομόναχη;» Γέλασε. Και η Έλενα γέλασε. Έτριξα τα δόντια μου.

Όχι, δεν πίστευα πως μπορούσα να τους νικήσω και τους δυο. Αντιθέτως, ήμουν πολύ σίγουρη πως θα σκοτωνόμουν. Ήμουν όμως πολύ σίγουρη ότι θα κατάφερνα να τους παιδέψω αρκετά πρώτα.

Όρμησα στον Αϊζάια αλλά στόχευσα με το όπλο την Έλενα. Μπορείς να αιφνιδιάσεις ανθρώπους-φρουρούς, όχι τα Στριγκόι όμως. Με είδαν να πηγαίνω προς το μέρος τους πριν καν κινηθώ. Δεν το περίμεναν πως θα είχα όπλο όμως. Και ενώ ο Αϊζάια σταμάτησε το σώμα μου χωρίς την παραμικρή προσπάθεια, κατάφερα να πυροβολήσω την Έλενα πριν εκείνος προλάβει να πιάσει τα χέρια μου και να με αιχμαλωτίσει. Ο ήχος του πυροβολισμού ακούστηκε δυνατός στα αφτιά μου, και η Έλενα ούρλιαξε από τον πόνο και την έκπληξη. Είχα σκοπεύσει στο στομάχι της, αλλά είχα αστοχήσει και την πέτυχα στο μηρό. Όχι πως είχε ιδιαίτερη σημασία. Δεν θα είχε πεθάνει όπου και να τη χτυπούσα, αλλά στο στομάχι θα είχε πονέσει πολύ περισσότερο.

Ο Αϊζάια κρατούσε τους καρπούς μου τόσο δυνατά που πίστεψα πως θα μου έσπαγε τα κόκαλα. Έριξα το όπλο. Χτύπησε στο πάτωμα, αναπήδησε και γλίστρησε προς την πόρτα. Η Έλενα ούρλιαξε οργισμένη και με γρατσούνισε. Ο Αϊζάια της είπε να συγκρατηθεί και με έσπρωξε μακριά της. Στο μεταξύ εγώ χτυπιόμουν σαν τρελή, όχι τόσο για να ελευθερωθώ, όσο για να τους δημιουργήσω πρόβλημα.

Και τότε: ο πιο γλυκός ήχος.

Η εξώπορτα άνοιξε.

Ο Μέισον είχε εκμεταλλευτεί τον αντιπερισπασμό που δημιούργησα. Είχε αφήσει τον Έντι με τη Μία και έτρεξε πίσω από μένα και τα επιτιθέμενα Στριγκόι για να ανοίξει την πόρτα. Ο Αϊζάια στράφηκε με την ταχύτητα φωτός που τον χαρακτήριζε και ούρλιαξε καθώς τον έλουσε το φως του ήλιου. Αν και υπέφερε, τα αντανακλαστικά του παρέμεναν γρήγορα. Τινάχτηκε έξω από τη δέσμη φωτός που είχε εισχωρήσει στο καθιστικό, σέρνοντας μαζί του την Έλενα και μένα – εκείνη από το μπράτσο και εμένα από το λαιμό.

«Βγάλε τους έξω!» ούρλιαξα.

«Αϊζάια» άρχισε να λέει η Έλενα ξεφεύγοντας από τη λαβή του.

Ο Αϊζάια με πέταξε στο πάτωμα και έκανε μεταβολή, ρίχνοντας το βλέμμα του στα θύματά του που δραπέτευαν. Προσπαθούσα να ανασάνω τώρα που είχε πάψει να σφίγγει το λαιμό μου και ξανακοίταξα την πόρτα μέσα από μια τούφα των μαλλιών μου. Η ματιά μου έπεσε στον Μέισον την ώρα που τραβούσε τον Έντι από το κατώφλι, έξω στην ασφάλεια του ήλιου. Έβαλα τα κλάματα σχεδόν από την ανακούφισή μου.

Ο Αϊζάια ξαναγύρισε πάνω μου ορμητικός σαν θύελλα, τα μάτια του ήταν μαύρα και φρικτά καθώς στάθηκε από πάνω μου με το τρομερό του ύψος. Το πρόσωπό του ήταν πάντα τρομακτικό, αλλά τώρα έγινε κάτι πέρα από κάθε φαντασία. Το «τερατώδες» ούτε καν που μπορούσε να το περιγράψει.

Με τράβηξε πάνω από τα μαλλιά μου. Ούρλιαξα από τον πόνο, και εκείνος κατέβασε το κεφάλι του και τα πρόσωπά μας ήρθαν κοντά το ένα με το άλλο.

«Θέλεις μια δαγκωνιά, κοριτσάκι;» ζήτησε να μάθει. «Θέλεις να γίνεις πόρνη αίματος; Λοιπόν, αυτό μπορούμε να το κανονίσουμε. Με κάθε σημασία της λέξης. Και *δεν* θα είναι γλυκό. Και δεν θα σε μουδιάσει. Θα είναι επώδυνο. Η υποβολή μπορεί να χρησιμοποιηθεί και με άλλο τρόπο, ξέρεις, και θα φροντίσω να νιώσεις το μεγαλύτερο πόνο της ζωής σου. Μπορώ ακόμη να φροντίσω να αργήσει πολύ, μα πάρα πολύ, ο θάνατός σου. Θα ουρλιάζεις. Θα με ικετεύεις να το κάνω να τελειώσει, να σε αφήσω να πεθάνεις–»

«Αϊζάια» φώναξε ανυπόμονα η Έλενα. «Σκότωσέ την επιτέλους. Αν το είχες κάνει νωρίτερα όπως σου έλεγα, τίποτα από όλα αυτά δεν θα είχε συμβεί».

Εξακολούθησε να με κρατάει γερά, αλλά έστρεψε τα μάτια του πάνω της. «Μη με διακόπτεις».

«Γίνεσαι μελοδραματικός» συνέχισε εκείνη. Μάλιστα, πραγματικά κλαψούριζε. Δεν είχα φανταστεί ποτέ πως θα μπορούσε να το κάνει αυτό ένα Στριγκόι. Ήταν σχεδόν κωμική. «Και καθυστερείς χωρίς λόγο».

«Και μη μου αντιμιλάς εμένα» της είπε ο Αϊζάια.

«*Πεινάω*. Λέω απλώς ότι–»

«Άφησέ τη να φύγει, αλλιώς θα σε σκοτώσω».

Όλοι γυρίσαμε προς αυτή την καινούργια φωνή, μια φωνή σκοτεινή και θυμωμένη. Ο Μέισον στεκόταν στο κατώφλι, πλαισιωμένος από φως, κρατώντας το όπλο που μου είχε πέσει πριν. Ο Αϊζάια τον εξέτασε για λίγα λεπτά.

«Σίγουρα» είπε τελικά ο Αϊζάια. Ακούστηκε βαριεστημένος. «Γιατί δεν το δοκιμάζεις;»

Ο Μέισον δεν δίστασε. Πυροβόλησε και συνέχισε να πυροβολεί μέχρις ότου άδειασε ολόκληρο το γεμιστήρα στο στήθος του Αϊζάια. Κάθε σφαίρα έκανε το Στριγκόι να τιναχτεί λίγο, αλλά συνέχιζε να στέκεται και να με κρατάει. Αυτό σημαίνει να είσαι παλιό και πανίσχυρο Στριγκόι, διαπίστωσα. Μια σφαίρα στο μηρό πόνεσε ένα νεαρό βαμπίρ όπως η Έλενα. Αλλά ο Αϊζάια; Το να τον πυροβολήσουν πολλαπλές φορές στο στήθος δεν ήταν παρά μια μικροενόχληση.

Το ίδιο συνειδητοποίησε και ο Μέισον και τα χαρακτηριστικά του σκλήρυναν την ώρα που πέταγε κάτω το όπλο.

«Βγες έξω!» ούρλιαξα. Εξακολουθούσε να είναι στον ήλιο, εξακολουθούσε να είναι ασφαλής.

Αλλά δεν με άκουσε. Έτρεξε προς εμάς, έφυγε από την προστασία του φωτός. Διπλασίασα τις προσπάθειές μου να ξεφύγω, ελπίζοντας να τραβήξω την προσοχή του Αϊζάια από τον Μέισον. Δεν τα κατάφερα. Ο Αϊζάια με πέταξε στην Έλενα πριν προλάβει ο Μέισον να καλύψει το μισό της απόστασης που μας χώριζε. Αστραπιαία ο Αϊζάια τον σταμάτησε και τον κράτησε σφιχτά, όπως ακριβώς είχε κάνει με μένα προηγουμένως.

Μόνο που, αντίθετα με ό,τι είχε κάνει σε μένα, ο Αϊζάια δεν ακινητοποίησε τα χέρια του Μέισον. Δεν του τράβηξε τα μαλλιά, ούτε ξεστόμισε μακροσκελείς, φλύαρες απειλές σχετικά με έναν οδυνηρό θάνατο. Ο Αϊζάια απλώς σταμάτησε την επίθεση, άρπαξε το κεφάλι του Μέισον με τα δυο του χέρια και το έστριψε γρήγορα. Ακούστηκε ένα ανατριχιαστικό τρίξιμο. Τα μάτια του Μέισον άνοιξαν διάπλατα. Μετά άδειασαν τελείως.

Με έναν ανυπόμονο αναστεναγμό, ο Αϊζάια χαλάρωσε τη λαβή του και πέταξε το άψυχο σώμα του Μέισον εκεί όπου με κρατούσε η Έλενα. Προσγειώθηκε μπροστά μας. Η όρασή μου θόλωσε, ενώ με τύλιγαν ναυτία και ζάλη.

«Ορίστε» είπε ο Αϊζάια στην Έλενα. «Δες αν θα χορτάσεις με αυτόν. Και άφησε λίγο και για μένα».

22

ΤΡΟΜΟΣ ΚΑΙ ΣΟΚ ΜΕ ΚΑΤΑΠΙΑΝ, σε σημείο που νόμισα πως η ψυχή μου θα μαραινόταν, πως ο κόσμος θα τελείωνε εδώ και τώρα – αφού σίγουρα δεν μπορούσε να συνεχίζει να υπάρχει μετά από αυτό. Κανείς δεν θα μπορούσε να υπάρχει μετά από αυτό. Ήθελα να κραυγάσω τον πόνο μου στο σύμπαν. Ήθελα να κλάψω μέχρι να λιώσω. Ήθελα να βουλιάξω δίπλα στον Μέισον και να πεθάνω μαζί του.

Η Έλενα με άφησε, εκτιμώντας προφανώς πως δεν αποτελούσα πλέον κίνδυνο αφού βρισκόμουν ανάμεσα σε εκείνη και τον Αϊζάια. Στράφηκε στο πτώμα του Μέισον.

Και εγώ σταμάτησα να αισθάνομαι. Απλώς ενεργούσα.

«Μη! Μην τον αγγίζεις». Δεν αναγνώριζα την ίδια μου τη φωνή.

Σήκωσε τα μάτια της προς τα πάνω. «Τα νεύρα μου, είσαι πολύ σπαστική. Αρχίζω να καταλαβαίνω τι εννοούσε ο Αϊζάια – πρέπει όντως να υποφέρεις πριν πεθάνεις». Αφού γύρισε από την άλλη, γονάτισε στο πάτωμα και γύρισε ανάσκελα τον Μέισον.

«Μην τον αγγίζεις!» ούρλιαξα. Την έσπρωξα χωρίς μεγάλη επιτυχία. Με έσπρωξε και εκείνη, σχεδόν με πέταξε κάτω. Το μόνο που κατάφερα ήταν να στηριχτώ στα πόδια μου και να σηκωθώ όρθια.

Ο Αϊζάια παρακολουθούσε με ενδιαφέρον διασκεδάζοντας· μετά το βλέμμα του έπεσε στο πάτωμα. Το κομποσκοίνι της

Λίζα είχε πέσει από την τσέπη του παλτού μου. Το σήκωσε. Τα Στριγκόι μπορούσαν να αγγίζουν ιερά αντικείμενα – οι ιστορίες που αναφέρουν πως τάχα φοβούνται τους σταυρούς δεν ήταν αλήθεια. Απλώς δεν μπορούσαν να πατήσουν σε ιερό έδαφος. Γύρισε το σταυρό από την άλλη και ψηλάφισε με τα δάχτυλά του το σκαλισμένο δράκο.

«Α, οι Ντραγκομίρ» χλεύασε. «Τους είχα ξεχάσει αυτούς. Δεν είναι και δύσκολο. Πόσοι έχουν μείνει, ένας; Δύο; Δεν αξίζει τον κόπο να τους θυμάμαι». Εκείνα τα τρομερά κόκκινα μάτια εστίασαν πάνω μου. «Ξέρεις κανέναν από αυτούς; Πρέπει να τους δω μια από αυτές τις μέρες. Δεν θα είναι δύσκολο να–»

Ξαφνικά άκουσα μια έκρηξη. Το ενυδρείο έσπασε καθώς το νερό πετάχτηκε έξω, θρυμματίζοντας το γυαλί. Κομματάκια του έπεσαν πάνω μου, αλλά ίσα που το πρόσεξα. Το νερό πετάχτηκε στον αέρα σχηματίζοντας μια ασύμμετρη σφαίρα. Άρχισε να κατευθύνεται προς τον Αϊζάια. Ένιωσα το στόμα μου να ανοίγει διάπλατα καθώς το κοίταζα.

Το κοίταζε και εκείνος, περισσότερο έκπληκτος παρά τρομαγμένος. Τουλάχιστον μέχρι που τύλιξε το πρόσωπό του και άρχιζε να τον πνίγει.

Όπως και οι σφαίρες, η ασφυξία δεν μπορούσε να τον σκοτώσει. Μπορούσε όμως να του προκαλέσει αρκετή δυσφορία.

Με μια απεγνωσμένη προσπάθεια να «διώξει» το νερό σήκωσε τα χέρια στο πρόσωπό του. Ήταν αδύνατον. Τα δάχτυλά του απλώς γλιστρούσαν μέσα του. Η Έλενα ξέχασε τον Μέισον και τινάχτηκε όρθια στα πόδια της.

«Τι είναι;» τσίριξε. Τον ταρακούνησε σε μια εξίσου απέλπιδα προσπάθεια να τον ελευθερώσει. «Τι συμβαίνει;»

Ξανά, δεν ένιωσα, ενέργησα. Το χέρι μου τυλίχτηκε γύρω από ένα μεγάλο κομμάτι γυαλιού από το σπασμένο ενυδρείο. Είχε μυτερές προεξοχές και έκοψε το χέρι μου.

Πηδώντας μπροστά, έμπηξα το θραύσμα στο στήθος του Αϊζάια στοχεύοντας στην καρδιά, που τόσο σκληρά είχα προσπαθήσει να βρω στην προπόνηση. Ο Αϊζάια έβγαλε μια πνιχτή κραυγή μέσα από το νερό και κατέρρευσε στο πάτωμα. Τα μάτια του γύρισαν ανάποδα στις κόγχες τους καθώς έχανε τις αισθήσεις του από τον πόνο.

Η Έλενα είχε μείνει να κοιτάζει, σοκαρισμένη όσο και εγώ όταν ο Αϊζάια σκότωσε τον Μέισον. Ο Αϊζάια δεν είχε πεθάνει βέβαια, αλλά προς το παρόν ήταν πεσμένος κάτω. Το πρόσωπό της έδειχνε καθαρά πως δεν πίστευε πως κάτι τέτοιο θα ήταν ποτέ δυνατόν.

Το πιο έξυπνο πράγμα που θα μπορούσα να κάνω εκείνη τη στιγμή θα ήταν να τρέξω προς την πόρτα, στην ασφάλεια του ήλιου. Αντίθετα, εγώ έτρεξα προς την άλλη κατεύθυνση, προς το τζάκι. Άρπαξα ένα από τα ξίφη-αντίκες και ξαναγύρισα στην Έλενα. Δεν χρειάστηκε να πάω πολύ μακριά, αφού είχε συνέλθει και ερχόταν κατά πάνω μου.

Γρυλίζοντας οργισμένα προσπάθησε να με αρπάξει. Δεν είχα ποτέ μου εκπαιδευτεί στο χειρισμό ξίφους, αλλά είχα μάθει να παλεύω με οποιοδήποτε αυτοσχέδιο όπλο έβρισκα μπροστά μου. Χρησιμοποίησα το ξίφος για να κρατήσω απόσταση μεταξύ μας, με κινήσεις αδέξιες, αλλά προς στιγμήν αποτελεσματικές.

Λευκοί κυνόδοντες βρικόλακα άστραψαν στο στόμα της. «Θα σε κάνω να–»

«Να υποφέρω, να πληρώσω, να μετανιώσω την ώρα και τη στιγμή που γεννήθηκα;» πρότεινα.

Θυμήθηκα την πάλη με τη μητέρα μου, πώς βρισκόμουν συνεχώς σε άμυνα. Αυτή τη φορά κάτι τέτοιο δεν θα είχε αποτελέσματα. Έπρεπε να επιτεθώ. Χτυπώντας με το ξίφος μπροστά, προσπάθησα να τρυπήσω την Έλενα. Καμία τύχη. Περίμενε την κάθε μου κίνηση.

Ξαφνικά, από πίσω της, μούγκρισε ο Αϊζάια καθώς άρχισε να συνέρχεται. Η Έλενα κοίταξε πίσω της, μια κίνηση ανεπαίσθητη η οποία μου επέτρεψε να μπήξω το ξίφος στο στήθος της. Έσκισε το ύφασμα από το πουκάμισό της και έγδαρε το δέρμα της, αλλά τίποτα περισσότερο. Παρ' όλα αυτά, συσπάστηκε και χαμήλωσε το βλέμμα της πανικόβλητη. Νομίζω πως το γυαλί που διαπέρασε την καρδιά του Αϊζάια ήταν ακόμα φρέσκο στο μυαλό της.

Και *αυτό* ήταν το μόνο που χρειαζόμουν.

Συγκέντρωσα όλες τις δυνάμεις μου, πήρα φόρα και χτύπησα. Η λεπίδα του ξίφους έπεσε στο πλάι του λαιμού της, δυνατά και βαθιά. Η Έλενα άφησε μια τρομερή, αρρωστημένη κραυγή που μου σήκωσε την τρίχα. Προσπάθησε να κινηθεί εναντίον μου. Έκανα πίσω και χτύπησα ξανά. Τα χέρια της σφίχτηκαν στο λαιμό της και τα γόνατά της υποχώρησαν. Χτύπησα ξανά και ξανά, με το ξίφος να μπαίνει όλο και πιο βαθιά στο λαιμό της κάθε φορά. Το να κόψεις το λαιμό κάποιου ήταν πιο δύσκολο από ό,τι είχα φανταστεί. Και το παλιό, όχι και τόσο αιχμηρό ξίφος μάλλον δεν βοηθούσε και τόσο.

Τελικά όμως διαπίστωσα ότι δεν κουνιόταν πια. Το κεφάλι της ήταν πεταμένο εκεί, αποκολλημένο από το σώμα της, με τα μάτια να με κοιτάζουν σαν να μην πίστευε πως της είχε συμβεί αυτό. Ούτε εγώ το πίστευα βέβαια.

Κάποιος ούρλιαζε και για ένα σουρεαλιστικό δευτερόλεπτο νόμισα πως ήταν η Έλενα. Μετά σήκωσα τα μάτια μου και κοίταξα στην άλλη άκρη του δωματίου. Η Μία στεκόταν στην πόρτα, με τα μάτια πεταμένα έξω και επιδερμίδα πράσινη, σαν να ήταν έτοιμη να κάνει εμετό. Κάπου στην άκρη του μυαλού μου, συνειδητοποίησα πως εκείνη είχε κάνει το ενυδρείο να διαλυθεί. Η μαγεία του νερού δεν ήταν άχρηστη, τελικά.

Ακόμη κάπως ζαλισμένος, ο Αϊζάια δοκίμασε να σηκωθεί

στα πόδια του. Αλλά είχα ήδη πάει από πάνω του πριν τα καταφέρει. Το ξίφος σφύριξε σπέρνοντας αίμα και πόνο σε κάθε του χτύπημα. Τώρα πια ένιωθα βετεράνος. Ο Αϊζάια έπεσε πάλι στο πάτωμα. Στο μυαλό μου έβλεπα ξανά και ξανά τη σκηνή όπου έσπασε το λαιμό του Μέισον και τον πετσόκοβα όσο πιο δυνατά μπορούσα, λες και αν χτυπούσα με αρκετή μανία θα κατάφερνα να σβήσω την ανάμνηση.

«Ρόουζ. *Ρόουζ!*»

Μέσα από τη γεμάτη μίσος ζάλη μου, μόλις που άκουσα τη φωνή της Μία.

«Ρόουζ, είναι νεκρός».

Αργά, τρέμοντας, σταμάτησα το επόμενο χτύπημα και κοίταξα το πτώμα του – και το κεφάλι που δεν ήταν πια κολλημένο στο σώμα. Η Μία είχε δίκιο. Ήταν νεκρός. Πολύ, πολύ νεκρός.

Κοίταξα το υπόλοιπο δωμάτιο. Υπήρχε αίμα παντού, αλλά η φρίκη του δεν με πείραζε. Ο κόσμος μου είχε επιβραδύνει ταχύτητα, μόνο δυο πράγματα ηχούσαν στον εγκέφαλό μου. Σκότωσε τα Στριγκόι. Προστάτεψε τον Μέισον. Δεν μπορούσα να επεξεργαστώ οτιδήποτε άλλο.

«Ρόουζ» ψιθύρισε η Μία. Έτρεμε, τα λόγια της ήταν γεμάτα φόβο. Φοβόταν εμένα, όχι τα Στριγκόι. «Ρόουζ, πρέπει να φύγουμε. Έλα».

Τράβηξα τα μάτια μου από πάνω της και κοίταξα τον Αϊζάια. Μετά από λίγα λεπτά, γονάτισα δίπλα στο πτώμα του Μέισον, σφίγγοντας ακόμα το ξίφος στα χέρια μου.

«Όχι» κραύγασα. «Δεν μπορώ να τον αφήσω εδώ. Μπορεί να έλθουν άλλα Στριγκόι...»

Τα μάτια μου έκαιγαν σαν να ήθελα απελπισμένα να κλάψω. Δεν θα μπορούσα να το πω με σιγουριά. Η δίψα για αίμα σφυροκοπούσε ακόμα μέσα μου, η βιαιότητα και η οργή ήταν τα μοναδικά αισθήματα που μπορούσα πλέον να νιώσω.

«Ρόουζ, θα ξαναγυρίσουμε να τον πάρουμε. Πρέπει να φύγουμε μήπως έλθουν και άλλα Στριγκόι».

«Όχι» επανέλαβα, χωρίς να γυρίσω καν να την κοιτάξω. «Δεν τον αφήνω. Δεν θα τον αφήσω μόνο του εδώ». Με το ελεύθερο χέρι μου χάιδεψα τα μαλλιά του Μέισον.

«Ρόουζ–»

Τίναξα πίσω το κεφάλι μου. «Βγες έξω!» της φώναξα. «Φύγε και άσε μας ήσυχους».

Προχώρησε μερικά βήματα και εγώ σήκωσα το ξίφος.

«Φύγε» επανέλαβα. «Πήγαινε να βρεις τους άλλους».

Αργά η Μία έκανε πίσω μέχρι την πόρτα. Μου έριξε ένα τελευταίο, απελπισμένο βλέμμα πριν τρέξει έξω.

Έπεσε σιγή και χαλάρωσα τη λαβή μου στο ξίφος, αλλά δεν ήθελα να το αφήσω από τα χέρια μου. Το σώμα μου έγειρε μπροστά και ακούμπησα το χέρι μου στο στήθος του Μέισον. Ξέχασα τα πάντα: τον κόσμο γύρω μου, τον ίδιο το χρόνο. Θα μπορούσαν να είχαν περάσει δευτερόλεπτα. Θα μπορούσαν να είχαν περάσει ώρες. Δεν ήξερα. Δεν ήξερα τίποτα, εκτός από το ότι δεν μπορούσα να αφήσω τον Μέισον μόνο του. Υπήρχα σε μια διαφορετική διάσταση, σε μια διάσταση όπου μετά δυσκολίας κρατούσα παράμερα τον τρόμο και τη θλίψη. Δεν μπορούσα να πιστέψω ότι ο Μέισον ήταν νεκρός. Δεν πίστευα πως και εγώ είχα σπείρει το θάνατο. Από τη στιγμή που αρνιόμουν να παραδεχτώ αυτά τα δύο, μπορούσα να προσποιούμαι πως δεν είχαν συμβεί.

Επιτέλους, ακούστηκαν βήματα και φωνές και σήκωσα το κεφάλι μου. Κόσμος ξεχύθηκε από την πόρτα, πολύ κόσμος. Πραγματικά δεν μπορούσα να ξεχωρίσω κάποια μορφή. Δεν χρειαζόταν άλλωστε. Αποτελούσαν απειλή, απειλή από την οποία έπρεπε να προστατεύσω τον Μέισον. Δυο από αυτούς με πλησίασαν και εγώ πετάχτηκα πάνω, σηκώνοντας το ξίφος και κρατώντας το πάνω από το πτώμα του για να το προστατεύσω.

«Πίσω» προειδοποίησα. «Μείνετε μακριά του».

Συνέχιζαν να έρχονται.

«Μην τον πλησιάζετε» ούρλιαξα. Σταμάτησαν όλοι. Εκτός από έναν.

«Ρόουζ» ακούστηκε μια απαλή φωνή. «Πέτα το ξίφος».

Τα χέρια μου έτρεμαν. Κατάπια. «Μείνε μακριά μας».

«Ρόουζ».

Η φωνή μίλησε ξανά, μια φωνή που η ψυχή μου θα αναγνώριζε οπουδήποτε. Διστακτικά ξαναγύρισα αργά στην πραγματικότητα, άρχισα να προσέχω τις λεπτομέρειες γύρω μου. Επέτρεψα στα μάτια μου να εστιάσουν στα χαρακτηριστικά του άντρα που στεκόταν εκεί. Τα καστανά μάτια του Ντιμίτρι, ευγενικά και σταθερά, με κοίταζαν.

«Εντάξει» είπε. «Όλα θα πάνε καλά. Μπορείς να αφήσεις το ξίφος τώρα».

Τα χέρια μου έτρεμαν ακόμη πιο πολύ καθώς πάσχισα να κρατήσω τη λαβή του ξίφους. «Δεν μπορώ». Οι λέξεις με πονούσαν βγαίνοντας από το στόμα μου. «Δεν μπορώ να τον αφήσω μόνο του. Πρέπει να τον προστατεύσω».

«Πρέπει» είπε ο Ντιμίτρι.

Το ξίφος έπεσε από τα χέρια μου, έπεσε με δυνατό πάταγο στο ξύλινο πάτωμα. Το ακολούθησα και εγώ, σωριάστηκα στα τέσσερα, θέλοντας να κλάψω, χωρίς όμως να τα καταφέρνω.

Τα χέρια του Ντιμίτρι τυλίχτηκαν γύρω μου ενώ με βοηθούσε να σηκωθώ. Οι φωνές πύκνωσαν γύρω μας και άρχισα να αναγνωρίζω, το ένα μετά το άλλο, άτομα που γνώριζα και εμπιστευόμουν. Ο Ντιμίτρι άρχισε να με τραβάει προς την πόρτα, αλλά αρνήθηκα να κινηθώ ακόμα. Δεν μπορούσα. Τα χέρια μου σφίχτηκαν στο πουκάμισό του τσαλακώνοντας το ύφασμα. Έχοντας ακόμα το ένα χέρι του γύρω από τη μέση μου, έκανε τα μαλλιά μου στην άκρη. Έγειρα πάνω του το κεφάλι μου και εκείνος συνέχισε να χαϊδεύει τα μαλλιά μου, μουρμουρίζοντας κάτι στα ρώσικα. Δεν καταλάβαινα ούτε λέξη, αλλά ο απαλός τόνος με παρηγορούσε.

Φύλακες απλώνονταν σε όλο το σπίτι, εξετάζοντάς το σπιθαμή προς σπιθαμή. Δυο από αυτούς μας πλησίασαν και γονάτισαν δίπλα στα πτώματα που αρνιόμουν να κοιτάξω.

«Αυτή το έκανε αυτό; Και τους δύο;»

«Αυτό το ξίφος δεν έχει ακονιστεί εδώ και χρόνια!»

Ένας περίεργος ήχος παγιδεύτηκε στο λαιμό μου. Ο Ντιμίτρι έσφιξε τρυφερά τον ώμο μου.

«Πάρ' την από εδώ, Μπελίκοφ» άκουσα να λέει μια γυναίκα πίσω του, μια φωνή γνώριμη.

Ο Ντιμίτρι έσφιξε πάλι τον ώμο μου. «Έλα, Ρόζα. Είναι ώρα να φύγουμε».

Αυτή τη φορά τον ακολούθησα. Με οδήγησε έξω από το σπίτι κρατώντας με, ενώ εγώ έκανα με κόπο βήματα. Το μυαλό μου εξακολουθούσε να αρνείται να επεξεργαστεί όσα είχαν συμβεί. Δεν μπορούσα να κάνω και πολλά, μόνο να εκτελώ απλές οδηγίες των γύρω μου.

Τελικά κατέληξα σε ένα από τα τζετ της Ακαδημίας. Οι κινητήρες βρυχούνταν καθώς το αεροπλάνο απογειωνόταν. Ο Ντιμίτρι ψιθύρισε ότι θα ξαναγυρνούσε αμέσως και με άφησε μόνη μου στη θέση μου. Κοίταζα ευθεία μπροστά μου μελετώντας τις λεπτομέρειες του μπροστινού καθίσματος.

Κάποιος κάθισε δίπλα μου και άπλωσε μια κουβέρτα πάνω στους ώμους μου. Τότε μόνο αντιλήφθηκα πόσο πολύ έτρεμα. Έσφιξα πάνω μου την κουβέρτα.

«Κρυώνω» είπα. «Γιατί κρυώνω τόσο;»

«Είναι από το σοκ» απάντησε η Μία.

Γύρισα και την κοίταξα, παρατηρώντας τις ξανθές μπούκλες

και τα μεγάλα γαλάζια μάτια της. Κάτι στο γεγονός ότι την είδα άφησε ελεύθερες τις αναμνήσεις μου. Όλα κατέρρευσαν πάνω μου. Έκλεισα σφιχτά τα μάτια μου.

«Ω Θεέ μου» ανάσανα. Άνοιξα τα μάτια μου και την κοίταξα ξανά. «Μου έσωσες τη ζωή – με έσωσες όταν ανατίναξες εκείνο το ενυδρείο. Δεν έπρεπε να το κάνεις. Δεν έπρεπε να ξαναγυρίσεις».

Ανασήκωσε τους ώμους της. «Και συ δεν έπρεπε να πας να πιάσεις το ξίφος».

Δίκιο είχε. «Σ' ευχαριστώ» της είπα. «Αυτό που έκανες… Εγώ ποτέ δεν θα το είχα σκεφτεί. Ήταν καταπληκτικό».

«Δεν είμαι και τόσο σίγουρη» κορόιδεψε χαμογελώντας θλιβερά. «Το νερό δεν είναι και πολύ σπουδαίο όπλο, θυμάσαι;»

Πνίγηκα από ένα γέλιο, αν και τώρα δεν βρήκα εκείνα τα λόγια μου τόσο αστεία. Όχι πια.

«Το νερό είναι καταπληκτικό όπλο» είπα τέλος. «Όταν γυρίσουμε πίσω, πρέπει να βρούμε καινούργιους τρόπους να το εκμεταλλευτούμε».

Το πρόσωπό της φωτίστηκε. Μια άγρια λάμψη φάνηκε στα μάτια της. «Θα μου άρεσε αυτό. Περισσότερο από οτιδήποτε άλλο».

«Λυπάμαι… λυπάμαι για τη μητέρα σου».

Η Μία κούνησε απλώς το κεφάλι της. «Είσαι τυχερή που εσύ έχεις ακόμα τη δική σου. Δεν ξέρεις πόσο τυχερή είσαι».

Γύρισα μπροστά και ξανάρχισα να κοιτάζω το κάθισμα. Τα επόμενα λόγια που βγήκαν από το στόμα μου με σάστισαν: «Μακάρι να ήταν εδώ».

«Μα είναι» απάντησε η Μία με έκπληξη. «Ήταν στην ομάδα που εισέβαλε στο σπίτι. Δεν την είδες;»

Κούνησα αρνητικά το κεφάλι μου.

Βυθιστήκαμε στη σιωπή. Η Μία σηκώθηκε και έφυγε. Ένα λεπτό αργότερα, κάποιος άλλος ήρθε να κάτσει δίπλα μου. Δεν χρειαζόταν να τη δω για να καταλάβω ποια ήταν. Το *ήξερα*, έτσι απλά.

«Ρόουζ» είπε η μητέρα μου. Για πρώτη φορά στη ζωή μου, δεν ακούστηκε σίγουρη για τον εαυτό της. Φοβισμένη, ίσως. «Η Μία είπε ότι ήθελες να με δεις». Δεν απάντησα. Δεν την κοίταξα. «Τι… τι θέλεις;»

Δεν ήξερα τι ήθελα. Δεν ήξερα τι να κάνω. Το τσούξιμο στα μάτια μου είχε γίνει αφόρητο και πριν καν το καταλάβω, έκλαιγα. Δυνατοί, επώδυνοι λυγμοί τράνταζαν το κορμί μου. Τα δάκρυα που συγκρατούσα τόση ώρα κύλησαν στο πρόσωπό μου. Ο φόβος και η θλίψη που αρνιόμουν να αφήσω τον εαυτό μου να νιώσει επιτέλους ελευθερώθηκαν καίγοντας το στήθος μου. Μετά δυσκολίας ανέπνεα.

Η μητέρα μου με αγκάλιασε και εγώ έθαψα το πρόσωπό μου στο στήθος της, κλαίγοντας με ακόμη πιο έντονους λυγμούς.

«Ξέρω» είπε απαλά και σφίγγοντάς με πιο πολύ. «Καταλαβαίνω».

23

Ο ΚΑΙΡΟΣ ΖΕΣΤΑΝΕ ΚΑΠΩΣ τη μέρα που θα μου έδιναν τα σύμβολα *molnija* μου. Στην πραγματικότητα, έκανε τόση ζέστη που αρκετό από το χιόνι στην πανεπιστημιούπολη άρχισε να λιώνει, τρέχοντας στους τοίχους των πέτρινων κτιρίων της Ακαδημίας σε μικρά, ασημένια ρυάκια. Ο χειμώνας είχε καιρό ακόμα να τελειώσει, οπότε ήξερα ότι όλα θα πάγωναν πάλι σε λίγες μέρες. Προς το παρόν, όμως, ήταν σαν να έκλαιγε η πλάση όλη.

Είχα ξεμπερδέψει από την ιστορία στο Σποκέιν χωρίς σοβαρές μελανιές και αμυχές. Τα εγκαύματα από τις καμένες πλαστικές χειροπέδες ήταν οι χειρότερες πληγές μου. Αλλά εξακολουθούσα να δυσκολεύομαι να συμφιλιωθώ με την ιδέα του θανάτου που είχα προκαλέσει και του θανάτου που είχα δει. Το μόνο που ήθελα ήταν να κουλουριαστώ σε μια γωνιά σαν μπάλα και να μη μιλάω σε κανέναν, εκτός ίσως από τη Λίζα. Την τέταρτη όμως μέρα που είχα επιστρέψει στην Ακαδημία, με βρήκε η μητέρα μου για να μου πει ότι είχε έρθει η στιγμή να πάρω τους βαθμούς μου.

Μου είχε πάρει αρκετά λεπτά για να συνειδητοποιήσω τι εννοούσε. Μετά σκέφτηκα ότι αποκεφαλίζοντας δύο Στριγκόι, είχα κερδίσει δύο τατουάζ *molnija*. Τα πρώτα μου. Η διαπίστωση αυτή με είχε αφήσει άναυδη. Όλη μου τη ζωή, όταν αναλογιζόμουν την καριέρα μου ως φύλακα, ανυπομονούσα να πάρω βαθμούς. Τα θεωρούσα σύμβολα τιμής. Τώρα όμως; Ήταν κυρίως υπενθύμιση για κάτι που ήθελα πολύ να ξεχάσω.

Η τελετή έλαβε χώρα στο κτίριο των φυλάκων, σε μια μεγάλη αίθουσα την οποία χρησιμοποιούσαν για συνεστιάσεις και επίσημα δείπνα. Δεν θύμιζε σε τίποτα την επιβλητική τραπεζαρία στο θέρετρο. Ήταν αποτελεσματική και πρακτική, σαν τους φύλακες. Η μοκέτα είχε μια γαλαζωπή γκρίζα απόχρωση και πυκνή πλέξη. Στους γυμνούς λευκούς τοίχους κρέμονταν κορνιζαρισμένες ασπρόμαυρες φωτογραφίες του Αγίου Βλαντιμίρ από διάφορα χρόνια. Δεν υπήρχαν άλλα διακοσμητικά αντικείμενα και φιοριτούρες. Κι όμως, η σοβαρότητα και η ένταση της στιγμής ήταν ολοφάνερες. Όλοι οι φύλακες της σχολής –όχι όμως και οι μαθητευόμενοι– ήταν παρόντες. Είχαν συναθροιστεί στην κεντρική αίθουσα συγκεντρώσεων του κτιρίου σε παρέες, χωρίς όμως να μιλάνε. Όταν ξεκίνησε η τελετή, παρατάχτηκαν σε σειρές και με κοίταξαν.

Εγώ καθόμουν σε ένα σκαμπό σε μια γωνία της αίθουσας, σκυμμένη μπροστά, με τα μαλλιά μου να κρέμονται μπροστά στο πρόσωπό μου. Πίσω μου, ένας φύλακας με το όνομα Λάινονελ κρατούσε μια βελόνα τατουάζ στο σβέρκο μου. Τον ήξερα όλο τον καιρό που φοιτούσα στην Ακαδημία, αλλά ποτέ δεν είχα ακούσει ότι είχε εκπαιδευτεί για να κάνει τα τατουάζ *molnija*.

Πριν αρχίσει, μίλησε ψιθυριστά με τη μητέρα μου και την Αλμπέρτα.

«Δεν θα της κάνω το σημάδι της υπόσχεσης» είπε. «Δεν έχει αποφοιτήσει ακόμα».

«Συμβαίνουν αυτά» είπε η Αλμπέρτα. «Έκανε τους φόνους. Κάνε τώρα τα *molnija* και αργότερα παίρνει και το σημάδι της υπόσχεσης».

Αν αναλογιστεί κανείς τον πόνο που ήμουν υποχρεωμένη να υποστώ, δεν περίμενα πως θα πονούσαν τόσο τα τατουάζ.

Δάγκωσα το χείλος μου και δεν έβγαλα άχνα όσο ο Λάιονελ τα έκανε. Όταν τελείωσε, έφερε δυο καθρέφτες και, με μερικές κινήσεις, κατάφερα να δω το σβέρκο μου. Εκεί υπήρχαν δυο μικρά μαύρα σημάδια, δίπλα δίπλα, πάνω στο κοκκινισμένο και ευαίσθητο δέρμα μου. *Molnija* σήμαινε «κεραυνός» στα ρώσικα, και αυτό υποτίθεται πως συμβόλιζε το σχήμα των τατουάζ. Δυο σημάδια. Ένα για τον Αϊζάια και ένα για την Έλενα.

Αφού τα είδα, έβαλε επιδέσμους και μου έδωσε οδηγίες για την περιποίησή τους μέχρι να θεραπευτούν. Δεν πρόσεξα τις περισσότερες από αυτές, αλλά υπέθεσα πως θα μπορούσα να ρωτήσω αργότερα σχετικά. Εξάλλου, βρισκόμουν ακόμα σε κατάσταση σοκ.

Μετά από αυτό, όλοι οι παρευρισκόμενοι φύλακες με πλησίασαν ένας ένας. Καθένας τους έκανε μια φιλική χειρονομία –μια αγκαλιά, ένα φιλί στο μάγουλο– και μου είπε μερικά ευγενικά λόγια.

«Καλώς όρισες στο σώμα» είπε η Αλμπέρτα με γλυκιά έκφραση στο ρυτιδωμένο της πρόσωπο ενώ με έσφιγγε στην αγκαλιά της.

Ο Ντιμίτρι δεν είπε τίποτα όταν ήρθε η σειρά του, αλλά, όπως πάντα, τα μάτια του τα έλεγαν όλα. Περηφάνια και τρυφερότητα φώτιζαν την έκφρασή του, και εγώ έπνιξα τα δάκρυά μου. Άγγιξε απαλά με το χέρι του το μάγουλό μου, κούνησε το κεφάλι του και απομακρύνθηκε.

Όταν ο Σταν –ο εκπαιδευτής με τον οποίο τσακωνόμουν περισσότερο από την πρώτη κιόλας μέρα– με αγκάλιασε και είπε «Τώρα είσαι μια από μας. Πάντα ήξερα ότι θα γίνεις μια από τις καλύτερες φύλακες», νόμισα πως θα λιποθυμήσω.

Και μετά, όταν με πλησίασε η μητέρα μου, δεν κατάφερα να συγκρατήσω το δάκρυ που έτρεξε στο μάγουλό μου. Εκείνη το σκούπισε και μετά χάιδεψε το σβέρκο μου. «Μην ξεχάσεις ποτέ» μου είπε.

Κανείς δεν είπε «Συγχαρητήρια» και πολύ το χάρηκα. Ο θάνατος δεν ήταν κάτι για το οποίο έπρεπε να γιορτάζουμε.

Όταν τελείωσε και αυτό, σέρβιραν φαγητά και ποτά. Πήγα στο τραπέζι του μπουφέ και γέμισα ένα πιάτο με μίνι κις με τυρί φέτα και ένα κομμάτι τσιζκέικ μάνγκο. Έφαγα χωρίς να γεύομαι πραγματικά το φαγητό και απάντησα σε ερωτήσεις που μου έκαναν, χωρίς καν να ξέρω τι έλεγα τις περισσότερες φορές. Ήταν σαν να ήμουν ένα ρομπότ Ρόουζ, έκανα μηχανικά ό,τι έπρεπε να κάνω. Στο σβέρκο μου το δέρμα πονούσε από τα τατουάζ, ενώ έβλεπα συνέχεια τα γαλάζια μάτια του Μέισον και τα κόκκινα του Αϊζάια.

Αισθανόμουν τύψεις που δεν απολάμβανα περισσότερο τη μεγάλη μέρα μου, αλλά ένιωσα ανακούφιση όταν επιτέλους άρχισε να αραιώνει ο κόσμος. Η μητέρα μου ήρθε να με δει τη στιγμή που οι άλλοι με αποχαιρετούσαν. Εκτός από τα λόγια της εδώ στην τελετή, δεν είχαμε μιλήσει πολύ από τότε που κατέρρευσα ψυχολογικά στο αεροπλάνο. Ακόμη ένιωθα κάπως παράξενα για εκείνη τη στιγμή – λίγη ντροπή επίσης. Ποτέ δεν το είχε αναφέρει, αλλά κάτι απειροελάχιστο είχε αλλάξει στη φύση της σχέσης μας. Σε καμία περίπτωση δεν είχαμε γίνει φίλες... αλλά ούτε εχθροί ήμασταν τώρα πια.

«Ο λόρδος Σέλσκι θα φύγει σύντομα» μου είπε ενώ στεκόμασταν στην είσοδο του κτιρίου, όχι πολύ μακριά από εκεί που την είχα ξεφωνίσει εκείνη την πρώτη μέρα που μιλήσαμε. «Θα φύγω και εγώ μαζί του».

«Το ξέρω» είπα. Δεν υπήρχε αμφιβολία πως θα έφευγε. Έτσι είχαν τα πράγματα. Οι φύλακες ακολουθούσαν τα Μορόι. Εκείνα προηγούνταν.

Με κοίταξε λίγα λεπτά με τα καστανά της μάτια σκεφτικά. Για πρώτη φορά μετά από πολύ καιρό αισθάνθηκα πως ήμασταν ίσες, πως δεν με υποτιμούσε πλέον. Ώρα ήταν πια, αφού έτσι κι αλλιώς της έριχνα ένα κεφάλι.

«Καλά τα πήγες» είπε στο τέλος. «Δεδομένων των συνθηκών».

Δεν ήταν παρά μισό κομπλιμέντο, αλλά δεν μου άξιζε περισσότερο. Κατανοούσα τώρα όλα τα λάθη και τις παρακινδυνευμένες αποφάσεις που είχαν οδηγήσει στα γεγονότα στο σπίτι του Αϊζάια. Για κάποια από αυτά το φταίξιμο ήταν δικό μου· για όλα όχι. Μακάρι να μπορούσα να αλλάξω κάποιες από τις ενέργειές μου, αλλά ήξερα ότι η μητέρα μου είχε δίκιο. Είχα κάνει ό,τι καλύτερο μπορούσα με το χάος που είχα αναγκαστεί να αντιμετωπίσω.

«Το να σκοτώνεις Στριγκόι δεν είναι και τόσο ευχάριστο, τελικά» της είπα.

Μου χάρισε ένα θλιμμένο χαμόγελο. «Όχι, ποτέ δεν είναι».

Τότε συλλογίστηκα τα τατουάζ στο λαιμό της, όλους εκείνους τους φόνους. Ανατρίχιασα.

«Έι». Πρόθυμη να αλλάξω θέμα, έψαξα στην τσέπη μου και έβγαλα έξω το γαλάζιο φυλακτό που μου είχε δώσει. «Αυτό που μου έδωσες. Είναι ένα *ν-ναζάρ*;» Δυσκολεύτηκα να προφέρω τη λέξη. Με κοίταξε έκπληκτη.

«Ναι. Πώς το ξέρεις;»

Δεν ήθελα να της μιλήσω για τα όνειρα που είχα δει με τον Άντριαν. «Κάποιος μου το είπε. Είναι φυλακτό, έτσι δεν είναι;»

Ένα συλλογισμένο βλέμμα πέρασε από το πρόσωπό της και μετά κούνησε καταφατικά το κεφάλι της. «Ναι. Βασίζεται σε μια αρχαία δοξασία της Μέσης Ανατολής... Κάποιοι πιστεύουν πως όσοι θέλουν να σου κάνουν κακό μπορούν να σε καταραστούν ή να σου δώσουν το “κακό μάτι”. Το ναζάρ υποτίθεται πως εξισορροπεί την κακή ενέργεια... και γενικά προσφέρει προστασία σε όσους το φορούν».

Διέτρεξα με τα δάχτυλά μου το γυάλινο μενταγιόν. «Μέση Ανατολή... δηλαδή σαν να λέμε μέρη όπως η Τουρκία;»

Τα χείλη της μητέρας μου στράβωσαν. «Μέρη όπως η Τουρκία». Δίστασε. «Ήταν ένα... ένα δώρο. Ένα δώρο που μου χάρισαν πριν από πολύ καιρό...» Το βλέμμα της θόλωσε, χάθηκε στις αναμνήσεις. «Στην ηλικία σου, οι άντρες... μου έδειχναν πολλή προσοχή. Κάτι που ήταν κολακευτικό στην αρχή, μα μετά όχι και τόσο. Μερικές φορές είναι δύσκολο να καταλάβεις τη διαφορά ανάμεσα στην πραγματική αγάπη και σε κάποιον που θέλει να σε εκμεταλλευτεί. Αλλά όταν νιώσεις την πραγματική αγάπη... ε, τότε θα ξέρεις».

Τότε κατάλαβα γιατί ήταν τόσο υπερπροστατευτική με την τιμή μου – είχε ρισκάρει τη δική της όταν ήταν νεότερη. Ίσως είχαν χαθεί πολύ περισσότερα τότε.

Ήξερα ακόμη γιατί μου είχε δώσει το ναζάρ. Της το είχε δώσει ο πατέρας μου. Μου φάνηκε πως δεν ήθελε να μιλήσει άλλο για αυτό το θέμα, έτσι δεν τη ρώτησα. Αρκούσε που ήξερα ότι ίσως, ίσως μόνο, τελικά η σχέση τους δεν είχε να κάνει μόνο με τη δουλειά και τα γονίδια.

Είπαμε αντίο και εγώ γύρισα στα μαθήματά μου. Όλοι ήξεραν πού είχα πάει εκείνο το πρωί και οι μαθητευόμενοι συμμαθητές μου ήθελαν να δουν τα τατουάζ *molnija.* Δεν τους αδικούσα. Αν ήμουν εγώ στη θέση τους, θα έκανα ακριβώς το ίδιο.

«Έλα τώρα, Ρόουζ» ικέτευσε ο Σέιν Ρέις. Φεύγαμε από την πρωινή μας προπόνηση και εκείνος συνεχώς πείραζε την αλογοουρά μου.

Σκέφτηκα πως έπρεπε να αφήσω κάτω τα μαλλιά μου αύριο. Αρκετοί άλλοι μας ακολουθούσαν και γίνονταν ηχώ στη δική του παράκληση.

«Ναι, έλα λοιπόν. Άσε μας να δούμε τι κέρδισες για τις επιδόσεις σου στην ξιφασκία».

Τα μάτια τους έλαμπαν από ζέση και ενθουσιασμό. Ήμουν μια ηρωίδα, η συμμαθήτρια που εξολόθρευσε τους αρχηγούς της συμμορίας των Στριγκόι, που τόσο μας τρομοκράτησε χριστουγεννιάτικα. Αλλά μέσα στο πλήθος διέκρινα τα μάτια κάποιου που στεκόταν στο βάθος, κάποιου που δεν έδειχνε ενθουσιασμένος ούτε εντυπωσιασμένος. Του Έντι. Συναντώντας το βλέμμα μου μου χάρισε ένα μικρό, μελαγχολικό χαμόγελο. Καταλάβαινε.

«Συγνώμη, παιδιά» είπα γυρίζοντας την πλάτη μου στους άλλους. «Οι επίδεσμοι πρέπει να μείνουν στη θέση τους. Εντολές ιατρού».

Αυτό έγινε δεκτό με γκρίνιες, οι οποίες σύντομα έγιναν ερωτήσεις για το πώς είχα τελικά σκοτώσει τα Στριγκόι. Ο αποκεφαλισμός ήταν ένας από τους πιο δύσκολους και σπάνιους τρόπους για να σκοτώσεις ένα βρικόλακα· δεν ήταν δα και εύκολο να χειριστείς ένα ξίφος. Έτσι, έβαλα τα δυνατά μου για να περιγράψω στους φίλους μου όσα είχαν συμβεί, φροντίζοντας να μείνω πιστή στα γεγονότα και να μην εξιδανικεύσω τους σκοτωμούς.

Η σχολική μέρα έμοιαζε ατελείωτη σήμερα, και η Λίζα με συνόδευσε πίσω στους κοιτώνες. Εκείνη και εγώ δεν είχαμε βρει την ευκαιρία να μιλήσουμε από τα γεγονότα στο Σποκέιν. Είχα υποστεί πολλή ανάκριση και μετά ήταν και η κηδεία του Μέισον. Και η Λίζα, όμως, ήταν διαρκώς απασχολημένη με τα δικά της, καθώς οι βασιλικοί γόνοι έφευγαν από την πανεπιστημιούπολη, έτσι ούτε και εκείνη είχε χρόνο για μένα.

Κοντά της ένιωθα πολύ καλύτερα. Παρόλο που μπορούσα ανά πάσα στιγμή να μπω στο μυαλό της, δεν ήταν το ίδιο με το να βρίσκεσαι κανονικά δίπλα σε ένα άτομο που νοιαζόταν για σένα.

Όταν φτάσαμε στην πόρτα του δωματίου μου, είδα ένα μπουκέτο φρέζιες στο πάτωμα. Αναστενάζοντας, σήκωσα τα ευωδιαστά λουλούδια χωρίς καν να κοιτάξω την κάρτα που τα συνόδευε.

«Τι είναι αυτά;» ρώτησε η Λίζα ενώ ξεκλείδωνα την πόρτα.

«Από τον Άντριαν είναι» της είπα. Μπήκαμε μέσα και έδειξα το γραφείο μου, όπου υπήρχαν αρκετά άλλα μπουκέτα. Ακούμπησα και τις φρέζιες δίπλα τους. «Πολύ θα χαρώ όταν φύγει από την πανεπιστημιούπολη. Δεν νομίζω πως μπορώ να αντέξω αυτό το βιολί για πολύ ακόμα».

Γύρισε και με κοίταξε με έκπληξη. «Ε... ώστε δεν τα έμαθες;».

Αισθάνθηκα εκείνη την προειδοποιητική σουβλιά από το δεσμό, η οποία μου είπε ότι δεν θα μου άρεσαν και πολύ όσα θα άκουγα.

«Να μάθω τι;»

«Εμ, δεν φεύγει. Σκοπεύει να κάτσει κι άλλο».

«Μα πρέπει να φύγει» διαφώνησα. Από όσο ήξερα, ο μόνος λόγος που ο Άντριαν είχε επιστρέψει εδώ ήταν η κηδεία του Μέισον, και ακόμα δεν είχα καταλάβει γιατί το είχε κάνει αυτό, αφού μόλις που γνώριζε τον Μέισον. Ίσως το είχε κάνει για τα μάτια του κόσμου. Ή ίσως για να συνεχίσει να κολλάει σε εμένα και τη Λίζα. «Σπουδάζει στο κολέγιο. Ή ίσως σε κάποιο αναμορφωτήριο. Δεν ξέρω τι, αλλά κάτι κάνει».

«Θα αφήσει αυτό το εξάμηνο».

Έμεινα να την κοιτάζω.

Χαμογελώντας για το σοκ μου, κούνησε το κεφάλι της. «Θα μείνει για να δουλέψει μαζί μου... και με την κυρία Κάρμακ. Όλο αυτόν τον καιρό δεν ήξερε τι είναι το πνεύμα. Ήξερε απλώς ότι δεν είχε πάρει ειδικότητα σε κάποιο στοιχείο, αν και διέθετε κάποιες παράξενες ικανότητες. Τις κρατούσε λοιπόν για τον εαυτό του, εκτός από τις φορές που συναντούσε κάποιον άλλο χρήστη του πνεύματος. Αλλά και εκείνοι δεν γνώριζαν περισσότερα για αυτό το θέμα από εκείνον».

«Έπρεπε να το είχα καταλάβει νωρίτερα» είπα. «Ένιωθα κάτι όταν βρισκόμουν δίπλα του... πάντα ήθελα να του μιλήσω, το ξέρεις; Έχει αυτό το... χάρισμα. Σαν εσένα. Υποθέτω πως όλα συνδέονται με το πνεύμα ή την υποβολή ή κάτι τέτοιο τέλος πάντων. Με κάνει να τον συμπαθώ... παρόλο που δεν τον συμπαθώ».

«Όχι;» με πείραξε.

«Όχι» απάντησα κατηγορηματικά. «Ούτε αυτό με τα όνειρα μου αρέσει».

Τα πρασινογάλαζα μάτια της άνοιξαν διάπλατα με απορία. «Αυτό κι αν είναι γαμάτο» είπε. «Πάντα μπορούσες να πεις τι συμβαίνει σε μένα, αλλά εγώ δεν κατάφερα ποτέ να επικοινωνήσω με άλλο τρόπο μαζί σου. Χαίρομαι που φύγατε όταν το κάνατε... αλλά εύχομαι να είχα βρει την άκρη με τα όνειρα και να είχα βοηθήσει να σας βρούμε».

«Εγώ όχι» είπα. «Χαίρομαι που ο Άντριαν δεν κατάφερε να σε πείσει να σταματήσεις τα φάρμακα».

Μόλις πριν από λίγες μέρες είχα μάθει ότι η Λίζα είχε προφανώς απορρίψει την αρχική θεωρία του Άντριαν, ότι δηλαδή αν σταματούσε τα χάπια, θα κατάφερνε να μάθει περισσότερα για το πνεύμα. Αργότερα βέβαια μου είχε ομολογήσει ότι αν ο Κρίστιαν και εγώ αργούσαμε λίγο περισσότερο να γυρίσουμε, τελικά θα είχε ενδώσει.

«Πώς νιώθεις τελευταία;» ρώτησα καθώς θυμήθηκα τις ανησυχίες της για τα φάρμακα. «Αισθάνεσαι ακόμα πως τα χάπια δεν έχουν αποτελέσματα;»

«Μμμ... λοιπόν, είναι δύσκολο να το εξηγήσω. Εξακολουθώ να νιώθω πιο κοντά στη μαγεία, σαν να μη με εμποδίζουν τόσο πολύ πια. Αλλά δεν αισθάνομαι καμία από τις άλλες ψυχολογικές παρενέργειες... δεν ταράζομαι και τα σχετικά».

«Α, μα αυτό είναι θαυμάσιο».

Ένα όμορφο χαμόγελο φώτισε το πρόσωπό της. «Το ξέρω. Με κάνει να σκέφτομαι πως υπάρχει ελπίδα να μάθω τελικά να χρησιμοποιώ τη μαγεία κάποια μέρα».

Βλέποντάς την τόσο χαρούμενη, χαμογέλασα και εγώ. Δεν μου άρεσε όταν έβλεπα εκείνα τα ζοφερά συναισθήματα να επιστρέφουν μέσα της και χαιρόμουν που τώρα είχαν εξαφανιστεί.

Δεν καταλάβαινα βέβαια το πώς και το γιατί, αλλά αφού εκείνη αισθανόταν καλά–»

Όλοι έχουν φως γύρω τους, εκτός από σένα. Εσύ έχεις σκιές. Τις παίρνεις από τη Λίζα.

Τα λόγια του Άντριαν αντήχησαν στο μυαλό μου. Αμήχανα συλλογίστηκα τη δική μου συμπεριφορά τις τελευταίες δυο εβδομάδες. Κάποια από τα ξεσπάσματα οργής. Την επαναστατικότητά μου – ασυνήθιστη έως και για μένα. Το δικό μου κυκεώνα σκοτεινών συναισθημάτων να αναδεύεται στο στήθος μου…

Όχι, αποφάσισα. Δεν υπήρχαν ομοιότητες. Τα σκοτεινά συναισθήματα της Λίζα είχαν βάση τη μαγεία. Τα δικά μου το στρες. Εξάλλου, αυτή τη στιγμή ένιωθα καταπληκτικά.

Βλέποντάς τη να με κοιτάζει, προσπάθησα να θυμηθώ πού είχαμε μείνει στη συζήτησή μας. «Ίσως τελικά βρεις την άκρη. Θέλω να πω, αν ο Άντριαν κατάφερε να βρει έναν τρόπο να χρησιμοποιήσει το πνεύμα, χωρίς να χρειάζονται φάρμακα…»

Ξαφνικά ξέσπασε σε γέλια. «Δεν ξέρεις, έτσι δεν είναι;»

«Τι;»

«Ότι ο Άντριαν θεραπεύει μόνος του τον εαυτό του».

«Αλήθεια; Μα αυτός είπε–» βόγκηξα. «Και βέβαια το κάνει. Τα τσιγάρα. Τα ποτά. Και ένας θεός ξέρει τι άλλο».

Κούνησε καταφατικά το κεφάλι της. «Ναι. Σχεδόν πάντα έχει κάτι στον οργανισμό του».

«Ναι, αλλά πιθανότατα όχι το βράδυ… γι' αυτό μπορεί να χώνει τη μούρη του στα όνειρά μου».

«Φίλε μου, μακάρι να μπορούσα να το κάνω και εγώ αυτό» αναστέναξε.

«Μπορεί να τα καταφέρεις κάποτε και εσύ. Απλώς μη γίνεις αλκοολική στην πορεία».

«Δεν πρόκειται» με καθησύχασε. «Αλλά θα μάθω. Κανείς

από τους άλλους χρήστες πνεύματος δεν κατάφερε να το κάνει, Ρόουζ – εντάξει, με εξαίρεση τον Άγιο Βλαντιμίρ. Θα μάθω όπως έμαθε και εκείνος. Θα μάθω να το χρησιμοποιώ – και δεν θα το αφήσω να μου κάνει κακό».

Χαμογέλασα και άγγιξα τα μαλλιά της. Πίστευα απόλυτα σε εκείνη. «Το ξέρω».

Μιλήσαμε το μεγαλύτερο μέρος της βραδιάς. Όταν ήρθε η ώρα για τη συνηθισμένη μου προπόνηση με τον Ντιμίτρι, χωριστήκαμε. Καθώς έφευγα, σκέφτηκα κάτι που με ενοχλούσε. Παρόλο που οι συμμορίες των Στριγκόι είχαν πολύ περισσότερα μέλη, οι φύλακες ήταν σίγουροι πως ο Αϊζάια ήταν ο αρχηγός τους. Αυτό δεν σήμαινε πως δεν θα υπήρχαν άλλες απειλές στο μέλλον, αλλά πίστευαν πως θα περνούσε χρόνος πριν ανασυνταχτούν οι οπαδοί του.

Εγώ όμως δεν σταματούσα να σκέφτομαι τη λίστα που είχα δει στο τούνελ στο Σποκέιν, εκείνη που ανέφερε τις βασιλικές οικογένειες των Μορόι με βάση το μέγεθός τους. Και ο Αϊζάια είχε αναφέρει ονομαστικά τους Ντραγκομίρ. Ήξερε ότι είχαν πεθάνει σχεδόν όλοι και φάνηκε να ενδιαφέρεται πολύ να είναι εκείνος που θα τους αφάνιζε εντελώς. Εντάξει, τώρα ήταν νεκρός... αλλά μήπως εκεί έξω υπήρχαν και άλλα Στριγκόι με την ίδια ιδέα;

Κούνησα το κεφάλι μου. Δεν γινόταν να ανησυχώ για αυτό. Όχι σήμερα τουλάχιστον. Ακόμα δεν είχα συνέλθει από τα υπόλοιπα. Σύντομα όμως θα έπρεπε να ασχοληθώ και με αυτό.

Ούτε καν ήξερα αν η προπόνησή μας εξακολουθούσε να ισχύει, αλλά πήγα ούτως ή άλλως στα αποδυτήρια. Αφού φόρεσα τα ρούχα της προπόνησης, κατευθύνθηκα στο γυμναστήριο και βρήκα τον Ντιμίτρι σε μια αποθήκη να διαβάζει ένα από τα γουέστερν που τόσο του άρεσαν. Σήκωσε το βλέμμα του όταν μπήκα. Δεν τον είχα δει και πολύ τις τελευταίες μέρες και είχα υποθέσει πως ήταν απασχολημένος με την Τάσα.

«Το σκέφτηκα πως μπορεί να ερχόσουν» είπε βάζοντας ένα σελιδοδείκτη στο βιβλίο του.

«Είναι ώρα για προπόνηση».

Κούνησε αρνητικά το κεφάλι του. «Όχι. Δεν έχει προπόνηση σήμερα. Χρειάζεσαι ακόμα χρόνο να συνέλθεις».

«Χαίρω άκρας υγείας. Είμαι έτοιμη να αρχίσουμε». Έβαλα όσο περισσότερη πατενταρισμένη μαγκιά Ρόουζ Χάθαγουεϊ μπορούσα στις λέξεις μου.

Ο Ντιμίτρι όμως δεν μάσαγε από τέτοια. Έδειξε την καρέκλα δίπλα του. «Κάθισε, Ρόουζ».

Δίστασα μόνο για ένα λεπτό πριν συμμορφωθώ. Μετακίνησε την καρέκλα του πιο κοντά στη δική μου, έτσι ώστε να καθόμαστε ο ένας απέναντι στον άλλο. Η καρδιά μου φτερούγισε όταν κοίταξα εκείνα τα υπέροχα καστανά μάτια.

«Κανείς δεν ξεπερνάει τον πρώτο... τους πρώτους φόνους του εύκολα. Ακόμη και με τα Στριγκόι... εντάξει τυπικά δεν παύεις να αφαιρείς μια ζωή. Είναι δύσκολο να συμφιλιωθείς με κάτι τέτοιο. Και μετά από όλα όσα πέρασες εσύ...» αναστέναξε. Έπειτα άπλωσε το χέρι του και έπιασε το δικό μου. Τα δάχτυλά του ήταν όπως ακριβώς τα θυμόμουν, μακριά και δυνατά, γεμάτα κάλους από τόσα χρόνια προπόνησης. «Όταν είδα το πρόσωπό σου... όταν σε βρήκαμε σε εκείνο το σπίτι... δεν μπορείς να φανταστείς πώς ένιωσα».

Ξεροκατάπια. «Πώς... πώς ένιωσες;»

«Φρίκη... θλίψη. Ήσουν ζωντανή, αλλά η έκφρασή σου... πίστεψα πως δεν θα το ξεπεράσεις ποτέ. Και αυτό που με έκανε κομμάτια ήταν πως όλα αυτά σου συνέβησαν σε τόσο μικρή ηλικία». Έσφιξε το χέρι μου. «Θα το ξεπεράσεις – τώρα το ξέρω και χαίρομαι γι' αυτό. Αλλά έχεις ακόμα καιρό. Όχι ακόμα. Ποτέ δεν είναι εύκολο να χάνεις κάποιον δικό σου».

Τα μάτια μου έφυγαν από τα δικά του και καρφώθηκαν στο πάτωμα. «Εγώ φταίω» είπα χαμηλόφωνα.

«Χμ;»

«Για τον Μέισον. Που σκοτώθηκε».

Δεν χρειαζόταν να δω το πρόσωπο του Ντιμίτρι για να βεβαιωθώ ότι ήταν γεμάτο συμπόνια. «Ω Ρόζα. Όχι. Πήρες κάποιες λάθος αποφάσεις… θα έπρεπε να είχες μιλήσει σε κάποιον υπεύθυνο όταν κατάλαβες ότι είχε φύγει... αλλά δεν μπορείς να κατηγορείς τον εαυτό σου. Δεν τον σκότωσες εσύ».

Δάκρυα πλημμύρισαν τα μάτια μου. «Σαν να το έκανα ήταν όμως. Ο λόγος για τον οποίο πήγε εκεί πέρα – δικό μου το φταίξιμο. Τσακωθήκαμε... και του είπα για την υπόθεση του Σποκέιν, παρόλο που μου είπες να μην το πω σε κανέναν...»

Ένα δάκρυ κύλησε από την άκρη του ματιού μου. Πραγματικά, έπρεπε να σταματήσω να το κάνω αυτό. Όπως ακριβώς και η μητέρα μου, ο Ντιμίτρι σκούπισε απαλά το δάκρυ από το μάγουλό μου.

«Δεν μπορείς να κατηγορείς τον εαυτό σου γι' αυτό» μου είπε. «Μπορείς να μετανιώνεις για κάποιες αποφάσεις σου και να εύχεσαι να είχες κάνει κάτι διαφορετικά, αλλά στο κάτω κάτω και ο Μέισον πήρε τις δικές του αποφάσεις. Αυτό επέλεξε να κάνει. Δική του ήταν η τελική απόφαση, όποιος κι αν ήταν ο δικός σου ρόλος». Όταν ο Μέισον είχε γυρίσει για μένα, συνειδητοποίησα, είχε αφήσει τα αισθήματά του να μπουν στη μέση. Ήταν αυτό ακριβώς που φοβόταν πάντα ο Ντιμίτρι, πως αν εκείνος και εγώ είχαμε μια σχέση, θα βάζαμε τους εαυτούς μας –και όποια Μορόι προστατεύαμε– σε κίνδυνο.

«Εύχομαι μόνο να είχα μπορέσει... δεν ξέρω, να κάνω κάτι…»

Καταπίνοντας κι άλλα δάκρυα, τράβηξα τα χέρια μου από τα χέρια του Ντιμίτρι και σηκώθηκα να φύγω πριν πω τίποτα ηλίθιο.

«Πρέπει να φύγω» είπα με βαθιά φωνή. «Ενημέρωσέ με πότε θέλεις να ξαναρχίσουμε κανονικά τις προπονήσεις. Και ευχαριστώ για... την κουβέντα μας».

Έκανα να γυρίσω για να φύγω· τότε τον άκουσα να λέει απότομα «Όχι».

Τον κοίταξα. «Τι;»

«Όχι» επανέλαβε. «Είπα όχι. Στην Τάσα».

Συνάντησε το βλέμμα μου, και κάτι υπέροχο, ζεστό και δυνατό πέρασε ανάμεσά μας.

«Εγώ…» έκλεισα το στόμα μου πριν χτυπήσει το σαγόνι μου στο πάτωμα. «Μα… γιατί; Ήταν ευκαιρία ζωής. Θα μπορούσατε να κάνετε ένα μωρό. Και εκείνη… εκείνη, ξέρεις μωρέ, ενδιαφερόταν για σένα…»

Το φάντασμα ενός χαμόγελου φτερούγισε στο πρόσωπό του. «Ναι, ενδιαφερόταν. Ενδιαφέρεται. Και γι' αυτό αρνήθηκα. Δεν μπορούσα να ανταποδώσω αυτό που… Δεν μπορούσα να της δώσω ό,τι ήθελε. Όχι όταν…» Έκανε μερικά βήματα προς το μέρος μου. «Όχι όταν η καρδιά μου ανήκει αλλού».

Παραλίγο να βάλω πάλι τα κλάματα. «Μα και εσύ έδειχνες να ενδιαφέρεσαι τόσο για εκείνη. Και συνέχεια παραπονιόσουν πως φερόμουν σαν παιδί».

«Φέρεσαι σαν παιδί» είπε «επειδή *είσαι* μικρή. Αλλά ξέρεις πράγματα, Ρόζα. Πράγματα που δεν ξέρουν πολλοί μεγαλύτεροι από σένα. Εκείνη τη μέρα…» Κατάλαβα αμέσως για ποια μέρα μιλούσε. Για τότε που τον είχα στριμώξει στον τοίχο. «Είχες δίκιο για το πόσο παλεύω να έχω πάντα τον έλεγχο. Κανείς ποτέ δεν το διέκρινε αυτό – και με τρόμαξε. Εσύ *με* τρόμαξες».

«Γιατί; Δεν θέλεις να το μάθει κανείς;»

Ανασήκωσε τους ώμους. «Είτε το ξέρουν είτε όχι, δεν έχει σημασία. Αυτό που έχει σημασία είναι ότι κάποιος –εσύ– με ξέρει τόσο καλά. Όταν ένα άτομο μπορεί να δει μέσα στην ψυχή σου, είναι ζόρικο. Σε αναγκάζει να είσαι ανοιχτός. Ευάλωτος. Είναι πιο εύκολο να είσαι με κάποια που είναι απλώς κάτι περισσότερο από μια φίλη».

«Όπως η Τάσα».

«Η Τάσα Οζέρα είναι μια καταπληκτική γυναίκα. Είναι όμορφη και είναι γενναία. Αλλά δεν–»

«Δεν σε πιάνει» τελείωσα την πρότασή του.

Κούνησε καταφατικά το κεφάλι. «Το ήξερα αυτό. Παρ' όλα αυτά ήθελα μια σχέση μαζί της. Ήξερα ότι τα πράγματα θα ήταν εύκολα, και η Τάσα θα με έπαιρνε μακριά σου. Πίστευα πως θα με έκανε να σε ξεχάσω».

Είχα πιστέψει το ίδιο για τον Μέισον. «Μα δεν τα κατάφερε».

«Ακριβώς... οπότε αυτό είναι ένα πρόβλημα».

«Γιατί είναι λάθος να είμαστε μαζί εμείς οι δύο».

«Ναι».

«Λόγω της διαφοράς ηλικίας;»

«Ναι».

«Αλλά κυρίως επειδή θα είμαστε οι φύλακες της Λίζα και πρέπει να εστιάσουμε την προσοχή μας σε εκείνη – όχι ο ένας στον άλλο».

Το σκέφτηκα ένα λεπτό και μετά τον κοίταξα στα μάτια. «Καλά» είπα τελικά «εγώ όμως βλέπω πως ότι δεν είμαστε φύλακες της Λίζα *ακόμα*».

Προετοίμασα τον εαυτό μου για την επόμενη απάντηση. Το ήξερα πως θα ήταν ένα από εκείνα τα ζεν μαθήματα ζωής. Κάτι για εσωτερική δύναμη και καρτερία, για το πώς οι επιλογές που κάνουμε σήμερα είναι τα χνάρια όσων θα κάνουμε στο μέλλον και άλλες τέτοιες μπούρδες.

Αντί για αυτό, με φίλησε.

Ο χρόνος σταμάτησε τη στιγμή που άπλωσε τα χέρια του και έσφιξε το πρόσωπό του στις παλάμες του. Χαμήλωσε το στόμα του και χάιδεψε τα χείλη μου. Στην αρχή δεν ήταν καν κανονικό φιλί αλλά σύντομα δυνάμωσε, έγινε μεθυστικό και βαθύ. Όταν τελικά τραβήχτηκε, το έκανε για να φιλήσει το μέτωπό μου. Άφησε αρκετά δευτερόλεπτα τα χείλη του εκεί, ενώ τα χέρια του με έσφιγγαν πάνω του.

Μακάρι εκείνο το φιλί να κρατούσε για πάντα. Αφήνοντάς με από την αγκαλιά του, ο Ντιμίτρι πέρασε τα δάχτυλά του μέσα από τα μαλλιά μου και μετά στο μάγουλό μου. Πήγε πίσω προς την πόρτα.

«Τα λέμε αργότερα, Ρόζα».

«Στην επόμενή μας προπόνηση;» ρώτησα. «Γιατί θα τις *ξαναρχίσουμε* τις προπονήσεις, έτσι; Θέλω να πω, έχεις ακόμα πολλά να μου μάθεις».

Στάθηκε στο κατώφλι, με κοίταξε και χαμογέλασε. «Ναι. Πολλά».

ΕΥΧΑΡΙΣΤΙΕΣ

Όπως πάντα, αυτό το βιβλίο δεν θα είχε γραφτεί χωρίς τη βοήθεια και την υποστήριξη των φίλων και της οικογένειάς μου. Συγκεκριμένα, θέλω να ευχαριστήσω τους πολύτιμους συμβούλους μου: Caitlin, David, Jay, Jackie και Kat. Παιδιά, δουλέψατε τόσο πολλές ώρες, μέχρι αργά τη νύχτα, που δεν μπορώ καν να αρχίσω να τις μετράω. Δεν θα τα είχα βγάλει πέρα με αυτό το βιβλίο και την υπόλοιπη τρέλα αυτής της χρονιάς χωρίς εσάς.

Ευχαριστώ επίσης τον ατζέντη μου Jim McCarthy, ο οποίος κίνησε γη και ουρανό, αλλά και προθεσμίες παράδοσης για να με βοηθήσει να τελειώσω όσα έπρεπε να τελειώσω. Χαίρομαι που έχω εσένα να προσέχεις τα νώτα μου. Και, τέλος, πολλά ευχαριστώ στους Jessica Rothenberg και Ben Schrank στη Razorbill για τη συνεχή υποστήριξη και τη σκληρή δουλειά τους.

ΤΟ ΒΙΒΛΙΟ ΤΗΣ RICHELLE MEAD

ΠΑΓΩΜΕΝΑ ΧΕΙΛΗ

ΤΥΠΩΘΗΚΕ ΣΤΟ ΕΡΓΟΣΤΑΣΙΟ ΓΡΑΦΙΚΩΝ ΤΕΧΝΩΝ

StarPrint

ΧΙΟΥ 18, ΑΣΠΡΟΠΥΡΓΟΣ, ΤΗΛ. 210 558 4341-2

ΤΟΝ ΦΕΒΡΟΥΑΡΙΟ ΤΟΥ 2010

ΓΙΑ ΛΟΓΑΡΙΑΣΜΟ ΤΗΣ ΕΤΑΙΡΕΙΑΣ

«Π ΕΚΔΟΤΙΚΗ»,

ΚΑΤΕΧΑΚΗ 61Α, ΑΘΗΝΑ 115 25

ΤΗΛ. 210 330 7003, FAX: 210 691 2023